님께

어머나, 시간의 휘장을 걷어 올리니,

붉은 별들이 거울에 비치는 오작교에

당신이 오셨네요!

년　　월

— 작가의 말

'사라진 편지'를 10년 만에 '초희'로 복간한다.

더버빌가의 '테스'가 순결의 문제를 던졌다면,
안동김가의 '초희'는 자유의지의 문제를 던졌다.

맑은 검정에 모순의 별과 아이러니의 별이 빛날 때,
그녀의 귀밑머리와 같은 붓으로 문장을 쓴다.

한국 여자가 슬프면 우주가 슬프다.

2020년 12월

난설헌의 사라진 편지

제 42회 여성동아 장편소설상 수상작

류서재_장편소설

파소출판

허난설헌의 거침없는 필체와 자유로운 그림, 앙간비금도

아버지 손을 잡은 여자아이가 하늘의 새들을 쳐다보는 그림. 자상한 아버지와 호기심 많은 딸의 정겨운 모습이다. 한국 회화사에서 여자아이가 주인공인 그림은 매우 드물다고 한다. 허난설헌은 시에서도 드높은 자유로움을 표현하고 있다.

일러두기

1. 이 작품은 인간사회 탐구라는 문학 과제를 위해 역사 소재만 차용했고, 역사적 사실 묘사 자체를 목적으로 하지 않는다. 이 작품은 오직 허구로만 의미를 가진다.
2. 일부 역사기록(주지번 소인, 칠서의 난)은 서사 필요에 따라 사건만 차용하였고, 시간적 선후관계는 고려하지 않았다.
3. 혼인제도 서술은 역사적 사실과 약간의 차이가 있다.
4. 인물들의 나이 차이와 성격화는 작품 분위기에 따라 설정하였으므로 사실과 차이가 있다.
5. 한시는 서사 필요에 따라 작가의 자의적 해석을 거쳤으므로 학술적 의미는 없다.
6. <난설헌 허초희 시선집>(난설헌 문다선 사업회), <허난설헌>(허미자, 성신여대출판부), <허난설헌 시 연구>(김성남 소명출판), <허난설헌>(김성남, 동문선), <채련>(함종임, 푸른사상), <허난설헌 시집>(허경진, 평민사) 등을 참조하였다.

1

나는 본래 성질이 더럽게 거칠고 과격하다. 그래서 세상의 속된 무리와 화합하지 않는다. 나를 욕하는 무리들은 그 입에 더러움을 묻힐 것이다. 허나 불온하다는 것은 불편함의 또 다른 이름이 아니겠는가.

어느 나뭇가지에 앉은 휘파람새가 울고 있었다. 분명하게 또렷하지는 않지만 화답이 있었다.

그것은 자유로움의 또 다른 이름이 아니겠는가.

누이의 목소리였다. 누이? 균은 숨을 죽이고 귀를 기울였다. 가슴이 격하게 뛰었다. 누이! 기다려! 균은 미친 듯이 말을 달렸다. 그러다가 점점 실망하는 표정을 지었다. 아무리 숲을 달려도 새소리밖엔 없었다.

숲속 나뭇잎들은 날 것 그대로의 바람을 뱉어내고 누이의 먹물 냄새는 줄곧 뒤를 따라왔다. 누이는 나무 위에서, 풀숲에서 불쑥불쑥 나타났다 사라졌다. 말 위의 몽상이었다. 균은 가끔씩 정신이 되돌아오는 듯 머리를 세차게 흔들었다.

— 이랴!

누이가 죽었다는 사실이 실감 나지 않았다. 누이. 나는 세상의 속된 무리들과 화합하지 않을 거야. 그래. 너다운 생각이야. 말을 달릴수록 눈앞이 휙휙 흐려지고 가슴이 먹먹했다. 온통 나무숲이었다.

굵은 뿌리로 땅을 움켜쥔 나무의 가지들은 모조리 푸른 하늘로 향해 있었다. 울창한 나무숲에는 하늘이 깨진 거울처럼 갈라져 있었다. 잎이 성근 나무들은 작은 칼을 든 사람들로 보였다.

균은 압록강 구룡정에서 하룻밤을 지냈다. 균은 이리 뒤척이고 저리 뒤척거리다가 새벽달을 보고야 말았다. 균은 최찬이 비밀히 내어준 종이쪽지를 꺼냈다. 국경선 금문을 통과할 때 통행증으로 내밀 서찰이었다.

— 자네는 젊구먼. 허나 혈기가 과하면 쉬이 꺾이네.

최찬이 뒤돌아서 나가는 균의 뒤통수에 대고 던진 말이었다. 불같은 마음을 다스리라는 말은 인정 어린 소리로 들렸다. 늙은 내시는 균의 반골 기질을 거울처럼 들여다보고 있었다.

높은 산 위로 올라갈수록 서리고 찬 기운이 온몸을 싸안고 돌았다. 한양 도성을 떠난 지 달포가 지나 있었다. 균을 따르는 장사치들도 낯선 기후를 느끼고 있었다.

역관 한두 명과 심부름꾼 노비들은 고작 열 명 남짓이었고, 나머지 쉰 명은 가난한 장사치들이었다. 가난한 살림에도 어디서 구했는지 담비가죽과 인삼을 꾸린 짐들이 제법 컸다. 그리고 말이 서른 필이었다. 말은 무륜당 문우들이 마련해준 것이었다.

— 국경선을 무사히 넘었으니 예서 잠시 쉬자.

균은 마동이에게 말했다. 마동이는 뒤를 돌아보며 양손을 좌우로 흔들었다. 행랑아범이 산 아래를 향해 나발을 뿌, 뿌, 뿌 짧게 세 번 불었다. 여기저기서 말을 세우는 소리들이 들렸다. 말들은 계곡물에 목을 축이고 장사치들은 굵은 나무에 짐을 내리고 앉았다.

균은 흑마에게 다가갔다. 여정이 힘들었는지 흑마는 거친 숨을 몰아쉬었다. 그러다가 순한 눈을 들고 균의 손을 핥았다. 흥흥, 뿜어내는 콧김과 땅을 툭툭, 걷어차는 모양이 주인의 기분을 벌써 알아채고 있었다.

잠시 후에 마동이가 붉은 천을 흔들었고 행랑아범이 나발을 뿌우우 뿌우우 뿌우우 길게 세 번 불었다. 장사치들이 한두 명씩 자리에서 일어났다. 히히힝, 말 울음소리가 여기저기서 들렸다.

명나라로 들어가는 산길은 더욱 험했다. 까악. 까악. 이름 모를 산새가 균의 머리 위에서 포물선을 그렸다. 길이 없어지고 잡풀이 무성한 곳에 이르자 거대한 산맥이 나타나 또다시 앞을 가로막았다. 말을 달릴수록 길은 뒤로 획획 물러섰고 숲은 거칠게 달려들었다. 끝없는 고행이었다. 말들은 고삐 사이로 부걱부걱 흰 거품을 물었다. 말이 몇 마리 죽어 나갔다.

균이 이끄는 상인 행렬은 만리장성의 첫 번째 관문인 천하 제일관을 통과했다. 장사치들은 허름한 여곽에 무거운 짐을 내렸다. 균은 방들을 돌아다니며 술잔을 돌렸다. 술에 취하고 이국의 달에 취한 모습들을 보며 오랜만에 웃었다.

여곽을 나오고 나서 하루 동안 비가 내렸다. 강물은 격렬하게 몸을 틀었고 산과 마을과 사람들이 휙휙 지나갔다. 균의 일행은 심양과 요동벌을 지났고 연교보와 파리보를 지나 북경에 입성했다.

조선 땅을 떠난 지 한 달이 지나 있었다. 태양은 정수리 를 쪼아댔고 공기는 후덥지근했다. 황사가 강하게 불었고 하늘은 부옇게 흐렸다. 사람들은 물을 찾았지만 석회를 거른 물은 미지근하고 맹맹했다. 균은 마른침을 삼켰다.

저잣거리는 사람들로 혼잡했다. 화려한 연과 불놀이, 붉은 가마가 지나갔다. 그곳에서 낙타를 처음 보았다. 음식점 주인이 무쇠솥에 기름을 왈칵 쏟아부었다. 후끈한 불길에 기름이 잘잘 끓고 있었다.

피가 묻은 고깃덩어리가 통째로 솥 안으로 들어갔다. 생생하고 뻣뻣한 푸성귀들은 팔팔 끓는 기름 안에서 숨이 죽었다. 일행들은 간단히 요기를 했다. 장사치들은 칠 일 후에 다시 만나기로 약속하고 각자 흩어졌다. 명나라가 초행인 사람들은 역관을 바짝 따라붙었다. 마동이도 그들 틈으로 섞여 들어갔다.

균은 양유년의 집으로 갔다. 균은 비단 보따리를 풀고 시들을 꺼냈다. 양유년은 시들을 몇 수 싸 들고 주지번의 집으로 갔다. 균이 방 안에서 기다리는 동안 며칠이 흘러갔다. 방문이 열리는 소리가 났고 양유년이 웃었다. 균이 일어섰다.

양유년과 균은 황제를 만나러 자금성으로 갔다. 광활한 하늘은 거대한 자금성 위로 흐르고 있었다. 흙바람이 부는 날이었다. 수백 개의 연못을 지났고, 수백 개의 작은 궁궐들과 9천 개의 방들을 지났다. 9천 명의 궁녀들과 1천 명의 환관들이 고개를 숙이고 서 있었다. 작은 바람결에도 움직이는 꽃과 풀은 지천으로 깔려있지만 잎맥이 굵은 나무는 단 한 그루도 없었다. 1억만 개의 벽돌과 2억만 장의 기와는 하늘의 별보다 많았다.

균은 자금성의 길을 걸으면서 아버지 허엽과 작은 형 허봉을 생각했다. 아버지와 형이 걸었던 길을 자신이 걷는다는 생각을 하니 가슴이 울렁거리고 코가 맹맹해졌다. 허봉은 어린 균에게 명나라 이야기를 재미있게 들려주곤 했다. 명나라 황제가 욕심이 많아서 자꾸만 인공 연못을 만들고 인공 산을 만든다는 것이었다. 명나라 황제를 만나게 될까. 균은 조바심이 들수록 어깨를 펴고 천천히 걸었다.

균은 외조의 태화전, 중화전, 보화전을 지나고 내정인 건청궁, 교태전을 지나 곤녕궁으로 걸어 들어갔다. 하늘의 북극성을 상징하는 자색이 압도하는 황실이었다. 붉은색 외에 다른 색깔은 없었다. 기둥도 방바닥도 온통 붉은색이었다.

균은 긴 복도를 한참 걸어갔다. 육각 격자무늬의 방문들이 연이어 있었고 머리카락을 정수리로 바짝 틀어 올린 궁녀들이 서 있었다. 사각의 방에 딸린 방문은 아홉 개였고 창살도 아홉 각이었다. 두 개의 작은 청동화로에는 팽나무와 백단나무가 불타고 있었다. 향이 진한 나무 냄새가 났다. 균은 양유년과 나란히 섰다. 늙은 환관이 고개를 숙이며 말했다.

— 기다리라 하셨나이다.

환관이 머리를 들자 양유년이 알겠다는 표정으로 고개를 끄덕였다. 양유년은 황제가 언제 올지 모른다는 환관의 말에 익숙해 있었다. 시간 약속이 없이 무작정 기다려야 한다는 말에 균은 실망하는 표정을 지었다. 황제는 지하궁전에서 궁녀들과 연희를 감상하고 있으며 황제가 권태로워할 때까지 연희는 계속 반복된다고 양유년이 말했다.

양유년은 집으로 돌아가고 균은 창문도 없는 방으로 들어갔다. 사방의 벽이 붉어서 날이 들고 밤이 드는 것이 분명하지 않았다. 균은 탁자에 놓인 작은 수반에 꽃이 피고 지는 모양을 맥없이 바라보기만 했다. 제길. 균이 투덜거렸다. 꼼짝없이 갇혀있는 몸이었다. 화병과 꽃이 많은 화려한 방이었다. 균은 꽃을 노려보다가 부옇게 흐려오는 눈 때문에 고개를 숙였다. 문득 꽃을 좋아한 누이가 생각났다. 균은 과거를 생각하며 아득해지는 눈을 들었다.

2

— 천하에 이런 법은 없어! 초상집 문간이 이리 조용할 수가!

균은 대청마루를 향해 소리를 질렀다. 균의 도포 자락으로 차가운 달빛이 비껴들었다. 사랑방에서 잠깐 기척이 있더니 김성립이 대청마루로 나왔다. 김성립은 고개만 가볍게 까딱하고는 섬돌 위로 내려서지 않았다. 뒤이어 송씨 부인이 남색 치맛자락을 여미며 나왔다. 대청마루에는 두 사람의 그림자가 길게 늘어졌다.

— 후원으로 뫼시어라.

송씨 부인이 말했다. 여러 노비들 틈에 끼어있던 마동이가 균에게 다가왔다.

— 두 아기씨를 잃고 나서부터 기거하시던 곳입니다요.

— 이 집은 도무지 사람 사는 집 같지 않네! 내 눈에는 사람이 보이질 않아!

균은 대청마루를 향해 불편한 한마디를 던지고는 휙 돌아섰다. 마동이는 균보다 세 보쯤 앞장을 서서 걸어갔다.

균은 후원의 쪽문을 열고 별당으로 들어갔다. 소소한 잣나무 서너 그루와 칙칙한 기와담장이 어둠 속에 있었다. 좁은 마당에는 달 그늘이 더욱 깊었다. 별채라고는 하지만 청지기가 기거하는 수청방과 가까이 붙어있는 작은 방이었다.

균은 울컥 눈물이 올라오는 바람에 헛기침을 해버렸다. 좁은 툇마루 밑에는 먼지를 뒤집어쓴 장작더미가 잔뜩 쌓여있었다. 어두운 장작더미 위로 생쥐 한 마리가 재빠르게 지나갔다.

좁은 방안에는 어둡고 차가운 한기가 스며있었다. 균은 달빛이라도 들어오라고 방문을 열어두었다. 아랫목에는 작은 장롱과 서안이 있었고 윗목에는 육중한 베틀이 있었다. 서안은 육중한 베틀에 눌려 아주 작아 보였다. 균은 육중하고 칙칙한 베틀을 노려보았다. 누이가 베틀에 앉아 일을 하는 모습이 눈가로 스쳤다.

— 누이는 꽃을 좋아했는데...... 그 흔한 병풍이 없어. 문文을 아는 집안에서 어찌 이럴 수가 있나. 사물에 두루 감응해야 글이 나오는 법인데...... 사람이 들르지 않는 방이었나 보군. 냉기가 가득해.

균은 누이의 흔적을 찾으려 애쓰면서 아주 느리게 말했다. 마동이가 윗목으로 걸어가더니 장롱문을 열고 두툼한 비단 보따리를 꺼냈다. 마동이가 일어서기도 전에 균이 먼저 일어섰다. 균은 비단 보자기를 풀고 종이 뭉치를 꺼냈다. 마동이가 나비 촛대를 들고 와서 심지에 불을 붙였다. 두 사람의 표정이 분명하게 드러났다. 마동이의 눈자위는 젖어있었고 균의 입가에는 경련이 일고 있었다.

균은 시들을 한 장 한 장 정성스럽게 살폈다. 누이의 방에서 유일하게 살아있는 것들이었다. 깨끗한 시도 있었지만 한 귀퉁이가 그을린 시도 있었고 반쯤 타버린 시도 눈에 띄었다. 손가락에서 부드럽게 풀어지는 비단이 아니면 글을 쓰지 않던 누이였다. 산천을 떠도느라 누이가 죽은 것도 몰랐어. 미안해. 누이. 종이 뭉치를 안고 고개 숙인 균의 가슴이 조용히 들먹거렸다. 균은 2백 수의 시들을 비단 보자기에 정성스럽게 쌌다.

— 야심한 밤이었습니다요. 작은 마님이 후원에서 시들을 불태우고 계셨습니다요. 지금 남은 것들은 소인이 뺏은 겁니다요. 돌아가시기 전에 하신 마지막 말씀도 시들을 모두 불태우라는 것이었습니다요.

마동이 마른 눈물을 삼키며 고개를 숙였다. 균은 후원의 쪽문을 열고 다시 마당으로 들어서며, 지선당至善堂 당호를 흘깃 쳐다보았다. 지극히 착한 경지에 이르는 집.

김성립은 대청마루에 혼자 서 있었다. 김성립 뒤의 그림자가 조바심으로 길어졌다. 작은 키에 각진 어깨, 입은 고집스럽게 다물어져 있었다.

— 분명 호상은 아니지요. 이유가 있을 것이 아닙니까?

— 이미 보름이 지난 일이네. 봤으면 돌아가게.

이런 개새끼! 균이 높은 기단을 한달음에 올라가서 김성립의 멱살을 틀어잡았다. 김성립은 당황한 얼굴로 캑캑 밭은기침을 했다. 여러 노비들이 빠르게 움직였다. 김성립이 손을 들어

저지했다.

— 처, 처남. 예를 지키게.

— 매형! 나는 성질이 더러워서 예가 뭔지 몰라!

희미한 달빛이 대청마루의 각을 세우며 비껴들었다.

— 시집살이가 힘들었다고 들었어.

— 귀를 씻을 일일세. 힘들었던 쪽은 우리 집안사람들이야. 내가 입신양명이 늦어서 그렇지 우리 집안이 그리 만만한 가문은 아닐세. 종부가 종부다워야지.

— 종부? 혼인을 노예계약으로 아는 집안이군.

균은 왼손에 쥐고 있던 시를 김성립 얼굴로 들이댔다. 김성립이 굳은 표정으로 시를 받아들었다.

춥고 배고픈 기색을 감추고
하루 종일 창가에서 베만 짜고 있네.
오직 부모만이 애처롭게 여길 것이니
사방의 이웃들이 어찌 알겠나.
〈빈녀음貧女吟 2〉 가난한 여인의 노래

— <빈녀음>은 연작시야. 가난한 여인의 노래? 왜 이런 시를 쓴단 말인가?

— 그걸 왜 나한테 묻는가? 시인의 마음을 내 어찌 안단 말인가?

김성립이 고개를 외로 돌리며 말했다.

— 한두 편이 아니야. 밤늦도록 베틀 소리만 처량하게 삐걱거린다고 썼어. 낮에는 길쌈을 하고 밤에는 등불도 없었겠지. 등불이 있으면 잠자는 시간을 아껴서 시를 썼을 누이인데. 달빛을 등불 삼아 남의 옷감을 짰다는 말인가? 참으로 이상하지 않은가? 이 집이 그리 가난해 보이지 않는데 유독 며느리 방만 가난했나 보군.

균은 널따란 대청마루 위에서 간간이 흔들리는 진홍색 등불과 천정을 가로지르는 매끈한 대들보를 노려보았다.

— 시인이 밤낮으로 남의 옷을 짜며 노동을 한다? 그건 사형선고나 다름없어!

균이 김성립의 면상을 갈길 듯이 노려보았다.

— 남의 옷감을 짜면 짜는 거지. 그게 뭐가 잘못인가?

김성립도 균의 눈동자에 서린 붉은 핏발을 노려보았다.

— 옷감 얘기가 아니라 시간 얘기야! 생각할 시간이 없는데 무슨 시를 쓰겠어?

균은 뻔히 알면서 따지는 김성립의 눈가에서 꼬이고 틀어진 채로 오래 묵어버린 감정을 노려보았다.

— 여기 이 시도 가져가게!

김성립이 빛바랜 종이를 휙 던졌다. 있는 힘껏 던졌지만 종이는 나비를 품은 듯 부드럽게 날았다.

— 본인 스스로 가난을 자처한 것일세.

균이 종이를 주웠다.

고택에는 낮에도 사람이 없고
뽕나무에는 부엉이와 올빼미가 울고 있네.
옥섬돌에는 차가운 이끼 넝쿨이 있고
빈 누각에는 참새들이 살고 있구나.
말과 수레가 바쁘게 오가던 곳이
지금은 여우 토끼 언덕이 되었네.
달인의 말씀을 이제 알겠으니
나는 부귀를 구하지 않으리라.

<감우感遇> 느낌대로 노래하다

— 자네 누이는 말일세. 너무 생각이 많아. 남들이 들어가지 않는 폐가에는 왜 들어가서 부귀가 어쩌니저쩌니 도무지 이해할 수가 없군. 흥망성쇠? 그거 모르는 사람 있는가? 망하더라도 한 번쯤 흥하고 싶은 게 사람 마음이야! 폐가에 들어가 뽕잎을 따거나 토끼를 잡아 오면 칭찬이라도 하지.

— 이런, 먹고 사는 데만 급급한 집안이군.

— 이보게. 보다 현실적인 문제지. 우리 가문은 시인을 바라지는 않았네.

김성립의 눈매에 차가운 웃음이 스쳤다. 김성립의 좁은 이마에서 호롱불이 흔들렸다. 균이 누이의 시를 가슴속에 넣더니 김성립의 얼굴을 주먹으로 힘껏 후려쳤다. 노비들이 놀란 얼굴로 움직이자 마동이가 앞을 막아섰다.

— 자기 여자도 보호할 줄 모르는 이 반편이 같은 새끼야!

김성립이 오만상을 찡그렸다. 입술이 터져서 피를 먹은 모양이었다. 김성립은 균을 노려보다가 고개를 돌렸다. 치욕을 참는다는 표정이 역력했다.

— 이 새끼야! 문한가 딸을 배필로 들이면서 시인을 바라지 않았다고? 이제 와서 노비처럼 일하는 여자를 원했다고? 누이가 시인인 걸 몰랐어? 몰랐냐고!

— 현모양처 시를 쓸 줄 알았지.

— 시를 집안에 가둬놓는 인간이군. 솔개가 봉황의 뜻을 어찌 알겠나?

균이 눈가로 온도 없는 비웃음을 흘리며 말했다.

— 자네 말마따나 그런 시도 있네. 자기는 하늘 높이 천 길을 날고 대나무 열매만 먹는 아름다운 봉황인데, 오동나무에 올빼미와 솔개만 있다는 시도 있어. 우리집이 오동나무고 남편이 솔개면 시어머니는 올빼미인가? 아주 우아하게 조롱하던데. 우리집 곳간에 벼나 조는 많은데 대나무 열매는 없네. 그래서 봉황이 살지 못했나 보군.

— 그러니까 빙탄불상용이라고 했어! 얼음과 숯은 함께 있는 게 아니야. 얼음이 불을 꺼겠지! 누이의 가슴에서 불타오르는 시혼을 죽였겠지! 혼돈이 답답해 보인다고 일곱 개 구멍을

뚫는 순간 죽어버려!

— 숙과 홀의 혼돈 이야기 말인가? 내게 감히 장자를 가르치려는 건가? 여기는 성리학이 지배하는 조선이네!

— 조선이 세워지기 전부터 이 땅에 있었던 선도야! 중국으로 흘러 들어가서 도가가 된 거라고!

— 누가 모르는가? 현실을 보게. 이 나라는 불교도 억압하고 있고, 선도도 사라져가고 있어. 신선세계를 쓰는 시혼? 한 집안의 종부에게 시혼이라니! 그 사람은 사람 관계도 모르고 집안일도 모르고 오로지 자기밖에 모르는 여자였어!

— 이런, 제길. 네놈의 속물적인 분별심이 대단하구나! 높은 거, 좋은 거, 외물外物만 쫓아다니는 인간이로세. 여자도 하나로는 만족이 안 됐을 터이고. 마구간에서 천리마가 울어대는데 밭일을 시키는 인간이 아닌가?

— 내가 출사가 늦어서 그런가? 자네 누이는 남편을 공경하고 모시지 않았어.

김성립의 눈빛이 어둡게 빛났다. 하관이 좁은 얼굴에 눈그늘이 졌다.

— 누이는 네놈처럼 외물을 중시하지 않아! 마음의 자유를 중시하지.

— 자네 누이는 국가가 권장하는 미풍양속을 따르지 않았네. 아주 나쁜 여자야!

— 미덕?

— 그러니까 제발, 이제 그만 끝내!

— 이 개자식아! 이대로 끝낼 수 있을 것 같아?

균은 김성립의 멱살을 다시 틀어쥐었다. 김성립이 숨이 막힌 지 캑캑 밭은 숨을 쉬었다. 균의 주먹에 김성립의 피가 묻었다.

— 남들 눈에 품격 있게 보이려고 문한가와 사돈 맺고 그걸로 끝이었나? 사돈 욕심은 채웠는데 며느리 욕심은 못 채워서 억울하냐?

균의 조롱 어린 비웃음이 갑자기 딱 멎었다. 균은 미처 보지 못한 시 한 수를 문득 발견했다. 호흡을 멈추고 천천히 종이를 펼쳤다.

작년에는 사랑하는 여자아기를 잃고
올해는 사랑하는 남자아기를 잃었네.
애통하고 애통한 광릉의 흙이여
그 땅에는 두 무덤이 마주 보고 서 있네.
백양나무로 스산한 바람 불고
소나무 개오동나무에는 도깨비불 번쩍이는데
지전을 불살라 너희 혼을 부르고
너희 무덤에 맑은 찬물로 제사 지낸다.
그래. 안다. 너희들 남매의 혼은
밤마다 서로 따르며 잘 놀고 있겠지.

뱃속에 또 아기가 있지만
어찌 편안하게 잘 자라기를 바랄까.
아들이 또 죽을까 두려워하는 황대사를 부르며
목메는 피눈물을 속으로 삼키며 흐느끼네.
〈곡자哭子〉 아들 죽음에 통곡하다

균은 자기도 모르게 힘없이 두 무릎을 꿇었다. 온몸의 근육이, 온 땅이 그대로 주저앉는 느낌이었다.

— 뭣들 하느냐! 뭣들 하느냐!

초저녁에 일찍 잠자리에 들었다가 소란스러움에 잠을 깬 송씨 부인이 방안에서 허둥지둥 나오며 노비들을 향해 악을 썼다. 치마끈도 제대로 묶지 못하고 저고리 고름도 느슨했다.

남자 노비 두어 명이 움직이자 마동이가 또다시 앞을 막아섰다. 노비들과 마동이가 치고받는 싸움이 붙었다. 때마침 부엌에서 나오던 언년이가 솥뚜껑을 들고 덤벼들었다.

— 아들을 낳지 못하는 것은 칠거지악의 하나야! 나라법이 그래!

김성립이 턱을 들고는 의기양양하게 목소리를 높였다.

— 네 아내는 너의 종이 아니라 아기를 키우는 어머니야!

균은 신발을 신은 채로 대청마루에 올라가서 김성립에게 미친 듯이 달려들었다. 균은 김성립의 배에 올라타고 앉아서 멱살을 움켜잡았다.

— 여자가 슬프면 우주가 슬픈 거야! 아기의 어머니를 괴롭히는데 아기가 온전히 자라겠어? 이 개보다 못한 자식아!

균은 말 한마디씩 내지를 때마다 김성립의 면상을 주먹으로 한 번씩 내리쳤다.

— 아이고, 내 아들!

김성립의 얼굴이 온통 피투성이가 되고, 그것을 본 송씨 부인이 균에게 달려들었다. 송씨 부인은 아들보다 키가 큰 여자였다. 살찌고 다부진 어깨에 저고리가 팽팽했다. 송씨 부인은 균과 실랑이하다가 옥색 저고리 실밥이 툭 터졌다.

균은 송씨 부인의 실밥 터진 저고리를 물끄러미 쳐다보며 말했다.

— 짐승도 제 새끼를 정성으로 키워서 자연으로 돌려보내는데 인간이 짐승보다 못해서야 되겠습니까!

— 이놈! 누가 누구를 가르치는 것이냐!

김성립이 균의 바짓가랑이를 붙잡고 늘어지며 말했다.

— 자연의 이치가 먼저겠느냐? 유학의 예교가 먼저겠느냐? 누가 며느리의 예법을 가르쳤느냐! 나는 매형의 예법도 사돈의 예법도 가르치지 않았어!

균이 김성립을 발로 걷어차며 말했다.

— 이놈이 내 아들을 감히!

송씨 부인이 균의 팔을 물어뜯으려 와락 덤벼들었다. 균이 오른팔로 밀치자 송씨 부인이 뒤로 벌렁 나자빠지면서 호롱불이 마룻바닥으로 넘어져 깨졌다.

악! 송씨 부인이 불이 붙은 자줏빛 치마를 벗어 던졌다. 아이고! 마님! 노비들이 대청마루로 일제히 올라오면서 아수라장이 되었다.

— 학의 다리가 길다고 잘라서야 되겠습니까?

— 누가 잘랐다고 그래욧!

언년이가 균을 내리치려고 솥뚜껑을 번쩍 들고 앞으로 내달리다가 기둥에 부딪혔다.

— 두고 보면 알게 되겠지요! 진실은 얼굴을 가장 늦게 내미는 손님이니까! 누이의 시들은 내가 가져갈 거야. 마동이도!

한 마리 불새를 보았던가? 균은 씨근덕거리며 솟을대문을 발로 힘껏 걷어찼다. 육중한 솟을대문이 삐걱, 아주 느리게 열렸다.

균은 누이의 시를 들고 몇몇 대신들을 만나러 다니기 시작했다. 꼭두새벽에 집을 나섰다가 늦은 밤에야 돌아왔다. 균은 내당에 들렀다. 김씨 부인은 방안에 불도 켜지 않고 침침한 어둠 속에 우두커니 앉아있었다. 방안은 어두웠고 밖은 환했다. 달빛은 격자무늬 방문에 희미하게 스며들었다. 균이 나비촛대에 불을 붙였다.

— 어머니. 세상인심이 무섭습니다.

— 남들 눈이 있으니 더는 묻고 다니지 마라. 출가외인이야.

죽은 뒤에 서책이 무슨 위로가 되겠느냐? 사람의 인정만 못하니라. 시댁에서 먼저 나섰어야지.

김씨 부인이 어두운 방 밖을 바라보며 무심한 표정으로 대꾸했다.

— 정말 너무합니다. 사람들은 누이의 시에 관심이 없습니다.

김씨 부인이 고개를 돌려 균의 얼굴을 쳐다보았다.

— 도대체 네 말을 들을 사람이 누구냐? 죽은 아이가 서책으로 태어난다니 기쁜 일이다. 허나 왠지 주술처럼 공허한 말이구나. 초희가 왜 불태우라 했겠느냐? 남의 눈에 남겨야 할 것이 아닌 줄을 스스로 알았기 때문이 아니겠느냐?

— 소자가 해보겠습니다.

김씨 부인이 벌떡 일어섰다. 병풍으로 김씨 부인의 그림자가 사선으로 비쳤다. 김씨 부인은 무언가를 꼭 쥐고 있는 것처럼 치맛자락을 부여잡고 서 있다가 힘없이 손을 놓았다.

— 모자란 놈. 내 곁에 누가 더 남았다고…….

— 어머니…….

— 슬픔에는 이골이 났어. 나는 수없이 죽었다. 이제 더는 느끼고 싶지 않다. 삶이 죄다 변명인 줄을 몰랐느냐!

균은 후원의 누이 방으로 들어갔다. 색 바랜 당호 위로 달빛이 희게 부스러졌다. <경번당>. 하늘 선녀의 글 솜씨를 닮으라. 붓놀림은 선녀의 옷처럼 가벼워야 하고 글은 선녀의 손길처럼 사람의 심금을 울려야 한다. 허엽이 오동나무를 갈아내고 해서체로 쓴 글자였다. 후원의 작은 연못이 있고 주변에는 대숲이 무성했다.

누이의 방은 변한 것이 없었다. 금방 나간 사람의 체온이 묻어나는 방안에서 균은 등을 떨었다. 방 밖에서는 때 없이 바람이 일었고 방안은 더없이 정갈했다. 은빛 자개농과 화조도 병풍과 붉은 화문갑과 노란 나비 촛대와 오동나무 서안이 윤기를 내고 있었다.

허엽은 딸을 시집보내고 나서 하루에 한 번씩 날마다 딸의 방에 들렀다. 균은 가끔씩 들어와서 주인 없는 베개를 베고 홀로 잠을 잤다. 행랑어멈이 하루에 한 번씩 말끔하게 물걸레질을 했다. 방에는 여러 사람들의 온기가 배어있었다.

균은 나비 촛대로 다가가 불을 붙이고 비단 보자기를 정성스럽게 풀었다. 시들은 분명하게 '고독'을 말하고 있었다. 누이는 스스로 조롱 속에 갇힌 새라고 생각하고 있었다. 누이의 꿈은 무엇이었을까? 조롱 밖 푸른 하늘이었을까?

봄, 여름, 가을, 겨울 계절마다 쓴 시도 있었다. 균은 봄, 여름, 가을을 쓱 지나치다가 겨울을 읽고 또 읽었다.

누이는 추운 겨울에 누구를 그리워하고 있는 걸까?

염소 새끼를 넣어서 만든 고아주를 겨울에 빚어서 봄에 익어가는 술로 바친다? 균은 또 고개를 가로저었다. 누이답지 않았다.

누이의 시를 읽을수록 희뿌연 안개 속에 완전히 갇힌 느낌이었다. 달빛이 한층 흐려지면서 달빛과 섞인 햇빛이 꾸물꾸물 새어 들어오고 있었다.

— 거울에 난새를 그리며 놀던 누이. 난새가 춤추지 않는 건 사랑을 잃었다는 뜻이야. 사랑을 잃은 여자가 거울을 보지 않기 때문에 거울에 먼지가 끼었다는 것이 아닌가? 누이는 예쁘게 화장하는 걸 좋아했어! 누구보다도 정이 많은 여자였다고!

균의 무릎 위로 시들이 쌓여갔다. 그러다가 시 하나에 균의 눈길이 딱 멎었다.

파란 바닷물이 요해를 침범하고

청란은 채란신조와 인연으로 만났네.

부용화 27송이 휘늘어져

차가운 달빛 서리에 붉게 떨어지네.

〈몽유광상산시夢遊廣桑山詩〉 꿈에 광상산에서 놀다

의외의 시였다. 균이 알고 있는 누이는 연꽃은 지는 것이지 떨어지는 것으로 표현하지 않았다. 바닷물, 새, 꽃, 완전한 비유였다. 균은 눈을 감고 생각에 잠겼다. 시구가 머리에서 맴을 돌았다. 부용꽃 27송이가 떨어지고 달빛 서리는 차갑다. 누이는 시구처럼 27살에 죽었다.

어린 시절에 누이는 집 근처 바닷가에 자주 놀러 갔다. 누이는 열심히 모래성을 쌓으면서도 바다 위를 나는 새를 보면 새까만 눈망울을 떼지 못했다. 균은 파도가 달려들기 전에 누이가 쌓은 모래성을 발로 허물어뜨렸다. 누이를 독차지하고 싶은 마음에 공연히 부리는 심술이었다.

하늘과 바다 사이에서 움직이는 것은 새뿐이었다. 배도 뜨지 않은 날이었다. 중국에 있다는 만리장성을 쌓던 날이었다. 균은 허물어진 만리장성을 보고 있었고 누이는 날아간 새의 자취를 더듬고 있었다. 균은 누이의 혼을 뺏는 바닷물과 새가 궁금했다.

삼구三九라니. 3의 세 곱은 9이고 9의 세 곱은 27이다. 누이는 <손자산경>에 나오는 명수법을 즐겨 사용했다. 지상의 숫자는 속눈썹 아래로 조롱하던 누이였다.

천생 시인이었던 누이는 자신의 죽음을 예견했을까? 장안의 시객들이 시참詩讖이라고 수군거릴 것이다. 누이에게 시는 시인으로서 사유하는 절대 대상이지만 죽음을 예견할 만큼 영통하다는 말인가.

균은 고개를 가로저었다. 세상에는 불가사의한 일이 있지만 시구와 운명을 연결하는 것은 사람들의 억지이다. 오직 누이의 시댁 사람들만 알 수 있는 일이다. 그러나 그들 모두는 약속이나 한 듯이 입을 다물고 있다.

균은 문갑 속에서 벼루와 연적을 꺼냈다. 청자연적의 물을 정성스럽게 붓고 천천히 먹을 갈았다. 소리 없는 시간이 짙은 먹물로 걸쭉해질 때까지 먹을 놓지 않았다. 아버지 허엽이 밤새 먹을 갈던 모습이 떠올랐다. 꽉 막힌 답답한 가슴을 달빛으로 갈아내던 심정이었다는 것을 비로소 깨달았다.

방문이, 달빛이, 밤하늘이, 상한 가슴이 온통 먹물 속으로 빠져들고, 붓끝에 까만 방울로 한 점 모아졌을 때, 새벽빛은 방문을 투과해 꿈처럼 날아들었다.

방안이 온통 흰빛으로 환해졌을 때, 나비 촛대는 투명해졌다. 가엾은 앵무새가 하늘로 날아갔구나. 균은 떨리는 손으로 붓을 들었다. 아직도 남아있는가. 가슴이여, 가슴에 어지럽게 부유하는 감정들 때문에 시는 써지지 않았다.

옥구슬 깨지고 진주 떨어지니, 님의 인생 맑지 못했네. 거문고 비파는 잃어버려 켜지 못하고, 새벽 밥상 차렸어도 님은 먹을 수 없네. 침실에는 고독만이 가득하고, 여린 난초 싹은 모진 서리에 꺾여버렸네. 오직 살아있는 자만이 애통함을 껴안고…….

<훼벽사>는 더이상 써지지 않았다. 멀리서 삼경을 알리는 종소리가 뎅, 뎅, 울렸다. 한 글자에 물방울이 떨어져서 먹물이 흩어지고 종이는 흐린 자국을 남기며 젖었다. 균은 울고 있었다. 누이의 고독한 속내가 미웠다. 감나무 꼭대기 홍시처럼 속은 여물었으나 사람의 손가락 끝에서 맥없이 벗겨지는 누이였

다.

균은 의관을 갖추고 서애 유성룡의 집으로 갔다. 유성룡은 옥색 학창의에 흑색 정자관을 쓰고 앉아 조용히 서책을 읽고 있었다. 균은 비단 보자기를 풀어 시 2백 수를 내보였다.

— 옛날에 건천동에서 허봉과 교유했을 때 알고 있었네. 자네 누이의 시재 말일세. 잠깐이지만 만난 적도 있었지. 아버지를 찾아야 한다면서 밤중에 우리 집에 온 적이 있었어.

— 그, 그것이 언제였습니까?

균은 다른 사람의 입을 통해 누이의 말을 전해 들은 순간에 말을 더듬거렸다.

— 좀 오래되었어. 자네도 아버지 시신을 찾는다면서 조선 팔도를 떠돌고 있다고 하더구먼.

— 아, 그때.

균은 입매로 신음하며 괴로운 눈동자를 보였다.

— 고인이 되었다니…… 믿을 수가 없네.

유성룡의 안색이 어둡게 가라앉았다. 그러면서도 서안 위에 올려놓은 시들을 선뜻 읽으려고 하지는 않았다. 균은 보자기에서 나머지 시들을 더 꺼내어 서안 위로 올렸다.

유성룡은 종이를 뒤적거리며 시를 읽었다.

— 허허. 자네 집안은 어찌 이리도 재주가 많은가. 5문장가 집안이로고.

5문장가는 아버지 허엽, 맏형 허성, 둘째 형 허봉, 누이 허난설헌, 막내 허균을 말하는 것이었다. 유성룡과 균의 눈빛이 마주쳤다.

— 이미 불태워진 것이 1천 수나 됩니다.

저런. 유성룡이 시 뭉치를 흘깃 쳐다보았다. 균은 공손히 고개를 숙이며 방바닥에 두 손을 짚었다.

— 남은 것은 2백 수밖에 되지 않지만, 당당히 서책으로 내고 싶습니다. 서책은 교서관에서 인쇄되어야 합니다.

— 서책을 내려면 지방 관리에게 찾아가는 것이 쉬울 터인데? 나를 찾은 것은 궁궐의 융문루와 융무루에까지 올리겠다는 뜻이 아닌가?

유성룡이 놀란 눈으로 균을 쳐다보았다.

— 그렇습니다.

균은 조금도 머뭇거리지 않고 즉시로 대답했다. 유성룡은 한 손으로 턱을 짚고는 생각에 잠겼다. 오동나무 서안의 모서리를 탁, 탁, 탁 손가락으로 가볍게 치고 있었다. 그러다가 난색을 표하며 종이 뭉치를 균 앞에 도로 물렸다.

— 그만두게. 죽은 사람의 시들을 가지고 돌아다녀서 무슨 이익을 얻겠다고.

— 이익이라니요?

— 그냥 답답해서 하는 말이네. 문한가 집안이라지만 규방의 여자가 쓴 시일세. 아무도 눈여겨보지 않을걸세.

유성룡이 어색한 웃음을 거두며 말했다. 균은 천장의 대들보를 쳐다보며 껄껄껄 웃었다. 흰 도포 자락 속으로 애달픈 가슴이 가라앉았다.

— 이대로 물러설 수는 없습니다.

— 자네 뜻이 정 그러면 내가 몇몇 대신들과 만나 한번 논의를 해봄세. 다른 날에 다시 와 주겠나?

균은 열흘 후에 유성룡을 다시 찾아갔다. 균은 희망을 버리지 않은 얼굴을 들었고 유성룡은 낙심한 표정으로 고개를 가로저었다.

— 역시 아니 되겠네. 끝까지 읽지도 않아. 계집의 글이라는 것이 문제야.

유성룡은 균 앞에 시 뭉치를 도로 내놓았다. 균은 유성룡 뒤의 병풍을 노려보았다. 단순한 그림이었다. 태양을 가린 뿌연 하늘은 뒤로 물러서고 아무것도 없는 풍경 속에서 흰 눈과 붉은 매화가 또렷했다.

— 부부覆瓿라는 말이겠지요. 장독이나 덮을 정도로 하찮은 글이라는 뜻이겠지요.

— 부부라고 말한 사람은 없네. 허나 흠을 잡으려고 들면 잡히지. 어디서 많이 본 듯한 시라는 평일세. 아마도 당나라 시를 모방한 듯싶어.

— 이거 왜들 그러십니까? 조선 문단이야말로 중국 시풍을 모조리 따라 하고 있지 않습니까?

— 시의 세계가 고고하니 여자가 독학으로 이루어냈다고 보기도 어렵고.

— 어찌 글을 누구의 문하로 내리받겠나이까? 독학으로 이루어낸 출중한 시도 있습니다.

— 이달이라는 자에게서 사사 받았다고는 하나…… 물론 그자가 삼당시인 중 으뜸이었다고 하지만 적자가 아닌 서출이라서 글재주를 신뢰하기가 어렵네.

— 대감. 시에도 적자와 서자의 구별이 있습니까?

— 다른 대신들이 다 그리 말하니 어쩌겠나. 아계 이산해나 월탄 한효순도 힘이 되어주지 못해서 진심으로 미안해했네.

유성룡은 균을 바라보고 있었고 균은 방문 밖 햇빛으로 눈길을 돌렸다.

— 이보게. 지금은 때가 좋지 않아. 자네 아버지가 돌아가신 이후로 동인의 시대는 끝이 났어. 정여립은 물론이고 내암 정인홍, 망우당 곽재우, 반계 유형원, 동강 김우옹 신진세력들의 움직임이 심상치 않아. 모두 아무렇지도 않은 얼굴들을 하고 있지만 불안한 정국이야. 자네 누이의 시는 관심 밖이란 말일세.

유성룡은 균에게 설명하려고 애를 쓰고 있었다. 균이 병풍 쪽으로 다시 고개를 돌렸다. 병풍 속에는 겨울과 매화가 함께 어울리고 있었다. 두 사람의 눈빛이 엇갈렸다. 유성룡은 난처한 표정을 지었고 균은 낙심한 표정을 지었다.

— 대감께서는 다를 줄 알았습니다.

균은 서운한 기색을 숨기지 않고 말했다. 유성룡은 상대방의 서운함을 다소나마 걸러내려는 웃음을 애써 웃어 보였다.

— 마음을 쳐내는 칼날 같은 말은 여전하구먼. 이 사람아. 자네가 사람의 진정을 소중히 여긴다는 것을 알고 있네. 허나 세상일에 본심을 드러내기가 어디 그리 쉬운가? 세상에 귀한 기화요초도 때 모르고 내리는 된서리는 이겨내지 못한다네. 다만 시국이 그럴 뿐이니 상심은 거두게. 하늘이 내린 청옥을 잠시 흙에 묻어둔들 그 빛이 상하겠는가? 집안의 가보로 곱게 간직해서 후손에 전하게.

— 다른 길이 있겠지요.

균은 기대와 절망이 별반 다르지 않다는 표정으로 유성룡을 바라보며 손가락으로는 열없는 이마를 쓸어내렸다.

— 포기하지 않는구먼.

— 포기할 이유가 없습니다.

균의 표정이 담담해졌을 때에 유성룡이 갑자기 오른쪽 무릎을 쳤다.

— 자네. 명나라로 가보게. 황제의 신임을 받는 주지번과 양유년이 조선의 시에 관심이 많다는 소리를 얼핏 들었네.

유성룡은 균의 얼굴에 비치는 희색을 놓치지 않았다. 마음의 부담을 덜어내는 가벼운 웃음을 균보다 먼저 웃었다.

— 명나라 밖의 시들을 모으러 다니는 모양이야. 명나라에

서 내로라하는 유명한 문사들이 아닌가. 명나라에서 서책을 낼 수 있다면 대단한 일이지. 명나라에서 되는 일이라면 조선에서도 되는 일일세. 몹시 어려운 일이지만 꼭 그렇게 생각할 일도 아니지.

— 그렇지요.

균이 다소 미심쩍은 눈빛으로 고개를 끄덕였다. 유성룡은 균의 안색을 살피며 확실한 어조로 말했다.

— 자네 가문에 더 좋은 일이 있으려고 조선 땅에서 이리 어려운지도 모를 일이네. 명나라에 이름을 내는 일을 누가 생각이나 하겠나. 국경선을 무사히 통과할 수 있도록 왕실의 사신과 같은 예우를 받도록 내 힘써 보겠네.

— 그런 기회를 얻기가 쉽지 않으니 원하는 장사치들이 있으면 함께 가겠습니다.

3

양유년은 이삼일에 한 번씩 균을 찾아왔다. 방안의 붉은색에 정신이 혼미해질 정도로 지쳐갈 즈음이었다.

— 황제께서 지상으로 올라오셨나이다.

균은 또다시 길고 긴 복도를 걸었다.

— 폐하. 조선에서 온 허균이옵니다.

두 명의 궁녀가 서로 마주 서더니 양쪽에서 스르르 문이 열렸다. 양유년과 균은 두 눈을 내리깔고 발을 먼저 들이밀었다.

명나라 황제는 신종 주익균이었다. 주익균은 염라대왕처럼 위풍당당했지만 어두운 얼굴빛이었다. 독한 아편 때문이었다. 용상에 앉아 눈을 반쯤 뜬 황제는 눈꺼풀만 달싹 움직였다. 양유년과 균은 허리를 굽혀 세 번 절하고 머리를 아홉 번 조아렸다. 조선의 왕실보다 세 곱절 많은 수였다.

궁녀들은 황제로부터 세 보의 거리를 두고 대기해 있었다. 머리카락을 정수리까지 틀어 올린 궁녀들이 제 몸보다 큰 깃털 부채를 조금씩 흔들고 있었다. 궁녀가 조금 몸을 틀 때마다 귀고리들이 미세하게 흔들렸다. 황제의 오른편에는 천체를 돋을새김으로 그린 커다란 구球가 있었다. 하늘의 별자리였다.

— 조선 왕이 보낸 것이 아니라고 들었다. 왕이 보내는 것이 아닌 별다른 것을 가지고 왔다고.

황제의 목소리는 아주 굵고 보통 사람보다 훨씬 낮았다.

— 주청사가 이미 다녀갔다. 명나라 황실의 경조사를 챙기면서 공물을 바치지만 속셈은 다른 데에 있다. <대명회전>의 <태조실록> 글자를 바꿔 달라고 자꾸 귀찮게 구는 조선이 아니냐. 칫. 2백 년 전에 간행된 서책의 글자를 바꿔 달라고? 이성계는 죽었어. 왕실의 정통성이 어쩌고저쩌고. 이성계를 데려와. 당사자를 데려오면 바꿔주지.

핫하하. 황제가 크게 웃었다.

— 서책의 글자를 바꿔준다면 조선은 명나라에 무엇을 주겠느냐?

황제의 뚱뚱한 배가 불룩거렸다. 조선 왕실의 정통성을 세우기 위해 달려온 길은 아니었지만, 성문보다 단단한 황제의 마음을 열어야 했다. 균은 긴장했다. 황제의 미간은 흐려져 있고 제대로 보이지 않았다. 천장에서부터 내려온 긴 옥구슬 주렴 때문이었다. 옥좌에 새겨진 황룡의 여의주는 붉은 천장을 향해 있었다.

— 조선에서 가져온 것이 무엇이냐? 천리마 수백 마리냐? 세모시 수백 필이냐? 산삼 수백 근이냐? 무엇이냐?

황실은 더웠다. 공작 깃털 부채가 좌우에서 상하로 움직이기 시작했다. 황제는 목 뒤에 호두 알만한 종기를 앓고 있었다. 서양인은 종기에 좋은 약을 진상했다. 서양인의 얼굴은 연희의 탈보다도 우스꽝스럽다고 했다.

— 여자의 시이옵니다.

균이 대답했다. 황제의 표정이 일그러졌다.

— 여자? 어떤 관계냐?

— 어인 하문이시옵니까?

— 꽃이 아무 때나 피더냐?

— 누이의 시들을 명나라에서 인정받아 서책으로 내고 싶나이다. 수천 년 전부터 넓은 중원에는 대상들이 오고 갔나이다.

귀한 물건들이 비단이나 향료뿐이겠나이까? 서책도 있었겠지요.

— 그렇다. 얼마 전에 서양인이 이야기책을 가져왔다.

황제가 왼손으로 손짓을 했다. 궁녀가 서책 한 권을 이마보다 높게 들고 들어왔다.

— 말을 타고 싸우는 기사담이다. 명나라에도 영웅담이 있다. 적군의 시체를 파먹는 개떼를 몰고 오는 전사. 인골로 만든 뿔피리…….

황제는 말 위에서처럼 균을 내려다보고 있었다.

— 서양 기사는 하찮은 계집을 위해 칼을 뺀다. 그것이 기사도이다. 우습다. 칼을 빼면 나라를 구하거나 나라를 세워야 한다. 췻. 잠자리에나 쓸 계집을 위해 칼을 빼다니.

황제는 호쾌히 웃으며 거들먹거리는 태도를 보였다. 서양인이 마음에 든 모양이었다.

— 계집도 계집 나름이 아니겠나이까?

황제가 웃음을 싸악 거두었다.

— 수년 전에 다녀간 마테오 릿치의 서책보다 짐의 눈길을 끌어야 한다.

— 예. 폐하.

— 흠. 과인이 그대를 만날 이유는 없지만…… 특별한 주청이 있었다. 주지번은 명나라의 국보급 문사이지. 인연으로 생각하라.

— 허씨 집안과 인연이 깊사옵니다. 폐하. 무진년에 허엽이 진하사로 다녀갔고 갑신년에는 허봉이 서장관으로 다녀갔나이다.

환관이 머리를 조아리며 말했다. 황제는 균을 한참 노려보더니 소리를 꽥 질렀다.

— 주지번을 들라 하라!

양유년이 나가고 주지번이 들어왔다. 작은 체구에 예민한 눈빛을 가진 남자였다. 주지번은 허리를 굽혀 세 번을 절하고 아홉 번 머리를 조아렸다.

— 짐은 몇몇 대신들만 통하지. 흐흥. 매사가 권태롭고 귀찮아서 말이야. 국정보다 연희가 더 재밌어. ……허나 경의 말이니 한번 들어나 보자.

— 황공하옵니다. 폐하.

주지번이 바닥에 이마를 댔다.

— 귀로 듣기에는 새소리만 한 것이 없고 몸에 부드럽기는 바람만한 것이 없습니다. 사람의 마음을 움직이는 데는 눈물만 한 것이 없고 자연의 호연지기에 비길 것에는 글만한 것이 없사옵니다.

균이 말했다.

— 칫. 사설이 길구나. 과인은 천재일우의 기회를 주는 것뿐이다.

— 폐하. 신선세계에서 노니는 노래. 유선사이옵니다.

— 규원가가 아니라 유선사라는 말이냐? 신선세계? 오, 도원. 복숭아밭에서 오래 살고 싶다. 그래서 아편을 먹지. 아편은 현실을 잊은 꿈속이라.

황제는 몽롱한 표정으로 손을 휘휘 내저었다. 깃털 부채가 뒤로 한 발짝 물러났다.

— 규방의 계집도 시를 지으며 하늘을 바라봅니다.

— 쳇. 처음부터 허튼소리로다. 규방의 계집이 어찌 하늘을 알겠느냐?

— 믿어주시옵소서.

— 쳇. 신필神筆인가? 세상에 내려온 선인들이 있긴 하지. 문인들이나 화공들이나 음률을 고르는 악공들이 그러하다. 황제마저 조롱하는 시인의 호방함을 알고 있다.

황제는 고개를 흔들더니 눈을 가늘게 뜨고는 균을 내려다보았다. 의심이 많은 눈이었다.

— 그대에게서는 자미성의 기운이 느껴진다. 혹 임금이 될 꿈을 꾸느냐?

— 폐하. 자미성의 기운은 유선사에 들어있습니다.

균은 황급히 대답했다. 늙은 환관이 다가오더니 균의 다리 밑으로 손을 집어넣었다.

— 없사옵니다.

환관이 말했다. 황제가 고개를 끄덕였다.

— 짐이 반역을 말하는데도 오줌을 싸지 않은 인간은 그대

뿐이다.

— 황제여, 들어주소서.

— 폐하. 유선사는 위진시대에 시작되어서 진나라와 당나라 때에 유행했던 시이온데 조선의 여자가 지었다니 한번 들어보소서.

주지번이 말했다.

— 쳇. 보이라.

황제가 뚱뚱한 배를 내밀며 말했다. 문이 열렸다. 궁녀는 균이 가져온 시 보따리를 들고 있었다. 환관이 비단 보따리를 받아들었다. 공작새 깃털 부채가 다시 움직였다. 깃털마다 초록의 눈들이 또렷이 박혀 있었다. 낮과 밤을 응시하는 눈들이었다.

— 시를 알아보는 눈에는 눈높이가 있는 법. 과인이 먼저 그대의 시격을 보아야겠다.

황제가 한껏 거드름을 피우며 말했다. 균은 황실의 천장을 쳐다보며 생각에 잠겼다. 황제의 얼굴에 흐릿한 미소가 번졌다.

— 누이의 시로 화답하옵니다.

궁녀는 아편이 담긴 적색 호리병을 들고 육각의 방문 밖에서 기다리고 있었다. 곁을 스치기만 해도 체취가 나는 궁녀들이었다. 황제가 궁녀를 보고 손짓했다. 균은 호리병을 쳐다보며 머릿속에 외우고 있는 시를 읊었다.

이백이 고래 타고 요경에서 예를 올리니

서왕모가 벽성에서 잔치를 열어 서로 머물렀네.

채색 붓을 손에 들고 구슬 옥玉자를 쓰니

술 취한 얼굴이 마치 <청평조> 선사할 때와 같구나.

〈유선사遊仙詞 44〉 신선세계에서 노니는 노래

청평조란 말에 황제가 문득 귀를 기울였다. 황제는 궁녀에게 다시 손짓을 했다. 궁녀가 호리병을 들고 물러갔다.

— 청평조는 당나라 현종과 양귀비가 침향정에 올라 모란꽃을 구경할 때에 이태백이 지어 올린 세 수의 악부체입니다.

주지번이 말했다.

— 현종의 첩 무소불위의 양귀비에게 벼루를 들게 하고 당대의 세도가 고력사가 신발을 벗게 만들었다는 이태백의 시?

— 그러하옵니다.

주지번이 말했다.

— 음. 재미있구나. 15살부터 신선세계를 좋아했다는 천하의 이태백이 하늘나라에서도 왕모와 어울리며 비단에 글을 쓰는 모습이 그려지는구나. 술에 취하고 달에 취했던 이태백이 죽어서도 술 취한 모습 그대로더냐. 시 속에서 이태백이 펄펄 살아있구나.

황제는 두꺼운 입술을 쫙 벌리며 유쾌하게 웃었다.

— 이백에게는 이적선이라는 별명이 있습니다. 하늘나라에서 땅으로 귀양 온 신선이라는 뜻입니다. 하지장이 이태백의 시를 읽고는 사람이 쓴 것이 아니라 귀신이 쓴 것이라 했나이다. 천의무봉. <태평광기>를 쓴 곽한이 천상의 선녀를 만났는데 선녀의 옷에는 실이 없었다고 하옵니다. 글로 따지면 이리저리 꿰어맞춘 글이 아니라 천연스럽게 흐르는 문장을 말하옵니다.

주지번도 즐거운 표정으로 말했다.

— 흠. 천의무봉을 말함이냐. 천재의 문장에 대한 주석이 참으로 명료하고 정확하다. 그대의 누이도 하늘나라에서 유배된 선녀라는 별명을 얻었느냐?

— 그러하옵니다.

균은 또 다른 시를 읊었다.

파초꽃 이슬에 눈물짓는 소상강 굽이
아홉 봉우리 운무에 가을 하늘이 푸르네.
물속 궁전 서늘한 파도에 용은 밤마다 울고
남방 아가씨 맑은 옥을 두드리듯 노래하네.
난새 떠나고 봉황새 이별하니 창오산 멀어지고
빗기운이 강을 침범하니 새벽달이 희미하네.
한가로이 석벽 위에서 신묘한 거문고를 뜯으니
꽃 같고 달 같은 아가씨가 강가에서 새처럼 우네.

아름다운 은하수는 까마득히 멀고도 높은데

깃털 덮개 금빛 지주가 오색구름 속으로 사라지네.

문밖의 어부들이 <죽지사>를 부르는데

은빛 연못에 상사월이 반쯤 걸려있구나.

〈상현요湘絃謠〉 소상강 거문고 노래

균이 조금 울먹였다. 주지번이 놀라는 눈으로 균을 쳐다보았다. 황제는 누이의 시를 외우고 있는 균의 모습을 빤히 쳐다보고 있었다.

— 상사월이 반쯤 걸려있네. 음. 그리도 차고 흐릿한 날에 짐은 푹 잤도다. 또 있느냐?

— 송궁인인도送宮人人道. 도 닦으러 가는 궁녀를 배웅하는 시도 있사옵니다.

— 임금의 사랑을 잃어서 여도사가 되었다고?

황제는 갑자기 하하핫 크게 웃었고 궁녀들은 서둘러 깃털 부채를 열심히 흔들었다. 황제 이마에 붙은 머리카락이 몇 올 급하게 날렸다.

— 천 수나 되옵니다.

균이 말했다. 황제가 눈을 부릅떴다.

— 천 수나 외우고 있다는 말이냐!

— 아니옵니다. 전체가 천 수이고, 외우고 있는 것은 백 수 정도입니다.

— 백 수…….

황제가 멍한 표정으로 말했다.

— 누이는 연작시를 많이 썼나이다. 선녀가 베틀에 앉아 옷을 짜듯이. 허나 대부분 불태워시고 남은 것이 213수. 그중에 유선사가 128수이옵니다.

— 희한한 남매로고. 그대의 누이를 한번 보고 싶구나.

황제의 목소리는 한껏 누그러져 있었다. 균이 슬픈 표정을 누르며 깊이 허리를 꺾었다.

— 죽었나이다.

— 왜? 속세의 시간을 희롱한 것이냐.

— 한스러움입니다. 누이의 시로 답하옵니다. 역양의 오동나무가 차가운 그늘에서 몇 년을 견디다가 훌륭한 장인을 만나 거문고가 되었는데, 아무리 곡을 연주해도 그 소리를 알아듣는 사람이 없으니…….

— 찬 그늘을 견딘 오동나무의 소리를 아무도 몰라주는구나. 뼈마디마다 천지를 돌아온 바람 소리가 숨어있는 것을! 높은 자존감이 한스러움을 낳았도다!

— 시집간 여자이기 때문이옵니다.

— 시집간 여자? 우리 명나라의 친영제를 말함이군. 조선도 친영제로 바뀌었다고 들었다. 으음. 남자는 세상을 바라보지만, 여자는 남자의 두 어깨를 바라본다는 말이 있지. 안타깝도다. 시 안에는 우주를 품었는데.

— 누이는 자유와 평등의 대도大道를 노래하는 앵무새이었사옵니다.

— 대도를 아는 시인의 마음이 그러할진대 시 밖에 어찌 남녀의 구별이 있겠는가? 가여운 앵무새로다. 그 오색찬란한 깃털로 하늘을 자유롭게 누빌 수 있는데 말이니라. 안타깝도다.

— 시로써 뛰어넘을 수 없는 인간 세상의 시시비비, 귀천이 안타깝사옵니다.

— 시로써 뛰어넘으려 했다고? 그것을 아는 그대의 누이는 이미 신선이다. 신선세계에서 복숭아나무에는 5백 년에 한 번씩 꽃이 핀다. 인간 세상의 모든 하찮은 일들을 잊을 수 있는 시간이지. 중원에는 인간이 오를 수 없는 산들이 많다. 하늘에 가까이 있는 산들이다. 높은 산에 걸린 운무를 보았느냐.

— 보았나이다.

— 짐은 마차를 타고 산으로 올라가서 오수를 즐긴다. 짐이 꿈속과 같은 아스라한 안개를 좋아하나 자금성으로 옮길 수가 없다. 자금성에 깊은 연못을 만들고 높은 산을 만들었으나 안개는 옮기지 못했다. 산의 풍취는 옮길 수가 없구나.

황제가 시무룩한 표정으로 말했다.

— 폐하. 망극하옵니다.

주지번이 머리를 조아렸다.

— 허나 유선사를 보면 이 세상인 듯 아닌 듯 아스라한 안개의 풍취가 느껴지는 도다.

— 그곳에서는 자유와 평등이 손을 잡고 안개와 호랑이가 함께 놀며 여우와 물고기가 사귀옵니다.

균이 말했다.

— 그대 누이의 시가 그대를 움직였듯이 중국의 문사들을 움직여서 더는 부질없음이 아님을 보이겠노라. 이는 짐의 뜻이 아니라 그대 누이의 뜻이노라. 신선세계를 노니는 여장부가 조선과 명나라를 구별하겠는가? 여봐라! 공은 붓을 들라.

황제가 주지번을 향해 말했다.

— 이백의 시에서나 볼 수 있는 세계로 들어갔으니 슬퍼 마라. 설워 마라. 풍진세상을 끝내고 하늘로 돌아감이 아니더냐.

— 그렇사옵니다. 예를 중시하는 유교에서나 망자를 생각하며 슬프게 곡을 합니다.

환관이 먹물을 들여왔고 궁녀가 흰 천을 들여왔다. 궁녀 둘이 달려 나와 흰 천을 바닥에 깔았고, 그 위에 무릎을 꿇은 주지번이 균에게 먼저 붓을 건넸다.

옥구슬 깨지고 진주 떨어지니
님의 인생 맑지 못했네.
하늘이 준 재능이 그리도 풍부했는데
어찌 잔인한 벌을 주고 또 그렇게 빨리 빼앗아갔는가.
혼은 어디로 나부끼며 날아가나?
저 까마득한 하늘 끝 요압

백옥루로 되돌아가 소요하며

신선 무리를 따라 지내소서.

허균, 〈훼벽사毁壁辭〉 옥구슬이 깨지는 아픔을 쓴 글

궁녀들이 소맷자락으로 눈물을 훔쳤다.

주지번이 붓을 들었다.

규방 여인의 수려한 글은 색채를 드러내는 꽃부리를 따서 그려내는 듯, 천지산천의 신령스러움이 울리는 바, 강하게 할 수도 없고 또한 막을 수도 없다. ……즉, 달을 읊고 바람을 조롱하니 어찌 이대로 그만두고 끝내는 것이 옳겠는가. 이로써 이제 허씨의 <난설재집>을 보니 또한 속세의 티끌 밖 회오리 바람이로구나. 수려하나 쏠림이 없고 공허하면서 뼈대가 있다. 유선사 모든 글은 다시 본질을 생각하는 글로 마땅히 엮어져야 한다. ……허씨 가문은 재주가 많아 ……눈여겨보고 뜻을 합쳐 문득 표제에 몇 마디 적는다. 이로써 이 시집을 보게 되면 서언이 그릇되지 않음을 마땅히 알 것이다.[1)]

주지번이 붓을 내려놓았다. 환관이 두 손을 내밀어 넘겨받았다. 균이 눈물 어린 얼굴을 바닥에 대고 부복했다. 정확히 알 수는 없지만 가슴에서 새 한 마리가 후루룩 날아가는 느낌이 들었다.

균이 고개를 들었다. 황제 뒤의 산들이 밀도 있게 줄어들었다. 용포의 붉은빛과 산의 푸른빛이 서서히 뒤섞이고 있었다. 달은 여러 개였다. 황궁의 벽화 속에서도 굴원과 이백의 시에서도 누이의 시에서도 여러 개의 달이 있었다. 지독히 닮았다. 균은 어지럼증을 느꼈다. 달들이 뱅글뱅글 맴을 돌고 있었다. 달은 시간을 초월한 결정체였다.

— 천天!

균은 성급히 말을 토했다.

— 누이의 죽음을 너무 슬퍼하지 마시오. 어찌 소동파의 마음뿐이겠소. 시인의 죽음이란 홀가분하게 세상을 버리고 홀로 신선이 되어 하늘로 올라가는 우화등선이 아니겠소.

주지번이 말했다.

— 그대의 누이는 어떤 여자였느냐?

황제가 물었다.

— 새들도 좋은 나뭇가지를 가려 앉는다 했는데…… 나뭇가지에 잘못 앉아 종일토록 날갯짓만 하다가 어둠만 삼켜버린 새였사옵니다.

— 어둠만 삼켜버린 새? 그대도 시인이로군.

— 누이는 자기애가 강한 여자였습니다. 자기 자신의 실존에 깊이 뿌리를 박고 서 있는 나무처럼. 간혹 다른 사람을 응시할 때에도 자기 자신을 들여다보던 눈길 그대로였사옵니다. 남에게 주던 눈길마저 자기애와 같은 것이었으니 그 마음은

거짓 없이 참되었습니다. 참되었기 때문에 불행했던 것인데…….

— 별스럽군. 연희보다 재미있겠어. 과인이 그대에게 후일담을 청해도 되겠는가?

— 폐하, 길고 긴 이야기이옵니다.

— 이 권태롭고 지겨운 날들을 천둥처럼 깨우는 이야기라면.

황제는 균을 더 가까이 보고 싶은 마음에 고개를 앞으로 내밀었다.

4

강원도 강릉이었다. 바다를 낀 하늘은 온통 회청색이었다. 흰색이, 붉은색이, 푸른색이, 회색이, 검은색이 섞여들며 바닷물처럼 흘렀다. 바람은 먼먼 뱃고동 소리를 냈다. 바람은 푸른 하늘 끝에서 불지 않고 검푸른 바다에서 휘돌아 올라왔다. 산과 바다가 가깝게 어울려 있는 땅이다. 바닷물을 먹은 해송이 빼곡히 들어선 길을 지나 서쪽으로 오 리쯤 들어가면 작은 마을이 있었다.

경포호수의 물소리가 솔밭 사이로 들어오는 솟을대문 집 애일당이었다. 허엽의 처가, 예조참판을 지낸 김광철의 집이었다. 솟을대문 안에는 대청마루가 있고 처마의 기왓장은 새 꼬리 모양으로 날렵했다. 기왓장을 얹고 백토를 바른 담장에는 철마다 꽃들이 피었다. 솟을대문 앞에는 해송 십여 그루가 줄지어 서 있었다.

허엽은 '초당草堂'이라는 당호를 애일당 옆에 붙였다. 당호는 참나무에 검은 옻칠을 하고 흰 글자로 새겼다. 허엽은 서화담 문하였다. 화담 서경덕은 꽃 화花 자를 쓰고 초당 허엽은 풀 초草 자를 써서 물 위의 꽃과 땅 위의 풀이라는 뜻을 서로 나누었다.

허엽은 조용한 성품이었지만 파격을 즐겼다. 조선의 문사들이 당나라의 시풍을 모방했지만 허엽의 시적 안목은 남달랐다. 시의 형식을 깨고 시어를 과감히 생략했다. 절제된 시이었다. 허엽은 언제든 시상이 떠오르면 그 자리에서 먹을 갈았다. 온 집안에 묵향이 은은히 배어들었다. 집안 노비들은 어느 방에서 당장에 글 내기가 벌어지는지를 알았다. 허엽은 문장으로 실력을 가늠하는 놀이를 즐겼고 말 타고 달리며 사냥도 즐겼다. 특이한 것은 고관대작부터 중인까지 두루 상대한다는 것이었다.

허엽은 흰 도포에 갓을 쓰고 집을 나갔다가 달포나 한 계절 동안 개성 화담 서경덕의 집에 머무르는 일이 많았다. 허엽이 한양 길에서 돌아왔다. 김씨 부인이 비단신을 꺾어 신고는 마당으로 서둘러 내려갔다.

— 인편의 기별보다 하루가 늦었어요.

허엽이 뒤를 돌아보았다. 김씨 부인은 그제야 남편의 뒤를 따라온 초동을 눈여겨보았다. 김씨 부인과 눈길이 마주치자 초동은 꾸벅 인사를 했다. 예닐곱 살 남짓한 순한 얼굴에 몸은 다부지게 보였다.

— 화담에서 허드렛일을 하는 아이인데 똘똘해 보이기에 데려왔어.

사내아이가 입고 있는 저고리와 바지는 다소 낡았는데 소매는 깨끗했다. 옷이 아이의 몸에는 커 보였다.

— 마구간에서 말똥을 치우는 아이야. 사람들이 말똥이라고 부르던데. 우리 집에서는 마동馬童이라고 불러.

허엽이 대청마루로 몸을 돌렸다.

— 자네, 이 아이에게 방을 내주게.

김씨 부인이 말했다.

행랑어멈이 다가가 사내아이가 어깨에 메고 있는 괴나리봇짐을 내리려 하자 아이는 울상을 지으며 뒤로 한 걸음 물러섰다. 행랑어멈은 사내아이의 어깨를 툭, 한 대 치면서 끌어다가 괴나리봇짐을 억지로 내렸다. 괴나리봇짐에서는 개살구 서너 개가 나왔다. 행랑어멈이 사내아이를 향해 눈을 흘기며 우물가로 데려갔다.

허엽은 가죽신을 벗고 대청마루로 올랐다. 김씨 부인이 계집종에게 눈짓을 했다. 계집종이 먼지 묻은 가죽신을 들고는 뒤꼍으로 사라졌다. 허엽은 사랑방으로 들어갔다. 옥로를 붙인

갓을 벗어서 벽에 걸었다. 옥로는 푸른 옥으로 만든 해오라기였다. 김씨 부인이 얼른 도포를 받아들었다. 계집종이 마른 수건과 세숫대야를 들고 들여왔다.

— 오고 가시기가 힘든데 한양으로 이사하는 게 어때요? 이제 친정 부모님도 돌아가셨으니.

— 아이들이 클 때까지 몇 년 더 기다릴 참이오. 뭐 딱히 기다린다기보다는 그냥 사는 거지. 이곳은 바다가 좋아. 조선에 저리 격렬한 바다는 없어. 해송은 또 어떤가? 새벽은 바다를 통해 올라오고 있어. 글을 아는 사람은 땅의 풍취를 알지.

김씨 부인이 남편의 발을 조심스럽게 씻겼다. 물은 두 발의 복숭아뼈까지 차올랐다. 계집종이 기다리며 서 있다가 세숫대야를 들고 나갔다.

— 전하께서 사가독서를 명하셨소.

— 정말이에요?

— 자연 속에서 서책을 마음껏 읽고 충분히 사색한 후에 올라오라는 어명이오. 좀 좋은 일이오. 아이들 독서에 이만한 환경이 없소.

방문 밖에서 솟을대문이 열리는 소리가 났다. 반쯤 열린 방문으로 행랑아범이 보였다.

— 관에서 손님이 오셨습니다요.

— 신임 부사 김윤이라고 합니다.

김윤은 작달막한 키에 옥색 도포를 입고 있었다. 허엽은 가볍게 맞절을 했다. 김씨 부인이 얼른 일어나서 윗목으로 물러나 앉았다. 행랑어멈이 다과상을 들여왔다. 마당의 백단나무에서 작은 새가 날아올랐다. 허엽은 백단나무로 잠깐 시선을 돌렸다. 김윤은 허엽의 옆얼굴을 바라보고 있었다. 허엽이 고개를 돌렸고 눈이 마주치자 두 사람은 멋쩍게 웃었다. 김윤이 먼저 입을 열었다.

— 강릉은 산 좋고 물 좋은 곳입니다.

— 문향이지요.

허엽은 김윤의 얼굴을 뚫어지게 쳐다보았다. 사내의 얼굴과 눈동자가 맑지 못했다. 얍삽해 보이는 얼굴에 부드러운 표정과 말씨가 거슬렸다.

— 무슨 일로 이 사람을 찾아오셨습니까?

김윤이 허리를 숙이면서 웃었다.

— 한양의 소문이 이곳 강릉까지 자자합니다. 지척에 있는데도 늦게 찾아뵌 결례를 용서하시옵소서.

허엽의 표정이 일그러졌다.

— 인사를 올립니다. 볼품없는 선물이라서 부끄럽습니다. 안동 세모필과 명나라 비단입니다.

— 소문이라니 사람을 잘못 보셨습니다. 이 사람은 방안에 앉아 서책을 읽는 유자일 뿐입니다.

허엽이 김씨 부인을 쳐다보았다.

— 우리 집에 먹을 쌀이 부족한 것이오?

— 아니옵니다.

허엽이 다시 김윤에게 고개를 돌렸다.

— 호의는 감사합니다만.

허엽은 서책으로 고개를 돌렸다. 김윤은 허엽을 쳐다보며 당황했다. 귀한 선물 보따리를 풀지도 않고 물리는 것이 진정인지 거짓인지 알 수 없었다. 김윤은 황황한 발걸음으로 사랑방을 물러 나왔다. 김윤은 급히 가죽신을 꺾어 신고는 솟을대문을 나갔다. 관노가 세모필과 비단을 지게에 다시 지고 김윤의 뒤를 쫓아갔다.

김씨 부인이 남편에게로 다가앉았다.

— 당황해서 나가는 모습이 안 되어 보입니다.

— 새로 부임해놓고 백성보다 윗사람을 살피니 글렀어. 인맥만 쫓아다닐 위인이야.

허엽이 불편한 표정을 지었다.

— 연엽주를 들이라 할까요? 고두밥과 연잎이 잘 익어서 몸이 개운해지실 거예요.

— 자연은 조용한데 사람이 시끄럽군. 사가독서를 끝내는 3년간은 조용히 살 것이오.

— 예. 알겠어요.

— 먹을 갈아야겠소.

허엽은 한 식경 동안 움직이지 않고 앉아서 먹을 갈았다. 김씨 부인은 그 옆에 조용히 앉아있었다. 남편은 벼루를 갈아내는 것이 아니라 상한 마음을 갈아내는 것이었다. 허엽은 벼루에 가득 찼던 먹물이 걸쭉해지고 허벅지가 뻐근해져서야 바로 앉았다.

초당에서 십 리도 못 되는 가까운 곳에 오죽헌이 있었다. 오죽헌에는 하늘을 가린 밤나무 숲이 있었다. 한양의 이율곡이 자주 오고 갔으며 신사임당의 서화 솜씨는 유명했다. 학맥이 달라서 두 집안이 교유하지는 않았지만 김씨 부인은 오죽헌을 자주 산책했다.

김씨 부인은 오죽헌을 산책할 때에 약한 어지럼증을 느꼈다. 태기였다.

1570년(선조 4년)이었다.

— 초희야! 초희야!

— 아기씨! 아기씨!

마당 깊은 집에서 울려 나오는 소리였다. 계집종들의 고함소리를 따라 담장 옆 감나무 잎들이 몇 차례 흔들렸다. 김씨 부인과 유모, 계집종들이 마당에 모두 모여 있었다.

— 어쩐지 한동안 집안이 조용하다 했어!

김씨 부인이 말했다. 유모는 상전의 눈치를 보며 미리부터 눈물을 질금거리고 있었다.

— 우물 속까지 다 찾아봤구먼요!

행랑어멈이 겁에 질린 목소리로 말했다.

— 뭣들 해! 계속 찾아보지 않고!

계집종들이 다시 흩어지자 김씨 부인은 대청마루로 올라섰다. 처음이 아니었다. 걸음마를 떼는 순간부터 끊임없이 마을을 돌아다니는 딸이었다. 열흘 전에는 바닷가 솔숲에서 혼자 놀고 있는 것을 마을 사람이 데리고 들어왔다.

— 집안에만 있어 다오.

김씨 부인은 중얼거렸다.

— 에구머니! 아기씨가 뒤주에서!

행랑어멈이 광속 뒤주 안에서 잠든 초희를 발견하고는 혀를 찼다. 유모가 초희를 안고 내당으로 건너왔다.

— 아기씨가 놀다가 잠이 드셨나 보네요.

유모의 목소리는 눅눅해져 있었다.

— 뒤주라니?

김씨 부인이 놀라움 끝에 허탈하게 웃으며 물었다.

— 쇤네도 모르겠습니다. 아기씨가 어찌 광속까지 들어가셨는지요. 근데 그것이. 쌀이 든 뒤주가 아니었구먼요. 서책이 가득 들어있었구먼요.

— 자네, 이번이 몇 번째인지 알고는 있나?

김씨 부인이 유모를 노려보았다. 유모는 뒤로 질금 물러나 앉았다.

— 참말이지 방 안에서 잘 놀고 계셨는데…… 쇠, 쇤네가 잠깐 부엌에 다녀오는 길에 그만. 약과를 드시고 싶다고 떼를 쓰

셔서.

— 그 말을 믿었단 말이지?

— 믿고 말고요. 아무렴요. 아기씨가 한참을 아랫목에 누워 있다가 낮잠에서 깨어나서는 초롱초롱한 눈으로 배고프다면서 약과를 달라고 하시는데…… 그 해맑은 눈을 보고 어찌 의심할 까요? 그 눈빛이 사람의 속을 죄다 빨아들이는데요. 믿지 않고는 못 배기는구먼요. 세상없어두 그래요.

— 자네는 변명을 둘러대는 속이 고작 그건가?

— 아이구. 마님. 사실이구먼요. 이년의 새대가리가 네 살배기 아기씨에게 번번이 속습니다요. 참새 다리 같은 발목에 끈이라도 매달아 놓던지……. 아, 아니 그, 그게 아니고…… 마님. 쇤네는 뒷간도 다녀오질 못하겠습니다요. 아니면 누구하고 차례로 번을 서던가.

— 웬 변명이 그리 많아!

— 마님. 자, 잘못했습니다요.

— 잘 듣게. 그런 말을 듣는 것도 이번 한 번뿐이야.

— 예. 마, 마님.

김씨 부인은 잠든 초희의 얼굴을 들여다보았다. 뽀얀 얼굴에는 솜털이 자르르했고 붉은 볼에는 젖살이 빠지지 않았다. 어린 딸은 저 혼자 돌아다니면서 무언가를 발견하면 그 자리에서 침식을 잊은 채 놀이에 빠져있을 때가 많았다.

— 아기씨가 말씀이 많아졌어요.

김씨 부인은 고개를 들어 눈동자가 그렁그렁한 유모를 쳐다보았다.

— 아기씨가 사방을 돌아다니면서 그리 물으시네요. 다듬이질을 하면 왜 그런 노랫소리가 들리느냐고, 방망이에서 나는 것이냐, 맷돌에서 나는 것이냐, 사월이가 우물에서 물을 길면 우물 속을 들여다보고 싶다고 마구 떼를 쓰시고요, 조심스럽게 안아서 새 꼬랑지만큼 쪼끔 보여드리면 물이 왜 저기에 있는 것이냐 물으시며 땅에 주저앉으셔요. 허면 발밑에 물이 있다는 것이냐, 허면 왜 땅이 젖지를 않느냐, 비가 내리면 쪽마루에 우두커니 앉으셔서 비야, 비야, 너는 어디로 가니, 비에게 묻고, 저 비는 다 어디로 가는 것이냐고 쇤네에게 묻고.

— …….

— 그리 말씀이 많은 아기씨는 처음이네요. 발은 또 얼마나 빠른지요.

유모는 손사래를 치며 고개를 절레절레 흔들었다.

— 요새는 밤에 잠도 안 주무시네요.

— 왜?

— 별들은 왜 저리도 많은 건지 물으시길래 사이가 좋아서 모여 있는 거라고 했더니, 그럼 달은 사이가 안 좋아서 홀로 있는 것이냐며 눈물을 줄줄 흘리시네요.

— 저런.

— 별들은 왜 하늘에 붙어서 안 떨어지냐고 물으시고, 달은

움직이는데 별은 왜 가만히 있냐고 물으시고. 마님. 요즘 쇤네는 잠을 통 못 잡니다요.

— 그래?

— 새벽이 어떻게 오는지 보고 싶다고 하시면서 또랑또랑한 눈으로…… 쇤네가 어떻게 자요. 밤에 잠을 못 자니…… 아까도 쇤네가 졸다가 그만.

— 가보게.

김씨 부인은 치맛자락 속으로 봉긋해져 오는 아랫배를 쓰다듬었다.

대청마루 안쪽으로 들어가 있는 사랑방이었다. 육각 모로 창살을 만든 방문이 네 겹의 미닫이로 닫힌 방은 김씨 부인이 손수 물걸레질로 닦아내는 방이었다. 늙수그레한 행랑아범이나 집 안팎 청소를 도맡은 계집종들도 드나들지 못했다.

선약이 되어있는 사람만이 조용히 들고나는 방이었다. 푸른 왕대의 열두 폭 병풍과 삼합 육 단짜리 화초장과 수십 종의 붓과 종이 뭉치, 진한 벼루 냄새와 새까만 먹, 가로로 긴 서안과 황금색 비단 보료, 그 외의 정갈한 물건들이 가지런히 포개어져 있었다.

초희는 사랑방에 몰래 들어가 서책들을 이리저리 넘겨보고 훑어보며 혼자 놀았다. 서책들은 제본한 겉모양은 똑같았지만 자세히 보면 한 권씩 다르게 느껴졌다. 그것들은 아버지의 방과 오라버니의 방처럼 분명하게 구별되었다.

그리고는 집 앞 검푸른 바다에 빠져들었다. 솟을대문을 열고 나와 작은 해송들이 줄지어 서 있는 길을 조금만 걸으면 검푸른 바다와 만났다. 바닷물은 오락가락 제자리걸음을 했다. 달려들 듯이 다가오다가도 곧 물러나 버리는 겁 많은 물살이었다.

초희는 파도가 우스워서 백사장에 쪼그리고 앉아 있다가 조막만한 꽃신을 던져버렸다. 그리고는 다 젖은 버선발로 해죽웃으며 쪼르르 뒷걸음질을 쳤다. 바다는 꽃신을 먹지 않았다. 백사장으로 자꾸만 밀어 올렸다. 초희는 고개를 옆으로 돌리며 바다가 주는 꽃신을 모른척했다.

바다가 꽃신을 조금씩 가져간다는 것을 깨달은 것은 한참이 지난 후였다. 꽃신을 먹은 바다는 검푸르게 출렁이며 온몸을 틀었다. 초희는 짧고 강렬한 오수에서 깨어난 얼굴로 바다를 낯설게 쳐다보았다. 초희의 얼굴은 단단히 얼어 있었다.

— 유모! 바다가 흰 꽃을 먹어!

바다에서 본 눈발은 그랬다.

— 유모! 저 많은 흰 꽃들이 어디에서 왔을까?

1천 개의, 1만 개의, 10만 개의 흰 꽃들이 푸른 바다 위에서 무연히 날리고 있었다. 초희를 바라보는 유모의 눈이 그렁그렁해졌다.

다음 해에 남동생 균이 태어났다. 집안이 아기 울음소리로 채워지고 나서야 초희는 조용히 붓을 가지고 놀기 시작했다.

사랑방에서 훔쳐 온 붓이었다. 아버지가 쓰는 붓은 댕기로 묶은 머리카락 꽁지만큼 까맣고 굵고 매끈했다.

5

네모난 마당 가운데로 빛이 쏟아지고 있었다. 물이 차오르는 우물이 아니라 빛을 쏟아지는 광경이었다. 사물들의 소리는 빛에 흡수되어 들리지 않았다. 적막한 집안이었다.

— 아버지. 초희입니다.

— 들어오너라.

초희는 시를 적은 종이를 가슴에 대고 가만히 서 있나가 아버지의 음성이 들리자 냉큼 대청마루 위로 올라섰다.

허엽은 먹을 갈고 있었다. 묵향이 방안에 가득 찼다. 창호지를 뚫은 빛이 엷어졌다. 해시계가 미시를 넘어선 오후였다.

초희가 문을 열고 뒤이어 김씨 부인이 들어섰다. 초희는 입술을 다부지게 물었고 김씨 부인은 두 눈을 내리깔았다. 초희가 두 손을 뒤로 모으고는 다홍치마를 펼치고 앉으며 고개를 숙였다.

— 아버지께서 꽃담에서 돌아오시기를 기다리고 또 기다렸어요.

— 꽃담? 화담 말이구나. 그래. 우리 딸이 무슨 일로?

초희는 등 뒤로 감추고 있던 종이 한 장을 슬그머니 들이밀었다.

— 이거요. 신선세계에 초대받은 글인데, 소녀가 지은 것이옵니다.

초희는 당초무늬가 양각된 서안을 슬금슬금 쳐다보았다. 옻칠이 매끄러운 서안은 평소에 갖고 싶었던 것이었다. 허엽은 서안 위의 종이를 펼쳐 들었다.

—신선세계에 초대를 받았다고?

읊노라. 보배로운 덮개가 하늘에 드리우고 구름 수레는 색과 상의 경계를 넘었으며, 태양이 은빛 누각을 비추니, 석양의 난간은 티끌 같은 술병 속 세상을 벗어났다.

비취색 이무기가 안개를 불어서 구슬나무 궁전을 지었다.

요지의 많은 신선들은 남쪽 봉우리에 모이고, 백옥경의 많은 임금들은 북두칠성에 모였다.

옥기와는 물고기 비늘처럼 모이고, 옥계단은 기러기처럼 줄지었다. 비취주렴과 운모병풍과 청옥책상이 밤에는 상서로운 구름이 엉겨들고, 부용꽃 장막과 공작부채와 백은평상이 낮에는 상서로운 무지개에 잠겼다.

이에 봉황이 거동하여 베푸는 연회를 열고, 더 나아가 제비가 정성스럽게 하례하는 모습을 보였으며, 널리 백 명의 신령을 초대하고, 천 명의 성인을 영접했다.

다만 옥상인방에 문구가 없는 것이 오직 한스러웠다.

붉은 붓대를 천천히 잡고, 웃으며 붉은 종이를 펼치자 강물이 늘어지고 샘물이 솟는 듯했다.

구절이 아름답고 문장이 정직하니

………

〈광한전백옥루상량문廣寒殿白玉樓上樑文〉 광한전 백옥루 상량을 축복하는 글

글은 다음 장으로 계속 이어지고 있었다. 산문이라서 꽤 길었다. 허엽은 먼저 읽은 종이를 한참을 들여다보았다. 어른도 짓기 난해한 상량문이다. 어린 딸의 글 짓는 솜씨가 보통이 훨씬 넘는 신동의 수준이다.

일순간 명치끝에서 알싸한 기쁨이 올라오는 듯싶었는데, 갑자기 또 다른 감정이 기쁨을 강하게 붙잡으며 마음이 차분해졌다. 뭐라 표현하기 어려운 감정이다. 딸이 다만 귀여울 뿐인데 묘한 책임감이 느껴졌다.

딸은 세상의 사물을 비추는 거울처럼, 잠자리 날개처럼 속이 비치는 투명한 감정을 가졌을 것이다.

대청마루의 분합문들을 모두 들어 올렸는데도 방안에는 바람 한 점 들지 않았다. 허엽은 턱을 괴고 조용히 앉아있다가 어깻죽지를 몇 번씩 들썩였다.

— 광한전백옥루상량문이라. 광한전은 신선들이 사는 달 속

의 궁전이고, 백옥루는 문인이 죽어서 간다는 하늘의 누각인데……. 우리 딸은 달이 좋구나.

— 예. 아버지.

초희는 새 비단옷을 입었다. 옷이 마음에 쏙 드는지 옷고름을 자꾸 만지작거리며 샐쭉 웃었다.

— 흠. 이무기가 안개를 불어서 구슬 궁전을 지었구나. 그 많은 신선들이 있었는데도 상량문 지어 올릴 시인이 없어서 안타까웠는데, 기쁘게도 우리 딸이 당당히 초대되었구나. 이태백처럼 수려한 문장으로 상량문을 써서 대들보에 올렸으니, 이 글의 주인공은 바로 우리 딸이로구나.

— 그렇사옵니다. 아버지.

— 핫하하.

허엽이 파안했다.

— 당나라 시인 이하는 옥황상제가 백옥루를 지어놓았다며 낙성식에 쓸 글을 지었다고 했다. 알고 있었느냐?

초희는 고개를 끄덕였다.

— 이건 사육체 가사가 아니냐. 문장이 참으로 길다. 너의 생각이 이리도 긴 것이냐? 진정 네가 쓴 글이냐?

초희는 또 고개를 끄덕였다. 아버지 얼굴을 계속 바라보며 눈빛만으로 대답했다. 매일 만나도 매일 보고 싶은 아버지. 초희는 대화 없이 아버지 곁에 온종일 머물고 싶은 심정인데, 허엽은 자꾸 물었다.

— 위나라부터 당나라까지 성행했던 사육체 시를 어찌 알았느냐?

— 서책을 보다가 알게 되었어요. 그것이 사육체인 줄은 몰랐고요. 넉 자와 여섯 자가 대구를 이루면서 반복되고 있었어요. 둘씩 짝을 이루는 것이 재미있어요. 아버지.

초희는 미간을 약간 찌푸렸다. 대화가 계속 이어지고 있었고, 대화가 다 끝나면 아버지의 방을 나가야할 것이다.

— 그래. 평측과 압운을 강조하기 위해서지. 둘씩 짝을 이루는 것은 조화를 중히 여기기 때문이다. 사육체는 변려문이라고도 하는데 변은 두 마리의 말이 끄는 수레를 의미하고 려는 한 쌍의 부부를 의미한다.

— 두 마리의 말이 끄는 수레. 한 쌍의 부부.

초희는 아버지 말을 따라 했다.

— 참으로 오랜만에 보는 변려문이다. 과거에는 신라의 최치원이 유명했었지. 고려 중엽 이후로는 변려문을 짓는 사람이 나타나지 않았다.

초희는 아버지의 시간을 오래 붙들고 있는 것 같아 기분이 좋았다. 자꾸 웃음이 나왔다. 허엽의 말은 잠깐씩 끊어지면서 계속 이어졌다.

— 백옥루에서 선녀가 피리를 불면 인간 세상에서는 바람이 분다. 곤륜산 꼭대기 구슬연못 요지에서 흥겨운 잔치를 벌였구나. 용의 뼈로 만든 주전자에 봉황의 두 발로 담근 술이라.

학창의를 입은 허엽은 미소를 지었다. 허엽 뒤에는 왕대를 그린 열두 폭 병풍이 있었다. 푸른빛이 도는 자개장에는 봉황 두 마리가 좌우로 양각되었다. 초희는 봉황을 향해 한쪽 눈을 찡긋하며 눈 맞춤을 했다.

— 아가.

— 예. 아버지.

초희는 소반 위의 약과도 들지 않고 아버지의 얼굴만을 또렷이 쳐다보았다.

— 왜 그러시옵니까?

김씨 부인이 걱정스러운 얼굴로 물었다.

— 이 시는…… 뭐라 표현할 수 없는 독특한 문채가 있어. 혹여 무슨 서책을 읽고 쓴 것이더냐? 일테면 도교나 불교에 관한 서책들 말이다.

초희는 자개장의 봉황을 쳐다보며 고개를 두세 번 끄덕였다. 흑단 같은 머리에는 가르마 선이 분명했다. 가늘고 자잘한 머리카락들을 깔끔이 빗어 올렸다. 허엽은 어린 딸의 얼굴을 뚫어지게 쳐다보았다. 딸아이의 문조가 심상치 않았다.

— 예. 아버지. 오라버니께 <태평광기> 이야기를 전해 들었는데, 파경, 천의무봉 같은 글자가 재밌어요. 파경은 남녀가 헤어질 때 거울을 쪼갰대요. 다시 만날 때의 증표로요. 천의무봉은 선녀의 옷에는 박음질이 없대요. 저도 천의무봉과 같은 글을 쓰고 싶어요.

— 오, 그래. 독보적인 시인이 되거라. 또 무엇이 재미있느냐?

— 광한전에서 내려다보면 동해는 겨우 국자만 해요. 하늘에서 보면 작은 웅덩이지요.

어젯밤 꿈에 봉래산에 올라가서
갈파의 용에 올라탔네.
푸른 옥지팡이를 든 신선들이
부용봉에서 나를 맞아주었네.
동해가 아래로 내려다보이는데
한 잔 술처럼 맑고 고요했지.
봉황은 꽃 밑에서 생황을 불고
달은 황금 술항아리를 비추고 있네.
<감우感遇> 느낌대로 노래하다

— 오, 그렇겠구나.

허엽은 딸의 시를 보며 감탄하며 고개를 끄덕였다.

— 조선은 세상에 떠다니는 먼지보다도 더 작습니다.

— 호오, 그럼 너는 얼마만 한 것이냐?

— 그런 생각은 하지 않았어요.

— 조선 땅을 먼지보다 작다고 생각했는데 그 땅에 살고 있는 네 몸에 대해서는 생각하지 않았단 말이냐?

— 소녀는 하늘에서 내려다보고 있었으니까요.

— 허면 하늘에는 어떻게 올라갔느냐?

— 모르옵니다. 그냥…… 생각이 자유롭게 날아다니니까요.

— 아마 제 오라비 어깨너머로 배운 듯합니다.

김씨 부인이 남편과 딸의 대화에 끼어들며 말을 섞었다. 허엽은 약관을 넘긴 나이에 벼슬을 단 둘째 아들 허봉을 생각하며 고개를 끄덕였다.

— 아버지. 전부 상상은 아니어요. 꿈을 꾸었어요. 홍옥과 청옥으로 만든 산이 있었고 흰 구름과 오색 무지개 사이로 날개옷을 입은 선녀들이 날아다녔어요.

— 이 아이가 안방에는 놀러 오지를 않아요. 그래 한번은 색실을 넣은 보석함을 주며 꾀었지요. 초희야. 여자가 수를 놓는 것은 어여쁘고 참한 모습이다. 색실의 수가 수백 가지나 되니 수를 놓으면 아름다운 세상이 표현될 것이다.

— 아니요. 달라요. 빛은 색실로 표현할 수가 없어요.

초희는 단호한 표정으로 머리를 가로저었다. 허엽의 표정은 점점 진지해졌고 김씨 부인의 표정은 점점 난색이 되었다.

— 흰색을 쓰면 되지.

허엽이 말했다.

— 흰색은 빛이 아니어요.

초희가 말했다.

— 흰빛을 보았느냐?

허엽이 물었다. 초희는 말없이 고개를 끄덕였다.

— 아직 어린아이라서 맑은 꿈을 꾸나 봅니다.

김씨 부인이 말했다.

— 어린아이라고 다 그런 꿈을 꾸는 것은 아니고, 천품이 맑은 사람이 맑은 꿈을 꾸는 법이오.

허엽이 정색을 했다. 초희는 아버지의 눈을 바라보았다. 아버지가 사랑방에 머무는 날은 손에 꼽을 만큼 드물어서 마주 앉아 대화를 나누어본 적이 없었다. 초희는 마당을 지나는 길이라도 학창의를 입은 아버지를 보면 절로 얼굴이 붉어지고 가슴이 울렁거렸다. 다른 사람들은 산과 들처럼 배경으로 물러서고 아버지만 두 눈에 꽉 차게 들어왔다. 아버지는 병풍에서나 볼 수 있는 태산북두였다.

— 아가. 네가 어찌 신선의 세계를 아느냐?

— 뒤주의 책들이 신선세계 이야기들이옵니다.

— 그, 그렇지.

뒤주 안에는 태곳적부터 내려온 선도의 책들이 쌓여 있었다. 몸과 마음의 수련으로 우주의 본성을 되찾아 오래 살아가는 신선의 이야기들. 불교와 같으면서 다른 이야기들이었다.

허엽은 옛사람들처럼 유불선 회통으로 두루 공부하는 것이 옳다고 생각해서 불교, 선도의 책들을 따로 모아두었다. 모든 철학은 각기의 이름을 가지고 모두 한곳에서 만나는 것이니, 그 한곳을 가슴으로 아는 자가 진정한 진인이다.

— 읽으면 머릿속에 생생히 그려져요. 하늘에는 예쁜 집들이 있을 것 같아요. 햇빛을 닮은 옷을 입은 여자들과 구름 수염을 단 남자들과 달빛을 닮은 연못이 있는 집……. 마음의 눈으로 보면 돼요. 생각하면 됩니다.

— 햇빛을 닮은 옷…… 구름 수염을 단 남자…… 달빛을 닮은 연못…… 오로지 생각만 한 것이냐?

— 예.

— 신선이 산다는 백옥루 이야기라.

— 책을 많이 읽는 것 같긴 한데 아직 8살이에요. 저 어린것이 신선을 어찌 알겠어요? 아마도 소꿉놀이하듯 쓴 모양입니다.

김씨 부인은 남편에게 가까이 다가들며 말했다. 말은 아니라고 하지만 눈은 웃고 입가는 반쯤 올라갔다.

— 한나라 무제의 아들 소제는 8살에 황제가 되어 나라의 현량 60명을 모아놓고 염철회의를 이끌었어. 또, 매월당 김시습은 5살에 시재를 만천하에 보였어. 천문성을 타고나는 사람이 있어.

— 하오나.

김씨 부인이 저고리 고름에 가만히 손을 얹었다.

— 신동은 문을 통해 세상의 이치를 깨닫는다 하였소. 보통 사람들은 사람을 통해 깨닫지.

김씨 부인은 고개를 숙였다가 다시 고개를 들며 무슨 말을 하려고 했다. 허엽이 손짓으로 김씨 부인의 말을 막으며 고개를 돌렸다.

— 광한전 백옥루의 상량문이라. 상량문이라면 저것을 의미하는 것이냐?

허엽이 딸에게서 눈을 떼지 않고 손가락으로 천정을 가리켰다. 큰 대들보가 좌우로 정렬되어 있고 그 위 마룻대에는 나무기둥 여러 개가 방사형으로 뻗어있었다. 허엽은 네 개의 마룻대에 제각각 다른 시들을 적어놓았다.

조선의 풍습이었다. 다른 기와집 주인들은 용은 날고 봉은 춤춘다는 서구瑞句나 경신목, 경진금, 경인목의 오행이나 고십간 고십이지, 거북 구龜자를 새겨 천세 부귀공명을 축원하는 글을 썼다. 허엽은 마룻대에 술을 붓고 축원문을 올리는 대신 죽필을 구해다가 시를 지어 올렸다. 직접 말을 타고 광주까지 내려가서 구해온 진다리붓이었다.

— 대들보와 도리, 서까래에도 시가 쓰여 있어요. 소녀는 그걸 읽는 게 재미있어요.

— 그래 손바닥만큼이라도 빈 곳만 있으면 뭐라도 써놓았다. 천장을 쳐다볼 일이 없어서 까마득히 잊고 있었는데 오늘 네가 일깨워주는구나.

— 처음에는 무슨 뜻인가 해서 쳐다보았고 그 다음부터는 글자가 나를 내려다보는 것이 신기해서 쳐다보았어요. 아버지. 하늘의 별 같아요. 사람 머리 위에 떠 있는 것이 신기해요.

— 대감께서 붓을 찾아 조선 땅을 헤매고 다니셨지요.

김씨 부인이 말했다.

— 그랬지. 족제비 털, 염소 털, 볏짚으로 만든 고필이나 칡으로 만든 갈필도 다 써봤어. 대나무를 실처럼 쪼개 만든 죽필이 그중 으뜸이야. 붓을 아끼는 마음은 글을 아끼는 마음과 다를 바가 없어.

세 사람은 모두 약속한 것처럼 천정을 올려다보았다. 결이 좋은 나무들에 반드르르한 윤기가 흘렀다. 먹물로 쓴 글자들은 제각각 다르게 보였다.

— 글자의 통일감도 좋지만 이제 유위는 재미없어. 무위의 힘을 타고 제 스스로 흘러야 해. 인위적인 것이 아니라 천연의 힘을 뿜어야 해.

허엽은 혼잣말로 중얼거렸지만 초희는 눈빛을 반짝이며 아버지의 말에 귀를 기울였다.

— 집을 지을 때에 나무에 글자를 써서 문文을 올리는 것을 알아내다니 기특하구나. 그게 상량문이다. 나무기둥에 글자를 많이 쓰진 못하지만 본래 단순한 것이 격이 높은 법이지. 광한전 백옥루의 상량문이라. 여기는 진정 하늘나라구나.

초희는 생긋 웃으며 약과를 하나 쥐어 들었다.

— 아니어요. 사람 사는 세상에서도 볼 수 있어요.

— 꿈에서 말이지?

김씨 부인이 웃었다.

— 음. 높은 산, 흰 구름 위로 오색 깃털을 가진 난조가 날아가고 백옥루 전각에는 선녀가 살고 있어요.

초희는 약과를 한입 깨물고 오물거리며 대답했다.

— 오호. 그래. 그렇구나. 소꿉놀이하다가 잠이 들었느냐? 아니면 수를 놓다가 그런 생각을 한 것이냐?

김씨 부인이 말했다.

— 아니옵니다. 소녀는 소꿉놀이 따위에는 관심이 없습니다. 수를 놓는 것도 통 재미가 없어요. 딴 생각을 하다가 바늘에 손가락을 찔리기만 하지요. 재미있는 것으로 치면 시 짓기와 말타기가 재미있어요.

초희가 약과를 꿀꺽 목젖으로 삼키고는 정색을 하며 대답했다.

하하하. 허엽은 웃고 말았다.

— 규방의 계집이 아니로구나. 기개가 호방한데…… 보다 섬세하고, 뭐랄까, 낯선 긴장감이 있구나. 시에서 선명한 채도가 느껴지는 일은 아주 드문데……. 흠. 우리 집안에 숨은 묵객이 있었구나.

허엽은 어린 딸의 시를 읽고 또 읽었다. 김씨 부인이 남몰래 웃음을 지었다. 딸이 시를 잘 짓는다는 사실이 꿈만 같았다.

— 행랑어멈 말이 초희가 방안에 앉아 먹물을 갈아내느라 뒤곁 우물물이 고일 새가 없다고 합니다.

— 그랬소? 이제부터는 좋은 물을 주어야겠소. 부인은 아랫

것들에게 첫물을 따로 내라고 하시오.

— 예.

— 아가. 혹 중국의 유선사를 보고 쓴 것이냐?

초희는 무엇을 말하려고 입술을 오물거리다가 아버지의 말뜻을 정확히 몰라 그냥 웃기만 했다. 남색 끝동 소맷자락 조그맣고 여린 오른손에는 송화다식을 들고 귀밑머리가 송송한 얼굴을 조금 갸웃거렸다. 흑단 머리끝에 매달린 붉은 댕기가 조금 움직였다.

— 네. 유선사는 그림 같아요. 저는 느낌대로 썼어요. 머릿속에 떠오른 생각들에 아는 글자들을 꿰어맞추는 것이 재미있어요. 구슬을 꿰는 것 같아요. 아버지.

— 그래. 진정한 문장은 생이지지라고 했으니. 배우지 않고도 천생으로 아는 것이지. 그런 글은 남달라. 시중의 허다한 글에 비할 바가 아니지.

— 설마 그 정도까지야.

김씨 부인은 입매를 다물었지만 웃음이 깊어졌다.

— 음. 초희야. 그만 나가보아라.

— 예. 아버지.

초희는 송화다식을 들고 냉큼 일어섰다. 까만 머리를 조금 숙이고 뒷걸음질로 방문을 열고 나갔다.

— 아직 나이가 어려서 그런가? 어떤 대답은 어린애답기도 하고 어떤 대답은……. 시도 그래. 신선세계를 품고 있어. 시적

세계의 넓이와 깊이가 범상치 않군.

허엽은 팔짱을 끼고 앉아 눈을 감고 생각에 잠겼다. 김씨 부인이 남편의 옆얼굴을 쳐다보았다. 남편이 침묵 끝에 내놓는 말은 언제나 의외였으므로 내심 긴장하고 있었다. 허엽이 눈을 뜨고는 웃었다.

— 내 저 아이를 특별하게 키울 것이오. 내가 오늘 보았어.

— 무슨 말씀이신지요.

— 흠. 못 될 것도 없지.

허엽은 오래도록 수태를 못하는 중전을 떠올렸다. 임금이 좋아하는 여자는 확실히 다른 점이 있었다. 명문가 규수의 태를 갖추었으면서도 본능적으로 사내를 끄는 힘이 있었다. 문을 알고 색을 아는 여자는 달랐다. 거기다가 아들을 잘 낳는 배를 가졌으면 남자를 거느리고 천하를 호령하는 인물이 되는 것이다.

— 대감.

— 세상일은 몰라. 아직은 어린 싹이야.

김씨 부인은 남편의 얼굴을 보며 두 손으로 황급히 옷고름을 매만졌다. 남편과 대화를 수월하게 나누다가도 말문이 막히는 순간이 있었다. 반은 알아듣고 반은 알아듣지 못했다. 딸로 인해 즐겁던 기분은 막막한 기분으로 반 토막이 났다. 막막한 반은 남편과의 거리였다. 꽉 낀 저고리를 입은 겨드랑이에서는 땀이 조금 흘러내렸다. 날이 차차로 더워지고 있었다.

6

정갈한 방이었다. 보료와 서안과 문갑과 병풍과 족자가 청홍, 두 가지로 통일감 있게 배치되어 있었다. 방안의 색깔은 황토색과 담청색 계열로 분명하게 구분되었다. 한껏 멋스러운 방이었지만 멋을 내는 장신구들은 어디에도 없었다. 서안 옆 방바닥에는 묵직한 벼루와 묵이 놓여있었고 그 위에 기다란 붓이 가로놓여 있었다. 여러 물건들 중에 도드라진 것은 서책들이었다. 서책들은 서가에 꽂혀있지 않고 방안 모서리마다 방문 높이만큼 쌓여있었다.

글을 쓰다가 방을 나간 주인은 석 달째 돌아오지 않았다. 몇 달이 흐르는 동안 바깥 날씨가 변했는데도 사람 없는 방안은 냉랭하지 않았다. 흐릿한 묵향을 따라 온기가 감돌고 있었다.

아주 조심스럽게 방문이 드르륵 열리는 소리가 났다.

작은 버선발을 먼저 들이밀며 쥐걸음으로 몰래 들어오는 사람이 있었다. 그다음으로 한쪽 눈만 빼꼼 보였다. 얼굴을 다 들이밀자 까만 머리 진홍색 댕기가 좌우로 흔들렸다. 혼자 무슨 생각을 숨겨놓았는지 잔뜩 웃음을 머금은 표정이었다. 조용히 방문을 닫고 나서야 비로소 안심한 얼굴로 청색 보료에 풀썩 앉았다. 방 밖과 방안에 아무도 없다는 사실에 적이 만족한 웃음이었다.

— 아버지 방하고 비슷한 냄새야.

초희는 눈을 감고는 코를 큼큼거렸다. 호기심 어린 눈은 방안을 이리저리 살펴보다가 어제 보다만 서책에 머물렀다. 그러다가 맨 꼭대기에 아슬아슬하게 놓인 서책으로 눈길이 갔다.

초희는 천장 밑 서책을 향해 까치발을 올렸다. 조금만 더. 서책에 손끝이 닿지 않았다. 몸의 중심이 흐트러지면서 오른쪽에 쌓여있는 서책들을 팔뚝으로 툭, 건드리고 말았다. 높은 탑을 이루었던 서책들이 힘없이 허물어지면서 죄다 떨어져 내렸다. 서책 한 권은 머리 위로 곧바로 떨어졌다.

— 아야!

초희는 머리를 긁적였다.

— 지난번에 오라버니가 명나라에서 사다 주신 서책 때문에 계절 가는 것도 모르고 지냈는데. 아마 또 있을 거야. 오라버니 방은 정말 별세계야.

초희는 금방 아픔을 잊고 방바닥에 떨어진 서책을 냉큼 주워들었다.

— 오호, 이 서책은 뭐야. 은근히 재미가 있는걸? 천지인이라. 하늘과 땅, 사람. 사람의 얼굴은 공工이구나. 눈썹과 눈과 입은 가로 획이고 코는 세로획이니 짝수는 좌우로, 홀수는 가운데에서 중심을 잡고 있구나. 코와 입은 얼굴 가운데에 있어.

홀수이기 때문이야. 짝수는 조화를 이루고 홀수는 중심을 잡고 있어.

<마의상법>이었다. 서책들은 선도에 관한 것이었다. 다른 서책들보다 많이 닳아있었다. 작은 오라버니의 체취가 느껴졌다.

초희는 신라 마의태자가 지었다는 마의상법을 들었다. 마음이 있고 상은 없는 것이니, 마음을 따라 상이 생겨나고…….

초희는 까만 머리를 갸웃거리며 생각에 잠겼다.

—마음에 따라 상이 생겨나고? 재밌는 말이다. 마음이 핵심이라는 거지. 끄덕끄덕.

초희는 여러 문장들을 한숨에 읽고는 방바닥에 다시 주저앉았다. 두 무릎을 가슴에 바짝 끌어당겨 턱 밑에 대고는 곰곰 생각에 빠졌다. 생각하다가 잠깐 놀란 표정을 지었다. 헛간의 뒤주 안에 들어가 서책을 보다가 잠들었던 때를 문득 기억해 냈다.

그 후로 몇 번 더 그곳에 갔었다. 뒤주 안에 쌀은 없었고 서책만이 가득 차 있었다. 헛간의 퀴퀴한 냄새와 음습한 공기 때문인지 서책들은 눅눅했다. 아버지 허엽이 한여름 내내 방안에 앉아 읽었던 서책들을 홧김에 뒤주에 넣어 광속에 처박은 것이라고 했다.

— 아버지가 서책을 뒤주에 넣을 분은 아니야. 그 서책들은 왜 쓸모가 없었을까? 아버지가 화가 나신 것은 왜일까? 서책

에 무슨 내용이 들어있기에 그러신 것일까? ……쓸모없는 서책이라도 불태우거나 내다 버리지는 못하신 거야. 하지만 어둠 속에 갇히고 버려진 서책들은 불쌍했어. 서가에 당당히 꽂혀있어야 서책다운 것인데.

— 서책이 불쌍해요?

방문이 열리고 섭섭이가 고개를 냉큼 디밀었다. 초희는 돌아보지 않았다.

— 아씨 들어가도 돼요?

묵묵부답이었다. 섭섭이가 웃으며 또 물었다.

— 또 읽고 계세요?

섭섭이는 얼른 방문을 닫고는 초희의 얼굴 아래로 바짝 제 얼굴을 들이댔다. 그래도 초희의 눈은 서책에서 좀처럼 떨어지지 않았다. 방안은 여기저기 흩어진 서책들로 지저분했다. 오메. 섭섭이가 난색을 지었다.

— 글에서는 기교보다 뜻이 우선해야 한다고 말씀하셨어. 그래. 아마도 기교만 부린 서책이었을 거야. 아버지는 글을 보고 화가 나셨을까. 그래서 뒤주 속에 가두었을까?

— 아씨. 오늘도 또…….

— 오, 이건 <당음>이야. 14권이나 있어. 굉장해. 원나라 양사홍이 당나라 시를…….

— 어제 다녀가신 뒤로 방안을 정리하느라 참말 힘들었구먼요.

섭섭이는 초희의 말을 끊고, 초희는 응, 응, 대충 대답했다.

— 섭섭아. 너는 짝수나 홀수 중에서 어떤 숫자가 좋아?

— 짝수는 뭐고 홀수는 뭔데요?

— 혼자 있어서 나눌 수 없는 숫자는 홀수고 짝짝이 맞춘 숫자는 짝수지.

— 그러면 지는 당연히 짝수지요. 외롭지 않으니까요. 아씨는요?

— 나는 홀수. 씩씩해 보여.

방문이 다시 열렸다. 마동이었다. 마동의 등으로 햇살이 따라 들어왔다. 초희가 마동이를 보며 웃었다. 섭섭이가 마동이를 보며 입을 삐죽 내밀었다. 초희는 섭섭이가 마동이만 보면 화를 내는 이유를 이해할 수 없었다. 마동이 방문을 닫고 들어왔다. 섭섭이가 별꼴이라는 표정으로 눈을 흘겼다.

— 얼레? 누가 맘대로 들어오라 그랬어?

— 섭섭아. 걸레 좀.

— 더러운 발바닥을 어디다 문지르고 들어오려고 해.

— 이 가시나가!

— 내가 우째 니 가시나냐?

섭섭이는 걸걸한 음성으로 마동을 향해 소리를 꽥 질렀다. 우라질. 마동은 입을 비죽였다. 아씨를 뵈려고 온 건데. 마동이는 혼자 투덜거리며 방안에 들어와 앉았다.

— 오메. 방바닥 더러운 것 좀 봐. 저건 다 내 차지다.

— 그만들 싸워.

— 예. 아씨.

마동이와 섭섭이가 동시에 주눅이 든 표정으로 대답했다.

— 정말 다른 세상이야. 이 서책들을 보면 말이야.

마동이는 섭섭이를 지나 초희 앞으로 다가들며 호기심을 보였다. 마동이의 어깨가 저고리 옷깃에 스치자 섭섭이는 단박에 싫은 표정을 내며 어깨를 뒤로 확 뺐다.

— 정말 비밀스런 세상이야. 서책을 보면 가슴이 뛰어.

— 서책이 사람도 아닌데 가슴이 뛰어요?

섭섭이의 눈이 휘둥그레졌다.

— 응. 뭔가를 생각하게 만들어.

마동이가 초희 앞으로 더욱 다가앉았다.

하여튼 유별나다니까……. 섭섭이는 마동이의 뒤통수를 노려보며 종알거렸다. 마동이가 고개를 돌려 섭섭이를 쳐다보았다. 섭섭이가 마동이의 성난 눈동자를 보더니 말꼬리를 흐렸다. 마동이가 다시 초희 쪽으로 고개를 돌렸다. 초희를 바라보는 마동이의 눈빛이 진지했다.

— 서책은 말이야. 내가 모르는 세상의 이치를 말해주는 사람 같아. 세상에는 생각만으로도 알 수 있는 것들이 있잖아.

— 생각만으로도 알 수 있는 것들…….

마동이는 초희의 말을 얼른 이해하지 못했다. 이해할 수 없는 말을 따라 하면서도 공연히 기분이 좋았다. 지나간 말을 잠깐 동안이라도 되뇌어본 적이 없었고 상대방의 말을 되짚으며 생각해본 적도 없었다. 상전의 말을 따라 하는 것에 굉장한 재미가 있고 알 수 없는 흥분이 일었다. 초희가 마동이를 쳐다보며 말했다.

— 들어볼래?

— 예! 아씨!

— 이건 <미암집>이야. 미암 유희춘 선생은 오라버니 스승님이라고 들었어. 미암 선생은 많은 서책을 소장하고 계신 분이라고 했어. 많은 서책들을 손수 인쇄도 하고. 그래서 임금님께서 많은 서책들을 반사하셨다고 했어.

— 임금님이요?

마동이와 섭섭이의 눈이 함께 동그래졌다. 초희는 두 사람을 번갈아 바라보며 고개를 끄덕였다.

— 임금님이 뭘 어쩌셨다는 말씀이어요? 그럼 임금님 얼굴을 봤다는 거여요?

섭섭이가 물었다.

— 임금님께는 보통 사람들처럼 얼굴이라고 하지 않는다고 했구먼.

마동이가 말했다.

— 얼굴이 아니면 뭔데?

— 마동이 말이 맞아. 용안이라고 해. 용의 얼굴이라는 뜻이지. 임금님께서 많은 서책들을 주셨다는구나.

으응. 섭섭이는 눈을 내리깔며 조금 실망하는 눈치였다. 임금님께서 주시는 것이 겨우 서책이 뭐야. 고래 같은 집이라면 모를까.

— 미암 선생은 바둑의 고수이니 바둑에 관한 시를 즐겨 쓴다고 들었어. 들어볼래? 아주 재미난 시야. 류후가 바둑에 한 수 밀리는 것을 희롱하는 시인데, 준치가 가시가 많다고 한스러워하지 않고, 향기 없는 해당화도 매력이 있대.

— 모르겠어요.

섭섭이가 마동이를 흘깃 쳐다보며 시무룩한 얼굴로 초희에게 말했다.

— 미암 선생이 류후에게 문장으로는 지고 바둑으로는 이기니까. 시를 잘 짓는 소동파도 내기 바둑에는 졌다고 하잖아. 사람이 여러 가지를 다 잘할 수는 없다는 뜻이지.

초희가 섭섭이를 바라보며 말했다. 아하. 마동이가 고개를 끄덕였다.

— 나는 각자가 제 나름의 아름다움을 가지고 있다는 말이 마음에 쏙 들었어. 가시 많은 준치와 향기 없는 해당화.

초희가 두 사람의 눈을 번갈아 쳐다보면서 말했다.

— 준치와 해당화요? 고것들이 뭐 어떻다는 거여요?

섭섭이가 물었다.

— 준치에는 가시가 많고 해당화에는 향기가 없다고 했어.

마동이가 말했다.

— 맞아. 준치는 가시가 많아서 맛없어.

섭섭이가 말했다.

— 그렇지만 나름의 아름다움이 있다고 했어.

마동이가 대꾸했다.

— 나름의 아름다움이 뭔데?

섭섭이가 물었다.

— 나는 이렇게 생각해보았어. 다른 물고기들과 다르게. 그리고 다른 꽃들과 다르게.

초희가 말했다.

— 놈들과 다르다는 건 좀 많이 빠진다는 거지요.

마동이가 말했다.

— 그런데 기죽지는 않지. 남들과 다르다는 것이 기죽을 이유는 되지 못하니까.

초희가 말했다.

— 아이. 어려워. 가시 많은 준치는 먹기가 귀찮고 향기 없는 해당화는 안 예뻐.

섭섭이는 두 사람으로부터 점점 밀려나는 느낌에 심통이 났다.

— 나도 바둑 시를 지어볼래.

초희는 붓을 들고 방바닥에 종이를 펼쳤다. 섭섭이와 마동이가 옆으로 다가앉았다. 초희는 아버지가 정자에서 바둑 두는 모습을 떠올리며 혼자 빙긋 웃었다.

와. 마동이는 손으로 입을 가리며 탄성을 질렀다. 섭섭이는 입을 쫙 벌리며 하품을 하고는 이내 눈물을 글썽였다.

— 내가 읽어줄게. 들어봐.

마동이가 턱 앞으로 다가앉았다. 숨소리까지 들릴 거리였다. 초희가 종이를 펼쳐 들고 느리게 읽었다.

—무슨 말이래요?

섭섭이가 갸우뚱 물었다.

— 눈 감아봐. 느낌이 중요해. 시는 가슴으로 읽는 거거든.

초희가 말했다. 마동이와 섭섭이는 눈을 꼭 감았다.

— 여름날에 서궁에서 조회를 마쳤는데, 구부러진 난간 사이로 파초꽃이 푸르게 퍼져있어. 따사로운 햇살을 바라보면 시간이 머물고 있는 느낌이야. 누각에 앉아서 한가롭게 바둑을 두는 거지. 그렇지만 내기 바둑이야. 시간은 바둑돌의 움직임 따라 휙휙 흐르지. 마침내 푸른 깃털 달린 옥구슬 비녀를 얻었어.

— 와. 이겼다. 그런데 아씨, 누가 그렇다는 건가요?

마동이가 갸우뚱 물었다.

— 시제는 궁사야. 궁녀의 노래.

— 아씨, 궁녀가 뭐예요?

섭섭이가 물었다.

— 궁에 사는 여자.

— 와!

마동이와 섭섭이가 동시에 입을 벌렸다.

— 나도 오라버니처럼 내 이름으로 당당히 서책을 내고 싶어.

— 참말이어요? 아씨?

섭섭이는 대들보에 새까맣게 적힌 글자들을 아득한 얼굴로 쳐다보았다. 길게 하품을 하던 눈동자에서 눈물은 떨어지지 않았다.

— 아씨! 꼭 쓰세요! 꼭이요! 아씨가 쓴 서책이라면 지는 가슴에 꼭꼭 품고 암탉처럼 하루 종일 돌아다닐 거여요.

— 나는 글자를 배우고 말 거여. 그래서 아씨가 쓴 서책이라면 사람처럼 모시고 다닐 거여.

마동이가 말했다.

— 서책을 사람처럼?

초희가 마동이를 향해 웃었다. 초희는 마동이에게 서책을 골라서 읽어주려고 다시 일어섰다. 섭섭아! 섭섭아! 행랑어멈의 목소리가 들려왔다. 초희는 서책을 고르고 있었다. 섭섭이가 초희를 흘깃 쳐다보더니 쥐걸음으로 살그머니 방문을 열고 나갔다.

— 마동이도 글을 배워봐.

초희가 마동이 옆에 다가앉으며 말했다. 상전의 얼굴을 가까이에서 쳐다보는 것은 처음이었다. 눈망울은 크고 코는 작고 전체적으로 희고 보스스한 얼굴이었다. 날렵한 댕기와 퍼진 치맛자락이 눈앞에서 움직이자 마동이는 코끝이 견딜 수 없게 간지러웠다. 향긋한 몸 냄새였다. 마동이는 약한 어지러움을 느끼며 얼른 뒤로 물러앉았다.

— 아까는 섭섭이에게 지기 싫어서……. 소인 놈이 글자를 알아서 뭐에 쓰겠어요.

마동이가 쑥스러운 표정으로 머리를 긁적였다.

— 노비가 뭐 어때서? 글자를 알아야 세상을 알지.

— 아씨는 이상해요.

— 왜?

— 상놈에게 그런 말을 하는 상전은 없어요.

마동이는 초희의 얼굴을 바라보며 어찌할 줄 몰라서 쩔쩔매다가 방문을 열고는 밖으로 휑하니 나가비렸다.

초희는 어질러진 방안을 이리저리 무릎걸음으로 기어 다니며 서책을 고르고 골랐다. 왼쪽에서 오른쪽으로, 오른쪽에서 왼쪽으로, 자리 이동된 서책들이 섞이게 되면서 치마 위로 서책들이 쌓여갔다. 시간이 조금 흘렀다.

— 아씨!

섭섭이가 헐레벌떡 방안으로 뛰어 들어왔다. 초희는 여전히 서책에서 눈길을 떼지 않고 서 있었다.

— 아이참! 오신대요!

섭섭이는 남이 듣지 못하게 작게 말하면서도 몸은 가만히 있지를 못하고 발을 동동거렸다. 초희는 섭섭이의 발그레한 얼굴을 쳐다보았다. 생각은 아직도 서책 속을 더듬고 있었다.

— 이틀 전에 의주 객관을 통과하셨다는 기별이어요.

— 의주 객관? 누가? ……지금 뭐라고 했어?

초희는 치맛자락을 사뿐 들어 올리며 보료 위에서 냉큼 내려섰다.

— 뭐라고? 오라버니께옵서?

— 명나라에서 예쁜 노리개들을 많이 사오셨을까요?

— 서책들을 사오셨겠지. 아참? 이 서책들! 섭섭아! 나 좀 도와줘!

초희의 얼굴이 흐려졌다. 허봉의 성정은 단정하고 깔끔했다. 서책들은 여기저기 어지럽게 나뒹굴어 있었다. 초희와 섭섭이는 서책들을 주워 제자리에 꽂아 놓느라 정신없이 몸을 움직였다.

7

서화담은 면벽수행 중이어서 어두운 암굴에 들어가 있었다. 송도의 화담 서경덕의 집 작은 연못에 비쳐든 햇빛은 맑고 짱짱했다. 기와지붕 처마 아래로 산새들이 몇 마리 날아들었다.

— 아버지. 소자 들어가옵니다.

하곡 허봉은 댓돌 위로 성큼 올라섰다. 사람 목소리를 들은 산새들이 후루룩 날아갔다. 마동이는 닫힌 방문을 향해 절을 꾸벅하고는 그 옆의 작은 방으로 쏙 들어갔다.

— 들어오너라.

허엽의 목소리가 낮게 들렸다. 허봉이 방문을 열고 들어와 넙죽 절을 했다. 허엽은 조정에 입신한 아들을 향해 고개를 끄덕이며 만족한 웃음을 웃었다.

허봉은 성절사 서장관으로 임명되어 명나라에 다녀오는 길이다. 생일을 맞은 명나라 황제의 진연에 세모시와 명주, 화석, 수달피를 들고 갔다.

서경덕의 방안은 별다른 세간 없이 정갈했고 굵은 붓으로 쓴 편액이 걸려있었다. 편액의 글은 해서체였다. 서경덕은 자형이 똑바르고 필획에 생략이 없는 해서체를 좋아했다.

천지는 만물이 쉬어가는 여관이며, 세월은 백년을 지나는 과객이다. 이백이 봄날 밤에 도리원에서 술 마시며 지은 글. 허엽도 좋아하는 시구이다.

허엽은 해서체를 눈으로 쓰다듬듯 쳐다보았다. 해서체 글 옆에는 신라 때부터 서경덕 가문에서 내려오는 낡은 검이 걸려 있었다.

서경덕이 새벽마다 선도仙道 수련하는 뜨락에는 희뿌연 안개가 자주 깔렸다. 서경덕은 신선이라는 별칭을 들을 정도로 늙지 않는 얼굴로 유명했다. 나이를 먹어도 구레나룻 털은 검고 피부는 하얬다. 이마 선을 따라 검은 눈동자, 흑백의 선이 분명한 얼굴은 꽃과 사귀는 안개처럼 희고 매끈했다.

젊은 날, 명기 황진이가 눈독을 들였을 만한 얼굴이고, 인격이며, 풍채였다.

— 수고했다. 조선에 들어왔다는 기별을 받고 기다리고 있었다.

— 잠깐 궁궐에 들렀다가 집에서 옷을 갈아입고 오는 길이옵니다. 아버지께서 화담에 계시다는 말을 듣자마자 이리로 달려왔습니다.

— 그래. 잘했다.

— 오랜만에 뵈옵니다.

허봉이 아버지 옆에 앉은 유성룡을 향해 고개를 숙였다. 유성룡이 마주 고개를 숙이며 웃었다.

— 전하께서 반사로 홍옥 연적을 주셨습니다.

— 그리 귀한 것을 주시다니 감읍할 일이구나.

— 경하하옵니다.

유성룡이 허엽을 향해 고개를 숙였다. 허엽이 고개를 끄덕이며 웃었다.

— 명나라는 어떠하더냐?

— 이번에도 문물들이 새로웠습니다. 아직 드러내놓지는 않아도 조만간에 변화가 있을 것입니다.

— 어떠한 것들이 그러하더냐?

— 참으로 해괴했고 신기했습니다. 바다를 가운데 두고 이

쪽을 서양이라 했고 우리가 사는 이쪽을 동양이라 했습니다. 바다를 중심으로 이쪽저쪽으로 가른다 해도 참으로 신기한 것이 서양인의 머리카락과 피부색은 우리와 확실히 달랐습니다. 똑같은 사람인데 어찌 그럴 수 있는지요.

오. 허엽과 유성룡이 동시에 고개를 끄덕였다.

— 짐승도 털색이 다른 경우가 많지. 사람이라서 3종류야. 나도 얘기만 들었는데 눈으로 본다면 충격이 크겠지. 조선 밖의 일들을 아는 것은 중요하다. 눈에 보이는 것보다 보이지 않는 움직임을 알아야 한다.

— 자금성 밑에 지하궁전이 있다는 소문입니다. 십 년 동안 만 명의 인력이 동원되었고, 파낸 흙 때문에 산 10개가 생겨났으며 철저한 비밀유지를 위해 환관들만 노역을 담당했다 하옵니다. 땅속으로 27자나 파 들어간 궁전에는 수천 개의 계단이 있고, 층층마다 황금 잔들이 놓여있다고 하옵니다. 그곳에서 황제는 궁녀들과 아편을 피우며 운우지락을 나눈다는 소문입니다.

— 허.

— 본 것들을 잊어버리기 전에 기행문을 쓸 생각입니다. 가는 곳마다 틈틈이 기록해두었습니다. 책무가 기록관이라서 참 좋았습니다. 명나라의 문사들 주지번과 양유년, 오명제가 친절히 동행했습니다. 조선의 글에 관심이 많은 문사들입니다.

— 오, 고맙게도.

— 그들은 마치 깊은 산속 약초를 찾아다니듯이 글을 봅니다. 문장에 기세가 좋고 심금을 울리는 시가 있다고 말합니다. 좋은 시를 보면 좋은 사람을 만나는 것 같다고 합니다. 남녀 구별도 없어요. 여자들 시도 좋아합니다.

— 여자들 시도?

— 조선 여자의 시가 드문 까닭이겠지요.

유성룡이 말했다.

—그들의 눈에는 기녀의 시에도 조선 여자만의 세련된 결기가 보인다고 합니다.

— 조선 여자. 고추보다 맵지. 핫하하.

허엽이 파안하고, 유성룡이 팔짱을 끼며 고개를 끄덕였다.

—고추뿐인가? 오뉴월에도 가을 서리가 내린다고 했어.

—그래서 나는 안방에 모셔놓고 안전하게 살아가고 있네. 핫하하.

— 제명은 <하곡조천기>라고 정했습니다.

— 그래. 그래야지. 널리 보고 배운 것을 이롭게 써야지. 이 나라에는 현자들이 필요해. 세상의 이치에 여러 방면으로 통달한 사람들 말이다.

— 명심하겠습니다.

— 여독이 남아있을 텐데 집으로 돌아가서 푹 쉬어라.

— 피곤함을 모르겠습니다.

— 하하하. 선도로 수련한 몸이라서 그럴 것이다.

허엽이 무릎을 치며 호쾌히 웃었다. 허봉이 수줍게 웃었다. 유성룡이 따라 웃으며 일어섰다.

— 그럼 말씀들을 더 나누시지요. 이 사람은 이만.

허봉이 자리에서 일어섰고 유성룡이 방문을 열고 나갔다.

— 아버지. 이번에는 <태평광기>를 사왔습니다.

— 잘했구나. 허나 기이하고 환상적인 내용의 잡설이니 남들 앞에 드러내놓고 볼 서책은 아니니다.

— 당대에 이미 많은 문사들이 열독했고, 지금도 음지에서 읽고 있는 책이옵니다. 북송 대에 발간된 <태평광기>는 총 5백 권이옵니다. 세조 때에 성임이 열 책 15권으로 가려 뽑았던 전례가 있습니다.

— 그래. 고상한 사람이나 속된 사람이나 모두 감상할 수 있는 아속공상이지. 성임이 누구냐? <용제총화>를 쓴 성현의 집안사람인가 보구나.

— 그러하옵니다. 선왕 명종 대에는 한글로 번역한 <태평광기 언해>가 있었으나 그것만으로는 부족하다고 생각합니다. 소자는 도가와 관련된 부분들만 추려서 정리해볼 요량입니다.

— 그래. 그 부분이 나도 궁금하구나. 조선도 조선 이전의 고려, 신라, 또 그 이전의 이야기들을 집대성한 책이 나와야할 터인데.

— 불교는 아예 산속으로 들어갔고, 선도는 신선도의 맥을 잃어버리고, 몇몇 사람들한테만 소극적으로 전해지는 것이 안

타깝습니다.

— 음. 유가는 현실적 도덕 질서와 정치적 경영철학에 중심을 두고 있고, 도가는 일면 개인적이고 형이상학적이라서 서로 대립적일 수는 있지. 하지만 양쪽 다 우주, 군주, 인간사회를 말하고 있어. 허나 조선이 집단의 예만 강조하다가는…….

— 네. 그렇습니다. 선도는 유불선 회통이 아닙니까?

— 그렇지. 우주의 본질을 꿰뚫고 있지. 선도는 모든 종교철학의 뿌리다. 그로부터 모든 갈래가 파생되어 세상으로 퍼져나갔어. 우리는 그 자부심을 망각하면 안 된다.

— 예. 아버님. 몸과 마음의 수련, 명심하고 있사옵니다.

— 그래. 몸과 마음은 하나다. 분리하면 균형이 깨지기 쉬워. 조선은 문과 무가 분리되어 있지만, 신라에는 문무가 합쳐져 있었어. 몸을 통해 우주의 자식임을 알고, 마음을 통해 우주적 지성과의 합일을 아는 거지. 그래서 모든 종교철학을 관통해서 자유와 평등, 포용과 합일을 지향할 수 있었다. 조선의 유학자들은 방안에서 글만 읽는 게 문제야. 과거시험이 공부의 목적이 될 수는 없지 않은가?

— 소자도 조선 성리학이 예교를 중시해서 자칫 형식주의에 치우칠까 걱정됩니다. 정치집단만 만들어내는 꼴이 될 수도 있으니까요.

— 그렇지. 조선은 선비의 나라이니 선비들이 연구해 볼 문제다. 아, 그리고 이것을 한번 보아라.

허봉이 서안 위에 놓인 종이를 펼쳐 들고 읽어 내려갔다. 허엽은 조금 시간을 두었다가 물었다.

— 어떠하냐?

— 백옥루 광한전이 생생하게 느껴집니다.

— 초희가 쓴 것이다.

— 제 나이를 훨씬 웃도는 시입니다.

— 남매라서 그런 것이냐? 아비보다는 박하구나. 하하하.

허엽이 파안대소했다. 허봉이 얼굴을 조금 붉혔다.

— 네 생각은 어떠냐? 초희에게 문장 공부를 시키는 것이.

— 물론 좋기는 하지만 요즘에는 대궐의 공주마마나 옹주마마에게도 문장 공부는 시키지 않는다고 들었습니다.

— 그거야 대궐의 일이지. 내가 아무리 홍문관 부제학이라도 대궐 일을 생각 없이 따르지는 않아. 여자도 배워야 해. 우리 집안이 가락왕비로부터 성을 얻은 지가 7백 년이다. 너희들은 고려 때부터 문장으로 유명한 문경공 허공의 후손이다. 고려 5백 년 동안 조정에 출사한 수많은 문장가를 냈고 조선에 들어와서도 문기가 조금도 꺾이지 않았어. 우리 집안에서 글은 태양과 같은 자존심이다.

— 늘 명심하고 있습니다.

— 우리 집안이 문한가의 명맥을 잇는 것은 문사의 정신 때문이다. 나는 화담 선생에게서 특정한 관념에 얽매이지 않는 자유로운 태도를 배웠다. 내가 글공부에 여자와 남자를 가린다

면 화담 선생의 제자가 아니지.

— 예. 아버님.

허엽이 허봉을 지그시 바라보며 말소리를 낮추었다.

— 누가 있겠느냐? 독선생 말이다. 내가 아는 사람들은 명사들이야. 나는 숨은 인재를 보고 싶다. 남보다 뛰어난 재주를 가졌으나 사람들 관심 밖에 있는 자면 좋겠구나. 내 집에 자주 들락거려도 주위 사람들에게 의심을 사지 않을 사람 말이다.

허엽의 말뜻을 알아들은 허봉의 눈빛이 빛났다.

— 벼슬이 없으면 좋겠구나. 세속의 명리로부터 자유로운 자 말이다. 허나 네 누이동생의 시재를 이끌어줄 만한 충분한 기량이 있어야 한다. 한쪽에 치우치지 않고 두루 통달했으면 좋겠어.

— 소자가 아는 사람 중에 문장에 통달한 자가 있사옵니다. 조선 최고라는 평을 들을 정도로 유명한 자이옵니다. 이달이라는 자인데 본관은 홍주요, 자는 익지이고, 호는 손곡이옵니다. 고향은 원주 손곡리이고 쌍매당 이첨의 후예라 하옵니다. 율절가곡과 칠언율시에 아주 능합니다.

— 나이는?

— 이립而立을 넘어섰나이다.

— 서른. 좋구나.

— 우연히 시회에서 만나 시재를 겨루었는데 이상하게도 호방한 자유로움을 따를 수가 없었나이다. 처음에는 박순 문하에

서 송시를 배웠고 정사룡 문하에서 두보의 시를 배웠다 합니다. 고죽 최경창, 옥봉 백광훈과 함께 시사를 맺어 삼당시인이라고 불리고 있사옵니다.

— 재미있군. 최경창의 지기란 말이지?

— 사상적으로는 고려의 죽림고회를 잇는다 하옵니다. 청담을 지향하지만 출세간은 아닌 듯하옵니다. 벼슬을 쫓지 않겠다는 사람도 있지만.

— 하하하. 벼슬을 눈앞에 갖다 놓고 말을 해야지. 공연한 공언이고 말장난이다.

— 그리 가볍게 보이지는 않았사옵니다. ……헌데 흠이 하나 있사옵니다.

— 무엇이냐?

— 서출이옵니다.

— 아까 호방한 자유로움이라 했느냐? 바로 그 때문이었어. 나름으로 울분과 강개가 있겠구나. 소외되었으니.

— 울분이 보통이 아닙니다. 술만 먹으면 붓대를 휘두르는데 그 자리에서 지은 시들을 공문空文이라며 찢어버리기 일쑤라 하옵니다.

— 하하하. 그래. 사내라면 그 정도는 되어야지. 허나 따져보면 공문이 아닌 것이 무에 있어? 쓸모 있는 글이 몇이나 된다고. 흠. 그걸 아는 모양이니 글의 진수를 아는 사람이다.

— 부친은 부정 이수함이고 모친은 홍주 고을의 관기였다

하옵니다. 원주 손곡리에 묻혀 사는 방외지사지만 보기 드문 인재이옵니다.

— 됐다. 서출이라니 마음에 드는구나. 신분은 단지 신분일 뿐. 당자의 성품과 능력을 대신할 수는 없느니. 서출이라서 세도가들의 눈 밖에 있을 것이니 그게 마음에 들어. 적서제도를 탓한다면야 당자에게는 불운이지. 태조의 계비 신덕왕후 강씨 때문에 그리되었어. 신덕왕후가 정도전과 손잡고 의안대군 이방석을 왕세자로 추대했다가…… 제 1차 왕자의 난이 그런 속사정 때문에 일어난 게야. 계모 밑에서 설움을 겪었던 태종은 누구보다도 서자가 날뛰는 꼴이 보기 싫었겠지. 그래서 정치적으로 확실한 금을 그어놓은 게야. 허나 인재는 인재인 법. 기별을 넣어라.

— 예. 아버지.

8

강가에는 나룻배 한 척 묶여있지 않았다. 사람이 드문 강가에 햇빛은 짱짱했고 물살은 고요했다. 늙은 농부가 이끄는 소달구지가 비탈길을 내려가고 있었다. 농부 옆에는 젊은 사내가 걷고 있었고 어린애를 업은 젊은 아낙이 대바구니를 들고 부지런히 뒤를 따르고 있었다.

소나무가 우거진 팔각 정자에는 갓을 쓴 사내들이 모여 앉아 있었다. 돗자리에는 탁주와 기름진 안주가 놓여있었다. 한 사내가 턱수염을 쓸어내리며 탁주 한 사발을 쭉, 소리나게 들이키며 말했다.

— 이백도 술 없이는 한 문장도 쓰지 못했어. 하늘에서 내려온 시선詩仙도 그런데 우리 같은 범인이야 두말할 필요도 없지. 제정신으로 쓰는 시는 시가 아닌 거라고. 자연합일. 물아일체. 남들이 뭐라 떠들든 새처럼 자유롭게 소요해야 진짜 시인인 걸세.

— 아무렴. 그만한 배포는 되어야 글을 쓰지. 이백은 황제가 불러도 안 갔어.

— 이르다 말다!

술기운에 시흥이 오른 사내들은 파전을 한입 덥석 떼어 먹고는 벼루가 놓인 자리로 걸어갔다. 예닐곱 명이 바짝 붙어 앉을 만큼 작은 정자였다. 강물을 유람하던 과객 두 명이 불쑥 끼어들며 같이 좀 앉읍시다, 하며 동석을 청했고 사내들은 그러시오, 하며 흔쾌히 응수했다.

정자로 들어온 과객들은 여기저기 유람을 하며 길을 가는 모양인지 여유 있는 얼굴 표정이었다. 김윤은 태사화를 벗으며 정자 위로 올라섰고, 김성립은 정자 위로 올라가며 복건을 벗었다. 한쪽은 머리카락을 땋아 내린 소년이었고 한쪽은 상투를 올린 장년이었다. 장년의 사내는 발목에 풀어진 대님을 다시 매느라 고개를 숙이고 있었다. 정자 주위로 산새가 몇 마리 후룩 날아들었다. 훠이. 훠이. 김성립이 팔을 이리저리 휘저으며 새들을 쫓아냈다. 김윤이 그만두세요, 또 날아드니까, 하고 고개를 들며 말했다.

— 저 하찮은 미물들도 더 잘 처먹고 살려고 저런다네.

정중앙에 앉아 시를 쓰던 이달이 김성립을 향해 한마디를 던졌다. 갓을 쓴 사내들은 이달 주위에 모여앉아 있었다. 새를 쫓던 김성립이 머쓱한 표정으로 자리에 다시 앉았다.

— 세상을 향해 한 마디 더 던질 참이오?

— 난 정치를 모르오. 사람들이 나를 보며 정치를 논하기는 하지요. 허허.

이달이 여유롭게 웃으면서 붓을 놓지 않았다.

— 어허. 숲이 좋고 강물이 좋다. 산천경개야 강릉만 한 곳이 없지만 인걸은 한양이라 했으니. 숙부. 아니 그렇습니까?

김윤이 나이가 어린 김성립에게 존대를 했고, 김성립은 별대꾸 없이 주위를 두리번거렸다. 김윤 옆의 사내가 두 사람을 바라보며 물었다.

— 어디에서 오시었소?

— 이쪽은 강릉 부사입니다.

김성립이 김윤을 소개하며 말했다. 김윤이 좌중을 향해 고개를 숙였다.

— 김첨 영감댁과 친척이 됩니다. 여기 이 숙부는 김첨 영감

의 외아들이시지요.

— 김성립이라고 합니다.

김성립이 약간의 고개를 숙이며 말했다.

— 우리는 사대부가의 자제들이나 아직 벼슬길에는 나가지 않았지요. 이렇게 물이 좋은 곳을 찾아 경서를 읽고 담론을 나누며 시를 짓기도 합니다.

— 부럽습니다. 참 좋은 시회로군요.

김성립이 이달을 향해 호의적인 웃음을 던졌다. 이달도 웃으며 눈인사를 보냈다.

— 이번에 새로 하나 더 만들었습니다. 본격적으로 시를 배우고 싶어서이지요. 한양의 시회에서 이름자를 내놓자면 정치도 알아야 하고 경서도 알아야 하고 시도 알아야 합니다. 팔방미인 격이지요. 정치만 알면 반편이 대접을 받아요.

— 여기 우리 숙부께서도 산천을 유람하며 시를 배우고 싶어 하십니다. 강릉에서 달포를 머물다가 한양으로 올라가는 길입니다.

— 세상일을 배우기에 방안은 갑갑합니다.

김성립이 말했다.

— 유자라면 응당 그래야 하지요. 조선팔도에서 갓 쓴 양반치고 시를 짓지 못하는 푼수는 없고 정치를 논할 때에도 공자말을 난알처럼 주워섬기는 정도는 되지요. 조선에 성리학이 들어온 이래로 시 짓는 일은 사대부의 교양이 되었소.

— 그렇지요. 예를 중시하는 것은 미를 중시하는 것이니까.

김윤이 정자 바깥으로 고개를 돌렸다. 실바람이 불어왔다. 김윤은 눈을 가늘게 뜨고는 턱수염을 쓸었다. 소달구지를 끌던 일가는 언덕 너머로 사라지고 없었다. 김윤이 밭고랑을 쳐다보며 말했다.

— 아까 그 늙은이는 벌써 어디로 갔나 보군. 딸과 사위를 거느리고 걸어가는 모습이 한가로워 보이던데.

— 아직도 고려인 줄 알고 사는 백성들이 있으니 조정에서는 주자가례의 법도를 민가의 미풍양속으로 만들려는 것이 아니겠소? 문물이든 풍속이든 죄다 명나라에서 들여오는 중이라오. 조선보다 개명한 세상이라니 뭔가 이로운 것들이 있겠지요.

— 그래요? 만약에 혼인제도가 바뀐다면 사위를 내보내고 며느리를 들여오자는 거 아니겠소? 아들 많은 집이 좋겠군요.

— 사위도 자식이라지만 한 치 건너 남이지요. 뭐. 일을 부려먹기에는 아들보다 사위가 좋겠지만.

— 제도고 뭐고 무슨 소용이 있겠소? 힘 있는 집안에서는 아들도 사위도 다 끼고 삽니다.

— 자, 자. 오늘은 시인의 눈이 사물과의 거리를 어떻게 조율하는가, 하는 문제를 논하고자 합니다.

사내들의 눈동자가 일제히 이달에게 쏠렸다. 흠흠. 이달은 짧은 턱수염을 쓸며 헛기침을 했다.

— 시인은 천지만물에 감응하는 자이니.

시 짓는 실력이 어중간한 사내들이었다. 사내들은 이달의 말 한마디를 놓칠까 봐 숨죽이며 귀를 기울였다. 이달은 팔짱을 끼고 눈을 감고는 뜸을 들였다.

— 시인과 시. 나는 그 둘을 나누어서 생각해 본 적이 없소. 예를 들어 시인이 꽃을 서술할 때에…… 시인의 의식이 꽃의 이치에 다다르고 있는 것인가, 하는 문제요.

이달은 눈을 뜨지 않았다. 눈을 감고 꽃을 보고 있는 듯했다. 사내들은 상대방의 얼굴을 쳐다보며 각자 생각해보기 시작했다.

— 대상에 대해 알고 쓴 글이 있고 느끼고 쓴 글이 따로요. 꽃을 보며 쓴 글과 꽃에 감응하고 쓴 글은 확실히 다르오. 시적 대상을 경험에 의해 깨달아 아는 것이 아니라 시인의 직관이 시적 대상에 반응하는 것이오.

이달이 말했다. 한 사내가 오른쪽 무릎을 탁, 치면서 호쾌히 응수했다.

— 소문대로 매월당 김시습이 5살에 그런 시를 썼다면 말이오. 아직 나이가 어리니 시적 대상을 경험하고 깨달은 것이라고 보기에는 무리가 있지요.

이달이 고개를 끄덕였다.

— 쫣지요. 물론 쫣고말고. 내 말이 바로 그 말이오. 그러니 경험하지 않고도 아는 것, 생이지지가 아니겠소? 수탉은 새벽

에 울음을 내지만 그 뜻은 알지 못하오.

— 그래야 뭐합니까. 아무리 뛰어난 글재주를 가졌어도 조정에 출사하지 못하고 산천을 떠돌다 죽었는데.

이달은 고개를 흔들었다.

— 지팡이가 아니라 붓대요. 아니, 지팡이도 붓대요. 그런 시인은 다른 사람보다 생각이나 감정이 한 꺼풀 정도 얇다고나 할까. 시적 대상에 대한 자기 몰입이 강하지요. 그래서 눈으로 보이는 것들을 죄다 언어로 토해 놓지요.

— 눈으로 시를 쓴다?

다른 사내가 대꾸했다.

— 이를테면 몸이 꽃을 바라보되 눈동자는 꽃 속에 들어가 있는 것. 꽃을 꽃으로 보지 않고 제 마음으로 들여다본다는 것이오. 그래서 꽃에게도 말을 걸지요. 말이 없는 것들과 대화를 나누는 사람인 것이오.

이달이 어깨를 으쓱하며 한마디로 오금을 박았다.

— 허면 꽃을 꽃으로 보고 바람을 바람으로 보는 보통사람들과는 다르겠군요.

김윤이 시답잖은 대화라는 표정을 드러내며 퉁명스럽게 말했다.

— 확실히 다르지요. 그런 시인은 시적 대상을 자기화하고 육화된 언어만을 씁니다.

이달은 다른 사내들과 달리 확실한 결론에 이른 듯했다. 다른 사내들은 이달의 확신에 더욱 이끌렸다.

— 무슨 뜻인지를 정확히 알고 싶소. 지난번 시회에서도 그 점에 있어서 한참 격론이 붙어서 말이오.

— 부질없소. 경험할 수 없는 자의 허망한 시론이오. 우리하고는 기질이 다르다지 않소? 나는 적어도 백 마디 논쟁보다 그런 특출한 시인을 보고 싶군요. 까마귀 속의 흰 두루미인가? 그 출중한 시인이 보통 시인들과 다르다는 것이 호기심을 일깨우면서도 한편 이토록 맥이 빠지는 일이 아닌가?

— 확실히 격이 다르지요.

이달은 정확한 발음으로 또박또박 말했다. 이달의 말 속에는 그대들이 평생 머리를 굴려 봐도 알 수 없을 것이라는 냉소가 깃들어 있었다.

— 우리의 눈이 태양을 바라보지만 태양을 증명할 수가 있소? 우리의 눈이 밤에 보지만 밤을 증명할 수 있소? 시론은 안다고 생각하는 것이지 몸으로 경험하는 것이 아니요. 그러니 이론은 경험에 밀리는 것이오.

— 허면 그대는 그런 특출한 시인이오?

— 아니오. 나는 그런 특출한 시인을 찾고 있소.

이달이 멋쩍게 웃으며 고개를 가로저었다.

— 실례되는 질문이오만 도대체 뉘신데 그리도 시에 통달하시었소?

김윤이 이달을 향해 물었다.

— 이 사람을 모르시오? 그 유명한 <반죽원>을 지은 분이시오.

이달 옆의 사내가 대신 말했다.

— <반죽원>이라. 어디서 많이 들어본 것 같기는 하오만.

— 허허. <소상반죽의 전설>을 모른단 말이오?

— 순임금이 창오산에서 죽었는데 황비 아황과 여영이 상수가에서 슬피 울다가 강물에 몸을 던져 죽었다는 전설이 아니오?

— 맞소이다. 어찌나 슬피 우는지 그 눈물을 강가의 대나무밭에 뿌렸는데 그만 눈물 얼룩이 져서 지금까지 전해진다는 전설이지요. 그걸 상비죽, 소상반죽이라 부르지요.

— 청컨대 시인의 목소리로 읊어주시오.

— 쉿. 조용히 해주시오. 들꽃이 흔들리는 소리까지 들려야 하오. 이달이 고개를 까딱했다. 몇몇 사내들은 눈을 감았다. 들꽃 소리는 들리지 않고 솔바람 소리가 들려왔다.

이달은 <반죽원斑竹怨>을 읊었다. 두 왕비의 슬픔이 붉은 낙조와 은빛 강물과 푸른 대나무와 흰 구름 속으로 스며드는 듯했다.

— 시 그대로요. 울고 있는 여자 보고 지금 울고 있소, 라고 쓰지는 않지요. 얼룩진 대나무로 여인의 결기를 표현하는 거지요.

사내들은 대나무 숲과 두 여인을 떠올리며 고개를 끄덕거렸다.

— 시격은 뜻에 있소. 시와 사람은 같지요. 인품이 있다면 시품이 있는 거지요. 뭐, 이런 고백도 쓸데없는 것이긴 하지만, 고죽 최경창이 부러워서 지은 시라오. 천하의 명기 홍랑이 최경창을 여간 좋아해야지요. 두 사람을 바라보면서 영원한 사랑에 대해 생각했소.

— 이런! 이 자리에 당자인 홍랑이 있었으면!

한 사내가 흥분을 감추지 못했다. 이달의 얼굴에서 홍랑의 그림자라도 보았으면 하는 눈빛이었다. 이달은 저 멀리 흐르는 강물에 시선을 던지며 말했다.

— 진짜 시인에게 시혼이 있는 것처럼 진짜 기생에게는 결기가 있는 모양이오. 홍랑에게는 오로지 고죽뿐이라오. 아무리 용을 써도 이 사람 차지는 못 된다오.

이달이 허전한 가슴을 쓸어내리며 껄껄껄 웃었다. 문득 홍랑의 눈썹이 떠올랐다. 두 눈을 내리깔고 가야금을 타는 손가락에는 노랫가락이 물방울처럼 톡톡 튀었다. 은근히 애타는 마음을 곡조에 흘려보내던 순간이 한두 번이 아니었다.

— 먹물 맛을 아는 계집은 뭐가 달라도 달라. 삼당시인 이달도 거절한다는 게요?

술에 취하고 시에 취한 사내가 이해할 수 없다는 표정으로 물었다. 이달이 낙심한 얼굴로 고개를 끄덕였다. 김윤이 사내들 대화 틈으로 끼어들었다.

— 이보시오. 나도 강원도 사람이오. 고죽 최경창? 삼당시인 이달? 다 서자들인데. 그럼 그대들은 뉘시오?

— 우리야 응당 양반이지만 삼당시인에게 시를 한 수 배우러 이렇게 모였소.

— 엥? 서출 시인에게 말이오?

김윤이 놀라는 표정으로 물었다. 한쪽에서 묵묵히 앉아있던 김성립의 웃음소리가 터진 것은 그때였다. 하하하. 하하하. 웃음은 대화보다 분명한 뜻을 전하고 있었다. 이달은 청년의 웃음을 따라 웃으며 조금 얼굴을 붉혔다. 그 웃음의 의미를 정확히 헤아리지는 못했다.

— 흥. 반죽원班竹怨이건 서죽원庶竹怨이건. 서자도 양반이라고 시를 다 짓는군. 시품이라니?

김윤이 피식 웃으며 말했다. 과육 속에 숨은 벌레를 발견한 눈빛이었다. 시를 감상하는 안목이 그리 높지도 그리 낮지도 않은 사내가 느끼는 열패감은 상대가 서출이라는 사실을 알고는 우월감으로 변했다. 김윤은 곧 턱밑 수염을 쓸어내리며 말소리를 분명하게 높였다.

— 서자가 뭐야. 개구멍으로 들어온 사람이 어울리지 않게 시라니. 땅에 코를 박고 돌아다니는 돼지는 하늘을 볼 수가 없어. 하늘을 보지 못하니 하늘을 알 수 없는데 하늘을 논하다니. 별일이로세. 게다가 당나라 시풍이라니 당치도 않지. 요즘은 어딜 가나 송나라 소동파나 황산곡의 시풍이 대세야.

명백한 구별이었고 하대였다.

지금 뭐, 뭐라 하시었소. 이달이 말을 더듬거렸다. 화가 나면 말부터 더듬는 버릇이 있었다. 불쾌한 얼굴에 술기운이 울컥 올라왔다. 이달은 좌중의 사내들을 더듬더듬 둘러보았다. 다른 사내들은 난처한 표정으로 그냥 앉아있었다. 적서법과 종모법은 지엄하니 함부로 나설 수 없다는 표정들이었다. 이달의 얼굴 표정이 굳어졌다.

— 별 볼 일 없는 시회에 시간만 버렸어.

김성립이 서둘러 복건을 쓰더니 자리에서 일어섰다. 김윤이 정자 아래로 내려섰다. 이달이 뒤이어 일어났다. 어어. 사내들 중 누군가가 말했다. 이달은 두 사람을 향해 탁주를 냅다 뿌렸다. 김윤이 태사화도 벗지 않고 정자 위로 뛰어 올라갔다. 이달은 정자 기둥에 머리를 박으며 뒤로 넘어졌다.

9

— 이 사람! 손곡! 어서 오게!

허봉이 흰 버선발로 기단 아래까지 뛰어 내려갔다. 이달은 마당 한가운데에 주춤거리며 서 있었다. 초라한 행색이 부끄러운지 도포자락을 자꾸 매만지며 머뭇거렸다.

— 내 한참을 수소문했네. 발에 날개라도 달았는가? 축지법

이라도 쓰는 요량인가? 이 사람에게 듣고 가보면 없고 저 사람에게 듣고 가보면 없고 그러기를 수십 번일세.

— 그렇지 않아도 까마귀발일세.

이달은 어색하게 웃었다. 어디를 떠돌다 왔는지 갓은 삐뚜름했고 때 묻은 도포를 입고 있었다.

— 어서 들어가세.

허봉이 이달의 손을 잡아끌었다.

붉은 매화도가 그려진 병풍 앞에는 여기저기 서책들이 쌓여 있었다. 허봉은 서책들을 황급히 한옆으로 밀어내며 청색 보료 위에 앉았다. 이달은 방안에 어색하게 서 있다가 느리게 방석을 깔고 앉았다.

— 명나라에서 또 서책들을 가져왔는가?

이달은 코를 실룩이며 침을 삼켰다. 허봉의 방에 들어올 때마다 매번 똑같은 질문인 것을 스스로도 알고 있었다. 허봉은 부드러운 목소리로 익숙한 웃음을 숨겼다.

— 아닐세. 아닐세. 고서적거리를 하루 종일 돌아다녀서 새로 출간된 서책을 받아오는 것이 고작일세. 아주 귀한 서책은 어느 집 사랑방에 숨겨져 있을지도 모르지.

— 더운 나라에서 왔다는 대상 행렬은 보았는가?

— 보지는 못하고 소문으로만 들었네.

— 있기는 있는 것인가?

— 자금성 안의 비밀인 듯싶네.

허. 이달은 삐뚜름한 갓을 벗어놓고 진지한 표정으로 귀를 기울였다. 초췌한 얼굴에는 광대뼈가 도드라졌다. 이달은 때가 잔뜩 묻은 도포 자락을 하릴없이 매만졌다.

— 명나라는 왜국과도 거래를 하는 모양이네. 신기한 것은 왜국이라고 깔보는 풍토가 아니었네. 왜국이 명나라에 비하면 발아래 뒤꿈치보다 못한데도 말일세.

— 허. 모를 일이로고. 바다 건너 쪽발이 물건에 대해 시비하는 자가 없다는 말인가?

— 시비라니? 나도 응당 그러려니 생각했네. 헌데 그것이 아니었어. 물물교환 그 이상도 그 이하도 아니었네. 물건의 가치를 알아보았으니 사들였을 터이고…… 거기에 무슨 토를 달겠는가?

— 내 귀에는 하늘나라 얘기일세.

— 자금성의 여자들은 여기저기를 수소문해서 각 나라의 진귀한 물건들을 사서 모으는 눈치였네. 조선 사람이 보면 명나라 사람들 배알이 없다 하겠지.

— 배알로 따지면 조선은 어떤가? 흥. 지 마누라 지 서방만 안 바꾸지 무조건 명나라만 쫓아하는데…… 허. 그런데 물물교환이라니. 명나라 외에 다른 대국이 있다는 것을 생각하기가 좀 어렵군.

— 잘은 몰라도 자금성 황제의 눈은 바다 건너 이국을 향해 있었어. 나도 말로만 들었는데 멀리서 사람을 죽이는 총도 있

고 동서남북 방위를 보는 나침반도 있고 사람의 말을 따라하는 앵무새도 있다네.

— 허!

— 서양인은 머리카락이 노랗고 얼굴이 희다네.

허봉은 그간의 일들을 손짓발짓으로 설명하느라 얼굴이 점점 상기되었다.

— 오호? 괴물인가? 아니면 신선세계 사람인가?

— 하하하. 나도 자세히는 알 수 없네. 진귀한 서양 물건들은 자금성에서만 볼 수 있었네. 황실의 하사품은 대비전과 중궁전에 진상했네.

— 나도 꼭 한번 보고 싶네. ……조선에서 서출로 기죽어 사는 것이 못내 서러운데.

— 기다리게. 세상이 바뀌고 있네.

— 그놈의 좋은 세상이 나 죽기 전에 오겠는가?

이달이 시무룩한 표정으로 말했다. 눈동자에는 아무도 위로할 수 없는 고뇌가 배어있었다.

— 이런. 사람.

허봉은 이달의 어깨를 툭 치며 일어서다가 방문을 쳐다보며 웃었다.

— 밖에서 그러지 말고 들어오너라.

— 예. 오라버니.

초희는 흰 버선발을 감추며 조심스러운 발걸음으로 방문을 열고 들어왔다. 그리고는 얌전히 윗목에 앉아 고개를 까딱 숙였다. 곧이어 잰 발걸음 소리가 나더니 계집종 섭섭이가 다과상을 들고 들어왔다.

— 우롱차일세. 들게.

허봉과 이달은 동시에 찻잔을 들었다. 두 사람은 말이 없었다. 허봉의 옷자락이 바스락거렸다. 이달은 생각에 잠긴 표정이었다. 초희는 이달을 뚫어지게 쳐다보았다. 볼품없는 사내였다. 어깨가 작고 깡마른 몸에 얼굴은 유난히 커 보였다. 정수리 위에 상투를 맨 머리숱은 턱없이 적었다.

허봉이 찻잔을 내려놓고는 초희를 쳐다보았다. 초희가 냉큼 눈길을 돌렸다. 조금 열린 방문 틈으로 마당의 붉은 계관화가 보였다. 짙붉은 색이 담장 밑에 비쭉 솟아올라 있었다. 꽃송이가 너무 굵고 무거워서 바람에도 흔들리지 않는 꽃이었다. 초희는 굵게 올라온 꽃대궁에 쪽빛 댕기를 묶어 놓았다.

— 내가 기별을 넣는다고 했는데 그 새를 못 참고 왔느냐?

초희가 수줍게 웃었다.

— 인사 올려라.

— 초희입니다.

초희가 이달을 향해 고개를 숙였다.

— 저 아이는 명나라에서 사 온 장신구에는 관심에 없고 오직 서책과 양피지에만 눈길을 보내고 있네.

— 오, 서책과 양피지에?

이달이 깜짝 놀라며 찻물을 쏟을 뻔했다. 혀뿌리라도 데었는가? 초희가 남모르는 웃음을 웃었다. 이달의 목소리는 퍽 마음에 들었다. 그리 굵지 않으면서도 약간은 들뜬 목소리였다. 차향이 옅게 풍겼다. 초희가 질문거리가 생각나 용기를 내려는데 허봉이 말했다.

— 가보아라.

초희는 두 손을 치맛자락 위로 공손히 모았다. 방 안의 사람을 바라보지 말고 시선은 방바닥 치맛자락에 둘 것. 초희는 김씨 부인의 말을 떠올리며 고개를 숙이고는 뒷걸음질로 조용히 방문을 열고 나갔다.

— 저 아이의 독선생이 되어주게.

— 응?

— 그걸 청하려고 이리 불렀네.

— 여자가 문장을 배우는 것은 금시로 초문이거니와…… 또한 내가 어찌 문한가 아씨를 가르치겠나?

— 이 사람 손곡. 우리 아버님이 어디 사람을 가리는 분인가? 사람을 보지 말고 글을 보고 말하게.

허봉은 이달의 눈앞에 시 한 수를 내놓았다. 이달은 놀란 표정으로 엉겁결에 시를 받아들었다.

상서로운 이슬이 희뿌옇게 내리며 옥공을 적실 때

푸른 종이에 자황의 글을 베끼며 훔치네.

청동이 잠에서 일어나 구슬 발을 걷자
별과 달이 단에 가득 차고 꽃그림자 밝아라.

<유선사遊仙詞 16> 신선세계에서 노니는 노래

잠시 침묵이 있었다. 이달의 표정이 한동안 움직이지 않았다. 어색한 표정을 거두고 두 눈에는 생기가 돌았다.

— 어떠한가?

— 아씨가 쓴 것이 맞는가?

— 맞네.

— 놀랍군. 밤새도록 혼자 방안에서 열심히 습작하는 아씨의 모습이 눈에 선하게 보이는군.

허봉이 이날에게 성금 다가앉으며 진지하게 물었다.

— 그래?

— 독특한 생명이 넘치고 있어. 글 속에 천상천하유아독존의 기운이 흐르고 있네. 시가 아니고 그림이네. 눈으로 보는 듯이 선명해.

— 허.

허봉은 짐짓 놀라는 표정을 지었다.

— 또한 변화무쌍한 힘일세.

— 변화무쌍이라니?

— 어두운 무명 속에서 빛을 찾듯이 복잡하게 얼크러진 것이 풀어지고 다시 응어리져야 단조롭고 단순해지는 것이네. 음

양의 조화를 생각하면 이해가 쉽게 될 것이네. 문장이 꿈틀거리고 있네. 글 속에 해가 있으면 해가 움직이는 것이고 달이 있으면 달이 움직이는 것이네.

— 무슨 말인가?

허봉이 물었다. 이달이 금세 고개를 좌우로 흔들었다.

— 하하. 놀라지 말게. 어린 아씨가 그런 놀라운 경지에 올랐다는 것은 아니네. 다만 그런 싹수가 보인다는 것이지.

허봉이 웃으며 고개를 끄덕였다.

— 요즘에는 어느 시회에 가나 똑같아. 바둑에서도 문장에서도 고수싸움이 벌어지고 있네. 사람들이 문장에 관심이 많아져서 시회도 우후죽순으로 늘어나고 있어. 임금께서 문장을 장려하는 시책을 내신 이후로 더욱 그렇게 됐네. 너무 많아서 탈이네. 열 개가 하나와 같지. 다들 똑같은 소리야. 모인 사람들은 시보다 뒤풀이 자리에 관심이 있어. 인맥을 엮는 거지. 시를 감상할 시간도 격론이 붙을 시간도 탁주 한 잔의 시간보다 못 하네.

— 아닌 곳도 있지 않겠나?

허봉이 물었다.

— 자네는 의심할 줄도 낙심할 줄도 모르는구먼. 그 점이 나는 좋네. 시회는 내가 조선팔도를 두루 돌아다녀 봐서 잘 아네. 자네 말처럼 그런 곳이 있지만 한두 곳에 불과하지. 수가 많다고 융성한 것이 결코 아니네.

— 자네야 어느 시회에서나 첫째로 모셔가는 시객이 아닌가?

— 허허. 내가 아니라 자네이지. 뭘 그러나? 자네는 머리에 벼슬을 달지 않았나?

이달이 손가락으로 허봉의 옥관자를 가리키며 말했다.

— 또 벼슬자리 말이군. 하하.

— 볏이 있는 수탉과 볏이 없는 암탉은 그 위치와 위엄이 다른 걸세. 아무리 암탉이 황금알을 낳아도 말일세.

— 짐승과 사람은 다르지. 이런, 내가 자네 심기를 또 건드렸구먼.

— 아니네. 나야 뭐 그런 일에 속상하지는 않지. 시인에게 자존을 빼면 무엇이 남겠는가.

— 그렇지. 지난번 시회에서도 시인의 의식작용에 대한 격론이 붙었었어. 나는 자꾸 관심이 가네. 그 의식작용에 대해서 말이네.

— 의식작용은 별로 중요하지 않네. 감각적인 것이 더 중요하네. 이성과 감성의 관계란 말일세. 동시적으로 생각해보세. 입으로는 거짓말을 잘하는데 얼굴이 쉽게 붉어지는 사람을 본 적이 있는가?

허봉이 아주 궁금해하는 표정으로 물었다.

— 그래서 어떻다는 말인가?

— 몸이 거짓말에 익숙해지면 본인도 진짜처럼 느껴지는 것

이네.

— 허. 그래서 감각과 의식이 동시적인 것이라는 말이군.

— 여자는 남자보다 더 감각적이고 직관적이네. 천생으로 달거리를 해서 말이야. 몸으로 생명을 품고 내보내니 남자가 골백번 공부해도 따라갈 수 없는 감정이 분명히 있네. 그건 초감각적인 것이라서 결코 논리적일 수 없는 것이네.

— 남자는 그런 사람이 없는가?

— 남자도 간혹 있네.

— 논리 위에 있는 것을 말하는 것인가?

허봉이 물었다.

— 논리 위에 있는 것이 무엇이겠는가?

이달이 되물었다.

— 마음이네.

— 그렇지. 그것도 아주 순결한 마음이네. 둘로 나뉘지 않는 일편단심. 그런 사람이 쓰는 문장은 거짓이 없고 진실하니 독자의 마음이 쉬이 감응하지. 사물과 마음에는 서로 반응하는 거리가 분명히 있네. 그건 낯선 시간 속이지.

— 낯선 시간 속이라. 이 시를 보게.

구름 깔린 높은 산봉우리에 부용꽃이 촉촉하고
붉은 언덕 구슬 나무는 이슬에 젖어있네.
경판각 염불 마친 스님은 선정에 들고

재 끝낸 법당에는 학도 소나무로 돌아가네.

넝쿨 우거진 오래된 벽에는 도깨비가 울고

안개 낀 가을 연못에는 촉용이 누워있네.

밤이 되며 향등은 돌을 밝히고

흐린 달 동쪽 숲에는 종소리만 울리네.

〈차중씨견성암운次仲氏見星庵韻〉 둘째 오빠의 〈견성암〉 시에 차운하다

— 내 시를 보고 그 자리에서 지었네.

— 오, 그런가?

이달의 목소리가 높아졌다. 아까보다 기분이 훨씬 나아진 모양이었다.

— 나는 아씨가 부럽네. 문장가 집안에서 태어나 독선생까지 가졌으니 다른 여자들과는 분명히 다른 것이네. 여자가 나이가 차면 혼인을 해서 일가를 이룬다고는 하나 혼인을 해도 사위가 처가에 들어와서 살지 않나? 이리 자상한 부모님과 오라버니 아래에서 생활할 것인데 오죽 좋은가?

— 음.

— 여자가 학문을 해도 출사할 수가 없는 것이니 그걸 설워한다면 모를까. 혹여 백 년 후라면 어떠할지?

이달의 목소리가 다시 우울하게 가라앉았다. 허봉이 눈치를 채고는 손사래를 치며 말했다.

— 자네의 말은…… 가만히 들어보면 서책을 읽는 느낌이랄

까? 듣는 마음에 파동을 일으키며 진리를 설파하는구먼. 우리 모두 진리를 목말라하고 있지. 내 공연히 자네의 심기를 건드리고 말았네. 미안하이.

— 서출의 물색없는 가슴앓이가 아닌가?

이달이 고개를 숙였다. 허봉이 이달의 손을 잡으며 말했다.

— 세상에는 길이 아닌 길이 있고 법이 아닌 법이 있지. 세상의 문법이 이러니저러니 말이 많아도 어린애의 천진함과 자유로움이 최상의 격이 아닌가? 자네에게 그런 점이 느껴지니 자네는 천생 시인일세.

— 고마우이. 나는 아씨의 눈동자에서 시혼을 느꼈네. 그저 옆에서 잘 쓰도록 다독여줄 것이네.

— 자네를 믿네.

— 제 마음껏 붓질을 할 수 있게 놔두는 것이 최상의 교수법이네. 명문이란 하늘의 달처럼 천상천하유아독존이라. 오직 아씨만의 문장이 되어 나올 것이니. 흠. 그 어떤 사람도 아씨의 문장 앞에서 지저분한 토를 달지 못할 걸세. 새로운 긴장은 내게도 즐겁네. 허나 자유로운 시간을 좀 주게나. 한 달에 두어 번 탁주를 먹을 시간만 빼 준다면 말일세. 안주는 필묵이면 되네.

— 여부가 있겠는가? 뿐인가? 강물의 잉어회도 좋고 산속의 죽순나물도 좋을 것이네.

두 사람은 마주 보며 호쾌히 웃었다. 초희는 마당의 붉은 계관화 옆에서 놀고 있었다. 허봉의 방에서 터져 나오는 웃음소리에 붉은 댕기를 드린 머리를 문득 들었다.

10

허엽은 간단한 괴나리봇짐에 말 한 필을 끌고 화담으로 떠났다. 그리고는 열흘 후에야 집으로 돌아왔다. 피곤한 몸을 이끌고 기단 위로 오르는 발걸음이 무거웠다. 김씨 부인이 얼른 뒤를 따라가 갓과 도포를 받아들었다.

— 혼자 있고 싶군.

김씨 부인이 벼루와 먹을 내밀며 남편의 안색을 살폈다.

허엽은 먹을 갈기 시작했다. 김씨 부인이 손가락으로 붓의 털을 가지런히 골랐다. 방문 밖에서 인기척이 났다. 쉿. 김씨 부인이 조용히 하라는 손짓을 했다. 초희는 조금도 개의치 않는 표정으로 생글생글 웃으며 말했다.

— 아버지.

— 오늘은 무슨 말을 물고 왔느냐?

허엽은 딸을 보고 웃었다. 초희는 정색을 했다.

— 아버지 뜻에 달렸습니다.

— 말해 보아라.

— 부엌 아궁이에 장작 세 단이 올려져 있고 그 위에 솥뚜껑

이 보입니다.

킥. 초희는 뭐가 우스운지 손으로 입을 가리며 말을 이었다.

— 그런데 그 옆에는 뿔이 없는 소가 있사옵니다.

— 아궁이 옆에 뿔이 없는 소가?

김씨 부인이 화들짝 놀라는 얼굴로 물었다. 초희가 고개를 끄덕였다.

— 누가 장작을 왜 부뚜막에 올려놓았느냐? 지저분하게? 섭섭이가 그랬느냐? 아니, 그리고 송아지가 왜 부엌으로 들어갔느냐? 섭섭이가 부엌문을 안 닫았느냐?

김씨 부인이 방문을 쳐다보았다. 금방이라도 부엌으로 달려갈 기세였다. 초희는 고개를 가로저었다.

— 아궁이에 장작을 넣으려고 했겠지. 마동이가 송아지를 부엌으로 데려간 것이냐?

허엽이 물었다.

— 송아지가 부엌에 들어가서 뭘 하겠어요? 사람 음식만 있는데. 개나 고양이면 몰라도. 설마 송아지가 부엌의 그릇들을 깬 건 아니겠지? 아니, 섭섭이와 마동이는 어디 있느냐? 장작불도 피우지 않고 송아지도 돌보지 않고 어딜 싸돌아다니느냐?

김씨 부인이 물었다.

— 아이참. 글자 모양이 그렇다는 거예요.

초희가 곤혹스러운 표정을 지었다.

— …….

허엽이 잠시 생각에 잠겼다가 큰소리로 웃었다. 김씨 부인이 황당한 얼굴로 남편을 쳐다보았다.

— 어디 한번 풀이를 해보아라.

— 입구 위에 석 삼, 그 위에 점 하나를 찍으면 말씀 언, 그 옆에는 뿔 없는 소, 소 우에 뿔을 없애면 낮 오. 다 합하면 허락할 허 자가 되옵니다.

— 허락을 받으러 왔다.

— 예.

— 요즘 파자놀이를 즐기는가 보구나. 그래. 좋다. 대화를 네 쪽으로 이끌고 가니 내 뜻이 아니라 네 뜻에 달렸구나. 말해보아라.

— 소녀는 이름을 가지고 싶습니다.

초희가 김씨 부인을 쳐다보며 부러 큰 소리로 말했다.

— 이름이 있지 않느냐?

— 남자처럼 말이에요.

— 남자처럼이라니?

김씨 부인이 손사래를 치며 딸의 말을 가로막고 나섰다.

— 아버지. 남자는 이름을 서너 개씩 가집니다. 태어날 때 지은 이름과 어릴 때 부르는 별호, 어른이 되면 자, 시를 짓게 되면 시호, 혼인하면 당호를 짓잖아요. 것뿐이 아니옵니다. 조정에 나가 벼슬을 가지면 벼슬도 이름이 되어요.

— 그렇지.

— 여자는 부르기 쉬운 이름을 짓거나 고향을 이름 삼아 청주 댁, 금산 댁이라고 부르옵니다. 아니면 김씨 부인, 이씨 부인이라며 성을 이름으로 대신하옵니다. 자식을 낳으면 누구 어머니, 그러지요.

— 그렇지.

— 아버지. 저는 이름을 가질 거예요!

허엽이 어린 딸을 빤히 쳐다보았다.

— 시호를 갖고 싶다는 말이겠구나.

— 예! 관례를 치른 남자처럼 자도 갖고 싶어요!

— 조선의 여인 중에는 없다. 알고 있느냐?

— 아버지. 여자가 이름을 가질 수 없다는 것이 부당합니다. 사람으로서 이름을 가지지 못한다는 것과 글을 짓는 사람으로서 시호를 가지지 못한다는 것이 모두 부당합니다.

— 글자를 알면 생각을 가지게 되고 생각을 가지게 되면 상대방에게 따지게 되어있다. 여자는 시시비비를 따지면 안 되느니라. 그게 세상 사람들의 생각이다.

— 남자들의 생각이겠지요. 그건 옳지 않아요.

— 그래? 옳지 않다면 바꾸어야지.

— 아버지. 지어주세요.

— 이름을 짓는 것은 어려운 일이 아니나 오직 집안사람들만이 네 이름을 부를 것이다.

— 나중에는 세상 사람들이 부르게 될 거예요.

— 하하하. 먹을 가는 것보다 네 말을 듣는 것이 더 후련하다. 시름이 없어졌어.

허엽은 초희에게 후원에 방을 따로 마련해주었다. 행랑아범이 저잣거리에서 솜씨 좋은 목수를 데려왔다. 목수는 대패를 들고 오동나무를 평평히 갈아냈다. 굵은 나무에서 갈아낸 톱밥이 동글동글 말리며 바람에 굴러다녔다.

허엽은 오동나무에 <난설헌蘭雪軒>이라는 당호를 써서 처마 밑에 달았다. 태양은 높이 떠서 그 빛이 맹렬한 속도로 부서지는 날이었다.

— 난혜지질에서 난을 땄다. 여자의 빼어난 문재를 유서재라 한다. 하늘하늘 땅으로 늘어진 버들개지이다. 푸른 버들개지를 흰 눈에 비유하여 서설이라고 한다. 허니 그 두 가지를 합한 난설은 고결하고 뛰어난 문재를 가진 여자를 의미한다. 난설헌. 마음에 드느냐?

— 눈 속에 피는 난초. 최고로 마음에 들어요. 눈 속에 피는 매화는 들어본 적 있어도 눈 속에 피는 난초는 들어본 적이 없습니다. 그래서 더 좋아요. 매우 특별해 보입니다.

초희가 녹의홍상 허리를 굽히고 까만 머리를 숙였다.

— 초희楚姬는 아름답고 재주가 뛰어난 여자라는 뜻이다. 아비는 너에게 두 개의 이름을 주었다. 본명 초희와 시호인 난설헌이다. 내가 너를 높이 보았다. 이름값을 해야 할 것이야.

자는 네가 지어라.

— 벌써 지었어요. 아버지. 중국 시인 번부인의 이름을 딴 것이옵니다. 경번이라 합니다.

— 좋구나. 오늘을 기억하여라. 네가 시인으로 태어난 날이다.

— 예. 아버지.

김씨 부인은 초희에게 '난설헌' 글자가 새겨진 은수저를 주었다.

— 네 어미는 어린 너에게 밥 먹일 걱정을 먼저 하는 것이다. 서책 속에 빠져들어도 끼니를 거르지는 말아라. 너는 겉으로도 속으로도 순해서 항상 걱정이다. 균과는 잘 지내느냐.

— 아버지. 균도 이제는 개구지지 않아요. 훼방을 놓는 일도 없어요.

— 붓이 몇 개나 부러졌다면서.

— 괜찮사옵니다.

— 어린 동생에게 치이는 누이는 약해서 그런 것이 아니다. 누이를 이기는 동생의 속은 철이 없는 것이고 동생을 이기는 누이의 속은 얼마나 옹졸한 것이냐?

— 예. 아버지. 균은 활달해서 좋아요. 요즘엔 같이 서책을 읽기도 해요.

허엽은 딸 옆에 쭈그리고 앉아 멀리 산을 바라보았다.

— 저 산의 나무를 보아라. 산을 말해주는 것은 나무란 말이

다. 허면 저 나무를 키우는 것은 누구냐? 네 안이 옹골차게 차고 쌓이면 그것을 누군가에게는 내주어야 하는 것임을 잊지 말아라. 글이란 아무리 홀로 자조한다고 해도 그것마저도 세상을 향한 울음인 것이다.

— 예. 아버지.

— 딸에게 글을 가르치려 하니 공연히 말이 많아지는구나. 문리를 터득하라고 해서 터득되는 것도 아니고 터득하지 말라고 해서 터득되지 않는 것도 아닌데 말이다.

후원에서는 시간이 서편으로 흐르는 것이 잘 보였다. 낮과 밤은 동편에서 서편으로 흘렀다. 태양과 달과 구름은 넓은 하늘을 가로질렀다. 모든 것은 거침없이 흐르고 흘렀다. 가끔씩 이름 모를 새가 날아오르며 하늘과 후원을 두 쪽으로 갈라내었다.

허봉이 명나라에서 사 온 두율 시집과 붓을 가지고 초희를 찾아왔다.

— 선녀가 쓰는 붓은 월궁의 토끼털로 만들었다는데 그런 붓은 이 세상에 없고 이 붓이 사람이 만든 것 중에서는 제일 귀한 붓이다. 하하하. 네게 무엇을 줄까, 한참을 고민했었다. 큰 것은 지리산 사향노루 털로 만든 것이고, 작은 것은 육십년생 대나무 한 마디를 수천 번을 갈랐다고 한다. 사향노루는 지리산의 이슬을 먹었고, 대나무도 마디마다 시간을 먹었지만, 이것을 만든 장인의 손을 생각하여라. 종이에 무엇을 쓸까를

먼저 생각하겠지만 이제는 붓도 생각해야 한다.

초희는 고개를 끄덕였다.

허봉이 두율 시집을 여동생의 손에 꼭 쥐어 주며 그 자리에서 시를 지었다.

예전에 신선나라에서 준 글방의 벗
규방에 보내니 가을 경치를 희롱하여 보아라.
오동나무를 쳐다보며 월색도 묘사해보고
등불 따라 움직이는 벌레, 물고기도 즐겨보아라.

허봉, 〈송필매씨送筆妹氏〉 누이동생에게 붓을 보내며

— 오라버니. 나도 지을래요.

선녀 중에서 최고로 유명한 이는
서왕모를 열 번이나 수행하며 선도를 먹었네.
손보다 더 흰 옥붓을 들고
월궁 서리처럼 하얀 토끼털이라고 자랑하네.

〈유선사遊仙詞 48〉 신선세계에서 노니는 노래

— 좋구나.

허봉이 말했다. 초희가 치맛자락을 들고 깡충깡충 꽃들 사이를 뛰어다니며 즐거워했다.

— 후원의 방에서 혼자 자면 무섭지 않겠느냐?

허봉이 걱정스런 얼굴로 물었다.

— 정원에 나무도 있고, 연못에 물고기도 있고, 동무들이 저리 많은데요. 하나도 무섭지 않아요.

— 초희는 좋겠다.

허봉이 웃으며 후원을 나갔다.

초희는 방에 들어가 이불을 깔았다. 그리고 베개 두 개를 나란히 놓았다. 베개 하나에 죽필을 세로로 올려놓았다. 죽필은 매끈하게 예뻤다. 죽필 옆에 베개를 베고 나란히 누웠다. 아버지가 준 벼루도 베개 옆에 놓았다. 벼루는 봉황이 돋을새김되어 있었다. 봉황의 꼬리는 벼루 끝에 닿았다. 쿵쾅쿵쾅 가슴이 뛰어서 잠을 이룰 수 없는 밤이었다. 방눈을 열어 놓으니 마루가 보이고 담장 위에 달이 보였다.

초희는 허봉이 준 두율 시집을 이리저리 펼쳐보다가 방바닥으로 툭 떨어지는 서찰을 냉큼 주웠다.

초희야, 몇 년 동안 상자에 보물처럼 간직한 것을 오늘 너에게 준다. 읽어보렴. 오라버니가 열심히 권하는 뜻을 저버리지 않는다면, 두보의 소리가 너의 손에서 다시 태어날 수 있을 것이다…….

시로 쓴 문장, 12살 많은 오라버니의 마음. 오라버니의 말은 일정한 가락으로 끊어내면, 그대로 시가 되고, 노래가 되었다. 초희는 달을 보며 자꾸 웃었다.

11

후원에서는 바닷물 소리가 자주 들렸다. 방안에서 서책을 읽다가 고개를 들면 들리는 소리였다. 섭섭이는 마당에서 빨래를 널다가 바다 쪽을 쳐다보았다. 파도 소리는 시간을 따라 잦아들었다. 해송들은 후원의 담장 너머에서 좁은 길을 따라 쭉쭉 뻗어있었다.

태양과 달은 담장 너머에서 흰빛을 세우며 올라왔다. 어슴푸레한 시간에 내다보는 길거리는 사람 뼈를 발라 먹는 삶과 같았다. 담장 너머로 살짝 내다보는 월하月下의 길은 희끄무레하게 빛났다. 그 길 너머에서 갓을 삐뚜름하게 쓴 이달은 어김없이 휘청거리며 나타났다.

— 자연은 도이다. 도는 마음이요, 정신이니 다만 정성을 다하는 것으로 다다르는 것이며 또한 도는 형상이 없으니 글로서 형상화하는 것이라고 했느니라. 자, 마음을 가라앉히고 눈을 감아라.

초희는 연두색 저고리 고름을 곧게 내리고 허리를 펴고 눈을 감았다. 낯선 시간을 더듬는 속눈썹이 파르르 떨렸다.

— 시를 짓는 마음은 우물이다. 우물이 깊을수록 물은 맑다. 끈이 긴 두레박으로 물을 길어 올리듯이 너를 길어 올려라. 네

몸이 길어 올리는 언어가 푸른 이끼를 묻히고 세상 밖으로 나올 것이다. 두레박을 물 위로 던지면 철썩, 소리가 난다. 너의 내면을 깨우는 순간에 생각이 물에 닿는 것이다. 철썩, 하는 소리는 우물 안에 꽉 찬다. 우물의 소리가 우주의 소리로 확장되는 것이니 그것은 지극히 오묘한 것이다. 네가 하나의 생각에 골몰해 있을 때에 그 생각은 몸 전체로 퍼지는 것이니 네 몸이 꽉 차올라 있는 것이다.

— 예.

초희는 눈을 감고 대답했다.

— 시인은 사람뿐이 아니고 동물과 사물과 대화를 나누는 신명한 재주가 있는 자이다. 범인들은 세상 만물을 보며 다만 이익을 생각할 것이나 시인은 다만 대화를 생각할 것이다. 사람들이 돌을 밟고 지나가면 시인은 돌을 깨워서 대화를 나눈다. 세상 만물을 보며 순수한 정신을 투영시킬 것이니 세상천지에 동무가 수두룩하게 많은 자다.

— 외로워하지 않겠어요.

— 글이란 어떤 것이냐?

글이란. 초희는 말을 멈추었다. 모르고도 쓰는 것이 글이었던 것이다. 초희는 눈 밑이 확 붉어지도록 웃었다. 이달도 처음에 글을 배웠을 때를 떠올리며 따라 웃었다.

— 후학을 가르치는 일이 이래서 즐겁구나. 처음을 떠올리게 하니 말이다. 글이란 변화이다. 글을 쓸수록 의식이 확장되

어야 한다. 공부란 질문하는 것이기 때문이다. 그래서 학문學問이야. 그러니 글을 안다는 것은 의문을 향해 나아가는 것이다. 시인이야말로 인간에 대해 질문하는 자가 아니겠느냐.

초희는 고개를 끄덕였다.

— 벙어리는 상대방의 입술 모양을 보고 말을 읽는다. 장님은 아주 작은 바람결로 상대방의 움직임을 읽어. 그것은 단지 느낌이야. 육감이란 언어를 뛰어넘는 것이다.

— 육감이란 언어를 뛰어넘는 것…….

— 육감이란 직관이다. 자연과 대화를 나누는 것은 언어가 아니라 네 몸의 직관이다. 그러니 육화된 언어를 사용하여라. 네 몸속에서 푹 삭이고 삭여져서 네 몸이 언어인지 언어가 네 몸인지를 모르게 행동하라. 네 몸이 언어가 되어 살아라. 허면 시는 너의 몸에서 저절로 흐를 것이다. 시인의 직관은 짧고 강렬하다. 글이 길어질수록 시인의 의식은 직관에서 벗어난다. 이성이 개입해서 논리의 영역으로 들어가는 것이다.

— 운문과는 또 다른 산문을 말씀하시지요?

— 물론 운문도 압축된 산문이지. 모두 이야기이다. 허나 이야기만 해서는 안 된다. 이야기의 본질을 꿰뚫어야 한다. 스님이 일상생활에서 깨달음을 얻듯이 순간적인 느낌을 잡아라. 그것은 화두를 놓지 않는 의식이다. 그러니 생각하기에 게으르지 마라. 가야금 줄처럼 적당히 팽팽하고 좋은 긴장은 몸에 이로우니. 몸에도 현이 있다. 줄을 잘 고르고 음을 내라. 너는 문자

로 음을 내야 할 것이다.

— 예.

— 영감은 손님이다. 몸에 오래 머물지 않는다. 영감이 지나가기 전에 종이를 펼치고 붓을 세워라. 너에게 붓과 종이는 영혼의 촛대요, 꿈꾸는 이불속이요, 속 감정을 풀어내는 치맛자락이다. 그러니 너는 너로서 살아야 한다. 누구를 닮지도 누구를 흉내 내지도 말라. 오로지 네 말만을 하라.

— 예. 스승님.

초희는 눈빛을 세우며 힘차게 대답했다.

— 검은 먹물로 쓴 시가 얼핏 단조로워 보여도 그 속에는 세상의 온갖 색깔과 가락이 들어있어야 한다. 세상의 만 가지 사물처럼 만 가지 음이 있다고 생각해라. 그것을 찾아내어 너의 붓끝으로 생명을 주어야 한다.

— 시인의 마음에 들어오는 풍경과 가락을 표현하라는 말씀이지요?

— 알아듣는구나. 눈에 들어오는 것이 마음에 들어오는 것이다.

— 예.

— 검은 먹물과 흰 여백은 조화를 이룰 것이다. 글자는 정교하게 공간과 공간을 나누어야 할 것이다. 서체만을 의미하는 것은 아니다. 서체로 치면 붓놀림이 정확한 것이고 시로 치면 뜻이 정확한 것이다.

아. 초희는 고개를 끄덕였다.

— 쉽게 감동하지 마라.

이달이 손가락으로 초희의 눈을 지적했다. 초희가 고개를 숙이며 얼굴을 붉혔다.

— 과한 칭찬일수록 냉큼 고개를 들지 말라. 겉으로는 겸손히 말하면서 속으로는 너만의 영광을 음미하여라. 그것이 진정으로 도도한 것이지. 남의 말에 쉽게 끄덕이지 마라. 설혹 누가 의혹의 말을 던지며 지나가더라도 그것은 너에 대한 관심의 표현일 뿐이다.

이달은 이렇게, 라고 말하며 수염이 매달린 턱 끝을 조금 올렸다. 천상천하유아독존의 기품은 스승의 몸에서 풍겨 나오고 있었다. 이달은 오래 잊었던 전설을 생각해내듯 한껏 꿈꾸는 표정을 지었다.

— 천하제일의 여자가 되라. 여자가 느낄 수 있는 모든 것들, 이를테면 사랑과 패물과 아름다움과 도도함을 오로지 시 속에서 얻어내라.

— 그리하겠어요.

— 자. 이번에는 네 차례다. 내게 물어보아라.

— 천지 음양에서 나온 색깔과 음들이 궁금해요.

— 그것들은 눈과 대상의 거리를 조절하지. 사람과 사람의 거리. 사람과 풍경의 거리, 나와 내 마음의 거리. 그 거리를 알아야 시적 풍취를 안다.

— 아.

— 또 감동하는구나.

초희가 오른손을 들어 볼을 감쌌다.

— 내가 왜 색깔과 음으로써 설명하는지 아느냐?

— 글자의 속을 보라는 말씀입니다. 일테면 누를 황黃 자를 보면 누른 것들, 땅의 것들을 상상하고 흰 백白 자를 보면 여백을 상상하고 검을 흑黑 자를 보면 어둠을 상상하라는 말씀입니다. 또한 새 조鳥 자를 보면 새소리를 들어야 할 것입니다.

— 그렇다. 붓이 색을 담아야 한다. 붓이 가락을 담아야 한다. 그 모든 것이 네 마음에 먼저 담겨져야 한다. 그다음에 종이에 옮기라.

— 저는 밤이 좋아요. 저 나무에 달이 걸리면 선계의 구슬나무로 보이고, 저 달을 보면 흰 토끼가 절구에 선약을 찧고 붉은 옥가루가 날려요.

–너의 마음이 상상으로 가득하구나. 좀 더 현실적으로 볼까?

이달은 방문을 열었다. 이달은 문지방에 손을 올려놓고 밖을 내다보았다. 초희가 일어나서 그 옆에 다가가 앉았다.

— 새가 날아들어야 숲이다. 나뭇가지에는 바람이 찾아들고 새가 움직인다. 움직이는 것들이 있어야 한다. 그것이 소리다. 들리느냐?

초희는 방문 밖으로 귀를 기울였다. 흰 조개를 두 귀에 가만히 대고 듣던 바닷물 소리. 바닷물 소리가 또 들렸다. 그것은 아주 소싯적부터 익숙한 소리였다. 초희는 문밖으로 고개를 내밀었다. 섭섭이가 우물물을 퍼내는 소리가 들렸다. 나뭇가지가 굵은 팽나무에 매달린 그넷줄이 보였다. 단오에 계집종들과 함께 모여 놀던 소리들은 먼 기억으로 물러나고 더 이상의 소리는 없었다.

— 소리를 들어야 한다. 그러려면 시간에 매이지 말라. 세상의 소리가 들리지 않는다면 그 소리는 기억에 묶여있기 때문이다. 그네를 타던 시간과 치맛자락에 감기던 바람 소리까지 잡아내라. 웃음소리는 어땠느냐? 그네를 타는 사람의 웃음과 그네를 밀어주는 사람의 웃음은 같더냐? 다르더냐? 그것을 시에 담으면 영원의 시간으로 변한다.

— 영원의 시간? 허면 이 순간은 뭔가요?

— 과거를 체험하는 시간일 뿐이다.

— 과거를 체험하는 시간이라니요?

이달은 더 이상 대답을 않고 웃기만 했다. 초희는 이달의 도포자락을 흔들며 대답을 재촉했다.

— 시인은 시간의 틈에 끼인 사람이다. 하늘 아래 알고 있는 것들과 알아야 할 것들 사이에서 생가슴을 앓지.

말. 말. 말. 온통 말 속에서 하루하루를 살았다. 같은 상황을 달리 해석하는 말들에 대해서 생각하게 되었다. 그것은 진리를 향한 감정, 꽃잎 속의 꽃술처럼, 비밀의 문을 열어야 한다는 것을 처음으로 알았다.

하늘에서 비도 내리고 바람도 내리고 꽃도 내렸다. 때때로 균이 후원으로 들어와서 함께 배웠고 마동이와 섭섭이가 심부름을 하며 드나들었다. 다섯 사람은 서책과 먹과 벼루를 가운데에 놓고 둥글게 모여 앉았다.

이달의 말을 알아듣는 축과 알아듣지 못하는 축으로 갈렸다. 섭섭이는 눈을 내리깔고 내내 하품만 하다가 행랑어멈이 부르는 소리에 냉큼 뛰어나갔다. 마동이는 앉은 자리에서 좀체 움직이지를 않았다. 마동이가 먹을 갈고 초희는 글자를 썼다. 초희가 먹을 갈면 마동이가 글자를 썼다. 두 사람 사이에 말을 잃고도 통하는 감정이 생겨났다.

2년이 흘렀다. 담장 밑 계관화의 잎맥이 진초록으로 굵어지고 초희의 귀밑머리가 굵어졌다. 병풍 뒤 어두운 벽장 안에는 시들이 차곡차곡 쌓여갔다.

초희가 11살이 되던 해에 허엽은 한양 땅을 생각하고 있었다. 청지기가 세간을 일일이 점검하더니 등뼈가 굵은 수말들을 대여섯 마리 끌고 왔다. 두 귀가 곧고 똥구멍이 실한 놈들이었다. 남자들이 탄 말들과 여자들이 탄 가마들과 등짐을 진 하인들과 짐을 실은 소달구지가 지나가고 강릉의 푸른 바다는 뒤쪽으로 멀어졌다. 말 울음소리가 대관령을 쩌렁쩌렁 울렸다.

한양 건천동에 솟을대문 기와집이 마련되어 있었다. 그 옆

청녕공주의 솟을대문 뒤로부터 본방교까지 서른네 채의 기와집이 있었다.

그해에는 겨울이 일찍 왔다.

12

다른 기와집들보다 조금 더 넓은 터였다. 허봉이 사자관寫字官 한석봉을 불러 현판과 문설주의 글씨를 부탁했다. 후원에는 작은 연못과 육각 정자도 있고 연못에는 부용화와 잉어들이 있었다.

허엽은 허봉과 허성 두 아들을 데리고 정자에 앉아서 내기 없는 바둑을 두었다. 후원에는 마당을 청소하는 마동이와 방 안을 청소하는 섭섭이가 하루 한 차례씩 들렀고 김씨 부인과 균은 며칠에 한 번씩 들렀다. 이달은 후원의 객실에서 달포를 머물다 사라지곤 했다.

겨울밤이었다. 희뿌옇게 잔설들이 쌓여가고 있었다. 문살의 창호지가 희끄무레 밝았다. 초희는 잠자려고 누었다가 일어나서 나비 촛대에 불을 붙였다.

방 안과 방 밖은 달과 촛불, 두 개의 빛으로 구분되었다. 얼추 해시가 넘은 시각이었다. 달도 흰 눈에 잠겨 들었다. 초희는 까만 벼루에 청연적의 물을 붓고 먹을 갈았다. 잠이 들기에 흰 눈은 매혹적이었다. 누가 밤을 향해 요술을 부리는 것일까.

등륙을 재촉하여 불러 천관을 나오는데
바람과 용을 타고 가려니 뼈가 시리게 춥네.
소매 속 옥가루 삼백 섬이
휘날리는 눈발이 되어 인간 세상에 흩어지네.
〈유선사遊仙詞 27〉 신선세계에서 노니는 노래

방문이 벌컥 열렸다. 신발을 든 이달이었다.

— 나를 좀 숨겨주어라.

— 무슨 일이세요?

이달이 묻지 말라며 손사래를 쳤다. 그리고는 손가락으로 방문을 가리켰다.

후원의 달은 장독대 위에 걸려있고 희뿌연 잔설은 그치지 않았다. 먼 담장 쪽으로 갈수록 사물은 정확히 분별되지 않았다. 초희는 어둠 속을 쳐다보다가 돌아섰다. 그러다가 다시 몸을 돌렸다. 여러 명의 발소리가 점점 가까이 들려오고 있었다.

어둠 속에서 흰 도포를 입은 사내와 검은 옷을 입은 사내, 두 명이 나타났다.

초희는 사내들을 쳐다보며 시를 읊었다.

부백이 한가롭게 흰 사슴 타고 놀다가

꽃을 꺾어 들고 오운루에 오르네.

<단경>이 서안에 가득하고 솥에는 약도 쌓였는데

무슨 일로 옥랑 머리에는 흰 서리가 내렸는가?

〈유선사遊仙詞 53〉 신선세계에서 노니는 노래

— 아, 이거. 갓에 눈이 내렸군요.

사내가 당황한 표정으로 갓을 얼른 벗어서 흰 눈을 탁탁 털어냈다.

— 사람을 뒤쫓고 있소.

사내가 서둘러 다시 갓을 쓰고 말했다.

마루와 댓돌을 건너 한 걸음쯤 물러나 서 있는 사내의 얼굴은 흐릿하게 보였다. 방안의 호롱불은 마루 끝에까지 닿지 못했고 천공의 달은 다른 날보다 밝지 않았다. 방문 앞에 선 초희의 표정은 불빛 때문에 사내보다 분명했다.

— 이달이란 자요.

— 잘못 찾아오셨습니다.

— 분명히 이 집 안으로 들어가는 걸 봤소. 아마 그 사람을 본다면 낭자께서 놀랄지도 모르오.

— 지금보다 더 놀라겠습니까?

초희가 불쾌한 표정을 지었다.

— 아, 이런. 하하. 사람을 쫓는 생각에 그만. 낭자께 결례를 했습니다. 이 사람은 김…….

— 남의 집 대문으로 들어오지 못하는 사람의 이름 따위를 알고 싶은 것이 아닙니다!

초희는 사내의 말을 자르며 목소리를 높였다.

— 여기는 규방의 여인이 머무는 곳이고 게다가 밤중인데 어디로 들어오신 겁니까? 도둑처럼 담을 넘으셨습니까? 사람이 드나드는 곳은 대문인데요. 담장을 넘으셨나요? 설마 쥐구멍은 아닐 터이고.

— …….

— 남의 집에 허락 없이 들어오셨으니 말씀을 하셔야겠습니다.

사내는 한참을 머뭇거리다가 어렵게 입을 열었다.

오, 이런. 제가 결례를 범했습니다.

사내는 정중히 고개를 숙였다. 갓에서 눈이 뭉텅 떨어지며 사내의 발목께로 흩어졌다.

— 본의가 아니었습니다. 미안합니다.

사내가 다시 한번 공손히 고개를 숙였다. 그리고는 마루 위에 정면으로 서 있는 여자를 멍하니 쳐다보았다.

— 헌데 그대로 서 계시는 연유는 무엇입니까?

— 예?

— 방금 미안하다 하지 않으셨습니까?

— 아, 예.

— 객이 돌아가시는 걸 보아야 소녀도 방안에 드옵니다. 방

안에는 이부자리가 펴져 있고 불이 꺼져있습니다. 달빛마저 강해지는 야심한 시각이지요.

— 아, 이 사람이 긴히 결례를 했습니다.

— 천하에 이런 결례는 다시는 없을 줄로 압니다.

초희의 표정은 변함이 없고 목소리는 단단했다. 달빛을 받은 녹의홍상에 차고 서늘한 푸른빛이 일었다. 초희는 오른손으로 붉은 치맛자락을 여며 쥐었다. 어느 소나무 가지에서 눈이 뭉텅 떨어지는 소리가 들렸다.

— 나갈 때는 쪽문으로 나가시지요. 반월형으로 지은 문이라서 누구라도 허리를 굽혀야 합니다. 천하의 임금도 허리를 굽혀야 하고 오직 어린아이만 허리 펴고 드나들 수 있는 문입니다. 뜻을 아시겠지요?

— …….

사내는 머뭇거리며 무슨 말을 하려다가 뒤로 돌아섰다. 초희가 몸을 홱 돌리며 방문을 열고 들어갔다. 후원의 쪽문이 조심스럽게 닫혔다.

— 갔느냐?

이달이 병풍 밖으로 나와서 보료 위에 털썩 앉더니 한숨을 푹 쉬었다. 술에 취해 희멀건 눈동자에는 힘이 빠지고 갓은 삐뚜름하게 돌아갔다.

— 내 얼굴에 서출이라고 쓰여 있느냐?

초희는 고개를 흔들었다.

— 통성명하는 자리에서 이달이라고 했더니 그 자식은 내 이름을 알고 있었어.

— 삼당시인으로 말씀이어요?

— 서자 출신 삼당시인으로 말이야. 나, 이달은 시를 잘 쓰면 잘 쓸수록 서자 출신으로 더 유명해진다고. 제기랄. 더러운 세상이야.

초희는 이달의 초췌한 행색을 오른쪽, 왼쪽으로 이리저리 훑어보았다.

— 옥로는요? 어제는 분명히 있었는데.

— 아, 이거.

옥로는 푸른 청옥으로 만든 기러기 형상이었고 허봉이 선물한 것이었다. 이달은 갓을 이리저리 뱅글뱅글 돌려보더니 화들짝 놀란 얼굴을 들었다.

— 에, 이런. 면목이 없구나. 서출 주제에 옥로가 뭐냐고 잡아채는 바람에 방바닥 어디로 떨어졌나 보다.

— 그리 쉽게 떨어질 물건은 아닌데…….

— 그 자식이 서자는 무용지물이라고 막말을 하더구나. 허면 적자는 유용지물이냐? 그래 홧김에 이 주먹으로 한 대 갈기고는 줄행랑을 놓았지.

이달은 초희를 향해 오른 주먹을 꽉 쥐어 보였다. 초희는 뿌연 방문 밖을 내다보았다. 눈발은 점점 굵어지고 있었다.

이달은 무언가 생각난 듯이 일어서서 방문을 열었다. 그리고는 휘청거리며 쪽문으로 걸어 나갔다. 쪽문은 활짝 열려 있었다. 초희는 어둠과 대결한 사람처럼 꼼짝을 않고 한참을 서 있었다. 열린 방문으로 어둠이 흙물처럼 풀어졌다.

13

그날 이후 이달은 더욱 자주 취했다. 방안에서 묵은 겨울이 지나고 들녘을 통해 새봄이 왔는데도 이달의 얼굴은 변하지 않았다.

— 시인의 의식은 명정이다. 모순과 부조리에 기분이 상하지 않고 시가 나오느냐? 시회가 정치놀음을 하고 있어. 그따위 시회는 시회가 아니야.

이달은 마당으로 붓을 휙 내던졌다. 먹물이 마르지 않은 종이가 구겨졌다. 무슨 위로를 해주려고 해도 적절한 말이 떠오르지를 않았다. 초희는 이달의 얼굴을 바라보며 말을 고르다가 그만두었다.

초희는 방안에 햇살이 환히 들어올 수 있도록 발을 전부 걷어 올렸다. 그리고는 부지런히 먹을 갈아 묵향을 풍기고 지리산 찻잎을 끓였다.

— 드시어요. 심련초로 끓인 차입니다.

이달은 찻잔을 들려다가 눈살을 찌푸리며 이마를 짚었다.

— 또 낮술을 드셨어요?

— 오늘은 임제, 양대박, 고경명과 어울렸어. 모두 나처럼 울증이 많아.

— 어제는 수려한 시를 짓고 오색 약과에 청주를 한 상 차려서 잘 드셨잖아요.

— 하루하루가 극락과 지옥이다.

초희는 일어나서 방문을 활짝 열어젖혔다. 한겨울 내내 칙칙했던 담장에는 꽃망울이 듬성듬성 생겼다.

— 밖을 보세요.

초희는 문턱으로 다가앉았고 이달은 고개를 돌리지 않았다.

— 봄이 왔어요.

— 늘 보던 봄이야.

이달이 방문을 등지고 앉았다. 초희는 서안 앞으로 다가앉았다. 찻물은 식었고 벼루의 먹물은 조금 말랐다. 초희는 붓을 들었다가 내려놓았다.

— 기분을 한데로 모으세요. 기가 흩어지니까 생기를 잃고 그래서 기분氣分이라고 아버지께서 말씀하셨어요.

— 허허허. 기분을 모으라? 허면 변하는 것이 있느냐?

— 지난번에는 아는 것이 있어야 뜻을 세울 수 있다고 하셨지 않아요? 지난달에도 그러셨어요. 지지난달에도.

이달은 한숨을 쉬었다.

— 내가 그런 말을 했느냐?

— 무엇이든 비뚤어지면 바르게 되는 것이 이치라고 배웠어요.

— 너는 서책을 믿는 게냐? 도대체 서책에 나온 말 중에 사는데 이익이 되는 것이 무엇이냐? 공자 말씀? 아니면 부처 말씀? 흥. 모두 다 제도만 못한 것이다.

— 제도요?

— 이런 경우를 생각해보아라. 지독한 가뭄이 있던 때였지. 관에서 구휼미를 풀었어. 굶주린 백성들이 한꺼번에 모여들어 난리도 아니었다. 그다음 날 관에서는 나무 표식을 만들어주었다. 전날에 쌀을 받아갔던 사람들이 줄을 서서 기다렸느니라. 나무 표식이 있던 날과 없던 날을 비교해 보아라. 백성들은 전날과 똑같은 사람들이다. 다른 나라에서 건너온 사람들이 아니다. 백성들이 하루 새에 개과천선이 된 것이냐?

— 그건.

초희는 말문이 막혔다.

— 백성들이 스스로 발심해서 행동한 것이 아니다. 제도 때문이다. 제도란 잘 쓰면 약이고 못 쓰면 독이다. 누구에게는 황금 표식을 주고 누구에게는 족쇄 표식을 주는 그 제도란 놈.

초희는 한지를 펴고 붓을 들었다. 담장으로 시선을 돌렸다. 꽃이 피는 소리는 들리지 않았다.

스승님, 세상 사람들은 제 눈으로만 세상을 보며

옳으니 그르니 말이 많지만
소녀는 순정한 글자들만을 모아 천리경을 만들어서
그 환한 구멍 안으로 들어온 세상만을 구경할래요.

이달이 화답했다.

그래, 천리경으로 보는 세상은 오로지 너만의 것이니
누구의 눈과 쉬을 생각일랑 아예 하지 마라.

초희가 웃으며 말했다.

그곳에는 신선도 살고 선녀도 살아요.

이달이 고개를 갸우뚱하며 물었다.

그곳이 어디에 있느냐?

초희가 웃으며 대답했다.

소녀의 마음속에 있어요.

이달이 웃으며 말했다.

오라, 마음의 욕심을 버리면 신선이 되고 욕심을 품으면 인간이 되느니라.

— 나는 신선이 되고 싶은 생각은 없다. 그건 죽는 거니까.

— 삶과 죽음이 다를까요?

— 다르지.

— 같아요. 인생사 육십 년이고 신선의 나라는 1천 년이에요. 수數는 정말 무의미하지요.

— 명수법을 배웠나 보구나. 1천 년에 비하면 육십 년이란 코흘리개 자리도 안 되는 시간이군. 코흘리개가 다 뭔가? 갓난애 똥 싸는 시간도 안 되는군.

이달이 다시 붓을 들었다.

절은 흰 구름 가운데 있고
스님은 흰 구름을 쓸지 않는다.
손님이 와야 문은 열리고
온 골짜기에 송화가루 지고 있네.
이달, 〈산사시山寺詩〉

초희가 웃으며 화답했다.

절을 둘러싼 솔숲은

멀리 보면 뜬구름이고

가까이 보면 송화라네.

허공에는 먼지가 되고

땅에서는 열매가 되니

빗자루를 든 사람아,

그대가 쓸어낸 것이 송화인가, 먼지인가.

이달과 초희는 마주 보며 웃었다.

— 송화는 송지와 송엽보다 귀한 거예요. 절간에 핀 송화를 뜬구름으로 보는 스님과 꽃으로 보는 과객의 눈이 마주쳤겠지요. 꽃은 시간과 한 몸. 무상한 시간이 꽃나무의 인상으로 강렬하게 남습니다.

— 잘 읽었다. 너는 너 혼자의 감정이 아니라 사람이 느끼는 감정을 알아라. 그래서 조선 사람뿐만 아니라 일본인도 읽고 중국인도 읽게 만들어라. 또한 네 손자의 감정과 너의 감정도 다르지 않다. 그러니 15세에 쓴 시는 백 년이 지나도 15세이다.

— 예. 스승님.

— 인간이 인간일 수밖에 없는 감정들을 알아야 한다. 봄여름가을겨울을 차례대로 다 겪고 나서야 사계절을 한눈에 바라보는 마음이 생길 것이다. 풀, 꽃, 나뭇잎은 바람에 흔들리니

사람에게 바람은 무엇이겠느냐.

— 욕망이에요.

— 그래. 사람의 마음은 욕망에 흔들리니, 너는 세상의 누구보다도 사람의 흔들리는 감정을 알아야 할 것이다. 네가 진정 시인이라면 흔들리는 마음을 흔들리는 대로 느끼고 나서 깨달음을 얻어야 할 것이다.

이달의 목소리에 생기가 돌았다. 이달은 흰 두루마기를 벗어서 방바닥에 펼쳐놓고 붓을 들었다. 넓은 도포 자락에 먹물이 스며들었다. 도포는 더욱 희어졌고 글자는 더욱 검어졌다.

배우기를 멈추지 말라.
청색은 쪽물에서 얻었지만
쪽물보다 푸르고
얼음은 물로 만들었지만
물보다 차갑다.

— 전국시대 유학자 순자의 <권학> 편에 나오는 글을 한 수 적었다. 선생이 주는 글로는 최고다. 선생이 있으니 후학이 있겠지만 또한 후학이 있으니 선생이 있는 것이다. 내 마음을 여기에 담았으니 이 시축을 잘 간직하여라.

이달의 감정은 즐겁다가 우울하다가 오락가락했다. 후원의 기와 담장 밑으로 봄꽃들이 떨어지고 있었다. 과거에는 생각지도 못했던 문제가 의문으로 남았다. 샛노랗거나 새빨갛거나 백색의 꽃들. 눈으로 보기에 아름다운 것들에 대해. 꽃의 열락은 어쩌면 울음일지 몰랐다. 아름다운 것에도 이유가 있었고 환희와 절망은 같으면서 다른 두 얼굴이었다.

이달은 굴원의 어부사로 노래를 불렀다. 술에 취하면 나오는 노래였다. 세상이 죄다 흐린데 나 홀로 맑았고 사람들이 다 취했는데 나 홀로 깨었으니, 그런 까닭으로 추방되었네.[2)]

— 스승님…….

섭섭이가 꿀물을 들이느라 꿀 항아리가 금세 바닥을 드러냈다. 몸은 가장 정확한 언어였다. 아무도 이달 곁에 다가가지 못했고 독한 술병만이 곁에 머물러있었다. 과민한 성정은 낮과 밤처럼 분명했다.

이달이 거울을 찾았다. 초희가 거울을 들고 왔다. 이달이 가위를 찾았다. 초희가 가위를 들고 왔다. 이달은 상투를 풀었다. 머리카락을 하나로 모아서 왼손에 쥐고는 오른손에 쥔 가위로 단번에 싹둑 잘랐다. 초희는 황망한 얼굴로 방바닥에 쏟아진 머리카락들을 바라보았다.

— 신체발부는 수지부모라 했어요.

— 그래. 수지부모다. 그러니 이렇게 서자가 됐지. 이따위 세상인 줄 알았다면 아예 뱃속에서 나오지 않았을 것이다. 후레자식이라고 마음대로 욕을 해라. 머리카락을 잘랐으니 상투

를 맬 필요도 없고 갓을 쓸 필요도 없어. 조선의 사내들을 봐라. 상투를 정수리에 바짝 틀어 올린 모습을 말이다. 좆같은 세상! 상투가 좆같지 않냐? 양반 놈들 상투는 주장군이고 내 상투는 좆이다.

— …….

— 내가 틀린 말 했냐? 세끼 밥을 다 입으로 처먹는데 거짓말까지 하랴? 음식 찌꺼기에 말 찌꺼기에. 입이 아니라 아가리로다. 아니다. 아가리는 짐승에게 쓰는 말이니 고품격이다. 사람은 아가리가 아니라 입이다. 나쁜 놈들.

이달은 성난 얼굴로 몸을 부르르 떨었다.

— 스승님. 그냥 산천을 돌아다니시면서 자유롭게 글만 쓰시면 아니 되어요?

— 자유로우니까 문제인 거야. 산천은 실컷 봤어. 나는 궁궐문이 보고 싶다. 영추문을 통과해 근정전에 들어가 봤으면 좋겠다. 사내로 태어나 입신양명을 못하다니.

타인의 우울은 우물처럼 깊었다. 아무리 헤아려도 깊이를 알 수 없었다. 스러질 듯 스러지다가 다시 생겨나고 잦아들 듯 잦아들지 않는 마음은 공연한 생가슴이었다. 초희는 붓을 건넸고 이달은 붓을 내동댕이쳤다.

이달과 마주 앉아있으면 처음의 대화는 없어지고 불같은 감정이 끼어들어 둘 사이를 갈라놓았다. 이달의 눈매는 절망에 취해 있었고 이달의 입매는 독설로 붉어졌다. 초희는 아주 쉽지만 뜻이 통하지 않는 서책 몇 권을 읽은 것처럼 머릿속이 뻐근해졌다.

— 에구머니!

섭섭이가 밥상을 들고 방 안으로 들어오려다가 질겁했다. 이달의 머리카락 사이로 외로움을 풀어낸 눈빛이 음험하게 빛나고 있었다. 머리카락은 자라났는데 빗지를 않아 봉두난발이었다. 이달은 시상을 놓치기 싫다는 표정으로 붓을 들고는 미친 듯이 시를 써 내려갔다. 시는 장황하게 길어지고 있었다.

— 이건 몰입이 아니야. 이건 시가 아니야.

이달은 제비 꼬랑지만 한 상투를 간신히 틀어 매고는 다시 시회에 나갔다.

여름 장마가 몰려들기 전이었다. 구름 색깔이 자주 바뀌었고 하늘은 어둡다가 가끔씩 밝아졌다. 무더운 날들이 이어졌다. 섭섭이의 발걸음이 게을러지고 김씨 부인이 후원으로 죽부인을 들여보냈다.

자시를 넘긴 밤이었다. 방문 밖에서 여러 명의 발소리가 들렸다. 초희가 방문을 열었다. 이달은 피를 묻힌 얼굴로 들어와 보료 위에 쓰러졌다. 초희가 놀란 얼굴로 안절부절못했다. 뒤이어 허봉과 균이 들어왔고 마동이가 급히 따라 들어왔다.

— 오라버니. 무, 무슨 일이에요?

— 양반들 시회에 끼어드는 게 아니었어.

균이 대답했다.

— 정치판 시회에서 글재주를 뽐낸 모양이다.

허봉이 침울한 얼굴로 말했다.

— 고질병이야.

균이 대답했다.

— 너 때문이야. 네가 스승님 문하로 들어온 이후부터 하루도 편할 날이 없었어. 저잣거리는 왜 나가?

— 계집애 같은 말은 집어치워. 사내보고 방안에서 시만 쓰라고? 양반들은 시회에서 정치 모임을 가진다고. 스승님은 아직도 시회는 시를 쓰는 모임으로만 알고 있어. 재수 없게도 학우당 놈들이 판을 벌이고 있었어.

균은 양반들 행패에 놀란 표정이었다. 균은 팔뚝에 묻은 피를 씻으러 우물가로 걸어갔다. 이달의 피였다. 마동이가 균의 뒤를 따랐다. 두레박이 우물 안에서 쩡쩡 울렸다. 마동이가 불안한 표정으로 내당 쪽을 자꾸 쳐다보았다.

허봉이 방 안으로 들어가 이달 옆에 앉았다. 달빛과 촛불이 한데로 섞여들어 방안은 한층 밝았고 허봉의 얼굴에는 갓 그늘이 졌다.

— 내가 갔으니 그나마 다행이지 뭔가.

— …….

이달은 눈을 뜨지 않았다. 눈물은 눈 안에 가득 고였다.

— 너무 상심 말게. 시회가 다 그렇지는 않아.

— 자네는 모르네. 궁궐만 출입하니 세상의 밑바닥을 어찌 알겠는가.

이달이 고집스럽게 눈을 뜨지 않자 허봉은 조용히 일어섰다. 초희는 물수건으로 이달의 얼굴을 닦았다. 균과 초희, 마동이와 섭섭이는 이달만 바라보며 밤새 앉아있었다.

후원에는 여러 사람의 침묵이 깔리고 달은 나뭇가지에 가려 반 토막으로 잘렸다.

14

깊은 규방 열다섯 처녀 아이
방 앞에서 달에게 절해도 아무도 모르네.
비단 띠가 바람에 날려도 묵묵히
돌계단을 내려와 정원의 꽃대를 손으로 꺾네.
이달, <배신월拜新月> 초승달에게 절하고

초희는 분홍바늘꽃을 들고 코를 간질이며 이달을 생각했다. 이달은 초희를 배신월이라고 놀렸다.

달이 좋은 걸 어떡해요.

다른 여자들은 회임을 하고 싶을 때나, 소원을 빌 때만 달을 본단다.

스승님은 달 보며 나를 생각이나 하실까.

한 계절이 가도 이달은 초희를 찾아오지 않았다. 후원에는 조용히 계절이 들고 조용히 계절이 졌다. 후원으로 들어오는 바람은 쪽문에서 꼭 한번은 꺾어 들었다. 솟을대문 쪽보다 훨씬 급한 바람이었다. 초희는 무릎을 세우고 마루에 앉아 담장 너머를 바라보았다.

— 뭘 하고 계실까? 어디에 계실까?

— 또 그 어른 말씀이어요? 삼당인지 사당인지. 지는 놀랄 일이 없어서 참 좋구먼요.

섭섭이는 부지런히 빨래를 하고 옷에 풀을 먹이고 인두질을 해댔다. 주변은 아주 작은 소리들로 움직이고 있었다.

우물가에는 물비늘이 생겨나고 있었고 후원의 배롱나무와 꽃을 훑어 나온 바람은 푸르고 붉었다. 여름이었다. 비가 자주 내렸다. 빗소리는 세상의 작은 소리들을 덮었다.

초희는 잠결에 눈을 떴다. 여러 겹 묶은 손가락들이 욱신거렸다. 손톱은 꽃처럼 붉었고 붉은 물은 손가락 두 마디까지 올라왔다. 초희는 열 손가락을 감싼 이파리들을 떼어냈다.

구구구. 구구구.

며칠 비가 내리더니 쨍쨍한 볕이 들었다. 행랑채에서 놀던 병아리 세 마리가 후원으로 넘어왔다. 섭섭이가 좁쌀을 한 주먹 쥐고는 땅바닥에 이리저리 뿌렸다. 빗물이 담긴 돌절구에 좁쌀이 하나둘 튀어 들어갔다.

초희는 섭섭이와 마주 앉아 서로 손가락을 쑥 내밀었다. 어젯밤에 봉선화 물들였던 손톱이 얼마나 예쁜지를 비교하며 쳐다보았다.

— 아씨. 추운 동지까지 붉으면 소원이 이루어진대요. 손톱이 더디 자랐으면 좋겠구먼요.

— 소원이 뭔데?

초희가 웃으며 물었다. 섭섭이는 말을 않고 따라 웃었다. 섭섭이의 이마는 볼록하고 좁았다. 머리카락은 숱이 적고 흐린 쥐색이었다.

— 마동이하고 혼인하는 거?

— 아, 아니어요.

섭섭이의 얼굴이 난색이 되었다. 병아리가 섭섭이의 무명치마 속을 재빠르게 지나갔다. 섭섭이는 무슨 생각에 빠졌는지 좁쌀 뿌리던 일을 까맣게 잊고 있었다.

— 내가 대신 말해줄까?

섭섭이가 손으로 눈을 가리며 웃었지만, 입은 울먹거렸다.

— 소용없어요. 장가도 안 가고 자식도 안 낳는대요.

— 왜?

— 종놈의 팔자를 물려주고 싶지 않대요.

섭섭이는 병아리 한 마리를 품에 안았다.

— 한번 키워 볼라구요. 이쁘지요?

초희는 담장 쪽으로 걸어가서 잎이 시든 꽃 대궁을 하나 꺾어냈다. 아무런 저항 없이 힘없이 꺾이는 곳에서도 진물이 나왔다. 이름 모를 꽃 대궁은 대가 굵고 잎이 컸다. 그 밑에 미나리아재비와 자잘한 풀꽃들. 담장 밑 그늘진 곳에서는 마른 바람이 불었다. 그늘 없는 곳에서 풀꽃보다 웃자라는 꽃 대궁은 햇빛을 너무 먹었다.

— 저게 뭐지?

— 누에고치 말이어유?

— 조그맣고 딱딱한 것이 단단히 매달려있어.

— 오메, 그냥 놔 두셔요. 잘못 만지면 떨어지니까. 그러면 나비가 못 된다구요.

— 모습이 변하는 환골탈태라니, 저 안을 한번 들여다보고 싶구나. 자기 몸을 가두고 있는데 고통스럽지 않을까?

— 아씨도 참. 고치가 그걸 알아요?

— 모를까?

— 어린애도 어미 뱃속에 있다가 태어나면 죄다 까먹는대요.

— 어린애?

— 지는 몰라유.

섭섭이가 얼굴을 붉히며 우물가로 뛰어갔다.

초희는 안채로 들어가 대청마루로 올라섰다. 뒤를 따라온 섭섭이가 붓과 벼루를 내오고 치자 물을 들인 모시 천을 펼쳤다. 김씨 부인이 내당에서 나왔다.

— 곱구나.

— 어젯밤에 섭섭이와 함께 물들였어요. 손가락 움직이기가 불편해서 일찍 잠들었는데 잠자고 나니 물이 잘 들었어요.

— 저런. 좀이 쑤셔서 시 쓰는 걸 어떻게 참았느냐?

— 그래서 가슴에 꼭꼭 쟁여두고 잠을 잤어요.

— 어서 풀어놓아라.

김씨 부인이 옆에 앉아 벼루에 물을 붓고 먹을 갈았다. 초희는 붓에 먹물을 찍었다. 아직 추운 봄, 나비촛대, 원앙이불을 떠올렸다.

— 오.

김씨 부인이 딸의 손놀림을 바라보며 함빡 웃었다. 붓놀림은 거침없었다.

— 조용한 뜨락에 봄비 내리고 살구꽃은 지네. 잠에서 깬 미인이 몸단장을 하는구나. 연못가의 피리 소리, 술잔에 달이 비친다? 어, 이건? 눈물에 젖은 명주 수건? 그런데 왜 새벽에 일어나서 우는 것이냐?

— 어떤 여자의 봄날을 생각하며 쓴 거예요.

— 누구?

초희는 섭섭이를 떠올리다가 흐리게 웃었다.

— 여름도 써 보아라.

초희는 살랑살랑 부채 바람으로 잠을 자고 싶은 여름날을 떠올렸다.

초희의 손길에서 여름 햇살이 비껴들었다. 여름은 침묵하며 부산하게 움직였다.

— 게으른 여름이구나. 약초밭에는 사람이 없고 벌들만 모여드네. 맞아. 햇살 좋은 여름엔 사람은 낮잠 자고 성가신 벌이 귓가를 맴돌며 윙윙거리지. 정말 재밌구나! 오, 어떻게 쓰는 게냐? 정말 무더운 여름날 풍경 같구나. 마치 한 폭의 그림처럼. 그렇게 해서 선녀 이야기까지 쓰는 것이냐?

김씨 부인이 잇몸을 드러내며 활짝 웃었다.

— 수놓다가 지겨워 낮잠을 못 이기고. 그래. 너의 이야기로구나. 요즘 수를 놓기는 놓는 것이냐?

— 예.

초희는 붉은 손가락을 한참 들여다보며 다시 먹물을 찍었다. 봉선화 물이 손톱뿐 아니라 손가락까지 들었다. 손톱에 붉은 별이 뜬 것처럼 붉었다.

규방 금빛 화분에 저녁 이슬 맺히니
미인의 열 손가락은 가냘프게 길구나.
대절구에 찧은 꽃잎 장다리 잎으로 말아
등잔 앞에서 손가락에 묶느라 귀고리가 흔들린다.
새벽에 일어나 휘장을 걷어보니
어머나, 붉은 별이 거울 속에 있네.
풀을 뜯을 때는 호랑나비 날아오는 듯

거문고 빠르게 탈 때는 복사꽃 떨어지는 듯
뺨에 분 바르고 댕기머리 단정히 매만지면
소상반죽 피눈물처럼 보이네.
때때로 채색붓으로 초승달을 묘사하면
다만 붉은 비가 고운 눈썹을 지나는 듯하네.

<염지봉선화가染指鳳仙花歌> 손가락에 봉선화를 물들이는 노래

— 어머나, 붉은 별이 거울 속에 있네. 어쩜. 나도 규방 아씨가 되어 긴 손가락을 붉은 별처럼 물들이고 싶구나.

김씨 부인은 딸의 시를 들여다보고 또 들여다보며 웃고 또 웃었다.

— 황진이의 시에는 남자를 누르는 힘이 있다고 들었다. 너는 달라야 해. 문한가 규수로 무엇을 더 바랄까마는 시로 따져도 황진이와 다르고, 신사임당하고도 다르고, 아무튼 우리 딸은 달라야 해.

김씨 부인은 초희의 머리를 쓰다듬으며 먹물을 쳐다보다가 옛일을 떠올리며 또 웃었다. 초희의 귀밑머리가 날씬한 붓끝을 닮았다는 생각하는 순간, 그때가 언제였던가, 먼 기억이 갑자기 다가들었다.

송도 천마산자락 화담 계곡에 바람이 불고 있었다. 바람을 안은 좁은 물살 위로 푸른 나뭇가지들이 내려앉았다. 계곡은 그 위의 푸른 절벽을 향해 음이 분명치 않은 비파소리를 내고 있었고 산새가 여러 마리 날아다녔다.

두 남자는 푸른 절벽을 바라보고 있었다. 왼편의 남자는 흰 학창의를 입었고 오른편의 남자는 옥색 도포를 입었다. 성리학 주기론의 대부인 서경덕과 그의 제자 허엽이었다.

두 사람으로부터 10여 미터 떨어진 물가에는 흰 자갈돌을 줍는 여자가 있었다. 허리께에는 붉은 댕기를 늘이고 녹의홍상을 입었다. 바람이 지나가면 연두색 저고리 고름과 붉은 치맛자락이 나풀거렸다. 흰 자갈돌을 줍는 여자의 얼굴은 내내 붉었다. 두 사람의 말소리는 가까이 들리기도 했고 바람 따라 멀어지기도 했다.

— 어제는 이지함이 다녀갔다. 며칠 전에는 김효원과 조식이 다녀갔어. 수암 박지화, 행촌 민순도. 다들 오랜만이지.

서경덕이 옆으로 고개를 돌렸다. 허엽의 초췌한 얼굴에는 턱 밑 수염이 거칠었다. 서화담의 예리한 눈빛이 허엽의 얼굴을 가로로 더듬고 있었다. 후학을 바라보는 눈동자에는 근심이 들어있었다. 말을 아끼려는 마음이 보였다. 허엽이 스승의 시선을 느끼자 고개를 숙였다.

— 물을 보지 않는구나. 곁이 외로워서 그러느냐?

허엽이 고개를 가로저었다.

— 조정이 시끄럽습니다. 서책에서 본 진리를 세상에 어찌 써야 하는지 모르겠나이다. 여기저기 탁상공론뿐이니 이것이

옳다 저것이 그르다 말을 하는 것도 두렵습니다.

허엽의 눈매가 조금 올라가 있었다. 붉게 충혈된 눈에는 밤을 지새운 고뇌가 들어있었다. 젊은 제자를 바라보는 노학자의 눈은 헛헛하게 웃었다.

— 진리는 태양이다. 태양과 땅이 어울리는 이치를 알면 걱정이 없을 터인데. 저기 산과 강을 보아라. 자연도 사람으로부터 자유로울 수는 없다. 농부라고 해서 정치로부터 자유로운 것이냐? 농부는 그 누구보다도 정치에 가까이 있다. 농부처럼 하늘을 보고 땅을 보아야 할 것인데 사람만 보는구나.

— 가르쳐주옵소서.

허엽은 땅바닥에 부복했다.

— 원효의 <십문화쟁론>에서는 화와 쟁을 모두 인정한다. 정과 반에 집착하고 타협하여 합에 이르는 것이 아니라 정과 반이 대립할 때에 각각의 본질을 꿰뚫어 보라 했느니라.

서경덕이 제자의 손을 잡아 일으켰다.

— 아무리 날을 세워도 때가 맞지 않으면 부엌에 쟁여둔 식칼이다. 칼날이 시퍼런 빛을 내도 도마 위에서 푸성귀나 썰겠지. 여기저기 시끄러울수록 조용히 때를 기다려라.

서경덕이 푸른 절벽으로 고개를 돌렸다. 산새들이 수직으로 날아올랐다. 성급한 물살이 산새가 빠트린 깃털을 냉큼 삼켰다. 붉은 노을이 천천히 계곡으로 내려오고 있었다.

— 요즘 화담花潭에는 꽃이 질 날이 없구나. 해어화 황진이

가 자주 다녀간다. 청주를 들고 와 시 한 자락 남기고는 사라지지. 사람이 재미있어.

— 마음에 드시옵니까?

— 마음에 들다마다. 사내들과 당당히 시재를 겨루지 않느냐? 천하 기생을 보고도 춘심이 동하지 않는 사내를 진짜 사내로 인정한다니 참으로 당돌한 기생이요, 밉지 않은 배포가 아니냐?

서경덕이 소리 나게 껄껄 웃었다. 산바람이 시원했다.

— 너를 기다리는 인연이 있다.

— 예?

— 몰랐느냐? 무심하구나. 그리 자주 보고도 눈치채지 못했느냐? 내 외가로 먼 친척뻘 되는 규수다. 예조참판 김광철의 여식이야. 아주 음전해.

허엽이 옆으로 고개를 돌리며 물가를 둘러보았다. 혼자서 조약돌을 줍고 있던 녹의홍상의 여자는 보이지 않았다.

— 인생은 짧아. 지나간 인연에 연연하지 말고 오는 인연 막지 마라. 길게 생각할 것도 없다. 오늘 당장 여기에서 신방을 차려라.

석양이 화담을 건드렸다. 석양을 먹은 물이 몸을 불리고 있었다. 물고기들이 등을 구부리며 물 위로 수차례 튀어 올랐다. 녹의홍상의 규수가 물가로 걸어오고 있었다. 녹의홍상 규수는 서너 걸음 앞으로 다가와서 공손히 고개를 숙였다. 물속으로 들어가던 붉은 햇빛 하나가 규수의 이마로 튀었다. 서경덕이 미소를 지었다.

— 가자.

세 사람은 산길을 걸어 올라갔다. 쭉쭉 뻗은 대숲 속에 자잘한 꽃들과 작은 연못이 있는 초가였다. 대나무와 싸리나무로 엮은 바자울이 허리 높이만큼 둘러쳐져 있었다. 빼곡한 대숲이 사방의 정적을 하늘 위로 휘감았다.

— 오늘은 늦었습니다.

황혼 녘에 서 있는 사람이 있었다. 황진이가 남색 치맛자락을 여미며 공손히 고개를 숙였다. 서경덕이 고개를 끄덕이며 웃었고 허엽이 뒤늦게 황진이의 눈매를 쳐다보았다.

— 황진이라 하옵니다.

황진이가 바로 고개를 들며 허엽을 정면으로 쳐다보았다. 허엽이 고개를 약간 숙이고는 방문 쪽으로 돌아섰다.

녹의홍상 규수는 얼른 부엌으로 들어가더니 부지런히 화덕에 불을 피웠다. 황진이가 부엌문을 열고 들어왔다.

— 누구예요?

— 초당 허엽 선생.

녹의홍상 규수가 손놀림을 멈추지 않고 무심한 얼굴로 짧게 대꾸했다.

— 옥골선풍이네.

황진이가 섬돌 위의 가죽신을 흘끔 쳐다보며 말했다.

— 상처하셨대.

녹의홍상 규수는 단도를 들어 홍옥을 돌려 깎으며 말했다. 황진이는 나무소반의 홍옥 하나를 냉큼 집어 들다가 슬그머니 내려놓았다. 규수의 눈동자에서 짝사랑의 기운을 읽은 것이다. 녹의홍상 규수는 몸을 외로 틀고 있었지만 사랑은 몸이 전하는 언어였다. 남몰래 속을 앓았던 몸에는 은근한 뜨거움이 배어 있었다.

— 그거 잘되었네요.

황진이는 호기심을 억누르며 천천히 말했다. 녹의홍상의 규수는 몸을 홱 돌리며 황진이를 향해 눈을 흘겼다.

— 무슨 그런 말을!

— 아씨를 위해서 드리는 말씀이에요.

— 괜히 부정한 말 섞지 말게. 문한으로 고명하신 분이니까.

— 그래요? 그거 잘되었네요.

— 자네. 뭐가 자꾸 잘되었다는 것인가?

— 문한으로 이름이 높다니 내가 한번 시재를 겨루어볼 마음이 있지만…….

녹의홍상 규수의 얼굴이 단박에 굳어졌다. 홍옥을 깎는 손놀림에 갑자기 속도가 붙었다.

— 아니. 일없어요. 임자 있는 남자에게는 관심이 없으니까.

황진이는 홍옥을 한입 베어 물었다. 아삭아삭, 사과 씹는 소리가 가벼웠다. 녹의홍상 규수가 손놀림을 멈추고는 가만히 되물었다.

— 시재?

규수의 눈동자가 퀭하게 흐려져 있었다. 황진이가 홍옥을 나무 소반에 내려놓았다. 사과에는 이빨 자국이 선명했다. 규수는 홍옥의 이빨 자국을 칼로 도려내고는 황진이처럼 한입 베어 물었다.

— 여자의 몸으로 남자와 겨룰 만한 것이 뭐가 있겠어요? 칼싸움을 할 수도 없고. 후후후. 붓으로 가름할밖에.

황진이가 얼굴을 젖히며 자신만만한 웃음을 웃었다. 녹의홍상 규수의 얼굴이 부끄러움에 확 붉어졌다. 황진이는 부엌문을 나가서 연못에 풀을 던졌다.

도道를 들으러 온 날에
계절이 진 화담에는 꽃이 없구나.
다음 길에는
3만 년을 핀다는 부용꽃을 심어
삼매에 빠진 너를 보자꾸나.

황진이는 작고 동그란 연못을 바라보며 큰소리로 시를 읊었다. 방문을 닫은 방안에까지 들릴만한 목소리였다. 세상에 거칠 것이 없다는 당당한 태도였다. 황진이의 몸에서는 자유로이 떠다니는 바람의 냄새가 났다. 녹의홍상 규수는 자기도 모르게 몸이 굳어버렸다. 어디선가 진한 꽃향기가 나는 듯했다.

녹의홍상 규수는 오른손에 단도를 꼭 쥐고 조금 열린 부엌문을 향해 물었다.

— 3만 년?

— 우리 사는 인생이 다 그렇지요. 오늘 하루나 부용꽃 3만 년이나 다를 게 뭐예요?

— 아!

녹의홍상의 규수는 황진이의 시에 화답을 못하고 서 있는 자신이 몹시 부끄러웠다. 단도를 들고는 제 얼굴을 비추었다. 얼굴은 희미하게 흐려지고 눈동자도 분명치 않았다. 사람의 몸도 꽃처럼 분명하게 냄새를 풍겼다. 부엌에서 분명한 것은 홍옥밖에는 없었다. 그리고 홍옥을 깎는 사람만 있었다. 녹의홍상 규수는 부엌문을 삐걱 열고 밖으로 나갔다. 그리고는 황진이 옆에 나란히 섰다. 연못에 풀 대신 돌을 던졌다.

황진이는 분단장을 하지 않는 기생으로 유명했다. 흰 조개를 빻아서 만든 가루분은 생기 있는 얼굴빛을 가린다는 것이 이유였다. 유명한 화공이 황진이를 그리다가 오묘한 얼굴빛을 그릴 수가 없다며 화필을 놓았다는 소문이었다. 어디서 저런 기운이 나오는 것일까. 속내를 알 수 없는 여자였다. 녹의홍상 규수는 황진이의 얼굴선을 뚫어지게 쳐다보았다. 황진이의 두 눈매는 굵은 붓으로 그린 듯이 새까맣고 또렷했다.

— 여자가 시를 자유자재로 짓는 것이 참 부럽네. 내가 딸자

식을 낳는다면 꼭 시를 가르치겠어.

녹의홍상 규수는 몹시 떨리는 음성으로 말했다. 황진이가 두 손을 들어 올려 가체를 매만졌다. 겨드랑이로 매끄러운 속살이 조금 보였다.

— 아씨는 무엇을 가지고 싶어요?

— 사랑…….

녹의홍상 규수는 황진이의 기세에 눌려 저절로 고백하게 되었다. 황진이는 규수를 쳐다보며 소리 내지 않고 웃었다. 그러나 그 어느 때보다도 확실한 일소一笑였다.

— 사랑? 그거 별거 아니에요. 돈도 쓰면 그만이니 춘심처럼 부질없어요. 사랑도 정점에 이르는 순간부터 낙화예요. 몸의 욕심을 채우고 나면 그때부터 사랑도 재미없어지는 거예요.

— 그럼 부질 있는 것은 뭔데?

녹의홍상 규수는 조금 뾰로통해진 표정으로 되물었다.

— 뭐 사람마다 다르겠지만.

황진이는 잠시 생각하는 듯 까만 머리를 갸웃했다. 뒷머리에 꽂은 나비 떨잠이 조금 흔들렸다. 녹의홍상 규수는 황진이의 행동 하나하나에 집중했다.

— 옛날에는 내 치맛자락에 엎어지는 남자를 보는 것이 재미있었는데 지금은 그것마저 재미없어요. 나는 보통 남자와 다른 남자를 찾아다녀요.

에구머니. 녹의홍상 규수가 고개를 숙였다. 붉은 홍조가 이

마까지 번졌다. 황진이가 샐쭉 웃었다.

— 사는 게 아니라 살아진다는 것을 깨달은 거지요.

— 사는 게 아니라 살아지는 것이라니?

녹의홍상 규수가 황진이를 향해 다시 고개를 들었다.

— 도의 경지에요.

황진이는 대숲 어디쯤을 눈으로 더듬으며 말했다.

— 응?

— 들어보세요. 사는 것은 욕심대로 행동하는 것이고 살아지는 것은 순리대로 사는 거예요. 그런 이치를 알면 이 세상 것들은 재미없어요.

황진이는 아무 표정도 담지 않은 얼굴이었다. 녹의홍상 규수는 눈을 동그랗게 뜨고는 재차 물었다.

— 재미가 없다고?

— 오늘은 그만 가봐야겠어요.

황진이가 청록색 장옷을 챙겨 들며 일어섰다. 무명옷을 입은 심복이 다가왔다. 옆구리에 칼을 찬 건장한 사내였다.

— 스승님. 그만 가보겠습니다.

황진이가 닫힌 방문을 향해 공손히 고개를 숙였다. 남들보다 목청이 좋아서인지 작고 나긋한 목소리에도 힘이 들어있었다. 서경덕이 방문도 열지 않고 대꾸했다.

— 오늘 잠깐 본 것은 여러 날 본 것과 같다.

— 예. 서운하지 않습니다.

— 오늘은 어디서 묵느냐?

— 요 앞에 묵을 곳을 정했어요.

— 어두운데 살펴 가거라.

— 다과를 준비했으니 들이겠습니다.

황진이는 녹의홍상 규수에게 한쪽 눈을 찡긋하고는 돌아섰다.

화담에 머물던 녹의홍상 규수는 김씨였다. 그날 밤에 허엽과 김씨는 서경덕이 지켜보는 앞에서 두 무릎을 꿇고 정혼했다.

석 달 후, 두 사람은 혼인을 했다. 며칠 내내 화담에는 하례 인사가 줄을 이었다. 김효원, 이원익, 이덕형, 정여립, 홍여순 등 동인의 사람들이 차례로 다녀갔다. 황진이가 화담에서 거문고를 뜯었고 문사들의 웃음이 산그늘로 퍼졌다.

김씨 부인의 친정은 강릉이었다. 허엽은 전처소생 허성과 딸 둘을 데리고 강릉으로 살림살이를 옮겼다.

15

삐걱, 솟을대문이 열리는 소리가 났다. 김씨 부인이 마당 쪽으로 고개를 돌렸고 균이 발걸음을 멈추고는 공손히 고개를 숙였다. 마동은 행랑채로 들어갔다.

초희는 고개를 들었다. 다른 시를 쓸 참이었다. 긴히 생각을 맞추려고 허공을 더듬던 눈을 가늘게 떴다. 멀리 날 선 햇빛이 눈부셨다. 하늘을 가로지르는 맹렬한 햇빛이었다. 햇빛이 뭉텅 쏟아지는 기와집의 빛 우물, 균은 광정光井에 서 있었다.

초희의 눈길이 균의 옆구리에 머물렀다. 균은 서너 권의 서책들을 옆구리에 끼고 있었다. 서책들은 선도수련의 경전들, <음부경>, <용호경>, <대통경>, <청정경>이었다.

초희는 균의 얼굴을 잠깐 바라보다가 붓을 들어 올리고는 허공에다 가로획을 그었다. 그리고는 붓이 필요 없었다. 초희는 허공의 잔상을 옮겨와서 종이에다 굵은 먹으로 눈썹 두 개를 그렸다. 그리고는 혼자 웃었다. 생각의 끈은 늘 햇빛처럼 따라다녔다.

— 얼굴 보기가 힘들구나.

김씨 부인이 막내아들을 보고는 이맛살을 찌푸렸다.

— 죄송합니다.

— 사랑채에는 들렀느냐?

— 아버님은 아니 계셨습니다.

— 아버님이 아니 계신 것을 알고는 있구나. 장차 성균관에 입학해야 하지 않겠느냐? 왜 공부를 하지 않고 돌아다니기만 하는 것이냐!

— 어머니. 소자는 세상에 이로운 공부를 하고 싶습니다.

— 그러게 말이다. 성균관에 입학하는 것이 이로운 공부다.

입신양명하는 것이 세상 공부야.

— 어머니. 소자의 뜻은 세상살이에 이익이 되는 공부가 아니라 세상을 이롭게 하는 공부를…….

— 그러니까 뜻이 큰 공부를 해야 하지 않겠느냐? 아버지가 일전에는 학우당에 잘 다니고 있느냐고 물으셨어. 아무나 만나고 다니지 마라.

김씨 부인이 마룻바닥으로 시선을 돌렸다. 섭섭이가 꼼꼼하게 걸레질을 해서 마룻바닥은 깨끗하고 매끈했다. 김씨 부인은 딸의 귀밑 머리카락을 쓸어 넘겼다. 불편한 심기는 풀리지 않았다.

균은 어릴 때부터 발육이 빨라서 벌써 제 누이의 키를 웃돌았다. 조숙한 탓인지 서당 동기들과는 어울리지 않았고 기질이 자유분방해서 양반의 습속을 따르지 않고 방외의 것들을 즐겨 배웠다.

— 마구간의 말은 왜 끌고 다니는 것이냐?

— 글방 동무들과 야외를 나가기 때문입니다.

— 글방 동무들뿐이냐?

김씨 부인은 한숨을 내쉬었다. 중뿔난 성정을 억지로 고칠 일이 아닌 듯했다.

— 방안에서 서책을 읽는 것보다 밖의 사물을 통한 배움이 소중합니다. 어머니 저는…….

김씨 부인은 균의 말을 다 듣지 않고 초희 쪽으로 돌아앉았다. 초희는 시에만 열중해 있었다. 부모 말을 잘 듣는 착한 딸을 바라보는 김씨 부인의 눈매는 부드럽게 풀어져 있었다.

균은 풀이 죽어서 대청마루로 올라섰다. 어머니 앞에 대를 선 이후에는 가슴이 먹먹하게 가라앉았다. 어머니 말을 잘 듣는 착한 아들이 되고 싶은데 마음처럼 되지 않았다. 속이 상한 균은 누이의 시를 들여다보다가 심드렁하니 고개를 돌리며 말했다.

— 사달이이의라고 했어. 문장은 뜻이 통하는 게 중요하다는 말이지. 뭐가 그리 수사가 많아? 나는 손톱에 봉숭아물을 들였다. 색깔이 붉었다. 두 문장이면 되겠네.

균은 이해할 수 없다는 표정을 지었다. 초희는 고개를 들어 균의 얼굴을 쳐다보았다. 균의 얼굴은 강한 햇볕에 거무스름하게 그을렸다. 귀밑에는 대나무에 긁힌 상처가 있었다.

— 죽도로 대련했니?

초희는 걱정스런 얼굴로 물었다. 균은 딴 곳을 보고 있었다.

— 누이. 글의 본질은 말이야. 사람과 사람이 마음으로 통하는 데에 있어. 누이의 글은 딴 세상 이야기 같아. 거기는 사람이 없는 세상이야? 너무도 아름다운 세상이라서 더러운 인간의 씨는 눈 씻고 찾으려고 해도 없는 건가?

조롱기 섞인 말투였다. 초희는 벼루로 고개를 돌리며 붓에 먹물을 묻혔다.

— 정말로 다친 데는 없는 거니?

— 누이의 글은 수식이 너무 많아. 아름다운 선녀의 세상이 뭐 어떻다는 것인지 알 수가 없어.

— 진검으로는 승부하지 마라. 그러다가 몸 다칠까 봐 걱정이야.

— 누이는 지금 내 말 듣는 거야?

균이 대청마루에서 벌떡 일어나며 초희를 노려보았다. 초희는 균을 올려다보며 미간을 찌푸렸다.

— 나는 지금 어머니께서 걱정하신다는 말을 하고 있어. 너는 내 말 듣는 거니?

— 난 성질이 급해서 말을 돌리는 건 딱 질색이야. 누이가 내 말에 먼저 대답해. 누이도 다른 양반 놈들처럼 먹물을 너무 많이 먹은 거야?

균의 눈과 초희의 눈이 정면으로 마주쳤다. 초희는 고개를 돌렸다. 균의 문장과 초희의 문장은 확연히 달랐다. 단정하고 간결한 균의 문장에는 단순한 힘이 들어있었다. 수사를 쓰지 않는 문장은 거침없고 진솔했다.

— 시는 달라. 섬세한 수사가 필요해. 사람들을 선동하는 격문이 아니야.

초희는 먹과 벼루를 옆으로 세게 밀어내고 시를 쓴 종이를 반으로 딱 접었다.

— 너는 과단성이 있지만 때론 어중간해 보일 때가 있어. 서자들 틈에 섞여 있을 때처럼. 너는 양반이고 서자가 아니라 적

자야.

— 난 양반이지만 다른 양반하고는 달라. 위선이 없으니까.

— 또 그 불여세합 말이니? 세상의 속된 무리들과 화합하지 않겠다는 거?

— 내 좌우명이야.

— 그래? 인정해주지. 말해봐. 어디에 비유가 많다는 거니?

— 바람이 있어야 대나무 잎들이 움직이고 소리를 내는 거야. 바람이 없으면 대나무는 절대 소리를 내지 않아.

— 내 시에 바람이 없기 때문에 무엇이 없다고?

초희는 균이 들고 있는 서책들을 흘깃 쳐다보았다.

— 이제 그만 단도로 직입하지 그러니? 너답지 않게 돌려서 말하는구나.

— 나는 지금 누이의 화법에 맞추는 거야. 여름의 하늬바람만 있는 것이 아니야. 세상에는 비바람도 있고 돌개바람도 있어.

— 바람이 없다고 하니까 말인데 내 시는 바람조차 없는 적념의 상태야. 고요함의 극치이지.

— 적념? 사람이 그것을 느낄 수 있다고 생각해?

— 그래!

— 설마 죽은 적념을 말하는 건 아니겠지.

— 죽은 적념이라니? 적념도 사람처럼 살고 죽는 거니?

초희는 균의 말을 간단히 조소했다. 균은 누이의 조소를 다시 조소했다.

— 그 적념이 뭔데? 물속처럼 고요한 중심이야? 물 위에 퍼지는 파문 따위에는 관심이 없다는 건가? 너무 깊은 곳을 응시하면 생기가 없어.

— 생기?

초희는 쌜쭉한 표정을 감추며 자주색 옷고름을 만지작거렸다.

— 백팔번뇌의 강물을 건너야 적념의 땅에 다다르는 거야. 모든 살아있는 것들 속에서 고통스럽게 얻어낸 적념만이 가치가 있는 것이지. 너무 쉽게 도달한 적념은 적념이 아닌 거야.

— 적념에 너무 쉽게 도달했다고? 너야말로 어찌 그리 쉽게 말할 수 있니?

초희는 남동생의 평가에 한 수 꺾이는 것을 느끼며 화를 냈다.

— 살아있는 숨 말이야. 숨은 사람의 가슴에서 생겨난다고. 문장의 수사나 미사여구로 만들어지는 것이 아니야. 시를 쓰기 전에 누이가 체험한 삶은 뭐야?

— 체험한 삶이라니?

초희는 난처한 표정을 지었다. 균은 누이의 표정을 보며 어깨를 으쓱했다. 조금 전까지 어머니 앞에서 의기소침했던 마음은 온데간데없이 사라졌다.

— 누이는 지금까지 살면서 얼마나 많은 계층의 사람들을

보았어? 기껏해야 식솔들이지? 그것도 누이의 수발을 들어주는 사람들 말이야. 계집종이 차려주는 밥을 먹고, 계집종이 빨아주는 녹의홍상을 입고, 따뜻한 방에 앉아 천상세계의 시를 써대는 사람. 누이는 그런 사람이야. 만약에 누이가 몰락한 양반의 후예였다면 어떤 시를 썼을까? 누이의 시에는 계절이 없어. 언제나 봄바람만 불어. 겨울을 이겨낸 봄바람이 아니라 아예 처음부터 봄바람인 거. 그런 거야.

균은 대청마루에 한쪽 무릎을 걸치고 앉아서 거침없이 말을 이어갔다. 김씨 부인은 내당으로 들어가고 옆의 자리에 없었다. 초희는 저도 모르게 저고리 깃을 매만졌다. 섭섭이가 다림질해 준 옷이었다.

— 아무도 내게 그렇게 말하는 사람은 없었어. 아버지도. 오라버니도. 스승님도.

— 누이가 시를 잘 쓴다는 사실에 그 누구도 토를 달지 못해. 병풍의 그림처럼 예쁘긴 하다고.

— 내 글이, 고작, 병풍의 그림이었니?

초희가 정색을 하며 되물었다. 균의 얼굴도 정색이 되었다.

— 말해봐.

초희가 다그쳤다.

— 누이는 시를 왜 써? 그 글은 누구를 향해 쓰는 거야? 자기가 써놓고 자기가 웃고 그런 거야? 타고난 재주를 자족하기 위해서인가?

— 나는…… 한 번도 누구를 위해 쓰는지, 왜 쓰는지 생각해 본 적이 없어.

— 누이의 시는 인간의 손으로는 잡을 수 없는 구름이야. 하지만 구름은 하늘에만 떠 있는 것이 아니라 비가 되어 땅으로 내려야 해.

— 구름이 비로?

— 사람도 그렇지 않아? 잘생긴 이목구비와 몸에서 풍기는 자태는 달라. 사람의 아름다움을 결정하는 것은 잘생긴 이목구비가 아니라 보이지 않는 태라고. 누이의 시에는 뚜렷한 생각이 들어있는데 이상하게도 그 생각에는 정서의 깊이가 생략되어 있어. 왜 그럴까? 처음부터 없는 걸까? 아니면 생략되고 절제된 걸까?

초희는 대답할 말이 생각나지 않았다. 단 한 번도 생각해보지 않았던 문제였다. 균이 답답한 표정을 지으며 말했다.

— 좀 더 설명해볼까? 하늘을 봐봐. 빗줄기도 쏟아지고, 바람도 불고, 햇빛도 있고, 어둠도 몰려들잖아. 사람이 밤을 왜 무서워하는지 알아? 분별이 어렵기 때문이야. 지극히 인간적인 입장에서 써 보라고. 누이의 시에는 밝은 빛들만 있어. 아름답지만 깊이가 없어. 여기는 천상 세계가 아니야. 더럽고 잡스런 인간들이 북적대는 세상이라고.

초희는 새롭고 낯선 고민에 빠져들었다. 문득 시의 반쪽만 붙잡고 살아왔다는 생각이 들었다. 균의 목소리는 점점 신이 나서 빨라졌다.

— 누이의 시는 칠보 색깔처럼 화려해. 하지만 그런 글이 사람들의 심금을 울리지는 않아. 옥구슬은 예쁘지만 살아있는 것은 아니야.

— 아픔이라고 했니? 살아있는 것이라고 했니?

초희는 참을 수 없는 의문에 허리를 비틀었다. 산속의 지란처럼 고고한 문장에 아무도 토를 달지 않았다. 균의 말은 사금파리처럼 아팠다.

— 살아있다는 건 중요해. 생각해봐. 누이의 시를 읽을 사람들에 대해서. 사랑방에 편안히 앉아서 경서를 읽는 유자들인가?

초희는 대답하지 않았다. 균은 누이의 대답을 기다리지 않았다. 질문과 같은 색조의 웃음을 던지며 대청마루에서 일어섰다. 균이 일어서자 초희가 성급하게 물었다.

— 내가 편안하게 살고 있다는 뜻이니?

— 때로 몸이 편안하다는 것은 비겁하다는 뜻이 되기도 해.

— 균아!

균은 몸을 홱 돌리며 울먹한 표정의 누이를 안쓰럽게 쳐다보았다.

— 미안해. 모임에 가야 해.

— 약속한 날이야. 오늘 밤에 올 거지?

균이 고개를 끄덕였다. 그리고 갑자기 생각난 듯이 말했다.

— 누이. 그거. 위부인 말이야. 아주 어렵게 구했어. <태상보문경>, <황정내경경>은 신선이 내린 서책으로 유명하잖아. 명나라에서도 구하기 어렵다는 걸 간신히 구했어. 명나라 장사치에게 은밀히 서찰을 넣어서 밀반입한 서책이야. 마동이가 오늘 밤에 후원으로 갖다 놓을 거야.

— 고마워.

초희의 눈자위가 담뿍 젖어 들었다. 균은 누이의 표정을 보며 웃었다.

— 누이. 서진시대 위부인처럼 조선 역사에 남는 여도사가 되어봐.

균이 초희를 향해 한쪽 눈을 찡긋했다. 그리고는 솟을대문 쪽으로 휑하니 사라졌다.

16

그날 밤, 숲을 빠져나온 검푸른 달이 구름 속으로 쑥 들어간 자시였다. 까마득한 천공은 엷은 막을 뒤집어쓰고 있었다. 달빛이 뿜어낸 검푸른 막이었다. 휘영청, 서슬 푸른 달빛에 창호지 문살의 그림자가 푹 꺾어지고 있었다. 귀에 익은 발자국 소리가 들렸다. 초희는 거울을 바라보며 옷고름을 단단히 맸다.

초희는 촛대에 촛농이 떨어지는 것을 보며 입김으로 촛불을

꼈다. 그리고는 조용히 일어나서 방문을 열고 쪽마루로 나갔다. 균은 옆구리에 죽도를 찬 도포 차림이었다. 두 사람은 어두운 하늘가를 바라보았다. 달빛 아래 기왓장은 푸르렀다.

균이 초희의 손을 잡아끌었다. 두 사람은 손을 꼭 잡고는 발자국소리를 죽이며 걸었다. 균의 발걸음이 조금 불안정했다. 균의 오른쪽 얼굴이 부어올라 있었다. 초희는 발걸음을 멈추고 서서 동그랗게 눈을 떴다. 균은 도포 자락을 탁탁 털면서 별일 아니라는 표정을 지었다.

— 시회에 가면 재미있어. 상이 엎어지고 술 사발이 날아가고. 술만 먹으면 그러는 사람들이 있어. 그냥 그런 거야. 준비됐지?

— 응.

기와지붕에 오르는 것이 처음은 아니었다. 그러나 매번 처음인 것만 같았다.

— 내가 하자고 한 거 아니야. 누이가 하고 싶다고 말한 거야.

— 그래. 얌전한 방안을 벗어나 보자.

— 누이는 진실한 시를 쓰고 싶다고 했지? 그럼 몸과 마음은 하나로 움직인다는 걸 알아야 해.

균은 남자 옷을 입은 초희를 아래위로 훑어보며 웃었다. 초희가 양팔을 벌리고는 제자리에서 빙그르르 한 바퀴를 돌았다.

— 섭섭이가 어제 저잣거리에서 사다 준 거야. 몸이 자유롭

고 편해.

기와지붕은 지난번보다는 훨씬 낮아 보였다. 달 주위로 구름이 더디게 흐르고 있었다.

— 내 정신의 정수를 뽑고 뽑아서 글자를 부리고 부려서 마침내 다다를 수 있는 곳이 어디일까?

초희는 달을 보고 있었다. 달은 낮을 물어다 놓은 노란색이었다. 어두운 나뭇가지에 앉아있던 밤새가 후룩 날아올랐다. 기왓장의 바위솔은 달맞이꽃처럼 보였다.

— 시심詩心을 저 하늘에 박아 놓고 싶구나.

균이 땅바닥에 엎드렸다. 허공을 떠돌던 달빛이 균의 등으로 내려앉았다. 초희가 신발을 벗어놓고 균의 등을 밟고 올랐다. 초희는 버선을 벗어 던졌다. 균이 초희의 발목을 잡고는 천천히 일어섰다. 초희는 균의 양 어깨에 두 발을 올려놓고 두 손으로 굴뚝을 잡았다.

— 조심해.

균이 몸의 중심을 잡으며 속삭였다. 초희가 지붕 위로 발을 올리자 기왓장 하나가 달싹 움직였다. 초희는 간신히 지붕 위로 올라갔다. 균이 뒤따라 지붕 위로 올라왔다. 초희는 옆으로 조금 비켜 앉았다. 바지자락을 걷어 올린 발목 아래로 밤바람이 지나갔다.

— 달은 어디에서 왔을까?

— 또 달 애기야? 도대체 달이 왜 궁금해?

균이 시큰둥하게 대답했다.

— 이상하다. 사람들은 왜 궁금해하지를 않지?

— 늘 보는 달이니까 새로울 것 없어. 죽을 때까지 보는 달이라고.

— 나는 까마귀 전설이 생각이 나. 불새는 태양을 먹고 까마귀는 밤을 먹고. 둘 다 먹었는데 덜 먹은 까마귀는 사람 옆에 있는데 뱃속으로 꿀꺽 삼킨 불새는 하늘에 있는 거 같아.

균이 두 팔을 쫙 벌렸다. 양팔 아래로 도포 자락이 길게 늘어졌다. 그러다가 중심을 잃고 휘영청, 넘어질 뻔했다. 어어어. 초희가 겁먹은 얼굴로 입을 가렸다.

— 걱정 마. 누이.

균이 아무 일도 아닌 척 호기를 부리면서 한 발 더 앞으로 내디뎠다. 초희는 다시 하늘을 쳐다보았다.

— 깜깜한 하늘과 노란 달은 무슨 관계일까? 색깔도 형태도 분명히 다른데 둘은 전혀 다르게 보이지 않아.

균은 허리춤에 찬 죽도를 빼어 들었다. 죽도는 균의 손끝에서 쉭-쉭- 바람을 가르고 있었다. 초희는 균으로부터 두어 발짝 떨어져서 눈을 감았다. 세상의 벽을 넘고 싶어 하는 균의 몸에서는 야생의 냄새가 났다. 균은 노래를 부르기 시작했다.

내 마음은 천성대로 움직일 뿐이니
유자들이여, 그대들은 그대들의 법을 지키게.

나는 나의 삶을 살겠노라.[3)]

균의 노래는 어두운 창공으로 퍼져갔다. 초희는 눈을 감았다. 바람을 먹으며 피는 꽃, 바람에 흔들리며 피는 꽃, 균과 다른 감성이었다.

— 선비의 나라, 조선에서 두려워할 것은 오직 백성뿐이다아—.

균은 비스듬한 기왓장에 발을 디디고 서서 하늘에 대고 소리쳤다. 균의 무릎으로 달빛이 급하게 미끄러져 내렸다.

솔숲의 바람처럼 귀밑머리까지 건드리고 지나가는 바람이었다. 단단한 기와지붕 위에서 밤바람을 맞으니 방에서 느끼지 못했던 자유. 육체의 자유에 대해 알 것만 같았다.

— 사람들은.

균의 죽도가 허공을 여러 층으로 잘라냈다.

— 힘을 가지면 다른 사람에게 힘을 쓰려고 들지.

균은 죽도를 들어 달을 향해 겨누었다. 달은 움직이지 않았다. 균의 칼날에 쓸려 달이 허물어졌다. 구름이 다가왔다. 균은 몸을 옆으로 돌렸다. 기왓장이 조금 움직였다. 달그림자가 졌다.

— 균아. 세상에 대해 알고 싶어.

— 누가 가르쳐줄 수 있는 게 아니야. 누이가 스스로 알아가야 해.

— 나는 한갓 여자의 몸이로구나.

초희가 한숨을 쉬며 말했다.

— 여자의 몸이 문제가 아니라 여자라고 생각하는 것이 문제인 거야.

— 그럼 남자라고 생각하면 되는 거야? 그럼 알 수 있는 거야?

초희는 남동생이 자신보다 아는 것이 많은 것 같아 심술이 났다. 서책으로도 알 수 없는 세상이 대문 밖에 있는 것 같았다. 초희는 다른 집 담장들과 지붕들을 쳐다보았다. 지붕 위에서 내려다보는 세상은 방안에서 내다보던 세상과는 달랐다. 방안에 있을 때에 초희가 바라보는 곳은 언제나 방문이었다.

— 무예 수련을 할 때에 고수는 상대방의 어디를 보는지 알아? 칼이 아니라 상대의 눈을 본다고. 보통 사람들은 칼만 바라보지. 그게 맹목인 거야. 그런다고 칼을 피할 수 있을 것 같아? 칼을 보면 상대방을 제압할 수 없어.

초희의 얼굴에 밤 그늘이 졌다. 사방이 탁 트인 지붕 어디에도 새벽빛은 보이지 않았다.

— 균아, 넌 무엇을 생각하는 거니? 왜 그런 말을 하는 거니?

— 조선의 사회제도. 인간의 행동원칙 강령에 대해서야. 조선은 성리학에서 도덕원리를 찾는데 예를 통해 실천하라고 가르치고 있어. 사람의 됨됨이는 예로 표현되는 거라고 말이야.

허면 적자에 대한 서자의 예의는 무엇이지? 결국 누구를 위해서 예를 강요하는 사회냐 말이야. 결국에는 위정자들이겠지?

— 사람의 됨됨이……. 예가 아니면 무엇으로 표현하지?

— 그 예란 것이 문제가 되는 거야. 강요하면 억압이 되고 구별이 지나치면 차별이 돼.

— 균아. 나는 네 말을 이해해. 아니, 네 말이 옳아.

초희는 차가운 가슴을 쓸었다. 하늘은 달을 꽉 붙들어 매어 놓았다. 달은 아무리 달려도 하늘을 벗어날 수가 없다. 초희의 눈동자 속에서 달이 지고 있었다. 균이 기왓장 위에 벌렁 드러누웠다.

— 왜 어른들은 똑같은 말을 하고 똑같이 행동하는 걸까. 나이가 들면 왜 다들 똑같아지는 거지? 똑같은 예의를 학습해서 그런 건가? 정말 재미없어.

— 아버지는 달라.

초희는 균의 얼굴을 쳐다보며 간단히 말했다.

— 나는 세상에 대한 진리를 찾고 싶어. 유교, 도교, 불교 서책들을 다 뒤졌지만 가슴속 갈증은 풀리지 않아. 누이야. 누이는 숙속지문처럼 이로운 글을 써. 조나 콩과 같이 사람들에게 유용한 글을 써. 너무 아름다운 글은 유희에 지나지 않아. 글은 비바람 맞은 곡식처럼 단단히 영글어야 해.

— 균, 무륜당이 뭐야?

— 강가에서 모이는 시회일 뿐이야.

— 모두 서자들이라면서.

— 대궐의 홍문관에서 붓질을 못 하니까 강변의 죽림에서 붓질을 하는 거야.

— 균, 널 보면 불안해.

— 하하하.

균은 아랫배를 쥐고는 한참을 웃었다. 초희는 달이 구름 아래로 성큼 내려서는 모양을 지켜보았다.

— 내 말을 또 피하는구나.

— 문장이나 꾸미고 다듬는 건 대장부가 할 일이 아니야. 나는 이 나라 조선의 문제에 관심이 있어. 서자만 서자 문제에 관심 갖는 것은 옳지 않아. 단솥에 물 붓기 같아도 언젠가는 이루어질 거야. 나는 그리 믿어. 혼자만 사는 세상이 아니니까. 서로가 그물처럼 얽혀있는 건데 사람들은 그런 생각을 안 해. 내 몸이 편하면 누군가는 불편한 게야.

— 그래. 누군가는 말이지.

초희가 얼굴을 허공으로 들며 대꾸했다. 균이 초희 눈앞에 팔뚝을 쑥 내밀었고 초희는 전보다 더 단단해진 균의 팔뚝을 만지며, 그래 남자로구나, 하며 웃었다.

— 봐봐. 밤 한가운데에 우리가 쏙 들어와 있어.

— 시인의 눈은 밤도 그렇게 보는 거야?

— 밤은 몽상이야. 숲이고 바다야. 우리의 몸이 무명無明 속으로 들어와 있어.

초희는 균 옆에 나란히 누웠다. 천상의 새들. 알록달록 색깔이 고운 난조. 새가 날갯짓하는 것처럼 밤바람은 부드러웠다.

— 동해가 생각나는구나. 밤하늘을 보면 검푸른 바닷물이 생각나. 바다가 밤이 되면 하늘로 올라가서 그냥 흐르는 것 같아.

— 누이의 말을 듣고 보니 그렇게 보이네.

균이 웃었다.

— 잘 있을까? 우리가 후원에 심은 붉은 뽕나무 홍상 말이야. 스승님과 너와 나, 이렇게 셋이 3그루를 심었잖아. 동해가 바로 보이는 곳에. 뽕나무에서 해가 뜬다고 했었지. 해가 떴을까?

— 스승님은 머리가 하얗게 세어져서 백발노인이 될 때까지 오로지 시밖에 몰라. 왜 서자가 되었고, 왜 사람들에게 조롱받아야 하는지도 몰라. 그냥 시가 가족이고, 자연이 집이야. 못 쓴 시가 하나도 없고, 모조리 절창이니 조선의 유장경이야. 당나라에 태어났으면 오언절구 대가 유장경과 친구했을 거야.

균은 이달의 애통함을 생각하며 한숨을 푹 쉬었다. 균은 이달말고도 다른 서자들, 스님과도 잘 어울려 다녔다.

초희는 눈물을 글썽이며 허리춤에 질러 놓았던 붓을 꺼냈다. 기왓장에 글자를 쓰기 시작했다.

바닷가 밭 붉은 뽕나무가 몇 번 열렸던가.

날개옷이 다 떨어져서 갑자기 돌아왔네.
구슬나무 세 그루가 동쪽 창에서 자랐는데
아, 손곡 스승과 헤어진 뒤에 심은 나무라네.[4)]

<유선사 34> 신선세계에서 노니는 노래

균은 초희의 모습을 가만히 지켜보았다. 기왓장에는 달빛이 사선으로 비쳤지만 마른 붓으로 쓴 글자는 보이지 않았다.

— 글자가 보여?

— 응. 마음으로.

— 누이는 조선 제일의 문장가가 될 거야.

— 그냥 뽕나무를 상상하면 돼.

— 또 선녀야?

— 세속과 탈속의 경계를 만들기 위해서야. 선녀는 자연이고 탈속이니까 이렇게 문장의 행간에 넣어야지. 이렇게. 아속. 하늘과 땅 사이의 디딤돌 같은 거. 고아한 것과 속된 것을 넘나드는 경계. 보일 듯 보이지 않는 그런 것들. 붓으로 세상을 보려면 선녀처럼 날아다녀야 해. 탈속의 문장들이 문맥을 따라 맨발로 디디듯이 실감 나게 이어져야 해. 요즘엔 그걸 생각하고 있어. 네가 예쁘기만 한 시라고 조롱해서 생각해본 거야. 어떻게 디뎌야 할까?

초희는 별에 눈을 맞추며 혼자 중얼거렸다. 균에게 말하고 있었지만 초희의 눈에 균은 없었다. 균은 누이로부터 몸을 돌려 막막한 허공을 향해 죽도를 겨누었다.

— 어쨌든 나는 잘 모르겠고 사람들이 한 눈으로 봐도 이건 허난설헌의 시이다. 그렇게 해봐.

— 난 왜 예전에는 글에 대한 생각을 못했을까? 문장은 내내 생각했는데 글은 생각하지 않았어.

— 누이는 인생의 아픔을 모르니까. 아픔을 알면 단 한 방울의 눈물로 절제하고 싶어질 거야. 온갖 화려한 말을 다 빼버리고.

— 균아, 내가 인생의 경험은 부족하지만 시는 달라. 비유는 달라.

— 버려야 다시 차지. 생략이 되어야 강조가 되고. 그러면 화려한 말들이 얼마나 잘생긴 변명인지를 알게 될 거야. 그러니까 무엇을 취하기 전에 무엇을 버릴까를 생각해봐.

— 글쎄. 버리라면 거짓된 말들을 버리겠어. 그리고 진실이 가지는 격조를 취하겠어. 생각이 덜 마른 비유가 과장된 변명이라면 뼛속까지 곰곰 생각해서 참된 비유를 쓰겠어. 그러고 보니 부끄럽다. 내가 모르는 것들이 너무 많아. 나, 너 따라다니고 싶어. 가슴에서 목까지 차오르는 것이 없었어. 목에 차오르는 것이 있어야 글이 된다는 생각을 못 했어.

— 나는 치세의 해답을 찾아 천지를 돌아다니고 있어. 누이. 나는 목에 차오르는 것이 뭔지를 알아. 난 역동적인 글을 쓸 거야. 잘생긴 비유를 늘어놓은 문장을 보면, 필자가 진실은 어

디다 팽개쳐 두고 말이지, 그건 명백히 비유를 위한 비유야. 내 글을 읽는 여러분, 나는 배운 것이 많소. 내가 얼마나 많이 알고 있는지 한번 들어보소. 성현의 말에 의하면 세상의 현상들은 이러이러한 것이요, 하면서 배운 지식을 좍좍 늘어놓은 글을 보면 구역질이 나. 필자가 자기 머리로는 세상의 현상을 진단할 수 없는 거야? 성현의 말을 빼면 남는 문장이 없어. 잘생긴 붓을 들고 점잖게 앉아서는, 나는 배운 것이 많으니 과거 역사 속의 성현과 친한 사람이오. 그러니 독자 여러분 내 말을 들으시오.

균은 거드름을 피우는 양반의 표정을 흉내 내며 말했다. 초희는 까르르, 웃었다. 균은 웃지 않았다.

— 누이. 나는 성현의 말을 인용하지 않고도 많은 사람들을 움직일 수 있는 글을 쓰겠어. 여름 장마처럼 거세고 파도처럼 분연히 일어서는 문장으로 말이야.

균은 어둠 속을 뚫어지게 응시했다. 어둠을 열고 들어오는 사람을 기다리는 듯 두 사람 사이에 침묵이 흘렀다.

— 나흘 뒤에 감악산에서 시회가 있는데 같이 갈래?

— 따라갈래!

초희는 울렁이는 가슴을 부여잡았다.

— 남장을 단단히 해야 해. 감악산에 갔을 때처럼 머리카락이 풀어지면 곤란하니까.

— 이상하게도 머리카락이 풀어지면 그냥 여자가 되어버리

는 것 같아. 아무리 사내 옷을 입어도 여자인 것이 감춰지지 않나 봐.

— 근본이니까.

— 우리는 정말로 근본을 떠날 수가 없는 것일까?

— 하늘이 내린 근본은 바꿀 수 없지만 사람이 만든 근본은 바꿀 수 있어!

— 깃발 같은 말이야!

초희는 기왓장에서 벌떡 일어서며 밤을 향해 소리를 질렀다. 밤바람이 차가워지며 달이 지고 있었다.

— 산천을 따라 이리저리 돌아다니다 보면 혹시 손곡 스승님을 뵐 수 있을까?

17

— 섭섭아, 이년아!

물이 뚝뚝 떨어지는 푸성귀 소쿠리를 옆구리에 낀 행랑어멈이 대문간에 서 있었다. 행랑어멈은 머릿수건으로 젖은 치맛자락을 탁탁 털어내면서 섭섭이를 흘겨보았다. 섭섭이는 마당가로 살살 걷던 쥐걸음을 멈추고는 그 자리에 우뚝 서버렸다.

— 오메. 깜짝이야. 애 떨어지겠네. 오늘은 왜, 왜 또 그런대요?

섭섭이는 몹시 놀란 듯이 제 가슴에 손을 얹었다.

— 야, 이년아. 솥뚜껑을 삶아 먹은 귓구멍이여? 내가 언제 소리를 질렀다고 지랄이여? 그리고 뭐? 애 떨어지겠네? 너 애기 뱄냐?

— 그냥. 놀랬다는 뜻이지요! 생사람 잡지 마요.

섭섭이는 화들짝 놀란 얼굴로 정색을 하며 손사래를 쳤다.

— 어째 수상해.

행랑어멈이 의심의 눈초리로 바라보자 섭섭이가 다시 목소리를 높였다.

— 그리고 내가 왜 이년이요? 이년이는 옆집 종년 이름인데. 툭 하면 나보고 이년, 저년, 요년…….

— 아니, 이년이…….

행랑어멈은 더 세게 말하려다 말고 섭섭이의 치맛자락을 살펴보았다. 섭섭이는 한 걸음 뒤로 물러서며 작은 눈을 동그랗게 치켜떴다. 행랑어멈이 의아한 눈으로 고개를 갸우뚱하며 다가섰다.

— 너 또 뭘 숨기고 있냐? 뭘 훔쳐 먹었냐?

— 이제는 부뚜막에 있는 거, 그딴 거 안 먹어요. 내가 쥐새끼요? 돼지새끼요?

— 도둑고양이처럼 부엌에 들어와서 상에 올릴 거 슬금슬금 훔쳐 먹는 거 내 다 알어.

— 우리 아씨 주전부리 드릴 게 뭐 없나 살펴보는 거지. 내

가 무슨…….

— 마동이 갖다주는 건 아니고?

— 에구머니. 벼락 맞아요.

섭섭이는 얼굴이 붉으락푸르락해졌다. 행랑어멈은 우물가에서 비눗물에 벌렁 미끄러지던 일을 생각하며 화를 냈다.

— 요즘에 네년이 수상해. 궁둥이는 어디에 붙이고 앉아있는 것이여? 우물가에 빨래는 뭐여? 네년이 한 짓이여? 비눗물이 사방 천지여. 사람이 다닐 수가 없어.

— 그, 그건 걱정 마요. 이따가 후딱 할 것이고만요.

— 저기 저 해가 너를 기다리며 하루 종일 중천에 떠 있다더냐? 코딱지만한 우물가에 빨래 함지를 갖다 놓으면? 갖다 놓으면?

— 옆으로 밀어놓고 하시면 되지요.

섭섭이는 작은 목소리로 투덜거렸다. 행랑어멈의 눈꼬리가 다시 올라갔다.

— 저년의 주둥아리! 상전 눈에 들더니! 종년들 중에서 네년만 제멋대로여.

— 알았어요. 잘못했어요.

섭섭이는 겁먹은 얼굴로 말꼬리를 내렸다. 행랑어멈은 부엌으로 들어가 푸성귀 소쿠리를 내려놓고 부엌문 밖으로 고개를 빠끔 내밀고는 다시 소리쳤다.

— 엉덩이에 뿔난 망아지처럼 싸돌아댕기는 걸 보면…… 너

벌써 달거리 하냐? 달거리 빨래 처박아 놓으면 그땐 나한테 죽을 줄 알아.

— 아, 아니요. 달거리는 무슨.

— 어서 일해! 해 넘어가!

부엌문이 닫혔다.

— 해는 무슨. 아직 멀었구먼.

섭섭이는 남몰래 안도의 한숨을 내쉬며 부엌과 대문 주위를 조심스레 둘러보았다. 그리고는 저고리 가슴으로 손을 집어넣고 나무동곳을 슬그머니 꺼냈다.

— 갑갑해 죽는 줄 알았네.

섭섭이는 후원의 쪽문을 열고 들어가서 댓돌 위에 짚신짝을 벗어놓고 방으로 들어갔다.

초희는 꼼짝을 안 하고 앉아서 거울만 들여다보고 있었다. 눈매와 입매를 이리저리 움직여가며 사내의 표정을 흉내 냈다. 그러다가 한쪽 무릎을 세우고는 옆으로 거만하게 틀어 앉아보기도 했다. 병풍 쪽을 향한 눈가로 만족한 웃음이 스쳤다. 초희는 고개를 옆으로 돌려 은근슬쩍 거울을 들여다보았다. 거울 속에는 흰 가르마 선이 분명한 계집이 들어있었다.

초희는 머리카락을 가슴 앞으로 끌어내렸다. 머리카락에 백단기름을 바르고는 참빗으로 빗었다. 섭섭이가 초희 뒤에 와서 앉았다. 섭섭이는 초희의 머리카락을 정수리로 틀어 올려 상투를 매고 나무 동곳을 끼웠다.

— 아씨. 이번에는 다른 놈으로 사 왔어요.

ㄷ자형의 동곳은 일자형 동곳보다 튼튼해 보였다. 초희가 거울 속을 들여다보았다. 섭섭이는 부지런히 손을 놀리면서 쉴 새 없이 떠들어댔다.

— 아씨. 글쎄. 킥킥. 아씨와 달거리 날짜가 비슷해졌어요.

섭섭이는 초희의 속곳을 빨던 일을 생각하며 혼자 키득키득 웃어댔다.

— 서로 좋아하면 그리되는 수도 있대요.

— 재미있구나.

초희는 시큰둥하니 대답했다.

— 난 아씨 때문에. 이잉. 놈들 눈치 보느라 새가슴이 되었다고요. 아까도 요 동곳 사 오느라 빨래하던 것도 까먹고. 그리고 막 혼나고.

섭섭이가 울상을 지었다. 초희가 몸을 돌려서 섭섭이의 손을 잡았다.

— 이리 고운 아씨가 웬 남장이래요?

— 말을 타야 하니까.

— 오메. 별스런 얘기라. 아씨가 말을 왜 타야 되는데요? 나귀 타는 여자는 봤는데.

섭섭이는 나귀를 타고 저잣거리를 지나던 기녀를 떠올렸다.

— 시회에 나가야 하니까. 방안에서 시만 쓰는 바보는 되고 싶지 않아. 그게 조롱 속의 새지 뭐야. 나는 한번 남자가 되어

볼 테야. 그래서 세상의 이치를 알아볼 테야. 사내들의 세상을 알아볼 테야.

— 오메. 차라리 도련님으로 태어날 것을.

— 꽉 매. 말을 달리다가 머리카락이 풀어지면 안 되니까.

— 꽉 매고 있구먼요.

— 내가 시를 쓰면 방안에서 두문불출하니까 댓돌 위에 신발을 가지런히 놓고 방에 등불이 꺼지지 않게만 해.

— 아씨. 그러다가 들키면 쇤네는 죽어요.

— 그때는 내가 잘 말씀드릴게.

— 죽는 건 마찬가지래요.

섭섭이의 눈동자에 두려움이 스쳤다. 초희는 섭섭이의 어깨를 붙잡고 가볍게 일어섰다.

— 그냥 골목에서 하는 소꿉놀이 같은 거야. 재미있지 않니? 어른들이 알면 조금 귀찮아지는 것뿐이야. 응?

섭섭이는 여전히 불안한 표정으로 조금 웃었다. 초희는 섭섭이의 무릎에 녹의홍상을 슬그머니 올려놓고는, 입어, 라고 간단히 말하며 일어섰다.

섭섭이가 녹의홍상으로 갈아입는 사이에 마동이는 마구간에서 말을 끌고 나왔다. 온몸에 붉은빛이 도는 수말이었다. 초희가 말에 올라타자 마동이가 말고삐를 잡았다. 섭섭이가 바깥동정을 살피며 대문을 열었다.

흑마를 탄 사내가 사람들을 이끌고 나타났다. 왕견이었다. 흑마의 털빛이 인상적이었고 사내의 귀에 매단 은색 귀고리가 눈에 띄었다. 허봉의 금귀고리보다는 작았다.

왕견의 뒤를 따르는 사내들은 뒤가 넓게 터진 도포를 입고 말을 타고 있었다. 대략 이십여 명의 사내들이었다. 사내들 냄새와 말 냄새가 노릿하게 풍겼다.

— 가자! 약속의 땅으로!

왕견이 소리쳤다. 다, 다, 다, 닥. 말발굽 소리가 일제히 울리기 시작했다. 모두 스물이 안 된 청년들이었다. 흑립이 햇빛을 흡수해서 푸른빛으로 보였다. 사내들은 제각기 시통을 엇질러 메고 있었다. 허리춤에 칼을 차고 있는 사내도 있었다. 초희는 얼른 균의 뒤를 따랐다. 마동이가 초희 뒤를 따르고 있었다.

— 이랴!

— 요호호!

말의 뱃가죽을 걷어차며 말을 달렸다. 오직 바람이 갈라지는 소리만이 들렸다. 하늘에는 먹구름이 몰려들었다가 곧 물러갔다. 균은 왕견의 뒤를 따라 달리면서 크게 소리를 질렀다.

높고 푸른 산맥이 쭉쭉 뻗은 형상이 달리는 호랑이를 닮은 땅이었다. 왕견의 말에 의하면 저 멀리 백두산에는 천공을 돌던 운석이 떨어져서 물웅덩이가 생겨난 곳이 있다고 했다. 하늘의 운석은 바람에 깎이면서 바위산이 되었고 바위틈으로 풀씨가 날아 들어와서 죽죽 자라난 곳이었다.

광활한 북쪽 대륙의 원류였다. 북쪽의 등줄기에서 서남쪽으로 죽죽 뻗어나간 산세가 지류를 형성했다. 검푸른 산맥들이 광활한 대륙을 달리려 눈빛을 추어올리고 앞발을 세우고 있었다. 거대한 산맥들 사이로 산줄기와 강줄기가 뻗치고 또 뻗쳤다. 균이 손가락을 들어 먼 데를 가리켰다. 광활한 땅이었다. 하늘 자락에 잇닿은 산봉우리들이 비죽비죽 옆으로 늘어섰다.

한낮인데도 숲은 어스름했다. 푸르스름한 이내는 산그늘을 타고 산꼭대기로 올랐다. 푸른 야생초를 뒤집어쓴 들판 위로 햇빛과 바람이 끝없이 부딪쳤다. 고원이었다. 왕건과 균과 초희와 마동이는 앞뒤로 순서 없이 말을 달렸다.

— 워, 워, 워.

균이 흑마의 옆구리를 쓰다듬었다. 초희도 말을 세웠다.

— 봐봐.

균은 팔을 높이 들었다.

— 여기서 보이지는 않지만 저기 하늘 아래부터는 중국으로 뻗어나간 땅이야. 사람의 발이 닿기만 하면 도를 펼칠 수 있는 땅이지. 나는 이야기로 쓸 거야. 영원한 제국에 대한 이야기. 그곳은 평등의 땅이야. 나는 말을 타고 돌아다니는 족속이 좋아. 유방이 한나라를 세울 때에도 신마神馬를 타고 있었어.

— 균은 언제나 말 이야기만 해.

초희는 말의 갈기를 쓰다듬으며 웃었다. 붉은 말이 콧구멍을 벌름거리며 울었다. 균의 말이 따라 울었다.

— 이놈들은 제국의 처음이고 아침이니까. 귓등 생긴 걸 보면 혈통 있는 종자야. 둘째 형님이 다음 중국 사신 길에는 꼭 이놈을 데리고 가겠다고 했어.

유난히 목이 긴 말이었다. 검은빛의 갈기가 목 아래로 흘러내렸다. 균은 여러 날 동안 마구간에서 잠자고 있었다.

— 바람의 냄새를 맡아봐. 흙, 나무, 돌, 꽃, 풀, 온갖 것들이 생생히 살아 있어. 능히 호연지기를 기를 만한 곳이야.

— 그래 방안하고는 확실히 다르구나. 후원의 정원하고도 또 다르구나. 나도 저 산들을 보면 호연지기를 기르겠어. 저 산의 나무가 저리 무성하지만 처음부터 저랬을까? 바람에 풀씨기 날아와서 점점 커져서 숲이 되었겠지.

— 누군가 최초로 나무를 심은 사람이 있겠지. 나는 그렇게 믿어.

균이 대답했다. 왕견의 말이 다가왔다. 왕견과 초희의 눈이 마주쳤다.

초희는 갓을 목 뒤로 넘겼다. 어디쯤일까, 약속의 땅은. 눈으로 숲의 언저리를 조금씩 더듬었다. 나무숲이 바람 소리를 내고 나뭇가지에 숨어있던 새들이 푸르게 날아올랐다.

— 산짐승과 과일이 지천으로 널린 곳에는 어떤 차별도 없겠지요.

왕견이 흐린 얼굴로 말했다.

워, 워, 워. 붉은 말은 가만히 서 있지를 못했다. 마동이가 초희의 말을 꽉 붙들었다. 쉬쉬. 초희는 손을 내려 붉은 털을 어루만졌다.

초희는 하늘에서 별들이 쏟아지는 듯이 두 손을 들어 바람을 모았다. 왕견은 초희를 쳐다보았다. 초희는 왕견을 마주 쳐다보다가 고개를 돌렸다. 왕견의 귀고리가 작게 흔들렸다. 왕견이 말머리를 돌려 사내들 틈으로 사라졌다.

초희는 산하山河, 하고 나지막하게 중얼거렸다. 무언가 가슴에 울컥 올라오는 것이 있었다. 아버지를 부를 때처럼, 스승을 부를 때처럼, 산하라는 말은 느낌이 그랬다.

— 저 푸른 숲을 보니 세상일들은 정말 무의미한 것 같아. 그저 새가 되고 싶을 뿐이니.

— 누이는 새가 되어도 난조이겠지. 전설 속의 새. 나는 달라. 나는 내가 쓰고 싶은 이야기에서 모임의 이름을 지었어. 활빈당活貧黨이야. 여기에서 가난하다는 것은 모든 것을 내놓는다는 뜻이지.

— 그 이름에서 떠돌이 냄새가 나는구나.

태양이 떠 있었다. 대낮에 걸려있는 푸른 하늘자락.

— 고조선과 신라와 고려 모두 말을 달리며 세운 나라들이고 때로 여자가 남자들을 거느리고 호령했던 땅이었어.

균이 말했다. 초희는 고개를 끄덕였다.

— 지난번 글을 보고 내가 한 말 미안해. 다른 사람의 비밀

을 모르는 사람의 말. 너무 고와서 쉬이 상처가 나면 어쩌나, 걱정이 되어 한 말이었어.

— 언젠가는 알게 되겠지. 세상의 비밀에 대해서 말이야. 어딘가에는 비밀의 문이 있을 거야. 균! 저 하늘을 봐. 한낮에도 별빛이 뚝뚝 떨어지는 곳이야. 저리 넓은 하늘은 아무리 넘겨도 끝나지 않을 이야기책 같아.

흑마의 말총이 흔들렸다. 말은 푸우, 푸우 기분 좋은 콧김을 뿜어내며 앞발로 땅을 툭툭 쳤다. 산을 잘 오르는 말이었다. 말굽에는 단단한 징이 박혀 있었다.

— 세상은 어수선해. 오랑캐 소식이 들려오고 백성들은 변방으로 징집되고 있어.

균이 보이지 않는 먹구름을 바라보듯 말했다.

— 나리!

마동이였다. 마동이는 손에 들고 있던 흰 깃발을 허공 위로 올렸다. 이랴! 균이 소리쳤다. 초희의 말이 붉은 갈기를 바짝 세우며 뒤따랐다.

무륜당 사내들은 평평한 곳에 터를 잡고 막사를 세우고 있었다. 균이 말에서 내렸다. 초희도 버드나무에 말을 맸다. 왕견이 사내들 앞에 서서 말했다.

— 그간의 소식을 전합니다. 지난달에 경기도 파주에서 한 선비가 대들보에 목을 매는 사건이 있었습니다. 서자는 문과시험을 치를 수 없다는 것이 이유였습니다. 한양 땅에서는 사대

부의 첩이 사내아이가 태어나자 목을 졸라 죽였다고 합니다.

사내들이 난색을 표하며 소란스럽게 웅성거렸다.

— 아들을 적자로 올려달라고 생떼를 썼던 모양입니다. 간혹 손이 없는 집에서는 적자로 바꿔치기 하는 경우도 있습니다. 거절당하니까 생목숨을 끊은 거지요.

— 하늘이 만든 것이 아니라 사람이 만든 제도입니다. 여러분! 죽은 사람들의 명복이나 빌겠습니까?

— 아닙니다!

숲속이 사내들의 함성으로 쩡쩡 울렸다. 숲은 침묵에서 깨어나고 있었다. 놀란 다람쥐가 나무 꼭대기로 도망치고 산새들이 급하게 날아올랐다.

— 세상을 바꿔야 합니다!

사내들은 갓을 벗어 하늘로 휙 던졌다.

그것은 세계를 향해 꿈틀거리는 힘, 부정의 정신이었다. 녹의홍상을 입고 쌀밥을 먹어도 채워지지 않던 공허가 분명 있었다. 처음으로 느껴보는 뜨거움이었다.

달빛이 선명해지고 구름이 물러가고 있었다. 사내들은 마른 나뭇가지들을 주워 와서 모닥불을 피웠다. 모두 흥분된 얼굴로 어깨동무를 했다. 한 사내가 대금을 불었고, 다른 사내가 시조를 읊었다.

사내들은 시통을 내려 대나무 조각들을 꺼냈다. 옆 사람과 한자의 음을 맞춰가며 연작시 짓기를 했다. 모닥불이 활활 타올랐고 멧돼지 한 마리가 통째로 구워졌다. 술이 몇 순배를 돌았다.

초희는 몇몇 사내들과 시담을 나누었다. 서로의 얼굴을 익힐수록 술에 취해갔고 술에 취할수록 밤이 깊어갔다. 타오르는 불기운 때문에 더 취했다. 초희는 손으로 이마를 쓸어 넘기며 뜨거운 얼굴을 감쌌다.

달빛이 사람들의 이마를 비추었다. 술 취한 사내들은 하나 둘씩 일어나 휘청거리며 느릿느릿 막사 안으로 들어갔다. 초희는 풀숲으로 들어가서 벌렁 누워버렸다. 술 취한 사내가 나무 뒤에서 바지 끈을 풀고 있었다. 사내는 어두운 계곡을 내려다보며 아주 오래도록 오줌을 누고 있었다.

금지된 숲. 야릇한 흥분이었다. 풀숲에 누워서 하늘을 보니 별빛이 얼굴로 쏟아졌다. 하늘은 짙은 회청색이었다. 흰색이, 붉은색이, 푸른색이, 회색이, 검은색이 급하게 섞여들며 비가 내리는 강물처럼 흘렀다.

18

균과 초희와 마동은 어스름한 저녁에 월장을 하고 후원의 쪽문을 통해 각자 방 안으로 들어갔다. 집안의 모든 것은 어제처럼 그대로였지만 초희는 낯선 감정에서 쉬이 풀려나지 못했다.

— 아씨. 고생이 많으셨지요.

섭섭이는 달뜬 표정으로 쪼르르 방안으로 따라 들어왔다. 고구마 묻은 입가를 닦으며 방문 밖을 자꾸 두리번거렸다.

— 마동이는 마구간에 말을 매러 갔어.

— 아니어요. 대문간이 열려 있기에…….

— 섭섭아. 내가 말해 줄까?

— 뭘요?

섭섭이는 시큰둥한 표정으로 제 손가락만 만지작거렸다. 사내 손처럼 투박하고 손가락마다 굳은살이 박였다. 초희는 섭섭이의 손을 가만히 끌어당겼다.

— 곱다.

— 아씨도.

섭섭이가 수줍게 웃었다.

— 마동이는 나쁘다. 이 고운 손을 왜 만져주지 않을까? 딴 여자가 있어서 그러는 건 아니야. 겉은 무뚝뚝해도 속은 얼마나 따뜻한데.

— 그렇지요?

섭섭이는 뭔가를 붙잡은 표정으로 말했다. 초희가 고개를 끄덕였다. 섭섭이의 두 눈에 그렁그렁 눈물이 맺혔다. 그러면서도 믿을 수 없다는 듯이 눈을 깜빡였다. 눈물방울이 떨어졌다. 섭섭이는 입안의 고구마를 꿀꺽 삼켰다. 그러더니 목이 메이는지 가슴을 탁탁 두드렸다.

— 기다려봐.

초희는 얼른 물사발을 주며 섭섭이의 등을 쓸어내렸다.

— 아씨, 지는 무작정 기다리다가 처녀귀신 되고 싶지는 않네요.

섭섭이는 가슴을 움켜쥐다가 콧물까지 흘렸다.

— 마동이가 뭐라고 해?

— 이렇게 살기는 싫다는 말만 해요. 이렇게 사는 게 뭐 어떻다는 건지 모르겠어요.

초희는 방문을 향해 앉았다. 여러 사람들을 만났고 생각은 서로 달랐다. 섭섭이는 초희의 등 뒤에 앉았다. 두 사람은 서로의 표정을 알 수 없었다. 섭섭이가 소맷자락으로 눈물을 훔치고는 망건을 풀어냈다.

— 다행이야. 머리카락이 풀리는 일은 없었어.

섭섭이가 망건과 나무 동곳과 옥관자를 수건에 싸서 화초장 안에 넣었다.

— 어땠어요?

섭섭이가 무릎걸음으로 다가와 얼굴을 코밑에 바짝 들이대며 물었다.

— 좋았어.

섭섭이가 어린애처럼 헤헤 웃어댔다.

— 다음에는 같이 갈래? 마동이와 함께 있을 수 있잖아.

섭섭이는 장롱문을 열고 곱게 다림질한 녹의홍상을 꺼내왔다. 초희는 녹의홍상을 쳐다보더니 고개를 돌렸다.

— 귀찮구나.

— 어서 갈아입으셔요. 마님께서 오실지도 모르는데.

초희는 저고리 고름을 풀었다. 옷가지들은 빨랫감으로 윗목에 밀어놓았다. 초희는 우물가로 가서 머리를 감았다. 섭섭이가 동백기름을 발라주고 비단댕기를 매주었다.

후원의 툇마루로 반달이 뜨고 졌다. 우물과 장독대 옆에는 작은 정원과 정자가 있었다. 초희는 방안을 나와서 정원을 거닐었다. 예전과는 다른 발걸음이었다. 하늘을 쳐다보면서 사색의 시간도 늘어났다. 마당에는 일년초들이 피었고 나뭇잎의 움직임은 유연했다. 방안에서도 바깥이 보이도록 분합문을 자주 올렸다.

산속에서 말을 달렸던 기억은 방안에서 더욱 생생해졌다. 후원의 방문을 닫고 담장 밖으로 나서는 순간부터 한 세계와 결별한 것은 아니었다. 그러나 가슴속에서 무언가가 툭 떨어져 나간 마음 한 조각을 느끼고 있었다.

붓을 쥐고 있어도 문장은 써지지 않았다. 초희는 붓대만 만지작거렸다. 쉽게 쓴 글들, 체념이나 달관 혹은 분노의 문장들과 술과 고기처럼 기름 냄새를 풍기는 문장들, 시제를 받자마자 단숨에 글을 짓던 순간들, 하늘이 내린 재능, 부란강필이 무엇이고 문장의 신기가 다 무엇인가.

남보다 조금 더 잘한다는 이유로 사람들 앞에서 원숭이처럼 글재주를 부린 것은 아닐까. 이제는 단 한 문장도 쓰지 못해서 뿌옇게 그대로인 종이를 바라보며 초희는 서글퍼졌다. 서글픈 마음마저 거짓인 것만 같아 갑자기 화가 났다.

초희는 후원 문을 열고 불 켜진 사랑방으로 달려갔다. 대청마루 댓돌 위에는 아버지의 가죽신이 놓여있었다. 정갈한 격자문 창호지가 보였다. 창호지에 아버지의 그림자가 비쳐들었다. 초희는 숨을 한번 고르고는 가죽신을 벗었다.

허엽은 방문이 열리는 소리에도 고개를 들지 않고 난을 치고 있었다. 초희는 윗목에 조용히 앉았다.

— 아버지. 세상이 이상해요.

— 그래? 이번에는 또 무슨 생각을 물고 온 것이냐?

허엽은 흥분한 딸의 얼굴을 떠올리며 미리 웃어 버렸다.

— 아버지.

— 네게 이상한 것들이 늘 그랬어. 달은 왜 밤에만 나오느냐? 태양에 떠밀려서 그러느냐? 날이 흐린 밤에는 별이 없는 것이냐? 숨은 것이냐?

— 아버지. 이젠 그런 질문은 안 해요.

— 허면 무슨 질문으로 바뀐 것이냐?

초희에게 친절히 대답해주던 식구들은 시간이 지나면서 꽁무니를 빼기 시작했다. 초희에게 한번 몸을 잡히면 하루 종일 대답을 해주어야 했기 때문이다. 초희는 균과 어울리게 되었다.

허엽은 귀밑머리가 굵어진 딸의 얼굴을 찬찬히 바라보았다. 아버지의 세심한 눈길을 받은 초희는 얼굴이 발그레해졌다. 근자에 들어 아버지가 시간을 내주는 일은 아주 드물었다.

— 우리 집 귀한 딸이 잠이 안 온다는 건 보통 일이 아니다. 어디 들어보자.

— 아버지. 세상은 왜 불평등한 것입니까?

— 아니야. 세상은 평등해. 사람들이 제각기 불만인 것이지 불평등한 것은 없어.

— 허면 서자는 왜 조정에 출사할 수 없습니까?

— 네 스승 때문에 그런 것이냐? 소식을 모른다니 안 됐구나. 독선생이 필요하냐?

— 아버지. 소녀는 스승님의 고통을 보았어요. 또 다른 서자들의 슬픔도 보았어요.

— 고통이라.

허엽은 고개를 숙였다. 진한 색과 흐릿한 색. 굵은 잎맥 주위에 가늘고 작은 잎맥을 촘촘히 그렸다. 위로 곧게 뻗은 이파리와 곡선으로 휘어져 내려간 이파리. 균형과 조화가 필요했다. 이파리 몇 개가 허공에서 겹쳐졌다.

아비를 쳐다보는 딸의 눈썹과 눈매는 또렷했다. 허엽은 딸의 얼굴을 잠깐씩 쳐다보면서 미소를 거두지 않았다. 난을 치는 손목에 일시로 힘을 주었다. 좀 더 넓은 잎이 이전의 것보다 더 팽팽해졌다.

— 적자와 서자를 구별하지 않는다면 정실부인의 위치가 불안하지 않겠느냐? 천한 계집이 고관대작의 씨를 배어 이익을 보려고 덤벼들 것이다. 첩이 아들을 낳았다고 해서 정실부인의 자리를 준다면 정실부인과 그 자식들이 불평등하다고 읍소하지 않겠느냐?

종이 속의 계절은 늦봄이었다. 여러 이파리들이 겹쳐져서 한 포기를 이루었으니 거기에 매달린 작은 열매, 꽃이 필요했다. 허엽은 꽃을 그리려고 붓에 노란색 염료를 살살 묻혔다.

— 꽃을 그리려고 색깔을 따로 쓰지는 않았는데 말이야. 아무래도 먹물의 농담만으로는 한계가 있어. 화려한 꽃은 눈에 즐거움을 주니 선명해야 해. 허나 눈에 오래 머물러도 좋은 것은 그토록 선명하지 않아. 난 흔하지 않은 꽃을 좋아해. 흔하지 않은 것에는 이유가 있는 법이지.

— 아버지. 집안 문제를 떠나서 글을 읽어도 출사할 수 없다는 것은 슬픈 일이어요.

허엽은 왼손으로 소맷자락을 받치고 오른손으로 조심스럽게 붓을 세웠다. 붓이 종이에 닿는 시간은 아주 짧았다. 노란 꽃잎은 아주 작았다. 자잘한 꽃잎이 여인의 눈썹처럼 길게 그려졌다.

— 색깔이 진할수록 꽃은 작아야 해. 여인의 절제된 눈물만큼 말이다. 눈물이 과하면 통곡이거나 청승이라고 하지 않던.

음.

초희가 종이 위로 눈길을 던졌다. 난이 생동감 있어 보이지 않았다. 난을 감싸고 있는 여백에 그리는 사람의 기운이 들어가야 한다.

— 종이에 여백을 들여와야지요.

— 따로 들여올 것도 없어. 그리지 않으면 저절로 여백이 된다.

— 그 말이 그 말이지만 결국에는 들여오는 거예요. 그리는 사람의 마음이 원하는 것이니까요. 손을 안 대서 저절로 생기는 것과는 달라요. 아버지.

초희의 얼굴이 확연하게 뾰로통해졌다. 허엽의 눈길은 여전히 난을 향해 있었다. 네 목소리를 들으니 밤을 꼬박 새워야 할지 모르겠구나. 나비를 그리려면 시간이 부족해. 허엽의 목소리는 들릴 듯 말 듯 종이 위에서 맴돌았다.

— 난은 내일도 칠 수 있어요.

— 내일로 미룰 수는 없어. 난을 치는 마음이 달라진다.

초희의 얼굴이 울상이 되었다. 허엽은 고개를 숙이고 딸이 모르게 혼자 웃었다.

— 자. 보자. 조금만 방심하면 선이 삐뚤어져. 붓끝이 예민해야 선이 살아난다. 예민해야 차이점을 드러내지. 넌 언제나 질문이 많았어. 질문이 많은 것을 막을 수는 없지. 너와 대화를 나누는 것이 재미있기는 하지만 너를 상대하기에 오늘은

기운이 떨어져. 아비의 늙음을 탓하지 말고 혈기 왕성한 네 오라비에게 물어보아라. 젊은 나이에 조정으로 출사했으니 정치적인 문제에 대해서는 아비보다 더 잘 설명해 줄 것이다.

— 아버지와 오라버니는 달라요.

허엽이 고개를 들었다. 눈매와 입매에 웃음기는 단번에 사라지고 무뚝뚝한 표정이었다.

— 밤이 늦었다. 밝은 날에 보자.

허엽은 먹물이 마르지 않은 벼루를 윗목으로 밀어냈다.

— 아버지. 소녀는 세상을 알고 싶어요.

— 초희야. 밤에는 잠을 잘 자고 밝은 날에 와 주겠니?

딸의 목소리를 끊어내는 허엽의 말은 부드럽지만 단호했다. 허엽의 머릿속에는 여러 명의 얼굴들이 스쳐 지나갔다. 조정 중신들 간에 격론이 붙고 있었다. 몸이 피곤한 날이었다. 허엽은 종이 위에서 한가로이 피어난 난을 쳐다보았다.

초희는 까만 머리를 숙였다. 허엽은 방문을 열고 딸의 뒤태를 바라보았다. 초희는 댓돌 위의 비단신으로 발을 내리기 전에 달을 한번 쳐다보았다.

19

— 훠이! 물러서거라!

유월의 바람은 짧게 불었다. 옷깃까지 들어오지는 않았다. 오동나무 사인교 안에는 사모를 쓰고 관대를 두른 허엽이 앉아있었다. 가슴에 백학 문양이 있는 홍복을 입고 있었다. 길을 지나는 사람들은 줄줄이 뒤로 물러섰다.

허엽은 혼자 무슨 생각에 빠져있는지 교꾼들의 느린 발걸음에도, 무더운 날씨에도 무관심한 표정이었다.

— 문 열어라!

사인교 옆에서 길잡이가 소리를 질렀다. 길잡이가 소리를 지를 때마다 허엽의 미간이 조금 움직였다. 길잡이는 반쯤 쉬어버린 목소리를 솟을대문을 향해 계속 내질렀다.

솟을대문은 굳게 닫혀 있었다. 길을 지나는 사람들이 조금씩 보이고 날선 햇빛 속에서 사위는 조용했다. 교꾼들은 눈 아래로 흐르는 땀을 소맷자락으로 훔치기에 바빴다.

— 대사헌 나리이시다!

길잡이 사내는 더욱 목소리를 높였다. 허엽은 조용히 앉은 채로 눈에 보이지 않게 허리를 움직였다.

— 내려서 걸어가지.

허엽은 홍복의 앞자락을 치켜들고는 사인교 아래로 발을 내렸다. 그때, 솟을대문이 급히 열리고 행랑아범이 뛰어나왔다. 4명의 교꾼들은 사인교를 메고 사라졌다.

— 아버지 퇴청하셨어요?

초희가 후원의 쪽문을 열고 달려 나와 냉큼 고개를 숙였다.

오냐. 허엽은 딸의 얼굴을 지그시 쳐다보고는 사랑방으로 들어갔다. 김씨 부인이 그 뒤를 따랐다. 허엽은 간단히 손을 씻고는 홍복도 벗지 않고 보료에 앉았다. 김씨 부인은 옷을 받아들려고 서 있다가 자리에 앉았다.

— 군자가 지나갈 때는 소문만 있고 소리는 없다 했는데…. 나는 군자가 아닌 모양이야.

허엽은 자리에서 일어나 옷을 벗어서 못에 걸었다. 김씨 부인이 남편 따라 일어섰다가 주춤거리며 도로 앉았다.

— 길잡이를 바꾸라고 행랑아범에게 이를게요.

— 바꾸라는 게 아니야. 필요 없어.

— 이제는 대사헌이 되셨는데요.

허엽이 아내를 흘깃 쳐다보았다. 김씨 부인이 남편의 말뜻을 알아듣고는 고개를 숙였다.

— 초희 말이오. 후원으로 방을 내준 이후로는 들여다보는 일도 쉽지 않아.

— 잘 있어요. 시를 쓰면 며칠씩 방안에서 두문불출하는 것도 여전해요.

— 시는 그만하면 됐으니 수놓는 법도 가르치고, 그림 그리는 법도 가르치고 그래. 일전에 봤더니 그림 보는 눈썰미가 예사롭지 않아.

— 어머나, 벌써 혼인을 생각하시어요?

김씨 부인은 저고리 가슴에 손을 얹으며 화들짝 놀란 목소리를 냈다.

— 여자의 자태를 살려야지. 혼인이야 일이 년 뒤로 미루어도.

— 온, 저런.

김씨 부인은 웃음이 나와서 옷고름으로 입매를 가렸다.

— 한 남자의 배필이 될 공부를 해야지.

김씨 부인은 미래에 얻을 사위를 생각하며 즐거워했다. 소리 없이 얼굴로만 웃는 웃음이었다.

— 아버님, 소자 들어가옵니다.

허봉이 방문 앞에서 공손히 도포자락을 여미며 들어왔다.

— 요즘 네 동생들은 어떠냐.

— 균은 제 방에 가끔 놀러 와서는 한참 격론을 벌이고 갑니다. 온통 정치 이야기뿐입니다. 아직은 어려서 서책에서 배운 것들을 따지는 쪽입니다. 일일이 대답하려니 소자가 피곤합니다.

— 영민한 동생들을 둔 까닭이 아니겠느냐?

김씨 부인은 뒤로 물러나 앉아있었다. 자식들에 관한 얘기는 뒤로 물러나 들어도 흐뭇했다.

— 소자도 궁궐에서는 개혁파에 속하는데 균은 소자보다 더하면 더했지 조금도 덜하지 않습니다. 성정이 거침없고 활달해서 장차 당에서 활동을 해도 좋고 문장을 기대하셔도 됩니다.

— 사내가 그 정도는 되어야지.

허엽이 고개를 끄덕이며 말했다.

— 초희는 요즘에는 뜸해요. 둘 다 호기심이 많아서 질문이 많은 것은 비슷한데 다른 점이라면 균은 무엇이든 제 속에 가두지 않고 표현하는데 초희는 무언가를 제 속에 가두는 성격입니다. 균은 상대방에게 묻는 즉시로 답을 얻어내는데 초희는 혼자 생각하면서 묻기만 하는 쪽입니다. 여자이고 남자라서 관심이 다른 모양입니다.

— 균보다는 초희의 질문이 더 난해하지. 나도 대답하기가 어려울 때가 있어. 생각해보면 쉬이 답할 수가 없는 것이 근본을 건드리는 질문이기 때문이야.

— 아버님. 사실인지는 모르겠으나 서인 쪽에서 감춰놓은 기록부가 있다는 소리를 들었습니다.

허봉의 안색이 진지해졌다. 허엽은 김씨 부인을 쳐다보았고 김씨 부인이 일어섰다.

— 그럼 얘기 나누시어요.

김씨 부인은 사랑방을 나와 내당에 들렀다가 다시 후원으로 들어갔다.

초희는 시를 쓰고 있었다. 김씨 부인은 초희 옆에 앉아 흰 비단 천을 펼쳤다. 초희는 봄날의 제비 꼬리처럼 날렵한 초서체로 시를 써 내려갔다. 생략과 연결의 묘미. 초서체의 매력은 획을 과감하게 생략하고 부드럽게 연결해야 하는 데에 있었다.

바람과 풀숲은 동시에 일어나고 동시에 가라앉는다. 풀잎이 바람을 향해 일어서듯이. 풀잎과 풀잎이 겹치듯이. 초희는 바람이 부는 풀숲을 머릿속에 떠올리며 동적인 획을 살리고 있었다.

— 애야. 여기 좀 봐라.

김씨 부인은 딸의 어깨를 건드리지도 못하며 은근히 말했다. 초희는 고개를 돌리지 않았다.

— 나중에 볼게요.

— 잠깐이면 된다.

— 나중에요.

— 그래. 그럼 시간이 있을 때 보렴.

김씨 부인이 서운한 낯빛으로 일어섰다. 딸이 뭘 하든 귀여웠지만 혼자 좋아하는 일에 몰두하는 버릇은 한두 해의 일이 아니었다. 더 이상 말을 건네는 일은 무의미했다.

김씨 부인이 후원을 나갔다. 한참 후에 초희는 붓을 내려놓았다. 방문이 열린 사이로 담장이 보였다. 조용한 오후였다. 초희는 우물가로 걸어가는 섭섭이를 불러 세웠다. 섭섭이는 얼른 두 손을 닦으며 방안에 들어왔다.

흰 비단과 칠보 반짇고리와 오색 실타래를 바라보는 섭섭이의 눈이 휘둥그레졌다. 내당을 청소하다가 혼자서 몰래 열어본 것들이었다. 섭섭이는 꼬질꼬질한 치맛자락을 가슴으로 끌어올리며 물기 마른 손을 닦고 또 닦았다.

— 섭섭이 이거 네가 해봐.

— 왜요? 아씨?

— 난 이딴 거 재미없어. 글자는 그림보다 훨씬 정교해. 훨씬 재미있는 걸 놔두고 왜 재미없는 걸 하라는지 모르겠어. 더군다나 이렇게 초안이 그려진 것은 더 재미없어. 남이 그려놓은 초안대로 수를 놓으라는 뜻이잖아.

섭섭이의 눈이 더욱 커졌다. 빨강, 파랑, 연두, 보라, 분홍, 노랑, 황색, 흰색, 검정……. 반짇고리에는 평소에 보지 못했던 모든 색깔들이 들어있었다.

— 여자는 왜 이런 걸 해야 하지?

— 아씨.

섭섭이의 표정이 굳어졌다. 초희의 말이 농이 아니라는 걸 알아채고부터 쿵쾅쿵쾅 가슴이 울렁이기 시작했다.

— 이 초안은 이상해. 사람이 없어. 꽃이나 벌이나 나무나 나비나 뭐 그런 것들뿐이야. 사람들 마음속에는 사람이 없나봐. 이 초안은 어느 화공이 그렸을까. 꼭 화공이 아니더라도 그림을 좋아하는 사람이겠지. 섭섭아. 네가 수를 놓아봐. 신랑 버선이나 신랑하고 덮을 이불이나 뭐 그런 거.

비단 천과 색실을 가운데 놓고 초희와 섭섭이의 표정이 확연하게 갈라졌다. 섭섭이는 초희의 말을 듣는 둥 마는 둥 비단 천이 구겨질까 봐 만지지도 못하고 있었다.

— 들키지 않게 잘 해야 해. 네가 혼인할 때 혼수품으로 줄게.

— 호, 혼수품…… 남들이 보면 돼지 발에 금가락지라고 놀려요. 마님께서 아시면 어쩌시려구요.

섭섭이는 반짇고리와 비단 천을 챙겨들고는 냉큼 일어섰다. 초희의 마음이 변할까 봐 겁을 내는 표정이었다. 섭섭이는 방 안을 둘러보다가 벽장을 쳐다보았다. 초희가 고개를 끄덕였다. 행랑방에 둘 물건이 아니었다.

그리고 며칠이 지났다. 섭섭이는 후원의 쪽문에 어깨를 기대고 서 있었다. 문밖으로 고개를 빼며 마당을 기웃거리기도 했다. 그러다가 아무도 없는 것을 확인하고는 땅을 쳐다보면서 지루한 표정을 드러냈다.

땅에는 땅강아지가 기어가고 있었다. 섭섭이는 짚신 발로 땅강아지를 툭툭 건드렸다. 게으른 햇빛은 쪽문에서 기울었다. 누군가 걸어오는 기척이 느껴졌다.

— 마동아.

마동이는 빈 지게를 지고는 아무 말 없이 행랑채로 발길을 돌렸다. 섭섭이가 쪼르르 쫓아가서 입을 삐죽이 내밀었다.

— 벙어리가 동무하자고 쫓아다니겠구먼.

— 벙어리에게는 일 없구먼.

섭섭이는 재빠르게 마동이 앞으로 가서 길을 막고 섰다. 마동이가 오른쪽으로 가면 오른쪽을 막고 왼쪽으로 가면 왼쪽을 막았다.

— 부엌 물독을 채워야 하는데 당최 시간이 나질 않는구먼.

내 대신 물 좀 떠주면 안 되는감.

— 일없어.

마동은 짧게 대답하고는 별소릴 다 듣는다는 표정으로 섭섭이를 툭 치고는 지나갔다. 섭섭이가 마동이의 뒤통수에 대고 소리를 내질렀다.

— 야!

— 야라니?

마동이가 섭섭이를 노려보며 지게 작대기를 세웠다. 섭섭이의 목소리가 움츠러들었다.

— 나, 나는 바쁜 몸이야. 아씨께서 시키신 일을 해야 되거든.

마동이는 아씨라는 말에 관심을 보이며 뒤돌아섰다. 섭섭이는 마동이 눈앞에 칠보 반짇고리를 들이대며 살랑살랑 흔들었다.

— 요건 아씨 건데 자세한 건 알 것 없구. 뭐. 나중에 살짝 얘기해줄 수도 있구. 내가 아씨의 몸단장을 책임지고 있는 종년 아니냐. 아씨가 무지 바쁘신 몸이라는 것은 너도 알지? 그러니까 너도나도 다 함께 아씨를 도와야 하는 거여. 착한 아씨께서 이거 해달라 하기 전에 척척 알아서 해드리면 얼마나 좋아하시겠어.

— 그렇지.

마동이가 고개를 끄덕였다. 섭섭이는 반짇고리를 다시 치마

뒤로 숨겼다.

— 그러니까 해지기 전에 부엌에 물을 떠다 줘. 아궁이 옆에 있는 물독 있지? 그걸 가득 채우면 되는 거여. 내가 나중에 값은 할 테니까.

섭섭이가 마동이를 지그시 쳐다보며 말했다. 마동이는 지게 작대기를 쳐다보다가 행랑채를 쳐다보다가 이리저리 눈치를 살폈다.

후원의 무성한 나뭇잎 사이로 어둠이 깔리는 시간이었다. 허봉이 초희를 찾아왔다. 두 사람은 작은 연못 주위를 산책했다. 허봉은 초희의 옆얼굴을 쳐다보았다. 곁에서 함께 걷는데 전과는 다른 느낌이었다.

— 이제 후원에는 궁금한 것이 없겠구나. 후원에 있는 돌도, 나무도, 물도, 꽃도 다 생각해보았을 것이니 말이다.

허봉은 누이동생의 귀밑머리를 쳐다보며 웃었다. 새까만 머리카락이 단정히 묶여서 허리 아래로 늘어져 있었다.

— 저를 어린애로 보시어요.

— 오랜만에 아버지께서 네 얘기를 하셨다. 내가 조정 일로 바빠서 네 말동무를 해주지 못하고 있구나.

— 오라버니. 왜 세상은 불평등한 거지요?

— 불평등한 사람들이라니. 누구를 보고 그리 말하는 것이냐? 균과 대화하다가 생각이 옮은 것이냐?

— 생각이 그리 쉽게 옮겨 다녀요?

허봉은 걱정스러운 얼굴로 누이동생의 어깨를 잡았다. 누이동생은 어느 시인보다도 육감이 투명했다. 사물을 바라보는 육감이 얇고 투명해서 제 몸을 앓으면서 시를 쓴다는 것을 알고 있었다.

— 그래. 생각은 아주 쉽게 옮겨 다닌다. 초희야. 또 네 스승을 생각하는 것이냐? 불평등하다니 그런 건 여자가 생각할 일이 아니야.

— 오라버니. 무엇을 생각하는 일에 여자 남자가 따로 있어요?

— 이제는 세상일에 궁금할 나이가 지났어. 여자는 나이가 차면 혼인을 해야 하고 혼인을 하면 네가 해야 할 일들이 생긴다. 여자의 일과 남자의 일이 다르다는 건 알아야 해. 아버지께서 너를 귀애하시는 이유를 알겠느냐? 요조숙녀가 되어야지. <시경>에서 요조숙녀는 군자의 배필이라고 했다. 요조숙녀는 전쟁과 정사에 지친 남자의 마음을 헤아릴 줄 아는 여자야.

— 남자는 전쟁을 왜 하는 건데요? 여자의 마음이란 오로지 남자를 위해서인가요? 저는 다른 여자가 간 길을 생각 없이 따라가면 되는 건가요?

— 여전히 생각이 많구나. 그냥 세상의 법도를 따르면 돼.

멀리 담장들 사이로 저녁연기가 꾸물꾸물 올라오고 있었다. 굴뚝새가 후루룩 지붕 위로 날아갔다. 초희는 새를 쳐다보았다.

허봉은 초희를 쳐다보다가 새를 쳐다보았다. 여동생은 항상 새를 보면 그냥 지나치지 못했다. 어릴 때부터 아버지 손을 잡고 길을 걸어가다가도 하늘에 날아가는 새를 보면 한참을 손짓하며 즐거워했다. 얼마 전에는 옛 추억이 생각났는지, <앙간비금도>라는 화제의 그림도 그렸다. 새들도 그걸 아는지 초희가 있는 후원에는 새들이 모여 들었다.

새가 지나간 자리로 행랑어멈과 섭섭이가 부엌으로 우물가로 분주하게 종종걸음을 쳤다.

오라버니. 글을 쓰면 왜 아픈 거지요? 말은 입 밖으로 나오지 않았다. 초희는 세상의 금지된 것들을 향해 몸을 돌렸다. 작은 연못 주위로 마른 댓잎들이 흐리게 낙하하고 있었다. 허봉과 초희는 바람이 부는 방향으로 고개를 돌렸다가 서로 쳐다보며 웃었다. 동심同心의 웃음은 아니었다. 초희는 알고 웃고 허봉은 모르고 웃었다.

20

초희와 균과 마동이와 섭섭이는 비밀을 공유하는 사이가 되었다. 초희의 비밀스런 출행 때문이었다. 잦은 월장으로 깨진 기왓장을 마동이가 새로 갈아 끼웠다. 초희는 홍매화가 피어있는 담장을 마동이의 등을 밟지 않고도 혼자서 훌쩍 뛰어넘었다. 몸은 전보다 훨씬 가벼워졌고 몸속에는 작은 칼도 찼다.

무륜당 시회는 석 달에 한 번씩 남한강가에서 열렸다. 소규모 모임은 한양 인근에서 한 달에 한 번씩 열렸다. 초희는 균과 동행하기도 했지만 혼자 말을 타고 가서 객사에 묵기도 했다. 무륜당 시회에 온 사람들은 30명 남짓 되었다. 죽림칠현으로 의를 맺은 사대부 서자들이 주축이 되어있었다.

강물은 쐐쐐 소리를 냈다. 바람이 강물에 섞여들면서 물살은 강바닥과 하나가 되기도 했고 물 위로 떠오르며 둘로 나누어지기도 했다. 강가에는 멍석이 깔려있었다. 멍석 위에는 술과 고기와 음식들이 준비되어 있었다. 사내들은 하나둘씩 일어나 흐르는 강물에 두 발을 씻고 있었다. 초희는 허리를 구부리고 손을 씻었다. 햇살이 빗줄기처럼 내리꽂히는 날이었다.

사내들은 뜨거운 자갈돌 위를 맨발로 뛰어다녔다. 술이 한 순배, 두 순배를 돌았다. 술잔이 돌아가면서 취중 진담이 돌아갔다. 사내들은 불콰해진 얼굴을 들고는 흐리고 아득한 강물 너머를 바라보았다.

모래땅에 다리가 짧은 물새 떼가 날아와 앉았다. 시통을 메고 멍석에 앉아있는 사내들은 휘리릭, 휘파람 소리를 냈다. 주먹을 입에 대고는 뿌뿌, 고동 소리를 내는 사내도 있었다.

왕견이 좌중을 둘러보며 말했다.

— 서자가 쓴 문장은 날지 못하는 수탉입니다. 우리는 정치

적으로 면천이 되어야 합니다.

— 수탉이 태양을 보면 삼족오가 됩니다!

한 사내가 소리를 질렀다.

— 허나 명문을 쓸 수 없으면 삼족오가 될 수 없습니다. 간결한 시로도 능히 정치를 논해야 합니다. 오늘의 시제는 밀운불우密雲不雨입니다.

사내들은 술잔을 내려놓고 붓을 들었다.

— 조정의 책문처럼 논리적으로 서술하면 아니 되겠소?

한 사내가 물었다. 갓을 눌러써서 눈은 보이지 않고 콧잔등만 보였다.

— 시제는 비유요. 짧고 간결한 형식 속에 할 말을 넣어야 하오. 길고 긴 췌사는 필요 없소.

— 책문이 췌사라니. 대책 없는 반골이군.

사내가 중얼거렸다. 반골이라는 말에 주변 사내들이 고개를 들었다. 그러나 곧 고개를 숙이고 자기 글에 몰두했다.

— 오늘은 장문을 쓰러 온 것이 아니라 단문을 쓰러 온 것이오.

왕견이 두루마기를 벗어서 밀운불우 4글자를 해서체로 크게 썼다. 커다란 붓을 내려놓고는 두 팔을 올려 시축을 높이 들었다. 시축이 강바람에 날렸다. 왕견의 머리카락과 저고리 고름이 등 뒤로 날렸다.

구름은 몰려왔는데 비는 오지 않는다.

<주역>에서 따온 시제였다. 사내들은 각자 생각에 잠겼다. 허허. 허허. 하며 무릎을 치는 사내도 있었고 벌써 글을 써 내려가는 사내도 있었다.

— 그런 시제는 좀 답답하지 않겠소?

— 상징적인 시제이니 해석하기 나름이요.

왕견이 갓 쓴 사내를 향해 말했다.

— 종이가 부족한데 군더더기까지 넣을 생각은 없소. 허나 시가 글은 아닌 것이오. 시는 직설을 피하고 감상이 과해서 말이오.

— 시는 가장 절제된 표현이요. 짧게 절제하기가 어렵지 길게 쓰는 것은 외려 쉽지요.

초희가 말했다.

초희는 수사를 빼고 시를 써 보았다. 시의 뼈가 보였다.

사내는 주위를 둘러보더니 붓을 도로 내려놓았다. 글을 쓰고 싶지 않은 표정이었다.

— 이곳에서는 서자가 아니면 어울리기가 쉽지 않겠소.

사내가 볼멘소리로 말했다. 자기 하고 싶은 대로 해야 하는 성정이 좁은 이마에 갇힌 얼굴이었다.

— 다른 시회에서 온 손님은 조용히 자리를 지키는 것이 예의인 줄 알고 있소.

균이 굳은 표정으로 말했다.

— 시를 쓰는 것으로 사람을 판단하는 것은 또 다른 차별이오.

사내도 표정을 풀지 않고 말했다.

— 무륜당에서 함부로 지껄이는 자라면 분명 학우당 사람이야.

— 네놈의 아비가 도대체 누구길래……. 끄윽, 오만한 것이냐?

술에 취한 사내가 딸꾹질을 해가며 소리를 내질렀다.

— 잠시 실례가 되었소이까? 이 사람은 김성립이오.

— 이놈이!

술 취한 사내가 주먹을 들어 올렸다. 김성립은 태연히 뒷짐을 지고 한발 물러섰다.

— 더러운 시회군!

— 더럽다니!

균이 벌떡 일어섰다.

— 이건 또 뭐야?

김성립도 고개를 들고 배를 내밀며 지지 않았다.

— 다시 한번 말해 보시지! 더러운 시회라니!

균이 김성립의 멱살을 움켜쥐었다. 뒤이어 여러 사내들이 김성립에게 다가서려는 것을 왕견이 막았다.

— 학우당 사람이라도 못 올 데를 온 것은 아니니 시회를 망

치지는 맙시다.

균이 물러섰다.

— 이 사람은 그럼 이만.

김성립은 도포자락에 묻은 먼지를 탁탁 털어내며 자리에서 일어섰다. 검은 변복의 칼잡이들이 칼날을 세우며 뒷걸음질로 호위했다. 무륜당의 사내들은 제각기 허리춤의 칼집을 잡으며 뒤로 한 발짝씩 물러섰다.

김성립은 몸을 돌렸고 초희는 붓을 들었다.

동쪽 집 세력이 불길처럼 활활 일어나
높은 누각에 피리와 노랫소리 드높고
북쪽 이웃들은 가난해서 옷도 없이
굶주려서 문안을 떠돌아다니네.
높은 집안이 하루아침에 망하고서야
거꾸로 북쪽 이웃들을 부러워하니
흥망은 대를 이어 교대로 바뀌는 것이니
하늘의 이치로부터 도망가기는 어려우리.
〈감우感遇〉 느낌대로 노래하네

— 하늘의 이치라니?

김성립이 버럭 소리를 질렀다.

— 서자니, 적자니 하지만 결국에는 돌고 돌죠.

초희는 또렷한 표정으로 말했다. 김성립의 안색이 변했다. 다른 사내들은 뒤로 물러서서 두 사람을 지켜보고 있었다.

이유는 모르겠지만 문文에 쫓기고 있는 사람과 문文을 끌고 다니는 사람. 두 사람 사이에 만만치 않은 기 싸움이 시작되고 있었다. 김성립이 초희의 얼굴을 노려보다가 다시 말했다.

— 나는 짧게 쓰겠소.

김성립이 다시 붓을 잡았다.

가슴에 숨겨놓은 것이 똑같은 사람들아,

서로가 똑같은 이유를 모른다면 강물에 붓을 던지라.

무륜당 사내들이 모두 일어섰다. 그러나 모두 섣부른 행동은 자제하고 있었다. 균이 초희를 쳐다보았다. 흥. 이제 그만하자는 건가. 김성립이 붓을 내려놓고는 재빨리 사라졌다.

사내들이 웅성거렸다.

— 서로를 공격하는 시란 상대방의 마음을 찌르는 칼과 다를 바가 없군요. 무륜이라고 이름 지었지만, 우리도 내 편 네 편 사람을 구별하는 것 같소. 문청은 청년 정신을 가져서 자유로운 새와 같다고 생각했는데 그게 아니었나 봅니다. 저기 저 하늘에 너의 길이 있고 나의 길이 있습니까? 오로지 자유만이 허락된 것인데 문文으로 사람을 구별한다면 그것은 문도가 아니지요.

초희가 침울한 얼굴로 말했다. 시를 통해 서로 싸울 생각도, 외부인을 내쫓을 생각도 아니었다.

— 혹시 아까 그 사람…… 아는 사람이오?

왕견이 초희와 말을 나누고 싶은 표정으로 물었다. 초희는 대답하지 않았다. 사내들은 계속 웅성거렸다.

— 문도는 허울 좋은 말이오. 빛깔은 그럴싸하지만 먹지 못하는 개살구는 아닐까요? 솔직히 말합시다. 종의 입장에서는 밥을 배불리 먹는 것이 청산이라 할 것이고, 서자의 입장에서는 궁궐에 들어가 벼슬을 얻는 것이 청산이라 할 것이오. 나는 처음부터 마음에 들지 않았소. 왜 쉬운 언문을 두고 어려운 한자를 써서 허세를 부리는 건지 모르겠소. 나는 한자란 놈이 머릿속을 꽉 조이는 것처럼 갑갑해서 말이오.

균이 시통을 메고 돌아섰다. 초희는 균을 잡지 않았다.

초희는 강바람에 얼굴을 숙이며 땅바닥에 떨어진 갓을 들어 올렸다. 갓을 쓰는 동안 사내들로부터 고개를 돌리며 훨씬 먼 곳에 시선을 두었다.

초희는 마구간으로 가서 말을 끌고 나왔다. 터덕터덕. 히히힝. 말은 주인의 기분을 알고 있었다. 느린 말발굽 소리는 사람의 발걸음 소리와 닮았다. 저벅저벅. 시간이 가고 있었다.

왕견이 흰 말을 타고 초희의 뒤를 따라오고 있었다. 초희는 모르는 척했지만 거리는 점점 좁혀졌다.

— 아까 문도라고 하시었소?

초희는 하늘을 쳐다보았다. 하늘에는 구름이 몰려들고 있었다.

— 비가 오겠어요.

— 오랜만에 격조 높은 말을 들어서요.

— 지금 내리면 황매우이지요.

초희가 탄 붉은 말은 나지막한 말발굽 소리를 냈다. 왕견은 그 옆에서 조용히 따라 걸었다.

— 매화나무 열매가 익었을까요? 여름이 시작되겠군요.

바람은 등 뒤에서 불어왔다. 도포 자락이 무릎에서 날리고 어깨에 멘 시통이 조금씩 움직이며 덜그럭거렸다.

— 우리 서로 정식으로는 통성명을 못했소이다. 나는 왕견이오.

— 두목지입니다.

— 두목지라. 시호를 들으니 중국 시인을 좋아하시나 보오.

— 들으니 고려의 왕족이시군요.

— 웬걸요. 지금은 씨가 말랐지요. 무륜당에서만 당당히 쓰는 성입니다.

— 그러고 보니 왕족의 냄새가 나요.

— 하하하. 냄새를 몰고 다니는 쪽은 그쪽이요.

초희가 말을 멈추었다. 왕견도 걸음을 멈추었다. 초희의 말이 다시 걷기 시작했다. 왕견도 걸었다.

— 우리 모두 금세 친해집니다. 상처가 상처를 알아보니까

요. 허나 그쪽은 상처라기보다는 호기심이 이는 쪽이요.

— 고려는 어땠을까요? 여자들도 말을 타고 들판을 달렸다고 들었는데요.

— 여자들이 그랬다고 들었습니다. 고려시대에는 남장을 할 필요가 없었지요.

초희가 말을 또 멈췄다. 왕견도 걸음을 멈췄다.

— 잘못 보셨습니다.

— 갓 쓰고 도포 입은 용자가 그리 남다르니 숨길 일이 아닌 듯합니다. 꽃을 나비라 우길 수는 없지요.

초희의 말이 다시 움직였다. 왕견은 천천히 걸었다.

— 왜 자꾸 여자라고 우기시는 겁니까?

— 나비가 꽃을 따르려는데 꽃이 나비라 우기니 잠깐 고민이 되어서요. 내 마음이 그대는 꽃이라고 자꾸 말하는데.

— 여자라고 하면 달라지는 것이 뭐 있습니까? 더 이상 논쟁하기 싫군요. 시회에서 진이 다 빠져서요.

초희가 말의 뱃가죽을 걷어찼다. 왕견이 초희의 뒷모습을 바라보며 소리쳤다.

꽃 아래에서 놀던 신선들이 파안하며 다투어 말하기를

그대는 무리 중에서 가려내기 쉽다네.

북두칠성 표식이 이마에 있으니.

<유선사遊仙詞 64> 신선세계에서 노니는 노래 중(中)

초희가 다시 말을 멈추었다. 길 위로 흐린 달이 떴다. 비가 내리고 있었다. 실비였다.

— 모두 속았다 생각하셨습니까? 낭자께서 혹여 밤길이 어두울까 따라나섰습니다. 이렇게 함께 하는 이가 있으니 내리는 비도 꽃인 줄을 알겠소.

— 말솜씨가 보통이 아니시군요. 저번에 보니 글은 좀 다르던데.

— 무엇이 두려운 겁니까?

초희는 말을 타고 앞만 바라보며 타닥타닥 걸었다. 왕견은 세 보쯤의 거리를 두고 따라붙었다. 작은 바람에도 희뿌옇게 비가 날렸다.

— 얼굴도 여자고 몸도 여자고 목소리도 여자이니 이따위 옷으로는 가려지지 않겠지요.

하하하. 왕견이 실비를 맞으며 웃었다.

— 조롱하지 마세요.

— 그래서 바늘을 내려놓고 붓을 드셨습니까?

— 일전에 문우를 만났다 하지 않으셨습니까? 그러니 시문화답을 나누는 것으로 족하지요.

— 나는 그쪽이 여자든 남자든 그런 시시한 문제에는 관심이 없어요. 문도라는 말에 잠깐 솔깃했을 뿐이오. 시정잡배들의 구린내 나는 말만 듣다가 왠지 신선해서요.

눈앞에서 날리는 실비는 그쳤지만 사방에서 안개가 피어올랐다. 사방에서 꽉 조여 오는 상황으로부터 빠져나가야 했다. 이랴! 초희는 말을 달렸다. 왕견은 안개 속으로 급속히 멀어져 갔다.

왕견은 초희가 완전히 사라지고 난 후에도 줄곧 그 자리에 서 있었다. 말발굽 소리의 여운도 사라졌다. 남장을 했지만 선이 고운 여자였다. 깊은 숨을 내쉴 때마다 안개는 얼굴로 다가왔다.

21

햇빛을 쏘이지 않은 여자의 밑은 음습했다. 거웃이 무성한 밑은 아무리 몸으로 힘을 써도 끝내 닿을 수 없는 수렁이었다. 마동이는 섭섭이의 비좁고 단단한 밑에 빠질 때에 사지가 오그라들어서 끙, 신음소리를 냈다.

마동이는 섭섭이의 밑으로 거칠게 파고들었다. 그곳. 마동이는 얼굴이 붉어지도록 용을 쓰며 같은 말만 되풀이했다. 천정과 눈을 맞춘 섭섭이는 마동이의 둔부를 꽉 움켜쥐었다. 몽롱한 쾌락이 아귀 센 아픔을 눌렀다.

마동이는 눈을 질끈 감으며 아득하게 출렁이는 그곳을 느꼈다. 마동이는 만족한 표정으로 간신히 둔부를 뗐다. 섭섭이는 빠져나가려는 마동이의 둔부를 다시 손아귀로 바짝 잡았다.

— 왜 안 된다는 건데?

애써 말소리를 죽이며 매달리는 여자의 목소리였다. 마동이는 목덜미가 꽉 잠겨오는 답답함을 느끼며 겨우 일어섰다. 마동이는 바지를 입으면서도 묵묵부답이었다.

섭섭이는 굳은살이 달라붙은 새까만 발뒤꿈치를 서둘러 버선 속으로 집어넣었다. 급한 마음에 속곳으로 거웃도 가리지 못하고 버선을 먼저 신은 섭섭이는 방 밖으로 나가려는 마동이의 뒤통수에 대고 자꾸만 물어댔다. 마동이는 저고리 옷고름을 단단히 맸다.

— 이제 혼례만 치르면 되는데. 아니, 혼례도 필요 없고 그냥 살면 되는데. 말 좀 해봐. 왜 자꾸 고집이래요?

마동이는 섭섭이를 쳐다보지 않았다. 허리를 숙인 마동이는 바지 대님까지 꼼꼼히 다 맸다.

— 묻지 마. 내 맘은 똑같어. 그건 안 되는 거여.

마동이는 섭섭이를 돌아보며 귀밑머리를 매만졌다. 마동이의 다정한 손길에 속에 숨겨놓았던 말이 터졌다.

— 종놈이 종년하고 혼인해서 종놈을 낳고 사는 게 뭐가 안 된다는 거여? 밖으로 싸돌아다니는 일이 안 되는 거지!

— 아니. 그렇지 않어.

마동이는 고개를 흔들었다.

— 오메. 환장하겠네. 나보고 어쩌라고.

온 가슴을 다 줘버린 섭섭이는 얼굴이 확 달아올랐다. 몸을 섞어도 내 것이 될 수 없는 사내를 바라보는 눈에 천근만근 돌덩이가 밟혔다. 섭섭이의 가슴이 들먹였다.

— 그리 말어. 자꾸 그러면 이게 마지막인 줄 알어.

마동이는 귀찮은 듯 말했지만 섭섭이의 젖가슴을 바라보는 눈에는 물기가 돌았다. 젖가슴에 달린 까만 유두를 쳐다보았다. 처음으로 젖을 물려준 여자였다. 첫정이었다. 마동이는 고개를 홱 돌리고는 닫힌 방문을 열고 나갔다. 섭섭이의 눈에서는 눈물이 왈칵 쏟아졌다.

— 나도 싫어! ……저런 자식하고 살다가는 속 터져 죽을 것이니께!

섭섭이는 닫힌 방문을 향해 베개를 힘껏 던졌다. 베개가 방문 밖 댓돌 위로 떨어졌다. 방안에 혼자 남은 섭섭이는 힘없는 목소리를 내며 줄줄 흐르는 눈물을 꼬질꼬질한 이부자리 자락으로 닦아냈다.

— 잉잉. 나라 법이 그건데. 나라 법이 그런 건데. ……나보고 어쩌란 말이여.

이불 위로 알몸을 던진 섭섭이는 짐승처럼 속없이 엉엉 울었다.

행랑채 앞에 선 초희는 조용히 뒤돌아섰다. 담장 밑 봉숭아꽃으로 돌진하는 햇빛들이 아아아 아우성치고 있었다. 팽창하는 오후였다.

섭섭이는 행랑방의 낮은 천정을 바라보며 멍하니 누워있었다. 초희가 말을 타고 집 밖을 나가면 섭섭이는 녹의홍상을 입고 앉아서 바늘을 들고 수를 놓았다. 초희의 녹의홍상은 섭섭이의 몸에는 작았다. 붉은 치마는 발목까지 올라왔고 녹색 저고리는 어깨선을 따라 팽팽해졌다. 겨드랑이가 조금 조였지만 그런대로 입고 있을 만했다.

수틀을 무릎에 올려놓고 오랜 시간 앉아있는 것은 고역이었다. 섭섭이는 이마에 땀을 흘리며 열심히 수를 놓았다. 초희 흉내를 내는 것이 싫지 않았다. 그 순간만 되면 가슴이 울렁거리고 때 없이 골똘해졌다.

그것은 어쩌면 김씨 부인 때문이었다. 섭섭이는 어쩌면, 이라고 생각했다. 그리고 또 다 아씨를 위해서, 라고 생각했다. 섭섭이는 방문 밖에서 인기척이 들리면 촛불을 끄고 숨소리를 죽이거나 대낮이라도 서둘러 이불 속으로 들어갔다. 시 쓰기에 열중해 있을 때에는 밤과 낮이 따로 없었던지라 김씨 부인은 저녁에 일찍 누운 딸의 등을 보고도 의심 없이 뒤돌아섰다.

가끔씩 들리는 김씨 부인의 발걸음 소리는 두려웠지만 한편 그리웠다. 섭섭이는 엄마에 대한 느낌을 그렇게 생각했다. 섭섭이는 아이를 낳다가 죽은 어미가 섭섭하다고 해서 섭섭이라고 이름 붙였다고 했다. 섭섭이는 두려움과 그리움의 두 가지 감정 사이에서 때때로 당황했다.

김씨 부인이 다녀간 뒤에 섭섭이는 병풍을 바라보며 누워있었다. 8폭짜리 병풍에는 산속의 풍경이 그려져 있었는데 노란 달과 이름 모를 꽃나무와 나비가 날아가고 있었다. 그중에 달과 글자가 나란히 있는 까닭을 알 수 없었다. 하늘에 떠 있는 것이 달인 줄은 알겠는데 글자는 알 수 없었다. 다른 방에 있는 병풍들은 그렇지 않았다. 글자는 하늘에 떠 있지 않았고 한쪽 귀퉁이에 있었다.

그러다가 녹의홍상을 입은 섭섭이를 마동이가 보게 되었다. 그 후로 마동이는 종년의 옷을 입은 섭섭이를 자주 쳐다보았다. 섭섭이는 마동이를 행랑방으로 끌어들였다.

섭섭이는 생각에 잠겨 아랫배를 쓰다듬다가 배꼽에 손을 얹었다. 마동이는 수태를 원하지 않았다. 섭섭이는 훌쩍훌쩍 울었다. 한참을 울다가 벗은 저고리로 눈물을 쓱, 훔치고는 윗목으로 걸어갔다.

섭섭이는 요강을 물끄러미 쳐다보았다. 매번 마동이의 것이 허벅지로 흘러내리기 전에 놋쇠 요강에 앉아 힘껏 쏟아내곤 했다. 섭섭이는 놋쇠 요강에 뚜껑을 덮고 결심한 듯 돌아섰다.

마동이의 것이 흘러내리기 전에 이불로 아랫배를 덮고 가만히 누워서 천장을 한참을 쳐다보았다. 아기를 갖고 싶었다. 천장에는 날파리가 쌍으로 날아다녔다.

섭섭이는 후원의 방문을 열었다. 초희는 검은 비단을 펼쳐놓고 손가락으로 매만지고 있었다. 흰 바탕의 비단에 먹물을 발라서 일주일을 꼬박 말린 것이었다. 검은 비단 색깔이 주는 느낌은 흰 비단과 달랐다. 너무나 새까매서 희디흰 속을 그려 넣어야 했다.

초희가 섭섭이를 보고는 검은 비단을 옆으로 밀어냈다. 섭섭이는 초희 옆으로 다가앉아 검은 비단을 다시 끌어당겼다.

— 아씨. 지는 속이 새까맣게 타버렸네요. 점점 거짓말만 느네요. 낮에는 마동이하고 산책을 나가셨다고 말씀드리고 밤에는 마님께서 아씨가 수는 잘 놓고 있느냐 물으셔서, 야, 넙죽 대답하고는 보여드렸는데 아무래도 수놓는 데에는 소질이 없는 가부다, 하시면서 한숨을 쉬셨어요. 아씨.

섭섭이는 얼굴을 숙이고는 홍화가루에 물을 다섯 방울 떨어뜨렸다. 마동이에게 수틀을 좌우로 흔들면서 자랑삼아 이야기할 때와는 마음이 달랐다. 초희는 섭섭이가 얼굴을 볼 수 있게 경대를 옆으로 끌어당겼다.

— 이리 와 봐.

섭섭이는 어색하게 웃었다. 초희는 섭섭이의 입술에 붓을 댔다. 초희의 손끝과 섭섭이의 코끝이 닿았다. 가까이에서 서로의 숨결을 느끼는 순간에 섭섭이가 입술을 쫙 벌리며 헤벌쭉 웃었다.

— 아씨. 마동이가 정말로 자식을 원하지 않는 걸까요? 말은 그래도 진짜로 자식을 얻으면 마음이 변할까요? 밖으로 안 돌아 댕기고 살림을 차릴까요?

— 섭섭아…….

초희의 목소리가 불안정하게 들뜨다가 가라앉았다. 누구나 똑같이 생각한다는 사실은 돌림병처럼 끔찍한 일이었다. 모두 제 생각을 버리고 남들과 똑같은 삶을 살아야 하기 때문이었다.

— 내가 일전에 마동이에게 물어봤어. 마동이는 속 있는 여자보다는 속없는 여자가 좋다고 했어.

— 고것이 뭔 소리래요?

— 이 세상 최초의 여자와 남자는 어땠을까? 속이 있었을까? 속이 없었을까? 계산하지 마. 둘만 있으면 되지.

— 누가 계산하는 건데유? 안 낳겠다는 마동이가 계산하는 거지요. 지는 씨도 못 배는 쭉정이는 싫어요. 그냥 좋으니까 낳겠다는 거에유. 계산 안 하고 낳겠다는 거에유.

섭섭이는 토라진 표정으로 입술을 샐쭉거리며 말했다. 정말 생각도 하기 싫다는 표정이었다. 초희는 이마에 약한 열기를 느끼며 고개를 돌렸다.

— 생각할수록 부아가 치밀어유. 혼인하지 않겠대유. 종놈으로 대를 잇고 싶지 않대유. 지는 참말로 모르겠구먼요. ……아씨? 아씨? 지 말 안 듣고 있지요? 지금 딴 생각하지요?

— 서책을 보러 가야겠어. 댕기 좀 다시 매줘.

초희는 먹먹해지는 마음에 등을 돌리고 앉았다. 사람들은 내일을 생각한다지만 그건 똑같은 오늘이 반복되는 것이지 오늘과 다른 내일이 아니야. 뭔가 달라져야 한다는 건 맞아. 초희는 혼잣말로 중얼거렸다.

아씨. 뭐라구요? 섭섭이가 초희의 옆얼굴로 코를 들이대며 물었다. 섭섭이는 댕기를 풀고 백단기름을 발라가며 머리카락을 빗겨 주었다.

아니. 아니야. 초희는 억지로 생각을 쫓았다. 생각은 물러났다가 가슴으로 파고들었다. 너무 소중하고 은밀해서 사람의 눈동자를 피하고 꽃과 나무에게만 말을 걸고 싶은 마음이었다.

어디에 사는 청년이 백마를 채찍질하며 달려와서
버드나무 무성한 그늘에 자줏빛 고삐를 매고 놀고 있나.
〈양유지사楊柳枝詞 2〉 버들가지 노래

초희는 사각 경대를 보고 멍하니 앉아있었다. 거울 너머에 섭섭이의 얼굴이 조금 비쳤다. 작은 거울에는 은빛 자개농과 방문까지 조금씩 들어왔다. 눈은 점점 멍해지고 왕견의 얼굴 하나만 오롯이 떠올랐다.

초희는 주인 없는 방들을 돌아다니며 서책들을 훑어보았다. 더이상 새로운 서책은 없었다. 초희는 책등을 손가락으로 훑어 내리며 닳고 닳은 끝부분을 매만졌다. 그러다가 내당으로 걸어갔다.

김씨 부인은 여러 날째 책비를 불러들이고 있었다. 책비는 사람의 감정을 표현하는 서른여섯 가지를 몸에 익혀서 청자들을 울리고 웃기고 했다. 청자들을 다섯 번 이상 울린다는 난초짠보였다.

지리산 폭포에서 득음했다는 여자 소리쟁이였다. 책비는 득음의 고통을 알고 나서부터는 사람의 심금을 울릴 줄을 알게 되었다고 했다. 그녀는 노래를 부르는 일보다 서책을 읽는 일을 훨씬 좋아했다. 안방마님의 눈에 들기만 하면 먹을 것과 노리개들을 덤으로 얻어가거나 권세가 뒷이야기들을 전하는 심부름꾼 노릇을 맡았다. 서책들은 상단을 통해 은밀히 들여오는 것들이어서 이야기 값을 흥정하기도 자유로웠다.

작은 발로 춤을 추는 아가씨가 꽃가마 타고 시집가네. 황하가 서쪽으로 흐르고 곤륜산이 있는 땅. 선녀가 황금빛 호로병을 들고 내려와 두 발 위에 붓고 있네. 짝을 찾는 난조가 창문에 날아들면 두 발에서는 기화요초의 향내가 나리라.

책비는 책장을 넘기며 노래를 부르기도 하고 혼자 울고 혼자 웃었다. 김씨 부인의 표정도 책비의 표정을 따라 움직였다.

— 별스런 세상이야.

김씨 부인은 치마 밖으로 버선발을 내밀고는 요리조리 내려다보며 말했다.

— 누가 발이 더 작은지 겨루는 전족 대회를 연답니다. 여자

가 사람들 앞에 당당히 발을 보이지 않으면 발이 커서 그런 것이라 오해를 받아서 혼인을 할 수 없답니다.

김씨 부인이 놀란 얼굴을 들었다.

— 중국 여자들은 혼인하기 위해서 전족을 만든답니다. 중국에서는 딸이 태어나면 그 어미가 마땅히 해야 될 일이 있습니다요. 서너 살이 되도록 기다렸다가 시작하는 것이지요. 어린 딸의 두 발을 가마솥에서 팔팔 끓여낸 닭 속에 집어넣어야 합니다. 몇 번을 그러고 나서 흰 천으로 꽁꽁 동여맵니다.

— 에구머니. 그게 사람이 할 짓인가?

— 고통 없이 무엇을 얻겠습니까? 편안히 놀고먹는 귀족의 발은 연꽃 발이라고 해서 부드럽기가 새털이라고 하니 상류층 부인들은 누가 발이 더 작은가 내기를 하고 천민 계집들은 상류층을 흉내 내느라 무릎으로 기어 다니며 일을 한다고 합니다. 호호호.

책비는 재미있다는 듯이 웃으면서도 연꽃 발에 대한 부러움을 감추지 않았다. 김씨 부인은 머릿속으로 전족을 그려보고는 이내 고개를 흔들었다.

— 그런 발로 어떻게 걸어 다니겠나. 쯧쯧쯧. 아무리 천하제일의 미색이라고 해도 중요한 게 빠졌어. 바로 글재주야. 그깟 발에 집중하다니 중국 남자들은 별난 취미를 가진 거고 중국 여자들은 멍청한거야.

김씨 부인은 정색을 했다. 책비는 김씨 부인 뒤의 병풍을 바라보았다. 그림만큼 글자가 빼곡한 병풍이었다.

— 그리 말씀하시는 안방마님은 없었습니다. 역시 문한가 마님이십니다요.

책비는 냉큼 어깨를 내리며 머리를 조아렸다. 김씨 부인은 책비의 머리를 쳐다보았다. 신분에 어울리지 않게 큰 가체였다.

— 명나라 말고 조선 이야기 좀 해보게.

김씨 부인이 머리의 뒤꽂이를 바로 꽂으며 말했다.

— 혼인이야말로 제일 재미있는 이야기이지요. 요즘 세도가 가문에서는 응당 마루 높은 집안의 아들을 맞아들이는 줄로 압니다. 마님. 아예 혼례를 치르기 몇 년 전부터 데릴사위를 들이는 집도 많습니다요.

— 혼인하기 전에 미리 들어와 산다는 말인가? 옛날 고려 때는 많이도 그리했다는데.

— 지금이라고 바뀔 리가 있겠습니까요? 옛날이나 지금이나 문턱이 높고 마루가 높은 댁은 뭐가 달라도 다릅지요.

김씨 부인은 서책의 이야기보다 세간의 혼인 이야기에 더 많은 관심을 보였다. 책비는 신이 나서 떠들었다.

— 호호. 돌아다니다 보면 별별 집들이 다 많습지요. 어린 사위가 수양아들처럼 들어와 사는 집도 있고 혼인 전부터 자주 오가는 집도 있고요. 미리 가문의 예법을 익혀서 내 집안사람으로 만들자는 의미라고 합니다. 고려 때 풍속이라고 말하는

사람들도 있지만 쇤네가 보기에는 말입니다. 힘이 있느냐 없느냐의 차이인 것 같습니다요. 바깥양반들 술자리에서 정혼이 되는 일은 다반사랍니다. 세도가 혼인은 뒤로 은밀한 법이 아닙니까요.

— 우리 집안은 아들딸 구별이 없는 가문이네.

김씨 부인은 미소를 지었다. 책비는 김씨 부인의 웃음을 보며 냉큼 고개를 숙였다.

— 이 댁에서는 옥골선풍의 사위를 들이셔야지요.

— 어머니. 소녀 들어가옵니다.

김씨 부인의 얼굴에 화색이 돌았다.

— 명나라에서 유행하는 이야기란다. 혼자 듣기가 아깝던 차에 마침 네가 들어왔구나.

— 아유. 이 댁 아씨가 월궁항아십니다.

책비는 초희가 옆에 와 앉기도 전에 얼른 고개를 숙였다. 김씨 부인이 초희를 보며 어서 앉으라는 손짓을 했다.

— 여러 댁을 다니다 보니까 혼인 이야기들을 심심치 않게 들을 수가 있습니다요. 쇤네는 본의 아니게 매파 아닌 매파 노릇을 한답니다.

— 어련하겠나. 이야기가 재미있으니 말이야. 자네 붙들고 혼인 이야기까지 할 만하지.

— 아유. 마님께서 그리 생각해주시니 몸 둘 바를 모르겠습니다. 남의 집 문턱을 돌아다니며 살다 보니 세상 물정에 겨우

귀가 열린 정도인데요. 남보다 귀가 밝다면 조금 밝은 정도입니다. 혼례가 인륜의 대사라고는 하나 워낙 정한 법이 없어 집집마다 다르니 요즘 조정에서는 새 혼인법에 대한 말들이 거론되고 있다고 합니다.

— 응?

— 아직 고려 때의 혼례 풍속이 남아있는 까닭이기도 하고요. 힘 있는 집안일수록 사돈을 맺는 일로 시끄럽다고 합니다. 쇤네도 어느 댁에서 귀동냥으로 들었습니다만 신라 때도 진골이니 성골이니 하며 혈육으로 당파를 나누었다고 합니다.

초희는 말로만 듣던 책비를 처음 보았다. 여러 집안을 드나들며 이야깃거리를 옮긴다는 여자였다. 화려한 가체를 쓴 모습이 사람 말을 흉내 낸다는 앵무새 같기도 했다. 초희는 책비의 얼굴 표정을 세심히 들여다보다가 곧 흥미를 잃고 고개를 돌렸다.

— 어머니. 소녀는 이만 가보겠어요.

— 좀 더 앉아있지 않고 그러니?

김씨 부인은 오랜만에 본 딸을 서운한 표정으로 바라보았다. 장안에 유명한 책비에게 딸을 자랑하고 싶은 마음이 있었다. 김씨 부인을 마주 바라보는 초희의 눈동자가 흐려졌다. 몰래 생각하는 사람이 생겼다는 것을 선뜻 말할 수가 없었다.

— 사실은 색실을 좀 더 구하려고 왔어요.

— 벌써?

김씨 부인의 얼굴이 다시 환해졌다.

— 아직은 충분한데 혹시 금실이나 은실처럼 색다른 실이 있을까 봐 들렀어요.

초희는 마음에도 없는 색실 이야기를 하면서 억지로 웃었다.

— 평범한 색실에는 싫증이 났느냐? 지난번에 들러보니 자수를 좀 더 공들여 놓아야겠더구나. 내게 색다른 색실은 없어. 섭섭이에게 내일 저잣거리에 나가보라고 이르마.

초희는 일어섰다. 책비는 얼른 고개를 숙이며 이마를 슬쩍 들었다. 김씨 부인은 방문을 열고 나가는 딸의 뒤태를 쳐다보았다. 녹의홍상은 피부가 흰 딸에게 잘 어울렸다. 나이를 먹을수록 저고리 어깨선이 둥글어지면서 흰 목선이 도드라졌다. 물오른 나이였다.

초희는 어머니 앞에 풀어놓으려던 속마음을 도로 감추는 것이 망설여지는 듯 뒤를 돌아보았다. 내당의 방문이 조용히 닫혔다.

— 혼사 이야기이니 아마도 부끄러워서 그럴 게야. 저 아이는 어느 집안의 배필을 들이더라도 잘할 것이네. 서책도 많이 읽고 글도 잘 쓰니까 내조의 격이 다르지.

— 보기 드문 요조숙녀이시옵니다. 마님.

책비가 부러움이 가득한 눈으로 말했다.

— 자. 세상 돌아가는 이야기나 좀 더 들어봄세.

22

초희는 길가 버드나무에 말을 매었고 왕견은 그 옆에 섰다. 그의 백마가 히히힝 울었다. 왕견도 버드나무에 말을 매었다.

비가 잦은 날들이었다. 빗줄기는 가늘었고 비를 기다리는 마음만 잠깐씩 해갈되었다. 저녁달이 뜨고 있었고 수풀이 젖어 있었다. 여름은 길 위의 그림자로 물러섰다.

왕견이 저녁달을 향해 휘파람을 불었다. 휘파람은 나뭇사이로 푸르게 퍼져나갔다. 바람이 물기처럼 착착 감겨드는 높은 음이었다. 음의 높낮이는 귓가로, 입술로, 눈가로 스쳤다. 자기가 자기를 위로하는 소리. 그가 홀로 지새웠던 수많은 밤들이 새처럼 날갯짓을 하며 허공에서 춤을 추었다.

가시리 가시리잇고 날 버리고 가시리잇고 잡사와 두어리마난 선하면 아니올세라. 얄리얄리 얄라셩 얄라리얄라

조선 사대부들이 남녀상열지사로 경멸한다는 금지곡 고려가요. 따라부르기도 쉽고 가슴 밑바닥을 흔드는 소리.

초희는 가늘게 떨리는 휘파람 소리에 이끌려 자기도 모르게 두려움을 털어놓았다.

— 글을 읽을수록 걱정이 많아져요. 글과 세상이 다른 것 같아서요. 선비들은 여기저기 떼로 몰려다니고. 나는 자꾸만 두려워져요.

— 나도 고려 왕손이라는 사실을 숨기며 살았던 때는 누구보다 두려움이 깊었습니다. 늘 검을 가지고 다녔어요. 산속에 묻혀 살면서 선도 수련으로 두려움을 이겨냈지요. 이렇게 저잣거리로 나온 건 얼마 안 됩니다. 그동안 숨어다니느라 이름을 바꾸기도 했지만. 이름으로도 감춰지지 않는 본성이 있다는 것을 알고는 더는 바꾸지 않았어요.

초희는 멀리 수풀을 쳐다보았다. 마동이를 생각했다. 그리고 마동이를 생각하는 섭섭이를 생각했다.

— 내 주위에는 마음이 아픈 사람들이 있어요.

— 남의 아픔을 생각해주는 건 고운 마음이에요.

— 아무리 생각을 해주어도 남을 향한 마음은 마음일 뿐이에요. 대신 아파줄 수도 없고. 마음이 아픈 사람들은 새 세상이 오기만을 기다린답니다. 가엾지요. 새가 물어다 주는 것도 아닌데요.

— 새 세상이 오기를 기다리는 사람들은 많아요. 각자 불편한 것이 한 가지씩은 있거든요.

검을 찬 왕견에게서는 고독한 냄새가 났다. 검이 살갗을 베어 들어올 때는 소리도 없다. 어둠을 베듯이. 초희는 제 살을 베이듯이 몸을 떨었다. 문을 통해 세상의 이치를 깨우칠 수 있을까? 붓이 빛이라면 검은 어둠이 아닐까, 검을 가진 자는 상대를 죽이고서야 비로소 사는 것. 그리고도 옆구리의 검을 치우지 못하는 소심증이 있는 것이다. 그러나 붓은 마음을 열어놓는 것이다.

초희는 왕견을 바라보았다. 오랜 시간 생각을 고르고 다듬은 얼굴이었다. 초희는 시선을 내려서 대님을 단단히 맨 발목을 바라보았다.

— 꽃을 찾아 산을 돌아다닌 적이 있었어요. 꽃향기는 어쩌면 근원 같은 것인지 몰라요. 하루 종일 돌아다녔어도 피곤하지 않았어요.

— 꽃을 좋아하시는 분이군요.

왕견이 말했다. 초희는 얼굴을 붉혔다.

— 우리 아버지는 학창의를 입고 계시는 모습이 희디흰 지란 같아요. 그 냄새가 하도 좋아서 옆에만 있어도 숨이 차올라요.

— 혹, 돌아가셨습니까?

왕견이 어두운 얼굴로 물었다. 오래전에 가족을 잃은 남자였다.

— 살아계시어요.

— 허면 무슨 연유로 뵐 수 없는 겁니까?

— 매일 뵙기도 하고 가끔 뵙기도 해요.

— 아버님은 좋으시겠어요.

왕견이 안심하며 웃었다. 초희는 왕견의 웃음을 보며 또 얼굴을 붉혔다. 그리고 마음이 따뜻한 남자에게서는 수풀 냄새가 납니다. 코를 큼큼거리며 품속을 파고들고 싶은 그런 냄새는 소금 알갱이를 머리에 인 들꽃의 향이지요. 물가에서만 핀답니다. 당신도 그래요. 당신은 우리 아버지를 닮았어요. 말은 입 밖으로 나가지 않았다.

초희 - 저기 저 열락의 꽃은 봄바람이 뱉어 놓은 한숨 같은 것. 바람은 땅 밑을 지나고 꽃은 바람을 쳐다보는군요. 사람들이 서로 다른 곳을 쳐다보듯이.

왕견 - 감출 수 있는 것과 감출 수 없는 것의 차이를 아십니까?

초희 - 여자인 것을 감추는 것과 왕족인 것을 감추는 것이 감출 수 있는 것들에 속하나요?

왕견 - 둘 다 감출 수 없는 것들에 속하지요.

초희 - 허면 감출 수 있는 것들은 또 무엇인가요?

— 사대부 규수들은 이미 있는 것들을 놔두고 뭘 더 갖고 싶어 하는데. 낭자는 왜 그리 다른 것이오? 이미 있는 것을 그리 워하기도 하니 말입니다.

왕견이 초희 앞으로 다가왔다. 초희가 흠칫 놀라며 뒤로 물러섰다. 몰래 가리고 싶은 것은 얼굴이 아니라 가슴이었다. 초희는 콩콩 콩닥거리는 가슴에 저도 모르게 손을 얹었다. 그러나 들킨 것은 눈동자였다.

초희의 눈동자에 저물녘의 물기가 비쳤다. 왕견은 그 눈동자를 보고는 뒤돌아섰다. 여자에 대한 두려움 때문이었다. 산하를 떠도는 남자의 본능 때문이었다. 미래를 알 수 없는 처지에 여자를 가진다는 건 책임질 수 없는 두려움이었다. 왕견은 말에 올라탔다. 초희는 혼자 남았다. 가슴까지 추슬렀던 마음이 느슨한 치마끈처럼 풀어지고 있었다.

그의 휘파람 소리처럼, 여름날의 분주함과 수선스러움은 짧았다. 나뭇가지마다 녹음이 흐려지고 있었다. 초가을이었다. 꽃은 떨어지고 길가 풀잎에는 이슬이 맺혔다. 꽃이 떨어지자 잎맥은 단단해졌다. 초희는 왕견을 향한 마음이 맺혔다가 풀렸다가 종잡을 수 없는 날들을 보내고 있었다. 다른 사람을 향한 마음을 부정할수록 남몰래 붓을 드는 날들이 많아졌다.

균은 마동이와 함께 강원도 강릉 외가에 머물고 있었다. 초희는 방안에 앉아 있어도 마당을 거닐어도 가슴이 먹먹해져서 아무 일도 손에 잡히지 않았다. 낮도, 밤도, 붓도 모두 한 사람을 향해 있었다.

왕견과 함께 하는 모든 것이 마음의 그림 같았다. 둘이서 연꽃을 바라보다가 비가 억수처럼 쏟아져서 망연히 물 빠지기를 기다리며 앉아있던 날도 있었다. 왕견의 말과 초희의 말은 사이가 좋았다. 서로의 말총을 흔들었다.

섭섭이는 마동이를 기다리고 있었다. 밤낮으로 마당 가를 서성이면서 날이 궂어도 걱정, 밤이 되어도 걱정이었다. 가마솥에 목욕물을 데우다가도 부지깽이를 홀랑 태워 먹었다.

정신 차려. 이년아. 행랑어멈이 섭섭이의 얼빠진 얼굴에 대고 잔소리를 퍼부었다. 초희는 섭섭이의 해쓱해진 얼굴을 보며 쓸쓸히 웃었다. 사랑이 깊을수록 외로움도 깊어갔다. 왕견은 생각의 뒤를 따라다녔고, 늘 함께 있는 상상으로 문득 혼자 있음을 깨달았다. 가슴은 공기처럼 부풀어 올라서 답답했다.

서찰을 쓸까.

황금 끈 풀어내어 비단치마를 매고
설도가 만든 담황색 종이 열 폭에 파란 구름을 염색하네.
천 년 옥청궁 단 위의 약속
웃으며 세 마리 새를 날려 양군에게 부치네.

<유선사遊仙詞 86> 신선세계에서 노니는 노래

초희는 참을 수 없는 기분에 붓을 내려놓고 벌떡 일어섰다. 시를 돌돌 말아 시통에 넣었다.

— 또 아씨처럼 있으라고요?

섭섭이는 초희가 벗어놓은 녹의홍상을 걱정스럽게 쳐다보았다.

초희는 말에 훌쩍 올라탔다. 산길에 숨은 늪이었다. 늪은 깊이를 알 수 없었다. 개구리가 튀어 달아나면서 불투명한 수면이 흔들렸다.

여러 달 전에 균과 함께 말을 타고 지나다가 우연히 발견한 곳이었다. 수면 위에서는 바람이 불었다. 구름 위 곤륜산 선녀의 피리 소리가 울리면 구름 아래 세상에서는 바람이 분다. 부드러운 바람에 밀려 풀이 눕는다. 다시 일어서는 바람 따라 풀이 일어선다.

안개는 바람에 흩어지지 않았다. 늪이 환해지려면 햇빛이 필요했다. 초희는 연밥을 던지며 섭섭이가 물었던 말을 생각했다. 아씨, 속없는 여자가 무슨 뜻이래요? 초희는 물 위에 흩어지는 연밥을 바리보며 말했다.

— 소낙비가 오나, 눈이 오나, 꽃이 지나 언제나 마음이 똑같은 그런 사람. 그런 남자 앞에서는 먼저 고백해도 부끄럽지 않을 거야.

연밥은 물속으로 뽀르르 사라졌다. 색동옷처럼 색색의 깃털을 가진 새. 비서秘書에서 본 난조의 그림이 떠올랐다. 초희는 제 얼굴을 비추려고 늪을 들여다보았다. 불투명한 물은 초희의 얼굴을 받아들이지 않았다. 초희는 물 위에 또 다른 얼굴을 그렸다.

어디선가 들려오는 휘파람 소리. 초희는 화들짝 놀라 사방을 둘러보았다. 바람소리인가? 새소리인가?

늪은 고요하게 깊었다. 햇빛도 깊어졌다. 초희는 실망한 얼굴로 물을 쳐다보았다. 물은 움직임이 없었다. 얼마나 시간이 흘렀을까. 초희는 집으로 돌아가려고 몸을 돌렸다.

— 운자를 주면 그 자리에서 바로 시를 지어내니 주위의 모든 것이 낙운성시라. 자연의 소리가 마음속으로 들어가 빗방울처럼 떨어져 내리면 스스로 시를 이룰 것이오.

초희는 깜짝 놀라 고개를 들었다. 사람은 보이지 않았다. 차갑고 축축한 안개가 놀란 눈동자를 휘감았다.

— 여기서 뵐 줄은 몰랐습니다.

안개가 흩어지면서 사람이 나타났다. 흰 말을 탄 왕견이었다. 왕견의 눈에는 환한 반가움이 숨어 있었다.

— 나도 한때는 시인이었습니다. 검법을 익히면서부터는 붓을 멀리하게 되었소. 검은 붓과 다릅니다. 언제나 정공법을 쓰지요. 내가 검을 사랑하는 이유요.

왕견은 옆구리에 검을 차고 있었다. 여자에게 곁을 내주지 않는 남자의 마음이 거기 있었다.

— 선비께서는 고려를 잊어야 해요.

초희는 진심으로 말했다. 초희 말에 묻은 걱정을 보면서 웃었다.

— 고려가 조선으로 바뀌었다는 말씀이군요. 또 바뀌겠지요. 누가 수천 번을 낙심한 다음에야 아주 천천히 바뀌겠지요. 그리고 또 다른 누군가가 낙심하기 시작하겠지요. 하나의 제도가

없어지고 새로운 제도가 생겨도 낙심은 사람들 마음속을 이런 저런 이유로 옮겨 다니겠지요. 처음부터 낙심이면 아주 내다버릴 텐데 그놈이 처음부터는 아니거든요.

왕견은 풀잎을 뜯어 손가락으로 돌돌 말았다. 그리고 고개도 들지 않고 쓸쓸히 웃었다. 초희는 나뭇가지로 내려온 낮달을 올려다보았다.

— 하지만 하늘의 달을 보면 낙심이라도 좋아요. 달은 아무 일도 일어나지 않았다고 말하는 것 같아요. 달을 보면 사람의 마음은 바윗돌이 아니라 소금 알맹이 같은 시름들이지요.

초희는 거짓말을 하고 있었다. 사실은 제 마음도 바윗돌이랍니다. 당신을 만나는 것이 두려워요. 초희는 저고리를 여몄다. 친 비람이 불자 물살이 일고 수풀이 흔들렸다.

— 늪이 아름답군요. 바람결 따라 발을 옮기니 경동주담저구룡이라. 산골짜기에 들어서자 아홉 마리의 용이 산다는 깊은 늪이 나온 거지요. 낭자의 시에는 난조가 살고 있다니 놀랍습니다. 이 세상에서 볼 수 있는 새가 아닌데요.

— 중국 전설에 나오는 상상의 새에요. 깃털이 붉은 닭인데 다섯 가지 색깔이어서 오음이라 하지요. 홀수는 성스러운 수를 표시합니다.

— 아, 이해할 것 같군요. 장자는 자연과 한 몸을 이루는 사람을 진인이라고 했습니다.

— 언젠가는 자연과 한 몸을 이루겠지요. 예전에는 시혼에

대해 생각해 본 적이 없었어요. 무엇이 시를 살아 있게 만드는 시혼인지 몰랐어요. 나는 세상을 문文으로 이해하는 중이에요. 문文은 세상과 통하는 길입니다.

초희는 아득한 얼굴을 들었다. 안개는 더욱 짙어졌다.

— 문文이 문門이라. 나는 검이 문門인데요.

— 검은 세상의 길이 되지 못합니다. 문은 사색하게 만들지만 검은 사느냐 죽느냐, 그것 아닌가요? 다른 말로 하면 얻느냐. 잃느냐.

— 그런가요? 나도 낭자처럼 문으로 통하고 싶소.

초희는 대답하지 않았다. 생각은 빠른 속도로 달려 나가고 있었다. 꿈에서는 수도 없이 매만졌던 남자였다. 문門을 여세요. 왕견의 눈동자는 조용히 타오르는 불을 담고 있었다. 천상의 화로처럼 환했으나 뜨겁지 않았다. 이상하게도 불안해져서 그 눈으로부터 벗어나고 싶었다.

초희는 말안장 쪽으로 물러서며 공손히 고개를 숙였고 왕견은 헤어지는 순간을 되돌리고 싶은 표정으로 말했다.

— 다음 멧돼지 사냥길에는 동행하지 마시오. 시회 간에 칼싸움이 있을지도 모릅니다.

— 괜찮아요.

— 괜찮지 않아요. 이번에는 다릅니다.

— 왜요?

초희는 의아한 표정으로 물었다. 왕견이 말고삐를 뺏으며 초희의 팔을 꽉 잡았다. 초희는 남자의 손에 붙들려 몸을 움직일 수가 없었다.

— 왜요?

초희가 다시 물었다. 여자라서 안 돼요? 검푸른 숲이 계속해서 묻고 있었다. 왕견이 다가왔다. 화가 난 초희는 뒤로 물러서지 않았다. 뒷걸음질 치지 않는 여자의 다리와 격정을 참을 수 없는 남자의 다리가 포개어졌다. 두 사람의 입술이 부딪쳤다. 성급한 입술은 혀까지도 밀어내며 입을 막았다. 말을 할 수 없는 얼굴 아래로 저고리 옷고름이 풀어져 내렸다. 초희의 머리카락에 마른 풀잎들이 붙었다.

왕견의 손이 초희의 젖가슴 속으로 들어왔다. 초희는 옷가지들을 하나씩 벗어던졌다. 여자이고 싶은 밤이었다. 달빛이 젖가슴 사이로 흘러내렸을 때 왕견은 젖가슴에 부끄러운 얼굴을 묻어버렸다. 왕견은 여자의 머리카락을 쓸어 올리며 젖꼭지를 깨물었다.

아아아, 먼먼 뱃고동 소리처럼 묵직해지는 시간이 몸을 틀고 있었다. 초희는 몸 밖으로 물을 흘려보냈다. 여자를 붙잡고 싶은 남자의 몸은 빠르게 움직였다. 왕견은 달을 향해 엉덩이를 들었고 초희는 풀잎에 귀를 묻고 두 다리를 조였다.

이랴! 초희는 순간에서 영원으로 달리는 마차가 급하게 출발하는 소리를 들었다. 하늘길을 달리는 것처럼 알몸이 자꾸만 미끄러지면서 흙이 구르는 소리도 더는 들리지 않았다.

초희가 어깨에 멘 시통이 떨어져 구르면서 뚜껑이 열렸다. 반쯤 비어져 나온 시가 달빛에 흥건히 젖어갔다. 초희는 시와 시간이 몸을 섞는 소리를 들으며 가쁜 숨을 삼켰다. 바람이 눈을 감았다. 한껏 붉어진 달이 먹구름 속으로 쑥, 들어갔다.

23

갈잎 소리도 나지 않는 적요가 검은 담장 위를 휩싸고 돌았다. 종루에서 뎅뎅, 종소리가 울렸다. 밤공기를 가르는 유일한 소리, 파루였다. 종소리에 익숙한 동네 개들은 짖지 않았다. 사대문이 열리고 통행이 시작되는 오경 삼 점의 시간이었다.

유일하게 새벽까지 불을 밝힌 집이 있었다. 사대째 줄줄이 판서를 냈다는 하당 김첨의 집이었다. 사랑방의 불이 흐려지면서 방문으로 새벽이 들어오고 있었다. 술상 주위로는 서인 사람들 서너 명이 앉아있었다. 차갑게 얼려온 술은 미지근해졌고 뜨거운 화전은 식어있었다.

— 영감. 새벽이 오고 있습니다.

윤두수가 의미심장한 얼굴로 말했다. 옆에 앉은 윤근수가 고개를 끄덕였다.

— 조정의 판을 갈을 때가 되었지요.

홍성민이 말했다.

— 허엽 대감이 전하와 독대를 자주 합니다. 명나라 길에도 부자父子가 함께 다녀온 예는 조선 역사에 없습니다. 특정 당파가 활개를 치면 조정은 곡학아세가 됩니다. 같은 사림인데 정치를 독식하는 꼴이 되었습니다.

윤근수가 말했다. 모두 서로의 얼굴을 바라보며 정색을 했다.

— 허엽과 허봉 문제뿐만 아니라 서경덕과 허엽의 관계도 석연치가 않습니다. 주기론을 내세운다고는 하고 있으나 실은 이단 종교인 도교를 백성에게 전파하려는 요량이 아니겠습니까?

— 그건 조선 성리학에 반하는 사상입니다.

김첨이 말했다.

— 신선도라고는 하지만 사라져야 합니다.

— 서화담이 도인 행세입니다. 면벽 좌선으로 세상의 이치를 깨우친다고 글자를 사방 벽에 부적처럼 붙여놓고 있답니다. 글자를 통해 뭘 알아내겠다는 뜻인지. 원.

— 같은 동인 쪽 인물이지만 퇴계 선생의 이론은 훨씬 명료합니다. 세대 간에 융통성이 있었고 포용심도 있었지요. 나이가 한참 아래였던 고봉 기대승과의 토론이 진지했고 격렬했다는 후문입니다.

— 옛사람이 그립군요.

김첨이 말했다.

— 고려의 풍속이 문란해진 것은 오두미교 때문입니다. 이승이 어쩌고 저승이 어쩌고 하면서 이상한 도술로 혹세무민하는 것이었지요. 도를 배운 사람에게는 쌀 다섯 말을 내게 했던 후한시대 장도릉의 짓을 기억해야 합니다.

홍성민이 말했다.

— 허엽의 아들 중에 허균은 한 성질 하는 놈으로 유명하다고 합니다. 시회에서 싸움닭으로 유명하고 어린 나이에 산속을 다니며 칼잡이들과 수련을 한다고 합니다.

— 문한가에 생뚱맞게도 칼이라니!

— 초당의 속셈이 뭘까요.

— 후한시대에도 그랬지요. 장도릉에서 그 아들 장형으로 또 그 아들 장로로 세습되었지요. 허봉이 조정에 출사했으니 허균도 조정에 출사할 것이 아닙니까.

— 허씨 문중이 활개를 치겠군요. 허엽 대감이 사람들 앞에 나서지 않는 이유가 따로 있지 않겠습니까. 비밀스럽게 사병을 키운다는 말도 있어요. 다들 정도의 차이는 있지만 태조시대처럼 조금씩 사병을 키우기도 하는데 혼자서 비밀스럽게 키울 이유는 뭡니까.

— 부러 은자의 흉내를 내는 것이 아니겠습니까. 고도의 수가 아닐까요. 전하와 독대를 하는 마음에 욕심이 없다 할 것입니까.

김첨은 흥분한 어조였다. 김첨은 서인으로 오기 전에 동인의 무리들과 잘 어울리지 못했다. 그에게 허엽은 까마득한 존재였다. 서인으로 당파를 옮기고 나서 허엽을 바라보니 느낌은 확 달라졌다. 허엽의 속을 알 수 없던 감정에서 뭔가가 슬쩍 걷히는 느낌이었다.

— 강릉에 있을 때에 초당의 집에 가본 적이 있습니다. 집안 분위기가 뭔가 독특하던데요. 집안 곳곳에 숨겨놓은 비서들이 많을 겁니다.

오른쪽 구석에 앉아있던 김윤이 조심스러운 목소리로 끼어들었다.

— 허봉의 움직임은 어떠합니까?

— 조심스럽고 찬찬한 성격인지라 특별한 행보는 없습니다.

— 초당 대감이 그냥 키우지는 않았을 겁니다.

— 허엽의 세력이 점점 커지는 것을 막아야 합니다. 사교로 몰아가면 우리 쪽에 승산이 있습니다.

— 동인 쪽에서 누구를 옹립할 거라고 생각하십니까? 우리도 가만히 앉아서 기다릴 수는 없습니다. 중전이 어느 세월에 죽겠습니까. 후궁들 중에서 광해군 쪽에 묘수를 두어야 합니다.

— 아직은 뭐라 말할 수 없어요. 이율곡 대감께서도 그 문제는 유보하고 있습니다. 왕실의 문제에 신중하자는 뜻이 아니겠습니까. 명쾌한 순서대로 하나씩 해나가자는 뜻이겠지요. 아직은 전하의 속마음을 알 수 없다 하셨습니다.

김첨은 말없이 앉아 있는 아들을 자꾸 쳐다보았다. 허엽의 아들들. 김첨은 남몰래 한숨을 내쉬었다. 세상이 변해도 변하지 않는 것은 문조였다. 그 딸 초희에게도 남다른 문조가 있다는 소문이었다. 문조는 관운과 통했다. 그 딸에 맞는 사위를 들일 것이니 허엽에게 아들은 더 늘어날 것이었다.

서인으로 옮긴 이후에도 변하지 않은 것이 있다면 글재주에 대한 부러움이었다. 허엽이 허봉과 명나라 길에 올랐을 때에 김첨은 절망했다.

김성립은 졸음에 겨운지 고개를 숙이고는 관자놀이에 손가락을 갖다 대었다. 김첨의 눈빛이 차가워졌다. 조심해야 할 순간들을 무수히 넘긴 자가 느끼는 직감은 정확했다. 직감은 몸이 느끼는 반응이었는데 늙어갈수록 상황분석이 빨라지고 정확해졌다.

아들은 아비의 차가운 눈초리를 모르고 있었고 처음부터 대화에 참여하고 있지 않았다.

— 시회의 동향은 어떠하냐?

김첨이 아들에게 말을 걸었다. 김씨 가문을 이끌 유일한 외아들이었다. 남자란 모름지기 글을 알고 사람을 알고 세상을 알아야 했다. 여러 시회를 돌아다니라고 시킨 것은 김첨이었다. 여름 과일이고 가을 과일이고 죄다 먹어보아야 달콤한 과일 맛을 분명히 알 수 있는 것이다.

딴생각에 빠진 김성립은 아버지가 부르는 소리를 듣지 못하고 있었다. 옆에 앉은 김윤이 김성립의 옆구리를 툭 쳤다.

— 시회는 어떠하냐?

김첨이 다시 물었다.

— 학우당보다 무륜당이 재미있지만 사람들이 별 볼 일 없습니다. 시회로는 조잡합니다. 고려 왕손이라는 자도 있지만 대부분 서자들이고 노비도 끼여 있습니다. 시를 짓기보다는 주로 말을 타고 사냥을 합니다.

— 주제에 시는 무슨. 시회 흉내나 내는 것이지. 근본이 없는 놈들이라 그래.

— 얼마 전에는 문경새재에서 좀도둑질을 한 모양입니다.

허허. 저런. 한두 사람들은 금방 비웃음을 보였다. 김성립은 혹시 말실수를 했나 싶어 조심스럽게 주위를 살폈다.

— 상세히 말해보아라.

모두 김성립을 쳐다보았다.

— 서자들이 산 도적으로 변장을 하고는 상인을 죽이고 돈을 뺏었다 합니다.

— 그 자리에 허균도 있었더냐?

김첨이 물었다. 김성립은 고개를 흔들었다.

— 그런 중요한 일에 끼질 못하다니 안 됐군.

윤두수가 아쉬운 표정으로 말했다.

— 까마귀 날자 배 떨어진 격이 아닙니까?

윤두수가 말했다.

— 글쎄요.

김첨이 말했다.

— 폭우가 쏟아진 후에 강둑이 터지는 것을 보셨습니까? 그것을 대세라고 하지요. 단단했던 흙도 큰물을 맞으면 별수 없어요.

윤두수가 말했다.

— 석과불식이라고 했어요. 씨 있는 과일이나 큰 과일은 나중을 위해 남겨두고 당장은 먹지 않는 것입니다. 허엽의 숨통을 서서히 조이거나 선심을 쓰면서 약점을 잡는 편이 낫지 않을까요. 자존심이 높은 양반에게 차라리 마음의 빚을 지게 하는 꼴이 더 재미있지 않겠습니까. 그렇게 한발 물러서도 우리 쪽에 나쁠 것은 없어요.

김첨이 말했다.

— 그 거두가 순순히 들어올까요?

홍성민이 물었다.

— 들어오게 만들어야지요.

김첨이 말했다.

— 새벽이 오니 일이 풀립니다.

윤두수가 말했다.

— 살펴 가십시오.

김첨이 말했다.

행랑아범이 새벽길을 쓸러 빗자루를 들고나왔다. 김성립이 대청마루 아래에서 공손히 허리를 꺾으며 고개를 숙였다. 갓을 쓴 사내들은 새벽바람 속으로 사라졌다. 솟을대문이 조용히 닫혔다. 김성립이 김첨을 따라 사랑방으로 들어갔다. 촛대 아래로 촛농이 흘렀다. 김성립은 서안 앞으로 다가와 무릎을 꿇었다.

— 따로 할 말이 있는 것이냐?

— 아버지. 소자에게 연모하는 사람이 생겼습니다.

— 뉘댁 규수냐?

— 그, 그건 모릅니다.

— 가문도 모르는 뜨내기 여자는 아니겠지.

— 글을 잘 지으니 가문이 없지는 않을 것이고 음전하고 총명해서 행동이 경박스럽지 않습니다. 궁궐의 공주라 해도 의심하지 않을 것입니다.

— 어여쁘냐?

— 꽃이라 생각합니다.

김첨은 아들의 눈을 쳐다보다가 웃고 말았다. 동쪽으로 난 방문으로 새벽빛이 확연히 들어왔다. 송씨 부인이 위로 몇을 핏덩이로 쏟아내고 겨우 얻은 아들이었다.

— 이놈. 시를 배우라 일렀더니 시회를 돌며 여자를 보았더냐? 하하하. 월궁의 항아라. 두 눈에 꺼풀이 단단히 씌웠구나.

— 아버지.

김성립은 애원하는 얼굴을 들었다. 김첨은 모르는 척 고개를 돌렸다.

— 출신도 모르는 여자를 무턱대고 허락할 수는 없다.

— 소자가 알아오겠습니다.

— 혹시 무륜당이냐?

— 그, 그러합니다.

— 쯧쯧. 고려 왕손에다가 서자에다가 노비에다가 계집까지. 무륜당에서 허드렛일을 하는 여자는 아니란 말이지.

네. 김성립은 얼굴을 아래로 숙이며 겨우 대답했다. 여자가 남장을 하고 시회에 다닌다는 말은 차마 하지 못했다. 혼자 간직한 사랑이 바람처럼 사라질까 봐 속이 탔다.

아들의 얼굴을 유심히 바라보고 있던 김첨이 말했다.

— 다음에 이야기하자.

김성립이 공손히 뒷걸음으로 물러갔다. 김첨은 사랑방으로 청지기를 불렀다.

— 무륜당에 여자가 있는지 은밀히 알아보아라.

— 예. 나리.

사랑방 촛불이 꺼졌다. 김첨은 자리에 누웠다. 노비들이 마당을 쓰는 소리와 물을 긷는 소리가 꿈결처럼 들렸다. 부엌 아궁이 속으로 장작개비들이 들어가고 불이 지펴졌다.

부산한 아침이었다.

24

당신을 닮은 옷이에요. 초희는 왕견에게 학창의를 선물했고 왕견은 학창의를 곱게 개어 대들보에 올렸다.

— 당신의 꿈은 뭐예요?
— 내 자신을 버리는 것이오.
— 당신을 온전히 버릴 수 있어야 사람들이 따를 거예요.
— 다 버릴 것이오.
— 나도 당신을 따를 거예요.
— 당신은 시인인데 무엇을 위해서 자신을 버리는 거요?
— 글을 위해서이지요.
— 나는 혁명가이니 신념을 위해서요. 글과 신념이 가까운 사이인지는 모르겠으나 신념은 가난과도 가까운 사이요. 당신이 내 옆에 있으면 점점 배고파지고 헐벗게 될 것이오.
— 나는 정신이 고파지는 것이 더 두려워요.

숲에서 새가 울었다. 나무들이 화답했다.

초희는 풀숲에 머리를 누이듯이 왕견의 품속으로 파고들었다. 두 사람은 비단 한 필을 덮고 누웠다. 왕견의 품은 볏짚 속처럼 따뜻했다.

초희는 처음으로 말똥을 만졌다. 밤을 새운 왕견이 마구간에서 나왔고 옷에는 지푸라기가 잔뜩 달라붙었다. 왕견의 말이 죽었다. 비가 오던 숲에서 말발굽이 미끄러졌다. 왕견은 걸어 다녔다. 초희의 붉은 말이 왕견을 따라다녔고 말 위에는 두 사람이 앉게 되었다.

숲에 비가 내리기 시작했다. 왕견은 풀피리를 불고 있었고 초희는 노래를 부르고 있었다. 노랫소리는 먼발치를 돌아 되돌아왔다. 비가 그치고 햇빛이 쏟아졌다. 햇빛은 팔각의 처마마다 매달렸다.

초희는 고려의 여자처럼 머리카락을 빗어 올려서 정수리 위로 묶었다. 굴씨 성을 가진 여자가 만들었다는 굴계머리였다. 왕견은 고려의 남자처럼 앉아있었다.

왕견은 밤이 침범했을 때 검을 들고 계곡으로 갔다. 밤이 깊을수록 달과 별은 옻칠 자개처럼 박혀 있었다. 깊은 물이 낮에도 나무들을 거울처럼 비추는 곳이다.

별빛이 쏟아져 내리는 건지, 별들이 땅으로 내려온 건지, 애초에 하늘과 땅의 구별은 없는 건지, 밤은 야멸차게 침범해 들어오고, 별들은 그 야멸참 속에서 가장 성스럽게 빛났다.

왕견이 검을 들고 칠흑의 허공을 겨누었을 때 치맛자락을 들고 아무리 쥐걸음으로 살금살금 걸어도 왕견은 초희의 발걸음을 알아냈다.

쉭쉭쉭

왕견은 바람보다 빠르게 밤을 베었다. 그의 검 끝에서 조선이 잘려 나갔다.

왕견은 검술훈련을 끝내고 가부좌로 앉아 눈을 감고 호흡에만 집중하며 살아있음을 느꼈다. 밤은 통째로 정지해있었다. 초희는 왕견의 차가운 가슴을 꼭 안아주었다. 오랜 세월 낙엽이 쌓이듯 뭔가 쌓여있는 가슴은 검을 잡지 않고는 편안히 숨을 쉬지 못하는 듯했다.

왕견의 스승은 선도 수련으로 유명한 박탈해였다. 태백산 꼭대기에서 비밀스럽게 몇몇 제자들을 키워냈다. 선도의 맥은 음지에서 음지로 꽃을 피우며 뻗어나가고 있었다.

— 원래 우리 민족은 개개인이 모두 신선이에요. 스스로 하늘의 덕성을 알고 자기 삶을 자유롭게 경영하며 주변의 모든 생명을 아끼는 홍익인간의 정신이 있지요. 원래 집단에 맞는 사람들이 아니었어요. 중국인들보다 별의 운행을 제일 먼저 깨달은 민족이니, 개개인으로 보면 누가 누구 밑에 들어갈 사람들이 아닙니다.

— 나도 오라버니께 들었어요. 선도처럼 유불신을 회통해야 한다고. 각자의 개성을 존중해야 한다고. 지금 조선은 성리학의 근본을 망각하고 겉으로 보이는 예만을 중시하며 집단과 서열을 강조한다고.

— 조선은 명나라를 아버지처럼 섬기고 있어요. 원래 우리

는 주체성이 강한 민족입니다.

초희는 왕견의 마음을 쓰다듬으며 웃고 또 웃었다. 왕견은 가끔씩 손을 뻗어 초희의 귀밑머리를 매만졌다.

— 나도 검술을 배우고 싶어요.

— 여자가 검을 잡을 일은 없겠으나 건강에 좋으니 가르쳐 줄게요. 신라의 풍류가 그랬죠. 평소에는 자연과 더불어 심신 수련을 하고 위기가 닥칠 때는 나라를 지키고 생명을 보호하는 것이 검의 정신입니다. 국란이 오면 나는 백의종군할 거요.

— 나도 여자라고 제외되는 것은 싫으니 남장을 하고 백의종군하겠어요.

— 초희는 여자 같지 않은 여자라서 좋소.

— 당신은 내가 말하기도 전에 내 생각을 읽어요. 영혼이 통하면 말을 안 해도 상대방의 생각을 읽는대요.

왕견의 손가락이 초희의 입술을 스쳤다.

— 인간의 생명을 적자니 서자니 차별해서 가르는 건 옳지 않아요. 서자가 왜 태어나는지를 보아야 할 것입니다.

— 맞아요. 우리 집 남자들은 안 그런데…….

초희의 얼굴이 어둡게 흐려졌다.

— 어쩌면 우리는 살아가는 데에 바빠서 우리가 어떤 사람들이라는 것을 망각하고 있는지도 모르죠. 우리 모두가 하늘로부터 온 거룩한 존재들이라는 것을 알아야 해요. 생명의 조화로움을 이 땅에 펼쳐야 되는. 사실 성리학도 그걸 연구하는 학

문이죠. 하늘의 덕성으로 이 땅을 어떻게 경영해야 하는가의 문제를. 형이상학은 항상 형이하학의 문제를 어떻게 풀어내는가가 핵심이죠. 그래서 어려운 거죠.

— 글은 뜻이 명료하게. 백성들에게 전하는 글이니 문장은 짧은 단문으로 쓸 거예요. 그래야 백성들이 쉬이 읽어요.

내 사랑. 왕견이 초희의 이마에 입술을 갖다 댔다. 나무에 묶인 붉은 말이 울음소리를 냈다.

하늘이 있을까. 왕견이 풀 위에 누워 구름을 쳐다보며 말했다. 초희가 그 옆에 누웠다.

— 구름이 아무리 모양을 바꾸어도 하늘을 벗어날 수는 없어요. 어디로 흘러가는 것처럼 보이지만 언제나 태양 곁에 머물러있어요. 나는 오직 태양만을 믿어요. 언젠가는 사람에게 주는 글이 아니라 하늘에게 주는 글을 쓸 거예요.

왕견은 손가락으로 초희의 머리카락을 쓸어 넘겼다. 흰 목덜미가 드러났다.

왕견은 불안한 마음을 안고 벌떡 일어섰다. 불안은 행복의 또 다른 얼굴이었다. 지금까지 생각해보지 않던 문제였다. 왕견은 고개를 숙이고 내내 풀밭을 걸어 다녔다. 여자를 만나기 전에는 계절이 지나가는 것도 몰랐는데, 계절은 정확하게 지나가고 있었다. 흰 들꽃을 따서 동그랗게 화관을 만들고는 초희의 머리에 씌워주었다.

— 난 줄 게 없소.

— 다 줬잖아요.

— 세상 남자들처럼 말이오.

— 난 패물 따위는 싫어요. 시간에 변하지 않는 영원한 것을 가질래요.

태양과 동무하고 달과 동무하는 날들은 사라졌다. 초희의 눈에는 태양도 달도 눈에 들어오지 않았다. 태양과 달은 왕건의 눈동자 속에서 뜨고 졌다. 왕건은 초희의 시에서 말을 타고 달렸다.

무륜당 모임이었다.

— 실천 강령을 말씀드리지요. 사람들이 많이 다니는 저잣거리에 벽서를 붙여서 우리의 뜻을 널리 알려야 하며 또한 군자금이 필요합니다. 상단의 장삿길을 봐주는 방법도 있습니다. 거상은 어렵지만 작은 상인과는 협상할 수 있어요.

사내들이 고개를 끄덕였다.

— 여러분은 양반 집 개구멍으로 들어왔다는 서자들입니다. 글자를 알고 밥을 굶지 않으니 자족하며 산하를 떠돌겠소? 높은 벼슬은 적자들 차지이고 우리는 평생 반쪽으로만 살아야 하오. 우리는 뜻이 큰 사내대장부가 되어 궁궐에 들어갈 것이오. 여러분은 대장부요?

왕건이 물었다.

— 대장부요!

사내들의 목소리가 산속에 쩌렁쩌렁 울렸다.

초희는 정자각에 앉아서 문장을 다듬고 생각을 다듬었다. 정자의 여섯 개 기둥으로 바람이 드나들었다.

왕견도 붓을 들고 글을 쓰며 종이 뭉치들이 바람에 날리지 않게 돌덩이로 꾹 눌러놓았다. 벽서가 백장이 되었다. 왕견은 기둥에 매어 놓은 말고삐를 풀었다. 초희는 말안장에 물통을 단단히 매달았다. 왕견은 다른 사내들과 함께 말에 올랐다. 다, 다, 다, 닥 말발굽 소리가 귓가에서 멀어져갔다.

초희는 나뭇가지를 헤치며 빈 물통을 들고 샘물로 걸어갔다. 고요한 샘물이었다. 샘물에는 시간이 부유하고 있었다. 초희는 조용한 물을 깨울까봐 물통을 담글 수가 없었다. 한참을 바라보다가 물통을 내려놓고 몸을 엎드렸다.

샘물 위에 얼굴을 들이댔다. 초희는 부초를 들여다보고 있었다. 초희는 손가락을 들었다. 손가락 끝에서 작은 파문이 일어났다. 초희는 머리카락을 풀었다. 초희는 물속에서 평화를 보았다. 초희의 눈동자로 물이 들어왔다. 귀밑머리가 담뿍 젖어 들었다.

숲의 나뭇가지 사이로 남자의 얼굴이 있었다. 초희는 문득 고개를 들었다. 산새가 하늘로 푸르르 날아올랐다. 다람쥐는 소나무로 쪼르르 달아났다. 한 남자가 초희에게 자루를 씌우고는 어깨에 들쳐 메었다. 초희는 자루 속에서 버둥거렸지만 힘이 좋은 남자는 가볍게 말을 탔다.

허엽의 집이었다. 사랑방에는 세 사람이 모여 앉아있었다. 허엽 옆에는 그리다 만 새 그림이 놓여있었고, 김씨 부인은 알록달록 수를 놓은 비단 천을 구겨 쥐고 있었다. 김씨 부인 옆에 앉은 허봉의 얼굴은 심각했다.

— 후원에 있어야 할 초희가 왜 남한강에 있어!

허엽은 이해할 수 없다는 표정으로 서안을 쾅 내리쳤다. 노기가 짙은 얼굴이었다.

— 집안 단속 못한 죄를 물으세요.

김씨 부인의 얼굴이 새파랗게 질렸다.

— 그리도 앙큼한 년일 줄이야! 종년 말을 믿은 제가 잘못이어요. 어릴 적부터 보아 와서 믿음이 깊었는데 그리도 거짓말을 꾸며댈 줄이야! 행랑어멈에게 들키지 않았으면 끝까지 속였을 텐데 그걸 생각하면…….

김씨 부인은 섭섭이를 광속에 가두어놓은 것만으로는 분이 풀리지 않는 듯 몸을 부들부들 떨었다.

— 섭섭이 말을 듣고 급히 알아보았는데 한발 늦은 듯합니다. 그곳 관에 밀고가 들어와서 비밀 시회에 모였던 사람들을 모두 잡아갔다고 합니다. 시회랍시고 술판을 벌이며 나라 욕을 해대니 평소에도 눈엣가시였을 겁니다. 관에서야 단속을 하라는 밀고가 들어왔으니 움직일 수밖에 없었겠지요. 그래서 한창 조사를 벌이는 중이라고 합니다.

허봉이 말했다. 다행히 균과 마동이는 화담에 머물러 있었다.

— 그럼 초희는 어디에 있다는 것이냐.

— 기다리세요. 어머니. 양평 두물머리에 사람을 풀었으니 곧 소식이 올 겁니다.

허봉이 눈물을 흘리는 어머니를 바라보며 말했다.

허엽은 종이 위에 붓을 들고 새를 그리는 중이었다. 머리에 관을 쓴 새였다. 난초와 새는 잘 어울렸다. 달을 물고 온 새. 달을 그리지 않아도 새는 달이었다.

허엽은 종이 속의 새를 노려보았다. 미처 두 날개를 그리지 못했다. 깃털보다 머리의 관이 또렷한 새가 되었다. 허엽은 화가 치밀어 오르는 듯 종이를 힘껏 구겨버렸다. 사랑방 문의 문살로 속절없이 달이 지고 있었다.

허봉은 양평 관아로 내려갔다. 지하에서 타오르는 횃불은 간간히 죄인들의 얼굴을 비추었다. 고문을 받은 사내들의 신음소리는 간간이 들렸다. 횃불은 높았고 신음소리는 낮았다. 왕견은 붉은 두건을 매고 있었다. 붉은 두건으로 맨 짧은 머리카락이 풀어져서 이마까지 흘어져 내렸다. 숱이 많은 머리카락은 두 눈썹을 가렸고 그 사이로 눈동자가 보였다.

— 시회 무리 중에 여자가 있다 들었소.

허봉이 왕견에게 다가가 물었다.

— 여자는 없소.

— 내 여동생이오.

— 시인 말이오?

— 아는 것이 있으면 말해주시오!

허봉이 다급하게 물었다. 왕견의 눈동자는 한껏 흐려졌다.

— 그 여자가 나리의 여동생인지는 알 수 없어서 대답할 수가 없소. 이름도 모르고 사는 곳도 모르니 어느 집안사람인지도 모르오. 물어본 적이 없소. 그런 건 중요하지 않으니까.

허봉이 원하는 대답이 아니었다. 허봉은 감옥 문을 붙잡고 불쾌한 표정을 지었다.

— 다른 서자들은 아비들이 손을 쓸 것인데. 한양 땅의 실세들이니 가만히 있을 아비들이 아니지. 불행하게도 자네만 아비가 없군. 내가 살려주면 여동생을 찾아주겠소?

— 내가 떠날 때 그 여자를 숲에 두고 왔소. 얼마나 잘한 일인지 자꾸 웃음이 나는군요.

허봉은 왕견을 보며 가벼운 두통을 느꼈다. 여자가 살아 있다는 사실 하나만으로 죽음을 쉽게 받아들이는 남자의 얼굴을 본 것이다.

왕견은 다른 사내들처럼 조건을 내세워 타협하려 들지도 않았고 살려달라고 매달리지도 않았다. 허봉이 미묘한 감정을 털어내려 어색한 웃음을 웃었고 왕견은 고개를 숙였다.

— 날이 밝으면 한양으로 넘길 겁니다.

양평 목사가 허봉에게 다가오며 공손히 말했다.

— 그만한 가치가 있다고 보는가?

허봉은 아무 감정도 섞이지 않은 표정으로 짧게 말했다.

25

노란 달빛이 나뭇가지 사이로 들어가며 푸른빛으로 부풀어지는 시각이었다. 밤은 정적과 함께 자시로 치닫고 있었다. 삐걱, 솟을대문이 열렸다. 허엽은 대청마루 위에 서 있었다. 김첨이 웃으며 마당으로 들어섰다.

— 어서 오세요. 낮에 기별을 받았습니다.

— 밤늦은 시간에 폐를 끼칩니다.

김첨은 동인에 있을 때에 홍문관 정5품 교리였다. 지금은 정 3품 승정원 승지가 되었다. 상 당상관이 되어 흑각을 옥관자로 갈아붙였다. 김씨 부인이 서둘러 주안상을 들여왔다. 조심조심. 김씨 부인은 주안상을 들은 여종들을 향해 속삭이며 옆에서 걷고 있었다.

— 개성에서 들여온 태상주입니다.

— 어유, 이리 귀한 술을!

김첨의 얼굴이 환해졌다. 보기 드문 파안이었다. 허엽이 먼저 술잔을 들었다.

— 자, 드시지요.

— 민폐입니다. 이 사람은 그저 밤바람이 좋고 달빛이 좋아

서 바둑이나 한 수 두자고 온 길입니다.

— 이 사람도 그렇습니다. 달빛이 환한 밤에는 누구나 쉬이 잠들 수 없지요.

— 그동안 곁이 멀었습니다.

— 허허. 참으로 그렇습니다.

허엽이 학창의 소매 깃을 여미며 술잔을 들었다. 술잔을 잡는 손길에도 단정한 성품이 배어났다. 김첨이 술잔을 쭉, 소리 나게 들이켰다.

— 궁궐에서만 뵙는 것이 늘 마음에 걸렸습니다.

— 잘 오셨습니다. 동인이니 서인이니 당파는 달라도 한집 안처럼 오고 가야지요.

김씨 부인이 방문을 열었다. 문고리를 잡았던 손으로 얼른 남색 치맛자락을 여미고는 공손히 고개를 숙이며 말했다.

— 대감, 준비가 되었습니다.

— 자, 밤 풍경이 좋으니 후원 정자로 드시지요.

허엽과 김첨은 후원의 쪽문을 열고 허리를 굽히며 들어갔다. 하늘의 반달을 본뜬, 월문이었다.

— 문이 독특합니다.

— 문을 작게 만들었습니다. 생각이 맑은 어린아이만 허리를 펴고 들어가는 문이지요.

허엽이 김첨을 보며 처음으로 웃었다. 김첨은 월문을 바라보며 허엽의 웃음을 웃음으로 받아넘겼다.

— 하하. 욕심을 숨긴 어른은 허리를 굽혀야 한다는 뜻이군요. 초당 대감답습니다.

후원의 작은 연못에는 푸른 연잎이 떠 있었다. 연못에 두 발을 담근 정자였다. 사방으로 문을 열어 놓아서 밤 풍경들이 가깝게 느껴졌다.

허엽은 김첨과 마주 앉아 바둑을 두기 시작했다. 허엽은 동인의 영수였고 김첨은 서인에서 두 번째 서열이었다. 두 사람 뒤에는 검은 옷을 입은 심복들 십여 명이 어둠 속에 둘러서 있었다. 나무와 사람은 구별되지 않았다. 두 사람은 바둑판에 시선을 던지면서 상대방의 명수를 꼼꼼히 헤아렸다. 두 사람은 동시에 오른손을 들어 흑백 돌을 각각 여덟 개씩 놓았다.

— 하하. 오늘은 초당 대감과 이렇게 대국을 하게 되었습니다. 참으로 광영입니다.

— 예로부터 금기서화라 하였습니다. 거문고와 바둑과 글과 그림은 늘 하나였으니, 고려시대부터 그랬지요.

허엽이 왼손으로 턱수염을 매만지며 말했다. 김첨은 허엽의 행동을 찬찬히 살폈다. 선도로 몸을 수련한 허엽은 바람만 불어도 마음의 변화를 읽는다는 위인이었다.

— 초당 대감처럼 유명한 국수國手는 놀이 삼아 두시겠지만, 이 사람은 한번 이겨보고 싶은 욕심이 듭니다만. 허허.

김첨이 반농담으로 말했다.

— 바둑판에 승패를 걸어야 재미있겠지만, 고려 시인 이규

보의 <희선사방장관기>처럼 이기고 지는 것이 무슨 의미가 있겠습니까? 달은 서쪽으로 가는데요.

허엽이 흙물이 풀어지듯 어두운 나무숲을 바라보며 여유롭게 웃었다.

김첨이 바둑판을 바라보며 시를 읊었다.

영롱한 꽃 그림자가 옥바둑판을 덮고
한낮의 소나무가 게으르게 늘어지는 그늘에서
계곡의 백룡을 내기 바둑에서 얻고는
석양에 올라타고 하늘 연못을 향해 출발하네.

〈유선사遊仙詞 42〉 신선세계에서 노니는 노래

— 이 사람의 아들이 들려준 시인데요. 어떻습니까?

김첨의 눈동자가 예리하게 빛났다.

— 예. 좋습니다.

허엽은 조금은 무관심한 듯 턱수염을 쓸며 바둑판을 보고 있었다. 김첨은 허엽의 턱수염이 미세하게 떨리는 것을 놓치지 않았다.

— 흰 용을 타고 천지로 간다니 그 호방함이 이규보의 <희선사방장관기>보다 훨씬 낫습니다.

허엽이 억지 미소를 지었다.

— 예. 그렇습니다. 이규보는 바둑판과 달을 보고 있는 무심

한 과객이지만, 그 시의 주인은 바둑판에 꽃과 소나무를 끌어들이고 흰 용까지 끌어들이는 과감함이 대단합니다. 지상과 선계의 구분이 없어요. 천지 우주를 다 얻은 상상력입니다.

김첨이 턱수염을 한 가닥 쓰다듬으며 정색을 했다.

— 그 시는 내기에서 확실하게 이기는군요. 이 사람도 흰 용을 얻고 싶습니다만. 핫하하.

허엽이 눈을 가늘게 뜨고 파안했다.

— 흰 용을 타고 간다지만, 근데 좀 뭔가 여자 냄새가 나는 시입니다. 여자라고 보기에는 너무 호방합니다만.

허엽이 웃음을 뚝 그쳤다.

— 아드님이 지은 시가 아닌가요?

허엽이 슬쩍 물었다.

— 아들이 그 정도로 시를 짓는다면 무슨 근심이 있겠습니까? 호방함이 천지 우주를 다 장악하는데요. 아들이 들려준 시입니다.

— 그렇군요.

허엽이 눈빛을 숨기려고 눈을 내리깔았다. 김첨도 바둑판으로 눈을 돌리며 말했다.

— 오늘은 시로 마음이 통하는군요. 이 사람이 말을 꺼내기가 훨씬 수월하게 되었습니다.

김첨이 고개를 앞으로 내밀며 진지한 눈빛으로 말했다.

— 말씀하시지요.

허엽이 바둑판에서 눈을 떼지 않고 말했다.

— 정치적으로 중요한 사안입니다.

— 이리 발걸음을 해 주실 때에야…… 그렇겠지요. 이 사람은 진즉에 알았습니다.

— 어이쿠, 성급하게 속을 들켰습니다만 서로 경계하지는 말아야지요.

— 이를 말입니까?

— 이렇게 쉽게 마음을 풀어주시니 감사합니다.

— 내 집에 오신 손님인데 주인이 먼저 마음을 풀어야지요.

— 옛말에 뒤를 따르는 수레는 앞서는 수레를 거울삼아 경계해야 한다고 했습니다. 때로는 바둑알이 언참이 되기도 합니다. 한갓 바둑알이 미래를 예견하겠습니까마는 대세가 그렇다면 조용히 따를 일입니다.

— 무슨 말씀을 하시려는지 좀 어렵군요.

허엽이 껄껄 소리 나게 웃었다.

— 정치가 말입니다. 그동안 따로국밥이었으나 사람의 뱃속에 시장기가 돌면 국이니 밥이니 공연한 구별입니다.

— 그렇지요. 동인과 서인이 있으면 남인과 북인으로 또 갈릴 겁니다. 그러니 동인과 서인의 구별은 무의미합니다. 정치적 쟁론으로 가르지 말고 화쟁지도를 이루어야 합니다.

허엽이 고개를 끄덕이며 대답했다.

— 자, 마음이 합해졌으니 말씀을 드리기가 훨씬 쉽군요. 맹

자가 그랬지요. 정치꾼에는 현자와 불초자, 졸자와 교자가 있다 했습니다. 현명하고, 어리석고, 서투르고, 약삭빠른 자라. 누구겠습니까?

— 오늘은 현자만을 논하고 싶습니다.

허엽이 김첨의 눈동자를 흘깃 쳐다보며 잘라 말했다. 김첨은 대화에 앞서 과도하게 문자를 쓰고 있었다.

— 진자하고 양쪽을 포진했습니다. 무얼 거시겠습니까?

김첨이 말했다.

— 걸다니요?

허엽이 웃으며 대답했다.

— 무엇을 걸지 않고 무엇을 얻겠습니까? 세상의 이치가 그런데요. 누가 공짜로 주겠습니까? 이 사람은 아주 귀하고 특별한 것을 걸어보고 싶습니다.

— 아주 귀하고 특별한 것이라.

— 이 세상에 꼭 하나밖에 없어서 뱃속의 애간장을 끓게 만드는 것을 걸까 합니다.

김첨의 얼굴은 사뭇 진지해졌다. 허엽이 달을 보며 초연한 표정으로 물었다.

— 그것이 무엇인가요?

— 사람 목숨입니다.

— 허.

허엽은 흰 돌과 검은 돌이 어우러진 바둑판을 보았다. 허엽은 바둑판 위에 손가락을 올려놓았다. 흰 돌의 행로는 분명해 보이지 않았다. 어디로 갈 것인가. 허엽은 생각했다.

— 농담이 아니라 마음에 품은 생각이 말입니다. 사람의 심중은 깊고 깊지요. 어두운 산중에 비하리까? 산중에는 달이 환히 비추고 심중에 뜨는 달은 바로 눈동자가 아니겠습니까? 거짓말도 아니고 농담도 아니라면.

허엽이 김첨의 눈을 뚫어지게 쳐다보며 말했다.

— 오늘 이 사람의 말에는 거짓이 없습니다.

김첨이 진정어린 표정으로 말했다.

— 이 사람은 말 3마리를 걸까 합니다. 흑마인데 아주 귀한 놈들이지요. 눈빛이 영민하고 털빛이 고르고 혈통이 순합니다. 태조께서 즐겨 타셨던 천리마의 혈통입니다. 어떠십니까?

허엽이 말했다.

— 오늘은 사람 목숨으로 받겠습니다.

김첨이 말했다.

— 한갓 바둑판인데 어찌 사람 목숨으로 거래를 하겠습니까?

— 참으로 합당한 말씀이십니다. 한갓 바둑판이 이 사람에게는 절절합니다. 이 사람이 어찌 국수國手로 소문난 분을 이길 수 있겠습니까? 사람 목숨을 팔아서라도 대국을 하고픈 마음뿐이지요.

하하하. 허엽이 정색을 하며 웃었다.

— 부러운 것이 한두 가지가 아닙니다. 둘째 아드님 말인데 참으로 훌륭한 자제분을 두셨습니다. 궁궐에서 몇 번을 만나보아도 역시 보기 드문 기남자입니다.

김첨이 허봉을 떠올리며 말했다.

— 과찬이십니다.

— 초록보다 쪽빛이 푸르다 했습니다.

— 과찬이십니다.

— 아, 이를 어쩐다. 벌써부터 말의 쐐기를 박아 놓으시니 허허. 말에서 이렇게 밀리면 아니 되는데……. 과연 말씀에도 거침이 없으십니다. ……이 사람은 지난밤에 잠을 이루지 못해서 아직까지 비몽사몽입니다.

김첨은 난처한 표정을 지으며 말을 돌렸다.

— 무슨 일로요?

허엽은 상대하기가 피곤한 표정을 지으며 물었다. 그리고는 다음 말을 기다렸다.

— 불쌍한 백성 때문이지요.

허엽은 흠칫 놀라는 표정을 지었다.

— 문경새재에서 장사치가 한 명 죽었어요.

— 장사치가요?

허엽은 심상한 표정으로 흰 바둑알을 하나 쥐었다.

— 선량한 장사치를 죽인 것은 도적놈들이었지요. 5백 냥을 훔쳐서 달아났다고 합니다.

— 저런.

— 아주 선량한 사람이었답니다. 피해자가 선량했다는 점에 가슴이 아픕니다.

— 그렇긴 하지요.

허엽은 흰 바둑알을 내려놓지 못하고 있었다. 사방은 어둡고 길이 보이지 않았다.

— 그 도적놈들이 문제입니다. 명문가의 철부지 서자들. 지체 높은 대감들이 하찮은 계집의 치맛자락을 넘보다가 똥을 밟은 꼴입니다. 영의정을 지낸 박순, 목사를 지낸 서익, 평난공신 박충갑, 북병사를 지낸 이제신, 그 외에 심전, 박유량 등이지요. 반쪽 핏줄이니 거두지도 못하고 내치지도 못하고. 허허. 그래서 요즘 조정이 조용한가 봅니다.

— 허.

허엽은 헛헛하게 웃었다. 바둑판에서 수가 밀리고 있었다. 높은 산이 무너져 내려 평평한 땅이 되는 산지박 운세였다. 김첨의 눈동자가 어둡게 빛났다.

— 정치 권력자를 아비로 둔 서자들이지요. 서자 모임의 이름은 무륜당이라 합니다. 천둥벌거숭이들에게 허물을 묻겠습니까마는 윤리가 필요 없는 집이라는 뜻이라고 합니다.

김첨의 표정은 점점 여유로워지고 있었다.

— 철모르는 나이이니 집안에서 회초리로 해결할 일입니다.

허엽은 아무 일도 아닌 듯이 심상한 표정으로 말했다. 김첨의 안색이 굳어졌다.

— 사소한 일이지요. 사람이 가벼우니 죄도 가볍다 할 것입니다. 오백 냥이라 합니다. 술 먹고 계집질하기에는 넘치는 돈이고 역모를 꾸미기에는 모자란 돈이지요.

허엽은 더이상 얘깃거리가 못 된다는 표정을 분명히 드러냈다. 김첨이 굳은 안색을 풀면서 조금 웃었다.

— 일양래복이 아니겠습니까? 겨울이 지나야 봄이 오듯이 아무리 사소해도 나쁜 것이 무너져야 새롭고 좋은 것을 만들지요. 우두머리가 왕견이라는 자인데 고려 왕손이라는 헛말을 해댄답니다. 백주대낮에 저잣거리에 격문을 붙이다가 붙들렸답니다. 게다가 언감생심 이 댁 자제분 이름을……. 아, 그럴리는 없지요.

김첨은 술에 취하지 않은 눈을 들며 얼굴을 붉혔다. 허엽은 바둑알보다 술잔을 바라보고 있었다.

— 우리 집은 서자와는 관계가 없습니다만, 사내라면 배짱 좋게 사고도 치고 그래야 하는데 아들놈들은 글밖에 모르는 반편이라서 말입니다. 허허허.

허엽이 열없는 웃음을 웃으며 응수했다.

— 자제분들이 문장 실력뿐만 아니라 무예 솜씨도 뛰어나다고 들었습니다. 한양 시회에서도 소문이 자자하답니다.

허엽은 술잔을 내려놓고 조금 불쾌한 표정을 지었다.

— 허, 낭패로고.

김첨은 문득 바둑판을 들여다보며 고심하고 있었다. 흰 바둑알이 사방으로 포진되어 있었다. 김첨은 오른손으로는 검은 바둑알을 매만지며 왼손으로는 턱수염을 쓸었다. 허엽은 바둑판을 보지 않았다. 생각은 바둑판 바깥을 돌고 있었다. 묘수는 없었다.

— 오늘은 말이 잘 통합니다.

김첨이 목소리를 높였다.

— 서로가 생각이 비슷하니까 그렇겠지요. 바둑판의 말도 막상막하입니다.

— 막상막하라니요. 이 사람이 밀리고 있는데요.

김첨이 바둑판을 사이에 두고 얼굴을 가까이 들이밀며 조심스럽게 말했다.

— 사람 목숨을 하나 살려주셔야겠습니다.

— 말씀하세요.

허엽의 목소리는 한풀 꺾여 들었다.

— 제 자식 놈이 상사병에 걸렸습니다. 시회에서 여자를 본 모양입니다.

이야기의 방향을 틀어놓는 의외의 말이었다.

— 시회에 여자가 있습니까?

허엽은 경계심을 늦추지 않으면서도 무관심한 척 심상히 대꾸했다.

— 집안에 여자를 몰래 들였습니다. 글을 잘 짓는 선녀입니

다. 아까 이 사람이 읊은 그 시도 아들이 들려준 시입니다. 아마도 그 선녀가 지은 모양입니다. 아들과 바둑을 두는데 아들이 읊더라고요.

— 하하하.

허엽은 호탕하게 웃고 말았다. 김첨의 말言은 풀어놓은 말馬처럼 방향을 못 잡고 있었다.

— 하늘나라 선녀를 방안에 모셔놓고 몰래 밥을 먹이다가 애비한테 들켰지요. 부모 말을 듣지 않고 제 마음대로 여자를 데려왔으니 천하의 불효자이지요. 게다가 점입가경입니다. 혼인을 시켜주지 않으면 죽겠다고 합니다.

김첨이 기가 찬 표정으로 웃으며 말했다. 허엽이 김첨의 웃음을 물끄러미 쳐다보았다.

— 여자가 부모의 마음에 드는 모양이니 불효자가 아니라 효자입니다.

— 이 댁 따님입니다.

— 허, 아마도 다른 사람을 잘못 보신 모양입니다. 이 사람의 딸은 시를 지을 줄을 모릅니다. 겨우 까막눈이나 면한 정도이지요. 게다가 담장 밖을 나가본 적이 없는 아이입니다.

— 귀한 따님을 밖으로 내놓지 않는다는 뜻인 것 같습니다.

김첨의 말은 고기를 낚은 그물처럼 한데로 모아지고 있었다. 초희. 허엽은 속으로 신음했다.

— 혹시 중전의 자리를 기다리고 계신 것은 아니신지요?

김첨이 말했다. 허엽이 오른손으로 무릎을 치며 박장대소했다.

— 하하하. 오늘은 농이 지나치십니다.

— 농입니까?

김첨의 작은 눈동자가 날카롭게 빛났다.

— 하하하. 이 사람의 딸자식을 그리 생각해주시니 감사할 일이지만. 혹시 또 모르지요. 후궁의 자리가 나온다면 기다릴 욕심이 납니다만.

허엽은 조금도 밀리지 않는 태도로 정색을 하며 말했다. 두 사람의 손가락은 바둑알도 술잔도 들고 있지 않았다. 두 사람 사이의 바둑판이 무의미해지는 순간이었다.

— 정히 그러시다면 말을 꺼내기가 아주 쉽군요. 사실은 아들놈이 따님에게 누를 끼쳤을까 봐 무척 걱정했습니다. 중전의 재목으로 키우셨다면 사안이 달라지니까요. 하하하. 여러모로 다행입니다. 대감의 눈에는 제 아들놈이 어떠신지요.

— 옥골선풍의 귀공자라 들었습니다.

— 그놈이 다른 혼처를 그리 마다하더니…… 알고 보니 이 댁 따님을 마음에 두고 있었습니다. 집안을 서로 모르고 있었던 모양인데 그게 인연이고 운명인가 봅니다.

— 이 사람은 아직 딸자식의 혼인에 대해서는 생각해 본 적이 없습니다만.

— 아들놈이 아직 출사를 못 했습니다.

— 어느 댁 자제인데 출사가 어렵겠습니까? 일부러 큰 그릇을 만들고 계시는 건 아닌지요.

— 나름으로는 세상 공부를 한다고 시회를 돌아다니는데… 따님의 시재가 출중하다 하니 천생연분입니다. 혼인을 하면 사위가 처가에 들어가는 풍속이니 아들 하나 얻은 셈으로 생각하시고 이 사람의 아들놈을 받아주시지요. 시로 화답하는 기러기 같은 한 쌍이 될 것입니다.

— 혼인은 인륜지대사이니 신중히 생각해보겠습니다. 오늘은 이만 파국입니다. 어두운 길 살펴 가시지요.

허엽이 웃으면서 자리에서 벌떡 일어섰다. 김첨이 따라 일어섰다. 두 사람은 마주 서서 옷깃을 여미며 공손히 예를 표했다.

— 내일 따님을 보내드리겠습니다.

김첨이 말했다.

— 그 댁에서 보내실 필요는 없습니다. 우리 집에서 가마를 보내지요.

— 그럼 편하신 대로.

김첨이 디딤돌로 내려서며 가죽신을 신었다.

— 종종 바둑을 두러 오시지요.

— 그리하지요.

— 대문간까지 손님을 편히 모셔라.

허엽이 허봉에게 눈짓을 했다. 허봉이 뛰어가서 솟을대문을 열었다. 김첨이 후원의 쪽문 앞에서 허리를 구부렸다. 허엽은 솟을대문이 닫히는 소리를 들으며 눈도 깜빡이지 않고 그대로 서 있었다. 하늘에는 하현달이 걸려있었다.

26

말을 타고 집을 나갔던 초희는 가마를 타고 집으로 돌아왔다. 초췌한 얼굴에 머리카락은 헝클어지고 남장 옷은 남루했다. 김씨 부인이 딸의 몸을 씻기고 녹의홍상으로 갈아 입혔다.

— 아버지께서 기다리신다. 들어가거라.

허엽은 사랑방에 앉아 내내 서책을 읽고 있었다. 초희는 아버지에게 절을 했다. 고개를 숙이자 눈물방울이 뚝 떨어졌다.

— 몸은 괜찮으냐?

— 예.

초희는 고개를 들지 않았다. 허엽은 딸의 얼굴을 갈지之자로 살폈다. 붓으로 획을 긋듯이 상대의 얼굴을 쓰다듬는 눈길은 상대방의 마음을 읽는 허엽의 수법이었다. 허엽은 서책으로 눈길을 돌렸다.

— 그럼. 됐다.

— 아버지…….

— 오늘은 붓을 들지 않았다. 어째 먹물이 시원치 않아. 아

무리 같아도 마음에 안 들어. 똑같이 검은색으로 보여도 많이 달라.

— 아버지께서 약자 편에 서라 하셨어요.

— 너는 네 말이 옳다는 생각에 빠졌어.

— 왜 옳은 것을 옳다 말할 수 없나요?

— 그런 논리는 가진 자를 불편하게 해.

— 옳고 그른 것을 알면서도 무엇이 두려워서 입을 다물어야 하나요. 그런 삶은 싫어요. 아버지.

— 아비는 너를 정치인의 아내로 키운 것이지 정치꾼의 아내로 키운 것이 아니야.

— 예?

— 옳은 것을 주장하는 행동이 소인배 수준이면 정치인은 못 돼. 작당하는 무리는 정치인이 아니라 정치꾼이야. 이 나라 조선에서 정치꾼은 많다.

— 아버지.

— 네 방에 가서 쉬어라.

초희는 녹의홍상 치맛자락을 부여잡고 섬돌 아래로 내려섰다. 눈물 때문에 섬돌이 흐릿했다. 마동이와 섭섭이가 대청마루를 내려오는 초희를 부축했다.

사랑방에는 두 사람이 앉아있었다. 허엽과 김씨 부인이었다. 낮이 그대로 밤이 되었다. 새벽이 오도록 허엽은 학창의를 벗지 않았고 김씨 부인은 녹의홍상을 벗지 않았다.

— 학인學人의 길이 쉽지는 않지. 자사는 사람이 정성을 다하면 저절로 선善에 밝아진다고 했는데…… 화담 선생께서 즐겨 쓰신 글귀였어.

— 종이를 드릴까요?

허엽은 침울한 얼굴로 고개를 가로저었다.

— 나는 문장에 욕심이 많아. 허나 한 번도 후회해 본 적은 없어. ……봉의 문장은 단정하고 정갈하고, 균의 문장은 활달하고 거침없는데, 초희의 문장은 뭐랄까, 아주 독특해. 마당의 동백꽃을 표현해도 그 동백꽃이 이 세상 것이 아닌 듯 하니.

김씨 부인은 내내 남편을 보고 있었다. 남편은 밤새 먹을 갈지도 않았고 글을 쓰지도 않았고 난을 치지도 않았다.

— 서자를 독선생으로 들인 것이 잘못이었나. 신분을 보지 않고 글재주만 본 것인데. 하지만 서자를 서자로 보지 않으면 세상 사람들이 문제 삼아. 몸이 나이를 먹는가, 정신이 나이를 먹는가, 무언가를 한쪽으로는 열심히 뱉어내는데도…… 나는 과욕을 부린 듯이 아직도 어리석어.

김씨 부인이 뭔가 말하려는 듯 잠시 울먹이더니 이내 눈물을 흘렸다.

— 자식 일에는 힘을 쓸 수가 없어.

— 대감.

김씨 부인이 안타까운 얼굴을 들었다.

— 좋은 배필이오. 5대가 연달아 문과에 급제한 문벌 집안

이오. 외가는 경학으로 유명한 이조판서 송기수 댁이야.

초희는 후원의 방에 틀어박혀 나오지를 않았다. 허봉과 균은 초희의 울음이 단단해지기를 기다렸다. 김씨 부인은 딸에게 눈물로 뜻을 전했고 허엽은 아무 뜻도 드러내지 않았다. 초희의 얼굴이 반쪽이 되고 해쓱해졌다. 아비가 없는 사람들 앞에서 아비가 있는 것이 부끄러웠다. 잠에서 깨어날수록, 밥을 굶을수록 왕견을 향한 그리움은 깊어만 갔다.

거친 숲을 달릴 때에도 조용히 말을 나눌 때에도 달보다 풀보다 더 진지했던 남자였다. 그 진실한 마음은 꼭 여름 바람 같아서 초희에게는 저고리 옷고름을 스스로 풀어 보이고 싶은 진정이 있었다. 그 사람을 온전히 다 가졌던 적이 있었던가. 몸은 과거만을 기억하며 야위어갔다. 눈을 감으면 왕견과 사랑을 나누고 눈을 뜨면 외로운 감정에 휩싸였다. 시간은 머릿속에서 뒷걸음질을 쳤고 첫정은 심장에 깊이 박혔다.

균이 마구간에서 두 마리의 말을 끌고 나왔다. 나무에 꽃보다 붉은 색깔이 탁탁 붙는 만추였다. 나뭇잎들은 아궁이 불처럼 환했다. 그러다가 찬 바람이 불었다. 두 계절을 보낸 열락의 꽃들은 찬 바람이 불면서 떨어졌다.

강릉 외가의 뒤뜰에는 태정이 있었다. 작고 동그랗고 깊은 우물이었다. 우물 주변에는 마르지 않은 물기가 있었고 담장 밖 흙길에는 비질이 되어있었다. 그리고 하늘을 이고 선 지붕이 있었다. 유년의 웃음소리는 문살마다 숨어있다가 마당으로 튀어 나갔다. 처음으로 글자를 배우고 붓을 잡았던 집이었다.

기와집밖에는 해송들이 길을 따라 늘어서 있었다. 푸른 솔은 바다 비린내를 뱉어내지 않았다. 솔가지마다 세월을 품어 안아서 굵고 튼실했다. 검푸른 바다와 해송의 가지 위에는 계절이 없었다. 해송은 침묵의 푸른빛을 내뿜었고 바닷물은 격동의 거품을 쏟아냈다. 초희의 눈은 먼 데를 쳐다보며 바다와 해송의 경계선을 훑고 있었다.

— 그 사람과 약속한 거야. 내가 쓴 유선사를 묶어서 서책을 내준다고 했어. 무륜당 사내들 중에서 내 말을 이해하는 유일한 사람이었어. 내 글을 이해하는 유일한 사람이었어. 우리는 서출이건 가난한 사람이건 글재주 있는 사람들을 들여서 사학을 만들 생각이었어. 그 꿈도 저 파도처럼 부질없어.

— 누이…….

— 그 사람 말이야. 말을 하지 않아도 마음으로 통하는 것이 있었어. 아주 오랜 시간 같이 길을 걸어온 사람처럼 말이야.

검푸른 바다였다. 바다 위로 불어대는 바람은 잠시도 쉬지 않았다. 녹의홍상 저고리의 옷고름이 치맛자락을 따라 거세게 휘날렸다. 붉은 치맛자락은 그네를 탈 때처럼 허벅지 사이로 부풀어 올랐다. 바닷물은 발목에서 흩어졌다. 바다는 슬픔을 품어주지 않았다.

파릉교 물가에서 위성 서쪽까지

안개비를 가둔 십 리 제방
말을 맨 왕손은 돌아올 마음 간절하니
녹음방초 거친 자유로움과 다르네.

<양류지사楊柳枝詞 3> 버들개지의 노래

초희는 바다를 향해 절절한 시를 읊었다. 바다는 파도로 화답했다.

— 내가 그이를 따라갔어야 했어! 죽음도 삶도 함께 할 것을!

— 누이!

균은 누이의 두 어깨를 꽉 부여잡았다. 초희는 아픈 어깨를 억지로 빼냈다.

— 사람들 다 싫어!

초희는 균을 향해 악을 쓰며 말했다.

— 밀고가 있었다고 했어! 무서워! 사람 좋은 얼굴일수록 뒤로는 죄를 숨기고 있는 것 같아!

— 시회는 다시 만들면 돼!

— 균. 네가 세상을 보여주었을 때에 내 시가 반쪽짜리 글인 줄을 알게 되었어. 지금은 그것마저 거짓인 것 같아.

— 누이는 무엇을 위해서 글을 쓴 거야? 누이가 슬픈 건 사랑을 잃었기 때문이야? 아니면 사람을 잃었기 때문이야?

균은 화가 난 얼굴로 초희를 노려보았다.

— 누이는 혁명가가 아니라 혁명의 노래를 부른 시인이었던 거야. 왜 그리도 왕건만 생각하지? 다른 사람들도 있는데. 누이에게는 혁명도 사랑인가?

— …….

초희는 침울한 표정으로 입술을 깨물었다.

— 나는 다시 제자리로 돌아가지만 누이는 제자리로 돌아가지 않을 거야. 그 차이를 알아? 사랑 하나에 목숨을 거는 계집은 혁명을 못 해.

— 난 한 길만 봐! 난 두 길을 바라보지 않아! 죽음에 절망하지 않는 게 혁명이라면 난 그따위 혁명은 하지 않아.

초희가 거칠게 도리질을 하며 울먹였다. 균은 검푸른 바다를 등지며 말없이 돌아섰다.

— 혁명이 뭔데? 누이가 혁명이 뭔지 알아?

— 너!

— 누이가 한자로 시를 쓸 때부터 나와는 달랐어. 나는 한자가 아니라 언문으로 쓸 거야. 시가 아니고 소설로 쓰겠어. 누이도 다른 양반들하고 똑같아. 백성이 모르는 한자로 시를 쓰면서 세상에 대해 아는 척, 고상한 척, 제기랄, 구역질이 나. 그래. 어려운 한시를 척척 써내면서 남들과 다르다는 것을 표현하고 싶은 거겠지. 글은 뜻만 통하면 돼. 어느 나라 글자가 중요한 게 아니라고.

— 지금 내 귀에는 아무 말도 안 들려!

— 그럼 듣지 마!

— 아름다운 사람이었어. ……내가 그 사람을 탐했기 때문이야? ……그래서 하늘이 데려간 거야?

균의 도포 자락으로 석양빛이 스며들고 있었다. 균은 답답한 얼굴을 들고 붉어지는 하늘을 올려다보았다.

— 젠장. 더러워서 못 들어주겠군. 말굽은 빠지고 갈 길은 먼데. ……하늘도 사람처럼 방해를 하나? 그럼 아름다운 그대로 놓아줘. 슬픔도 절망도 아름다움만 못하니까.

균은 멀리 서 있는 마동이를 향해 손짓을 했다. 마동이가 말을 끌고 왔고 균은 허봉의 말을 떠올리며 말에 올라탔다. 균은 입을 꾹 다문 표정으로 한양을 향해 말머리를 돌렸다.

초희가 집으로 돌아오던 날에 허봉이 균을 불렀다. 균은 조심스레 방문을 열었고 허봉은 서책을 읽다가 고개를 들었다. 서안을 사이에 두고 균은 무릎을 꿇고 앉았다.

방 분위기는 말을 건네기 어려울 정도로 가라앉아있었다. 벽에 걸린 화조도 족자는 색깔이 또렷했다. 오랜만에 와보는 형의 방이었다. 방의 분위기는 조금 바뀌어 있었다. 늘 보던 화조도 병풍, 각이 선명한 문갑, 용문양이 새겨진 벼루, 그중에 옆으로 길쭉한 그림은 생소했다.

— 못 보던 그림이에요.

— 아차산에서 은거한 신잠의 그림이다. 기묘사화 때에 귀

양을 떠나더니 아예 산속으로 숨어버렸지.

— 첩첩산중에서 말을 탄 선비가 무엇을 찾고 있는 듯이 보입니다.

허봉이 고개를 돌려 그림을 바라보며 말했다.

— 매화를 찾고 있지. 탐매도야. 숨어 살았던 문인이라 작품을 어렵게 구했어. 화조도는 아버지께 드렸다.

— 흰 매화꽃이 하늘에서 내린 눈과 닮았습니다.

— 적막하지. 사람은 없고 풍경만 있다. 자연 속에 사람이 홀로 있으니 자연이 사람을 흡수해버리지. 뭐. 고졸한 멋이야 그린 사람의 마음이 아니겠느냐. 초희도 너만큼 관심 있어 하더구나. 호기심 어린 눈빛을 내가 봤어. 초희를 예전으로 되돌려야 해.

— …….

— 균아. 송나라의 임포라는 사람도, 당나라의 맹호연이라는 사람도 매화를 보며 글을 썼어. 너희 둘이 특히 초희가 예전으로 돌아온다면 탐매도 뿐이냐? 화조도 뿐이냐? 내 방의 서책들도 모두 다 주겠다.

— …….

— 왕견이 누구냐? 고려왕의 후예라면서?

— 좋은 사람입니다.

— 네게 좋은 사람이겠지. 누구에게나 좋은 사람이 한 명쯤은 있어. 그 좋은 사람이 시대와 불화하면 문제이지만. 이달

때문이냐?

— 왜 그런 말씀을 하십니까. 형님답지 않습니다.

— 쯧쯧쯧. 다른 건 보지 말고 글재주만 보라 했더니.

— 형님.

— 누가 사람을 사귀라고 했느냐. 너는 내 말을 쉽게 알아들을 것이라 믿는다. 네 성정은 과격하지만 앞뒤 모르는 무모함은 없어. 초희는 달라. 초희에게 진실을 말해서는 안 돼. 그 아이는 남들과 다르게 진실에 목매는 성정을 가졌어.

— …….

— 이런. 이런. 그건 아니야. 고려왕의 후예라니. 남자가 눈에 잘못 들어왔어. 왕견이 살아있는 줄 안다면 조선 땅을 다 뒤지고 다닐 아이다. 다른 집 규수들은 명문가 도령과 혼인하려고 얌전히 방안에 앉아 수를 놓는데 말이야. 영리한 여자들은 그걸 알아. 맹꽁이 같으니.

— 형님. 누이는 말입니다. 누이는 글을 통해 색을 표현해요. 그래서…….

— 시끄럽다!

허봉이 큰소리를 치며 불편한 심기를 노골적으로 드러냈다.

— 천생 시인이 뭘 알아? 천의무봉의 문장만 알지 세상일에 아는 게 없어.

— 누이의 시재는 만천하가 알아주는 일이라고 하셨지 않습니까?

— 그러니 말이다. 신사임당처럼 말이다. 수를 놓거나 뒤뜰의 화조를 그리고 그러다가 글에 목마르면 글을 쓰기도 하고. 글감으로는 자연이 모두 동무인데 뭐가 부족해서.

— 허면 형님은 이율곡과 같습니까?

— 이놈…….

허봉은 입가를 비틀었다. 마구 호통을 치려다가 철부지 동생들을 달래라는 아버지의 말을 생각하고는 말소리를 낮추었다.

— 형님. 아무리 서책을 읽어보아도 시재를 가진 자가 사람을 구별한다는 이야기는 없었습니다.

— 네 모습을 좀 보아라. 너는 상투를 맬 나이도 아니고 두루마기를 입을 나이도 아니다. 네가 막무가내로 떼를 쓰니 어머니께서 할 수 없이 맞춰주신 옷이야. 조선사회에서는 파격이다. 알고는 있느냐? 너는 또래보다 키도 크고 조숙해서 글자도 일찍 깨우쳤어. 사람들이 너를 네 나이보다 3년은 웃도는 나이로 보고 있어. 아무리 그래도 우습구나. 네 나이에 읽은 서책이 얼마나 된다고 이리 경망스럽게 나서는 것이냐?

— 읽은 서책이 많지는 않겠지만 서책과 세상을 구별하지는 않습니다. 응당 서책 속의 세상을 향해 가야겠지요.

— 너희들이 또래처럼 어울리는 것이 뭐 그리 신기할 것도 없다. 너는 또래보다 조숙하고 초희는 또래보다 미숙하니까. 둘 다 어찌 그리도 철이 없느냐. 세상을 서책에 그려진 그림

정도로 아느냐? 하지만 초희는 너하고는 달라. 사내인 너에게는 딴 뜻이 있을지 모르겠지만 초희에게는 딴 뜻이 없어. 초희는 사내들의 뜻을 모르고 붓과 종이밖에는 몰라. 그 아이는 사내들의 욕심을 모르니 정치도 몰라. 자기 세계 속에 빠져 사는 아이이니 첩첩산중도 규방인지 알거다.

— 형님. 시회 사람들이 누이를 다 좋아합니다. 누이의 얼굴에서 누이의 글에서 그림 같은 세상을 보기 때문입니다. 남들이 생각도 못하는 세상을 글로 써서 보여주니 다들 누이의 글을 읽으면…….

허봉은 가볍게 냉소하며 균의 말허리를 잘랐다.

— 속을 숨길 줄을 모르는 아이이니 그렇겠지. 세상의 겉이 속인 줄로 아는 아이야.

— 이상하게도 누이의 글은 깃발 같아요. 사람을 끌어요.

— 글 속의 풍경이 실재하는 것이냐? 바보들만 모인 시회로구나.

균은 사라진 동지들을 생각하며 눈물을 삼켰다. 허봉의 목소리가 간절해졌다.

— 초희가 그랬어. 붓을 잡으면 머릿속에 자꾸만 그림이 떠오른다고. 너무도 생생한 그림이라서 스스로 멈출 수가 없다고. 균아, 종이를 물속에 집어넣고 손을 떼면 다시 물 위로 떠오르는 듯이 말이다. 그 아이의 성정이 똑 그래. 누군가 옆에서 손으로 꼭 붙잡아 주지 않으면 물 밖으로 튀어 나갈 것처럼

금세 떠오르는 종이처럼 말이다. 초희는 종이가 아니라 사람이다. 몸이 다쳐. 알겠느냐. 네가 해야 할 일이 무엇인 줄을.

— 형님…….

— 오늘은 다른 이야기는 하고 싶지 않다. 며칠 동안 어머니께서는 종일토록 우셨고 아버지께서는 움직이지 않고 먹만 갈고 계셨다. 이번에는 형 말을 들어! 나도 조정에서는 개혁을 부르짖는 사람이야. 세상이 두 얼굴이라는 것쯤은 누구보다 잘 알고 있어. 나는 한 곳만 바라보는 이론으로 사람을 보지는 않아. 이론이 목숨보다 귀하냐. 아버지께서는 목숨 다음에 이론이라고 하셨다. 사람을 죽이는 이론을 내세우지 말고 사람을 살리는 이론을 내세우라는 뜻이다.

— 혁명은 사람을 살리라는 이론입니다.

허봉이 주먹으로 서안을 쾅, 내리쳤다.

— 네 머릿속에만 들어있는 세상이야! 네 놈은 임금도 마음에 들지 않을 것이다! 네 스스로 임금이 되려는 생각은 없느냐?

— 형님!

— 이상理想이라는 허깨비를 따라 천둥벌거숭이처럼 집밖을 싸돌아다니면서 집안에 해를 끼친다는 생각은 하지 않았느냐! 고려왕의 후손에다가 노비에다가 서자까지 모인 그곳이 그따위가 무슨 사회야? 조선 사회를 다 뒤엎겠다는 뜻이냐?

허봉은 거침없이 분노를 표현했다. 사생결단을 내는 목소리였고 고뇌의 강을 건너온 눈빛이었다. 균의 목소리가 한풀 꺾여들었다.

— 단지 작은 소망일 뿐입니다.

— 전부를 내걸고 있지 않느냐?

— 꽃씨는 작지만 그 몸이 전부입니다. 생명을 품고 있어요. 그러니 전부를 걸어야겠지요.

— 초희 같은 말투로구나.

— 억지입니다. 사람대접을 받고 싶다는 것이 왜 잘못입니까?

— 이놈이 끝까지! 네 녀석이 진정 어디까지 보고 싶어서 그러는 것이냐? 가문의 몰락이냐?

허봉의 목소리에서는 쇳소리가 나고, 얼굴은 이마까지 붉어졌다. 허봉은 서랍 안에 고이 간직하고 있던 시들을 꺼냈다.

— 이 시를 봐!

칼을 차고 만 리를 날아가니
하늘 꼭대기 누각에 석양이 걸렸네.
서쪽으로 흐르는 강물에는 세 고을이 갈라지고
산세는 남으로 돌며 큰 풀숲을 숨기네.
발아래는 조각구름이 우거진 풀처럼 생겨나고
눈에는 어두운 바다가 아득히 들어오는데
해 떨어질 때 높이 올라가 돌아보니

변방의 말 울음소리에 살기가 번뜩이네.

<차중씨고원망고대운次仲氏高原望高臺韻 기사其四> 둘째 오빠의 <고원 망고대> 시에 차운하여 짓다

— 어디를 돌아다니면서 이런 시를 지은 것이냐! 전쟁 노래냐! 초희가! 왜!

— …….

균이 고개를 돌리려 하자 허봉은 균의 뺨을 후려갈겼다.

— 내 시에 차운하여 여동생이 시를 지어서 내내 흡족했지만, 전쟁 노래를 왜 짓는 건지는 꿈에도 몰랐다. 단지 시 세계가 조금 변했나 싶었는데, 다 네놈 때문인 줄을 이제야 알겠어!

— 형님!

— 더는 긴 말 하지 않겠다. 부모님은 자식을 보는 마음이 아프니 형이 대신 전하는 것이다. 나는 글에 관심이 있는 것이지 서자에 관심이 있는 것이 아니었어. 이달을 집안에 들인 것을 후회하고 있다. 더는 일을 만들지 마라. 이건 아버지의 뜻이야.

균이 고개를 숙였다. 허봉은 피곤하다는 표정을 지었다.

— 너는 아직 세상을 모른다. 모르면 모르는 대로 의심하지 말고 내 말을 따라라.

균은 방문을 열면서 고개를 돌려 방안의 족자를 다시 한번 쳐다보았다. 족자의 색깔이 또렷해서 눈이 시렸다.

— 여자가 가마가 아니라 말이라니! 바늘이 아니라 칼이라니!

허봉은 균의 뒤통수에 대고 마지막 말을 던졌다.

허봉은 균이 방을 나가고 나서도 한참을 그대로 앉아 있었다. 고개도 돌리지 않았고 팔도 움직이지 않았다. 균은 마당에 서서 방의 불빛을 한참 동안 쳐다보다가 돌아섰다.

균은 과거로부터 벗어나려는 사람처럼 말을 달렸다. 무륜당 동지들 중에는 관졸에게 끌려가다가 죽은 사람도 있었고 가까스로 도망친 사람도 있었다. 누이와 속마음을 나누었으나 이제는 비밀이 생겼다.

강릉에 혼자 남은 초희는 외가에서 짐을 풀었다. 여벌 옷과 붓 한 자루가 전부였다. 왕견이 그리워서 잠을 청했지만 바다는 잠을 깨웠다. 새벽이 되면 뽕나무 가지에 붉은빛이 서리었다가 아침이 되면 스러졌다. 이제까지 바라보던 태양과 달이 아니었다.

초희는 빗물이 내리는 바다를 보았다. 중국 곤륜산에 있다는 요지와 닮았다. 물새 떼가 날아들고 있었다. 뿌뿌뿌. 어디선가 생황소리가 들렸다. 초희는 귀를 기울였다. 소리가 난 방향을 알 수 없었다. 초희는 눈물 젖은 눈을 들고 사방을 둘러보았다. 깊이 잠겨드는 바다의 소리였다. 물새 떼가 하늘 위로 새까맣게 날아올랐다. 저 멀리 물푸레 나뭇가지에 앉은 산새는 내리는 비를 맞으며 앉아있었다. 바다는 자꾸만 잠겨 들었다.

아. 아. 아. 아. 아. 초희는 자꾸만 떠오르는 말발굽 소리에 귀를 막으며 소리를 질렀다. 흰 겨울이 오고 있었다. 바닷가에서 달리다가 꽃신이 벗겨졌다. 거센 파도가 치면 꽃신은 배처럼 바닷속에서 뜨고 가라앉기를 반복했다. 그러다가 조금씩 멀어져갔다. 초희는 꽃신이 사라지면 꽃신을 잊었다. 버선발로 걸어 들어간 밤바다는 거대한 물 항아리였다. 물금의 세계. 가슴이 먹먹하게 가라앉았다.

바다는 대지처럼 광활했지만 말발굽 소리는 나지 않았다. 땅에 닿는 파도만이 갈기를 세우고 있었다. 함께 숨을 쉬던 사람들이 사라지고 옆에는 아무도 없었다. 병 속에 빠진 파리처럼, 미혹의 동굴에 갇힌 토끼처럼, 이별에 미친 감정은 독했다. 분노는 욕망의 다른 이름이었다. 욕망이 고개를 들었고 어둠은 밀도가 높았다. 어둠 속에서 홀로 느끼는 고독은 무서웠다.

쩌렁. 쩌렁. 균이 말을 타고 다시 찾아왔다. 마동이가 초희에게 붉은 말의 고삐를 건네주었다. 초희는 말에 올라탔다. 균의 말이 타박타박 나귀처럼 걷기 시작했다.

— 사람이 가장 많이 상처를 받을 때가 언제인지 알아?

— 글쎄 언제일까?

균이 흐린 얼굴로 말했다.

— 사랑을 잃었을 때야.

초희가 눈물을 흘리며 훌쩍훌쩍 소리를 냈다. 균은 탱탱하던 자존심을 버리고 어린아이처럼 안겨 오는 누이의 울음소리를 들었다.

— 사랑은 어쩌면 이별 연습인지 몰라. 그래서 가슴으로 앓는 걸까. 그래서 눈에 밟힌다고 하는 걸까.

— 누이.

— 그 사람을 용서할 수가 없어.

— 잊어.

— 죽은 사람을 붙들고 분노하거나 절망하기는 싫어. 죽음조차 그 사람을 위해서 걱정하는 것이 아니고 나를 위해서 걱정하고 있어. 그냥 내 삶의 중심이던 무엇을 잃었다는 기분이야. 난 앞으로 어떻게 살지? 나는 나를 걱정해. 이기적이야.

— …….

— 죽음이 뭐지?

— 살아 있는 것들만 생각해…….

— 살아 있는 것들만 생각해도…… 왜 이렇게 의문이 드는 거지? 내가 생각하는 시어라는 것에 의심이 들어. 내가 경험하는 세계와 내가 쓰는 글은 왜 불일치 하는 걸까.

— 누이.

— 궁금해.

— 누이. 더는 말하지 마. 이제부터 달릴 거야…….

— 자꾸만- 궁금해-지는 걸-. 내- 의지대로- 되지를-

않아-. 밤을- 붙잡을- 수- 없듯이-. 낮을- 붙잡을- 수- 없듯이-. 그- 사람- 좋-은- 세-상-으-로- 갔-을-까…….

초희의 목소리가 바람에 날렸다. 균의 말이 갑자기 속력을 내기 시작했고 초희의 말이 성급하게 그 뒤를 따랐다. 그리고 마동이의 말이 그 뒤를 따랐다. 숲은 사라지고 흙먼지가 날리고 나무도 없는 가파른 내리막길이었다.

27

붉은 용포를 입은 선조는 용상에 앉아있었다. 용상 좌우에는 해와 달이 나란히 떠 있었다. 낮과 밤을 응시하는 눈이었다. 해와 달 아래 소나무들은 푸르렀다. 신하들은 홍복을 입고 좌우로 늘어서서 세 번 머리를 조아렸다. 선조가 신하들을 내려다보았다.

— 서책을 읽기에 좋은 계절인가 봅니다. 요즘은 밤을 새워 <정관정요>를 읽고 있어요. 역사적으로 수많은 군주들이 나라가 걱정스러울 때마다 읽은 서책이니 신하들이 간언하는 한 마디 한 마디가 짐의 마음을 끕니다. 지혜로운 말들은 머릿속에서 빛을 내며 무지를 일깨웁니다.

— 망극하옵니다.

— 밤을 지새우며 서책을 읽는 마음은 기쁘나 근심이 따라 붙어 있습니다. 양반집 서자들이 시회를 만들고 좀도둑질을 했다 들었습니다. 무륜이라니, 그 말이 참으로 고약하지 않습니까? 사람으로 태어나서 사람됨을 이루는 것이 당연할진대 윤리를 부정한다는 무리들은 진정 사람이란 말입니까? 노비의 몸에서 태어났는데도 그 아비의 신분을 생각해서 양반에 준하는 권리를 주었는데 말입니다.

— 전하, 보고 배운 것이 없어 속이 편벽된 자들의 소견이옵니다.

동인의 이산해가 홀을 쥐고 나서며 말했다.

— 과인의 눈에는 속이 모자란 백성을 보는 것이 더 아픕니다. 그들도 뭔가 느끼는 것이 있어 그러지 않겠는가? 임금은 태양이라 했는데 혹여 그늘진 곳이 있었는가? 어떻게 하면 백성의 마음속으로 들어갈 수 있겠는가?

— 전하!

좌우 신하들이 단순한 음성으로 외치며 눈시울을 붉혔다. 임금의 옥음은 때 없이 간절했고 속이 깊었다.

임금의 말을 의심하는 신하도 있었다. 서자 사건은 조정에서 논의할 사안이 아니었다. 서자 사건을 문제 삼는다면 궁궐을 가로지르는 쥐새끼 한 마리에 어가를 멈추고 용포를 내리는 격이었다.

— 경들의 생각은 어떠합니까? 조선은 문을 숭상하는 나라

이니 말씀보다 책문으로 답해주시오. 과인이 한 장 한 장 밤을 새워 읽을 것이니.

넓은 대전을 향한 임금의 옥음은 높지 않았다. 좌우 신하들이 일제히 허리를 굽혔다.

— 전하, 이 자리에서 논하게 하소서.

김첨이 말했다. 선조가 고개를 끄덕였다.

— 이 자리에서 경들의 생각을 글로 풀어줄 것을 명하오.

환관들이 먹과 벼루와 종이를 들고 들어왔다. 전례에 없던 일이었는지라 동인 쪽과 서인 쪽 대신들은 모두 숨을 죽이며 상황을 지켜보았다.

동인의 영수 허엽이 앞으로 나왔다. 서인 쪽에서는 김첨이 나왔다. 두 사람은 머리를 숙여 예를 표했다. 두 사람은 왼손으로 홍복의 소맷자락을 쥐고 오른손으로 붓을 들었다. 다른 신하들은 일제히 일어나서 몇 걸음 뒤로 물러 앉았다.

— 조선은 예를 숭상하는 나라입니다. 조선이 세워진 이래로 백성을 교화하기 위한 여러 방편들이 시행되어 왔습니다. 성리학의 이론은 무성하되 제도적으로 분명한 것이 없었지요. 과인의 근심이 그것입니다.

허엽이 먼저 붓을 들었다. 뒤이어 김첨이 붓을 들었고 선조도 두 신하를 따라 붓을 들었다.

허엽 : '무륜당' 이라는 글자를 속뜻으로 해석해야 합니다.

윤리를 거부하는 것이 아니라 참된 윤리를 요구하는 뜻일 겁니다.

김첨 : 누가 누구에게 거짓된 윤리를 강요했다는 겁니까? 명문가 서자들이 어리석은 소견으로 난동을 부렸으니 엄한 벌로 다스려야 합니다.

허엽 : 힘을 쓸 줄 아는 자는 칼을 사용할 것이고, 글을 아는 자는 붓을 사용할 것입니다. 그들은 붓과 칼을 모두 사용했으니 배가 고픈 것이 아니라 정신이 고픈 것입니다. 백성들의 마음을 이해하지 못하면 법은 알고 사람은 모른다 할 것입니다.

김첨 : 법은 미욱하고 어리석은 소견을 가진 백성의 마음을 이해하는 것이 아닙니다. 강력한 힘으로 속된 마음을 교화시키는 거지요. 법이 강력하면 백성은 함부로 나서지 않게 됩니다. 법은 평화의 또 다른 이름입니다.

허엽 : 왕도정치이든 패도정치이든 백성의 마음은 천심이라 했습니다. 백성이 선한 마음을 가지려면 차별을 느끼지 않아야 합니다. 위정자는 법보다 백성의 마음을 헤아려야 합니다.

김첨 : 백성은 임금을 두려워해야 합니다. 임금을 좋아하고 싫어하는 호불호의 주체가 백성이라는 말입니까.

허엽 : 호불호의 주체는 백성이어야 합니다.

김첨 : 왕도정치의 평화와 패도정치의 평화, 진정 어느 쪽이 평화로운 것일까요. 임금은 저잣거리의 왕이 아닙니다.

허엽 : 힘으로 눌러서 얻는 평화는 불완전합니다. 왕도정치의 평화에 비할 바가 아니지요.

김첨 : 패도정치의 핵심은 제도와 법입니다. 조선의 성리학은 선을 밝히는 근본을 예에 두었습니다. 예를 법으로써 강력하게 실행하여야 합니다.

허엽 : 예로써 선을 판단하기는 어렵습니다. 또한 예를 악용할 경우에 선은 왜곡됩니다. 성인은 사람들의 마음을 이끌었을까요. 예가 아니라 선을 통해서였습니다.

임금 : 좀 더 구체적으로 논하라.

김첨 : 개인의 성품이란 마음에 호오好惡를 담고 있어서 완전한 선에 이르기는 어렵습니다. 그러니 보는 사람의 마음에 감화를 주는 것보다 제도적인 방법을 생각해야 합니다. 지난 가뭄에 구휼미를 풀었을 때 쌀을 먼저 받고 싶은 마음에 서로 밀치며 아우성치는 백성들이 있었습니다. 그들의 마음에는 질서의식이 없었습니다. 다음날 관에서는 나무 표를 나누어 주었습니다. 백성들은 나무 표를 받고는 줄을 서서 기다렸습니다. 나무 표가 질서를 세운 겁니다. 나무 표

가 바로 제도인 겁니다.

허엽 : 나무 표에 의지하는 마음이 아니라 스스로 발현하는 마음이 중요합니다. 위급한 상황에서 줄을 서서 기다려도 혜택을 받을 수 있다는 믿음이 있어야 합니다. 아무도 믿을 수 없으니까 아우성을 친 것이 아니겠습니까. 위급한 상황에 나무 표가 쓰이는 것이 아니라 평소에 자연스럽게 체득되어야 합니다.

김첨 : 이 사람은 덕이 아니라 예로써 엄히 가르쳐야 한다는 입장입니다. 덕은 모호하고 예는 분명합니다. 문제를 일으키는 백성들은 세상 물정을 모르고 날뛰는 천둥벌거숭이가 아닙니까?

허엽 : 덕은 모호하지 않습니다. 세상 물정을 모르는 천둥벌거숭이이니 임금의 눈으로 보면 다만 가련할 뿐입니다. 나쁜 행동을 하는 자일수록 좋은 행동이 무엇인지를 알게 해야 합니다. 무지한 자를 벌해야 뭐하겠습니까. 그는 자신의 무지를 알지 못하고 다만 벌을 두려워할 뿐 새로운 사람으로 거듭나기 어렵습니다.

김첨 : 덕은 듣기에는 좋으나 기준이 모호합니다.

허엽 : 예의 측면에서 보면 덕은 개별적이고 모호할 것입니다. 예는 상호 간의 격식이니 간혹 마음보다 격식을 내세워서 예가 이익으로 악용될 경우를 우려합

니다. 그러므로 집단의 예보다 개인의 심덕이 우선 되어야 한다는 생각입니다.

임금 : 마지막으로 제도에 대해 논하라.

김첨 : 크게 보면 한 나라요, 작게 보면 한 집안입니다. 조선에 주자가례가 들어왔어도 미풍양속으로 정착되지 못하고 있습니다. 고려는 성 풍속이 문란해서 망했습니다. 궁궐뿐 아니라 민가에서도 남녀의 혼인이 자유로웠습니다. 한 집안에 음양의 이치를 바로 세우는 일이 중요합니다.

허엽 : 성리학의 중심은 사람입니다. 혼인제도만 바꾸면 서자의 난이 일어나지 않는다는 겁니까. 전하께서는 태양과 같은 어심으로 만백성의 마음을 보셔야 합니다. 제도를 바꾸는 방법도 있지만 제도를 보완하는 방법도 있습니다. 백성을 벌로만 다스린다면 믿음이 사라질 것입니다.

임금 : 이제 붓을 거두라.

— 짐은 오늘 동인과 서인의 양쪽 날개를 보았습니다. 좋은 신하들이 곁에 있으니 든든합니다.

— 성은이 망극하옵니다.

— 예가 형식이라면 덕은 내용이 되겠지요. 서자를 키운 아비에게 죄를 묻고자 했는데 오히려 어미에게 죄를 물어야 하

는군요. 여자가 집안에서 목소리를 높이는 것은 아직 고려의 풍속이 남은 까닭입니다. 한 집안에서 남편으로 본을 세우고 부인의 행실을 단속해야 합니다. 그래야 아버지가 위엄을 세우고 그 아들이 효도를 배웁니다. 아직도 고려를 기억하는 백성들이 있다니 무서운 일이 아닙니까. 고려의 서옥제와 명나라의 친영제에 관해서 좌우 신하들의 의견을 듣고 싶습니다.

— 전하, 서자 문제가 발단이니 혼인 풍습을 바꾸는 것보다는 서자들의 입장을 살펴보는 것이 순서라고 생각합니다.

동인의 유성룡이 말했다.

— 그동안 서자의 행패는 집안 문제로 돌렸습니다. 이건 집안 문제로 넘길 일이 아닙니다. 무륜당 사건은 하나의 실례에 불과하지만 조선 사회의 가장 중요한 핵심을 건드린 겁니다.

서인의 윤두수가 말했다.

— 서자 문제를 다른 방향으로 넘겨서 본질을 간과하지 말았으면 합니다. 서자 문제는 집안 문제가 아니라 과거제도의 문제입니다. 과거제도는 인재를 고루 등용하자는 뜻인데 서자의 경우 재주를 보지 않고 신분을 보니까 문제입니다.

허엽이 말했다.

— 한 나라의 임금은 한 집안의 아버지와 같습니다. 임금에게 칼을 겨누는 것은 아버지에게 칼을 드는 것과 같습니다. 아무리 글재주가 뛰어나도 그런 사람을 나라의 인재라 할 수 있습니까? 이 자리에서 과거제도를 거론하시는 이유가 뭡니까?

서자가 과거를 보고 출사하게 되면 집안에서도 적자와 동등해지는 것인데, 허면 나라의 근본을 바꾸자는 것입니까?

서인의 윤두수가 말했다.

— 근본을 바꾸라는 뜻이 아니고 방법을 보완하자는 뜻입니다.

동인의 이산해가 말했다.

— 고려의 남귀여가혼 제도에서는 남자가 큰 뜻을 품기가 어렵습니다. 이러한 폐단을 삼봉 정도전도 일찍이 간언했나이다.

서인의 정철이 말했다.

— 그랬었지요. 역사 기록을 보면 조선 초기에 그런 말이 있었습니다. 그때는 갑자기 고치기가 어려웠겠지요.

선조는 서인 쪽으로 시선을 돌렸다.

허엽의 표정은 움직임이 없었다. 홀을 쥔 손바닥에 땀이 배어들었다. 조정에 들어온 이후 처음 겪는 난제였다. 사세는 처음부터 불리해 있었다. 유성룡이 허엽의 얼굴을 불안하게 쳐다보았다.

— 조선은 미개한 혼인제도를 선진화된 명나라처럼 바꾸어야 합니다. 사대부들이 먼저 본을 보이시지요. 그동안 한 집안에서 아들딸에게 고루 유산을 나누어주다 보니, 몇 대를 지나면 재산이 하나도 남아있지 않는다고 합니다. 한 집안의 재산을 지키기 위해서는 제사를 맡는 장남을 한 명 세워야 할 것입

니다. 백성들에게 조선의 혼인은 고려의 혼인과 다르다는 것을 알려야 할 것입니다.

— 예. 전하.

좌우 신하들이 임금을 향해 허리를 숙였다.

예조의 하급 관리들이 각 지방의 관으로 말을 달렸다. 관의 수령들이 분주한 발걸음을 내고 저잣거리마다 방이 나붙었다.

고려의 서옥제도를 명나라의 친영제도로 바꾼다. 이제부터 남의 집안으로 아들을 보내지 말고 딸을 보내라.

집안의 법도는 나라의 법도이다. 신하가 임금을 보필하고 섬기듯이 아내는 남편을 보필하고 섬겨라. 그래야 조선의 아들들이 아비를 따르듯이 임금을 따르리라. 이는 위대한 조선을 만드는 일이니 각 집안에서는 소홀함이 없도록 하라.

충효본무이치, 충과 효는 둘이 아니다. <효경>, <삼강행실>, <내훈>을 보급하니 부모는 딸에게 부덕을 가르쳐라. 여자들은 부덕에 관한 책들을 읽고 또 읽어 몸에 담으라. 몸에 밴 예법으로 남편을 보필하고 아들을 잘 키워서 국격을 높이라.

문한가 딸의 혼담은 한양 양반들 사이에 바람처럼 퍼져나갔다. 상대는 5대째 과거급제를 낸 안동 김씨 집안이다. 조용한 집안에 사람들이 드나들면서 김씨 부인은 술상 차려내기에 바빴다. 허엽은 술에 자주 취했다. 솟을대문은 길을 향해 열려 있고 대청마루에는 밤새도록 불이 환했다.

어느 늦은 밤, 손님들을 보내고 난 후에 허엽이 초희를 사랑방으로 불렀다. 허엽은 낮부터 술에 취해 있었다.

— 아버지. 사랑하지 않는 사람과 어떻게 혼인을 해요?

— 초희야. 너는 너 혼자만의 사랑을 사랑이라 부르느냐?

— 아버지.

— 언제 이렇게 컸느냐?

허엽이 조용히 다가와서 딸의 손등을 쓸어내렸다. 아버지의 학창의에서는 흐린 묵향이 아니라 진한 술 냄새가 풍겼다. 아버지 냄새가 아니에요. 초희는 고개를 돌렸다. 속마음은 아버지의 말을 자꾸만 밀어내고 있었다. 허엽은 딸 앞에서 자꾸만 약해지는 마음을 느끼면서 뜨끈한 이마를 손바닥으로 쓸었다.

— 아버지 말씀을 따르겠어요.

초희가 말했다. 말을 하면 눈물이 터질까 봐 참고 있다가 겨우 꺼낸 말이었다.

— 착하구나.

착하다는 말은 남의 말에 순종한다는 뜻이므로 허엽은 평소에 착하다는 말을 쓰지 않았다. 그것을 알고 있는 초희는 힘없이 웃었다. 아버지답지 않아요. 말은 입안에서만 맴돌았다. 초희는 고개를 들지 않았다. 허엽은 딸의 눈물을 보고는 방문 쪽으로 고개를 돌렸다. 방문에 오동나무 그림자가 졌다. 초희는 제 마음속에서 무언가 툭, 떨어져 나가는 소리를 들었다.

겨울의 눈은 묵은 마음들을 하얗게 덮었다. 곧게 내리는 눈송이였다. 초희는 눈을 만진 손바닥을 얼굴에 갖다 대고는 하늘을 향해 차갑게 웃었다. 속눈썹에 내려앉은 눈 때문에 세상은 흐릿하게 보였다. 나를 보고 있나요. 초희는 빠른 속도로 내려오는 눈송이들을 향해 소리쳤다. 초희는 후원에 쌓인 눈을 밟으며 이리저리 뛰어다녔다. 젊은 날의 슬픔은 그렇게 얼어붙고 있었다.

겨울이 가고 봄이 왔다. 꽃들이 소담하게 핀 후원에는 꽃이 지면 또 다른 꽃이 폈다. 차례로 피던 꽃들 위로 꽃샘바람이 지나갔다. 꽃샘바람은 그 어느 해보다 매서웠다. 하늘에서는 갑자기 흰 눈이 휘휘 날렸다. 삼월에 내리는 눈은 땅에 닿기도 전에 형체 없이 스러져갔다. 태양에서 방사된 흰빛만이 쨍그랑 부서지는 소리를 내던 별스런 계절이었다. 섭섭이는 행랑방에서 몰래 아기를 낳다가 산열로 죽었다. 아기도 죽어서 세상으로 나왔다.

어스름한 저녁, 신부집으로 친영을 온 신랑은 말을 타고 있었다. 신랑의 사모관대는 봄꽃보다 화려했다. 말은 울음을 울지 않았고 신부는 얼굴을 들지 않았다. 청색 비단 보자기에 싸인 기러기들이 울었다. 기러기들은 두 발을 묶이고, 두 날개를 묶이고, 입만 묶이지 않았다.

달도 숨은 초야였다.

방 밖에서 수다스럽게 떠들던 구경꾼들은 사라졌다. 창호지문에는 아낙네들이 뚫어 놓은 구멍들만 있었다. 훔쳐보는 눈들이 사라진 구멍으로 밤이 들어왔다. 신랑은 신부만 바라보았다. 신부는 나비촛대만 바라보았다. 두 사람의 몸은 꼿꼿했고 촛불만 조금씩 흔들렸다.

신랑도 신부를 따라 촛불을 쳐다보았다. 두 사람의 마음은 촛불을 따라 움직였다. 그러다가 신랑은 주안상의 술병으로 손을 내밀게 되었다. 신부는 신랑의 모습을 지켜보다가 술상 앞으로 다가가 잔을 받았다. 한 잔, 두 잔, 두 사람은 말없이 술만 주고받았다. 방이 더워졌다. 두 사람은 주안상의 술을 죄다 마셔버리고 사이좋게 잠을 잤다.

다음 날 아침, 초희는 머리카락을 뒤로 묶고는 가로로 비녀를 꽂았다. 흰 목덜미는 저고리 옷깃으로 단정히 가렸다. 거울 속에 비치는 얼굴은 댕기머리를 땋아 내릴 때와 달랐다. 초희는 거울 속을 들여다보며 몸단장을 마치고는 일어섰다.

허엽과 김씨 부인이 사랑방에서 딸 내외를 기다리고 있었다.

— 간밤에 좋은 꿈을 꾸었느냐?

허엽이 웃으며 말했다. 딸과 사위를 바라보는 눈매가 부드러웠다. 김씨 부인 옆에는 잔치 음식을 싼 비단보자기가 있었다.

— 아버지…….

초희는 다음 말을 잇지 못했다.

— 몸도 마음도 다 떠나거라. 이제부터 네 부모는 시가 어른들이다. 네 마음을 친정에 두고는 시부모를 제대로 모셨다 말하지 못한다.

— 알았어요. 아버지. 시부모를 친정 부모처럼 대할게요.

초희가 웃으며 대답했다.

— 그것이 아니다.

허엽이 다시 고개를 가로저었다.

— 네 어미는 네가 아침에 늦잠을 자도 깨우지 않았다. 시부모도 너를 깨우지 않을 것이다. 똑같은 것 같지만 똑같지가 않다. 친정부모는 네가 늦잠을 자도 귀여워하지만 시부모는 네가 늦잠을 자면 싫어한다. 친정 부모와 시부모는 다르다. 마음가짐은 친정 부모로 대하고 몸가짐은 시부모로 대해야 한다.

— 예. 아버지.

초희는 아버지의 글썽한 눈시울을 보며 음전하게 고개를 끄덕였다. 그리고 김씨 부인을 바라보았다.

— 어머니.

— 그래.

김씨 부인은 딸의 손을 꼭 잡으며 눈물을 글썽였다. 특히 분주해진 며칠 전부터는 식사를 제대로 하지 못했다. 다 큰 딸을 바라보는 부모로서 책임을 다했다는 벅차면서도 공허한 느낌. 아침인지, 저녁인지도 모르게 바쁘게 혼인 준비를 하면서 딸을 떠나보내는 마음을 누구한테도 물어볼 수가 없었다.

조선에서는 처음이었다.

강남촌에서 태어나고 자라서
어릴 때는 이별을 몰랐지요.
15살에 어찌 알았겠어요.
제 마음대로 희롱하는 사내를 따라 시집가게 될 줄을
〈강남곡江南曲〉 강남의 노래

신랑은 말을 타고 신부는 가마를 탔다. 친정에서 시댁까지는 오리 길이었다. 초희의 가마 옆에는 마동이가 교전비로 따라붙었다.

김첨의 집으로 가마가 들어갔다. 허엽 집안에서 보낸 예단과 혼수는 미리 도착해 있었다. 송씨 부인은 새로 들어온 살림을 챙기느라 분주했다. 비단이불이나 황금색 보료, 화초문양을 입힌 장롱이나 바느질이 촘촘한 옷가지들을 꼼꼼히 살펴보았다.

김첨과 송씨 부인은 사돈이 예단으로 보낸 비단옷을 점잖게 차려입고 황금보료에 나란히 앉았다. 초희는 이마에 두 손을 대고 큰절을 하고는 신랑 옆에 나란히 앉았다.

— 좋은 꿈 꾸었느냐?

김첨은 아들 부부를 보며 파안대소했다. 초희가 수줍게 웃었다. 김첨은 초희의 웃음에 또 웃었다.

송씨 부인은 저고리 옷고름을 매만지며 아들 내외를 바라보았다. 청색 비단옷이 잘 어울리는 아들은 듬직해 보였다.

화장 때문인가? 아기를 많이 낳아야 하는데, 며느리는 하얗게 뽀시시한 얼굴 때문인지 몸이 허약해 보였다. 풍성한 치마 때문에 하체를 볼 수는 없지만, 저고리를 보면 어깨가 좁고 목선도 가늘었다.

— 며늘아기야, 잘 알겠지만, 우리집은 5대째 문과 급제한 집안이고, 시외조부는 이조판서 송기수 대감이시다. 일년에 15번의 제사가 있지만, 청백리 가문에 맞게 제사상은 소소하게 차린다. 새 사람이 들어왔으니 이제부터는 며늘아기가 손에 익혀야 할 것들이 많다.

송씨 부인은 며느리를 잘 가르쳐야 한다는 책임감에 초희의 두 손을 덥석 잡았다.

— 예.

초희는 까만 머리를 숙이며 배시시 웃었다.

며느리의 웃음은 말간 햇살처럼 환하게 보이질 않고, 겨울의 흰 눈 같은 맑은 차가움이 느껴졌다. 계속 웃으니까 차가움은 흐려졌지만, 깊은 눈매는 예사롭지 않았다.

아무리 보아도 눈매가 서늘하고 새초롬히 생긴 얼굴은 부엌 일이나 시부모 모시기를 제대로 할까 걱정스러웠다.

— 고단할 터인데, 쉬어라.

김첨이 며느리 이마선을 바라보며 정이 담뿍 담긴 목소리로 말했다. 며느리는 총명하게 보였다. 이마가 맑고 높았다. 여자에게 관운은 없을 터이니, 무엇을 통해서라도 명예가 높을 것이다. 여자는 남편을 통해 명예를 얻는 것이니, 아마도 저런 얼굴상이 남편을 출세시키는 것인지도 모른다.

— 우리 집안이 대대로 장수하는 어른이 많은 비결이 있단다. 저녁에 잠자리에 들고, 새벽에 인시에 일어난다. 밤은 치유의 시간이니 새벽에 일어나면 몸속을 깨끗이 비워내야해서 하루도 빠짐없이 물 한 그릇을 꼭 마시는데, 물은 5리 떨어진 곳의 약수를 떠다 먹는다. 우리 문중의 약수터야. 지금까지는 내가 했는데, 지금부터는 며늘아기가 하여라.

송씨 부인이 말했다.

— 천천히 배우면 되지. 며늘아기는 인시에 물 한 그릇을 방문 앞에만 갖다 놓아라. 아침 문안은 조반을 먹은 후에 받겠다.

김첨이 말했다.

— 아침 문안을 조반 드신 다음에 받겠다니요? 할 일이 태산이어요. 문중 어른들께도 인사를 다녀야지요.

— 피곤할 테니 오늘은 쉬게 해.

— 부엌일을 넘겨주는 일이 쉽지 않으니 천천히 해야지요.

송씨 부인은 며느리의 손을 이끌고 사랑방을 나갔다. 처음부터 잘하는 사람은 없으니 며느리를 잘 챙겨야 한다. 집과 여자는 가꾸고 길들이기 나름이 아닌가? 송씨 부인은 안방 장롱 속에서 홍비단 주머니를 꺼냈다. 그 안에서 흰 비단을 소중하게 꺼내 들었다.

— 여름에는 괜찮지만, 초봄이나 늦겨울 특히 겨울에는 조심해야 하는데 윗목에 놓은 물사발도 얼을 정도이니, 꼭 뜨끈하게 물을 데워서 갖다 놓아야 하고, 금방 물이 식을 수 있으니 꼭 아뢰어야 한다.

— 예. 어머니.

— 그리고 이건 한양 명문가 사이에서 유행하는 글귀란다. 이걸 모르면 명문가가 아니다. 소중히 간직하여라. 명문가를 다니는 책비 덕분에 쉽게 얻었다.

송씨 부인은 흰 비단을 건네주며 자신의 깊은 배려심에 만족한 웃음을 웃었다. 그리고는 며느리의 얼굴을 살폈다. 며느리는 아들이 고른 여자여서 그런지 마음에 드는 점과 마음에 들지 않는 점이 분명했다. 며느리의 얼굴을 언뜻 보면 음전해 보이기는 했다. 그러나 눈매는 이상하게도 계속 낯설었다.

— 명심해서 읽어볼게요. 어머니.

초희는 종이를 공손히 두 손으로 받았다. 송씨 부인이 안심하며 활짝 웃었다.

— 한양 명문가에서는 딸에게 부덕을 가르치느라 서로 경쟁이란다. 아니 그렇겠느냐? 임금님께서 원하는 조선의 여인상이니까. 내훈을 가르치는 곳도 생겼어. 사대부가 부인이 세웠단다. 대궐 상궁이 친척이라고 했어. 중전이 교육받는 예의범절 그대로라는 소문이다. 그 집에서 여덟 살이 넘은 규수 백 명을 뽑고도 줄을 선 대기자가 수십 명이란다. 들어가기만 하면 요조숙녀가 되어 나온다니 내게도 딸이 있었으면 제일 먼저 보냈을 텐데 말이다.

초희는 내당을 물러 나왔다. 시어머니가 내민 흰 비단 속의 여인. 그 여인은 화첩에서 보던 얼굴도 아니었고, 먼 나라에서 말을 타고 온 이국의 여자도 아니었다. 초희는 흰 비단을 반으로 접고 또 접었다.

그날 밤, 초희는 흰 비단을 펴서 읽었다. 한 집안의 여자로서 좋은 일과 나쁜 일, 해야 할 일과 하면 안되는 일 등이 빼곡하게 적혀 있었다. 한 집안은 한 국가처럼 법이 엄연했다.

— 이해가 안 되는 문장도 있어요. 칠거지악, 아내를 내쫓을 수 있는 7가지 허물이래요. 시부모에게 순종하지 않는 것, 자식을 낳지 못하는 것, 행실이 음탕한 것, 남편의 여자에게 질투하는 것, 나쁜 병이 있는 것, 남편에게 말이 많은 것, 도둑질을 하는 것.

— 걱정 마요. 내쫓을 생각 없소.

김성립은 초희를 덥석 안았다.

— 또 있어요. 남편 앞에서 맨발 보이지 말 것, 길일을 택해 한 달에 한 번씩만 합궁할 것, 길쌈과 음식을 잘 할 것. 어머님 말씀이…….

— 낮에는 어머님 말씀을 따르고, 밤에는 남편 말씀을 따르면 되오.

김성립은 거친 숨으로 초희의 입을 막았다. 어머님이라는 말은 혀 사이를 맴돌다가 꿀꺽 넘어갔다.

혼인식을 치른 지 한 달 후에 김성립은 과거시험을 준비한다며 집을 떠나 접으로 들어갔다.

한 계절이 바람처럼 지나갔다. 남편은 소식이 없었다. 낮도 밤도 낯설었다. 낮에는 시어머니와 노비를 수십 번 마주치며 일을 했고, 밤에는 무섭도록 적막했다. 친정 후원에서 혼자 잘 때와는 달랐다. 초희는 자꾸 빈 이부자리를 쳐다보았다.

비단 솔기에 붉은 등불 아득히 멀어지는 밤에
꿈 깨어보니 비단이불 절반이 텅 비어있네.
서리 차가운 옥롱에는 앵무새 소리
섬돌에는 서풍 불고 오동잎이 우수수 떨어지네.
〈추한秋恨〉 가을의 한

29

단단한 기와 담장은 빗줄기에 젖어가고 있었다. 후, 둑, 후, 두, 둑 기왓장에 닿는 빗줄기 때문에 개소리는 들리지 않았다. 계집종들이 서둘러 설거지를 끝낸 부엌에 제일 먼저 불이 꺼졌다. 비가 내리는 날에는 외부손님이 들지 않아 밤참을 내가는 일이 없었다. 송씨 부인은 외부인의 발걸음이 없는 궂은날을 좋아했다.

장옷을 머리에 쓴 여자 한 명이 조용히 불려갔다. 장안에 소문난 책비였다. 책비는 높은 기단 위로 올라서자 젖은 신을 벗고 머리를 털었다.

— 이 사람아, 기다렸네.

송씨 부인이 책비의 손을 덥석 잡았다. 헤헤. 책비가 웃었다. 책비는 얼금뱅이 얼굴이었지만 작은 눈에 붙은 눈웃음은 사람의 마음을 끌었다. 사대부가 여자들을 다섯 번 이상 울린다는 난초 짠보였다. 매화보다 난초가 상급이었다. 상급 중급 하급은 안방마님들의 입소문으로 결정되었다.

— 얼마 만이야. 얼추 두 달 만에 보는구먼. 그리 바빴는가?

— 예약된 댁들이 많아서요. 마님. 죄송합니다요.

송씨 부인이 책비의 손을 끌어다가 송화다식을 쥐어 주었다. 책비는 송화다식을 얼른 한입 베어 물며 입을 쓱 닦았다. 송씨 부인은 책비의 얼굴을 웃으며 쳐다보았고 책비는 헤헤 웃으며 어깨를 으쓱했다.

— 빗길에 고생했네.

— 아유. 비가 왜 저리 지랄같이 쏟아지는지요.

책비는 손가락으로 머리카락을 쓸어 올렸다.

— 그래 세간은 어찌 돌아가는가?

— 호호. 나라 법이 바뀌었으니 어딜 가나 그것이 화제이지요. 아들이 많은 집은 새로운 세간에다 새 사람까지 들인다고 기뻐하고 딸이 많은 집은 일꾼을 뺏기는 것은 물론 혼수 물목 걱정으로 걱정이 태산이라 합니다. 그러니 당연히 집집마다 웃음 반 눈물 반입니다. 그동안은 딸 가진 집이 큰소리를 치는 세상이었지요. 세상이 이렇게 뒤집힐 줄 알았겠습니까요? 그래 딸이 많은 집에서는 새로운 법을 따르지 않겠다는 말도 합니다.

책비는 송화다식을 오물거리는 입으로 호들갑스럽게 말했다.

— 저런. 나라에서 법을 따르지 않는 자는 역모죄로 엄히 다스리겠다고 했는데 어찌 따르지 않는가?

송씨 부인은 정색을 했다.

— 친정집에서 애 낳고 살고 있는 딸 부부를 시가로 이사하라고 했답니다. 그래 서로 울고불고 야단법석도 아니었답니다.

송씨 부인이 별일이 다 있다는 표정이었다. 책비가 송화다식을 꿀꺽 삼키면서 두 번째 송화다식을 다시 집어 들었다.

— 들으셨습니까?

책비가 작은 눈을 동그랗게 뜨며 말했다.

— 서자 사건 말이에요.

— 알고 있네.

송씨 부인의 표정이 굳어졌다.

— 서자 문제가 왜 혼인제도 탓입니까? 남자가 제 부인을 놔두고 자꾸 시앗을 보는 게 문제이지요. 남자가 바람을 피우는 것은 천품이라고 했답니다. 하늘이 남자를 그리 만들어 놓은 것이라는 말씀이지요. 하늘의 뜻을 거스를 수는 없으니 남자에게 법적으로 신분보장을 해준다는 것이지요.

책비는 침을 꿀꺽 삼켰다.

— 처첩제도는 엄연한 법도로 놔두고 혼인제도는 바꾸겠다니요.

— 사람들이 그렇게 말들을 하던가?

— 남자가 시앗을 보아도 본부인 서슬에 집안에 들이지를 못하니 집집마다 싸움이 많았다는데 이제는 대놓고 들이게 생겼습니다. 아들이 많은 집만 좋아하는 법입니다.

책비가 입을 비죽이며 말했다.

— 나는 생각이 다르네. 혼례를 치른 아들이 마땅히 제 집에 살면서 대를 이어야 하네. 남의 집 딸이 들어와서 남편을 보필하고 며느리 노릇을 해야 마땅한 것이지. 고작 그따위 서자 문제 때문이겠는가? 우리 바깥양반께서도 말씀하셨지만 그동안

제대로 못했던 것을 이제는 제대로 해보자는 것이네.

송씨 부인은 저고리 품새를 단정히 하며 차가운 표정으로 말했다. 책비는 송씨 부인의 눈치를 살폈다.

— 그렇지요. 그래서 아들을 낳아야겠다고 절간으로 무당집으로 약방으로 다니며 비방을 찾는 사람들이 많다고 합니다.

송씨 부인이 고개를 끄덕였다.

— 에고 이년은 딸만 줄줄이 넷인데 걱정입니다요. 나이가 오십을 바라보는데 아기를 또 낳을 수도 없고. 그래 얼른 책비로라도 돈을 벌어 놓아야 합니다. 아니면 어디서 양자를 들이던가. 늙어서 함께 살며 의지할 자식이 없으니 어찌 살아야 할지 걱정입니다.

책비는 무거운 한숨을 쉬었다.

— 어디 용한 곳이 있으면 내게도 알려주게. 나도 아들을 좀 더 낳았어야 했어. 이런 시절이 올 줄을 누가 알았는가?

— 예? 마님께서 또요?

— 망측하기는. 우리 며느리 말이지.

— 아, 예. 그러겠습니다. 어찌 됐건 그래서 이 댁 이야기를 많이들 합니다요.

책비가 옷매무새를 다듬으며 냉큼 무릎을 꿇었다.

— 하례 인사가 늦었습니다. 마님. 문한가 고명 따님을 며느님으로 들였으니 얼마나 좋으세요.

책비가 두 손을 방바닥에 짚으며 공손히 고개를 숙였고 송씨 부인은 만족한 표정으로 웃었다.

— 고맙네. 이번에는 무슨 서책인가?

— 아, 예. 이건 명나라에서 들여온 <천씨 부인>인데 도술을 부리는 여자 이야기입니다. 본래 인간이 아니고 선녀였답니다. 천상에서 죄를 짓고 땅으로 유배를 온 것이지요. 재미있는 건 권문세가 미남자들을 거느리고 다니는 여자라는 것입니다.

— 그래? 세상에 그런 여자가 있다는 말인가? 몇 남자를 잡아먹었나?

송씨 부인의 목소리가 커졌다.

— 아무리 뛰어난 남자라도 보통 인간이니 아무래도 선녀의 발아래가 아니겠습니까? 그러니 인륜은 당연히 거부한답니다.

— 사람이 사람답게 사는 것이 인륜인데 인륜을 어찌 거부하는가?

— 인륜이라야 남자들 세상에서 남자들이 살기 좋게 만들어 놓은 규범이라 이것이지요. 인간 차별을 뛰어넘는 이야기이니 잘 들어보시어요. 뭐 이런 세상이 다 있나 싶어서 주무시다가 꿈까지 꾸는 마님도 계십니다. 호호.

— 어떤 세상이기에 꿈까지 꿔?

책비가 방문을 쳐다보며 귀에 들릴 듯 말 듯 조그만 목소리로 말했다.

— 여자 세상이지요. 이 잡설은 사대부가 안방마님들이 제일 좋아하는 이야기랍니다. 어찌나 들려달라고 조르시는지 다

외울 정도예요.

송씨 부인은 어두운 방문께로 고개를 돌렸다. 방문으로 사람의 그림자는 보이지 않았다. 송씨 부인의 눈동자에 은근한 욕심이 일었다. 송씨 부인은 앉은 자리에서 엉덩이를 조금 움직였다. 책비가 송씨 부인을 향해 한쪽 눈을 찡긋했다.

— 운우지정에 예법이 어디 있습니까? 안방마님도 여자인데 여자를 안방에다 가둬놓고 합궁 날에만 몸을 합하니 말이 됩니까요? 문고리도 맞추고 디딜방아도 맞추고 남녀는 서로 맞추게 되어있는 것을 말입니다요. 남자가 시앗을 볼 때에는 합궁 일이 따로 없는데 말입니다.

책비가 두 손바닥을 맞추며 까르르 웃었다.

— 오늘은 두 냥일세.

송씨 부인이 책비의 치마폭으로 두 냥을 홱 던졌다.

— 마님. 지난번에는 세 냥을…….

책비는 화들짝 놀란 표정을 지었다.

— 정해놓은 값이 있던가?

송씨 부인이 무표정한 얼굴로 물었다.

— 아, 아니 안 주셔도 됩니다. 지난번에는 은비녀를 주셨는데요.

책비가 치마폭에 떨어진 두 냥을 저고리 속으로 냉큼 집어넣었다.

송씨 부인이 청색 보료에 피곤한 몸을 눕혔다. 천정을 가로

지른 높고 단단한 대들보가 눈에 들어왔다. 책비가 서책을 폈다.

방문에 달빛이 하얗게 부서지고, 마당에는 동백꽃이 지고 있었다. 문지방이 열리고 젊은 남자가 들어왔다. 마당에 떨어진 마른 꽃 냄새가 버선발에 딸려 들어왔다. 천씨 부인의 얼굴을 본 남자는 제대로 숨을 고르지 못했다. 불청객의 부끄러움을 모르는 얼빠진 얼굴이었다.

— 그렇지.

송씨 부인이 고개를 끄덕였다.

연모의 감정을 추스르지 못하는 눈빛만이 영롱했다.

천씨 부인이 말했다. 공자께서는 남의 집 문지방을 허락 없이 넘어오셨습니다. 남자가 대답했다. 남녀유별의 예를 모르는 것이 아니나 부디 오늘의 결례만은 용서하시오.

천씨 부인의 얼굴이 부드럽게 풀어졌다. 사람이 예를 따르는 것이 마땅할 것이나 예를 거스르는 까닭이 있을 것이니 혹여 밤에 찾아올만한 무슨 긴한 용건이 있는지요?

— 그렇지.

남자가 한쪽 무릎을 굽혔다. 부디 결례에 대한 노여움을 거두신다면 말씀드리리다. 허락하노니 말씀하세요. 천씨 부인이 손가락을 들어 남자의 이마에 겨누며 말했다.

부인의 밤낮을 묶어 미천한 내 몸에 덮으시오. 공자여, 그것은 비례일뿐더러 또한 낮과 밤이라면 너무 긴 시간이군요. 제발 하룻밤만이라도 허락해주시오. 남자는 오직 하나의 소원을 가진 사람처럼 간절한 눈빛이었다. 남자는 천씨 부인의 손을 격하게 뛰는 가슴으로 바짝 끌어당겼다.

— 저런. 저런.

송씨 부인의 말은 간간이 맞장구를 치는 두어 마디에 불과했다. 길고 긴 탄식은 서책을 잡은 책비의 입에서 흘러나왔다. 책비의 낭랑한 목소리가 구슬픈 음성으로, 화난 목소리가 간드러진 음성으로 바뀌면서 밤이 깊어갔다. 송씨 부인의 얕은 숨이 깊은 숨으로 넘어갔다. 칠흑의 밤, 빛속에 홀로 떠 있는 방이었다.

30

전쟁에 대한 소문이 들려오고 있었다. 국경선 산간지방 오랑캐 때문이었다. 오랑캐는 외따로 떨어진 민가에 들어가 여자들을 농락하고 도둑질을 했다. 그런 소문들은 간간이 한양으로 흘러들었다.

선조는 장안의 소리쟁이를 불렀다. 선조는 어스름한 초저녁에 주안상을 펴놓고 해금 연주를 조용히 듣고 있었다. 정수리로 바짝 틀어 올린 머리칼은 반백으로 희끗거렸다. 선조와 멀리 떨어진 윗목에는 소리쟁이 두 사람이 나란히 앉아 있었다. 늙은 소리쟁이는 노래를 부르고 젊은 소리쟁이는 해금을 연주했다.

말 탄 수레에서 부채로 달을 가리며
나비 치마에서는 향내가 나네.
너무나 아름다운 진 땅의 여인
위장군이 눈물을 보이네.
옥갑에 남은 분을 가져다가
금화로에 저녁 향을 바꿔 피우네.
무협 땅 너머를 바라보니
오는 비 지나가는 구름이 하나로 섞여 있네.
〈효이의산체效李義山體 2〉 이의산의 체를 본받아

— 음. 여인과 전쟁. 좋구나.

선조는 노랫말을 읊조리며 흐리게 웃었다. 한 소절이 한 줄기 빛으로 가슴으로 훅 들어오는 느낌이었다.

— 위장군은 흉노를 일곱 번이나 토벌한 위청을 말함이냐? 그가 나라의 부름에 출정하느라 미인과 헤어지기 아쉬워서 눈물을 흘리는구나.

선조의 수염이 가늘게 떨렸다. 가슴 깊은 곳에서 아릿함이 퍼졌다.

말도 달리지 못하는 산속. 변방에는 추워서 꽃은 안 피고 북소리만 요란하네.

추운 변방에는 봄이 없어 매화를 볼 수 없고
변방 사람이 불어대는 피리 소리만 들리네.
깊은 밤 고향 꿈에 놀라 일어나 생각에 잠기고
음산의 백 척 망대에는 달빛만 가득하네.
〈새하곡塞下曲 4〉 변방의 전쟁터 노래

후렴구는 계속 반복되고 있었다.

지금 떠나면 언제 오나. 기약 없는 약속에 눈물 젖는 밤. 가시리 가시리잇고 나난 날러는 엇디 살라고 약속 버려두고 가시리잇고 나난

늙은 소리쟁이는 후렴구에서 등을 들썩거리며 보는 이의 슬

픈 감정을 부추겼다. 늙은 소리쟁이는 꼽추였다.

— 음. 고향과 전쟁터 이야기이로구나.

음악 소리를 들으며 홀로 늙음을 한탄하던 선조가 늙은 소리쟁이에게 말했다. 해금 연주는 계속되었고 소리쟁이는 노래를 멈추었다. 임금의 말에 뭐라 대답할 줄을 모르는 소리쟁이는 굽은 등을 더욱 구부렸다.

— 조선에는 산이 많은데 어느 산속이냐?

— 중국이라고 합니더.

늙은 소리쟁이의 목소리가 가늘게 떨렸다.

— 왜 중국이냐?

— 천한 소인은 소리로만 부를 뿐 왜 그런지는 알 수 없습니더.

— 노래의 제목이 무엇이냐.

— 떠도는 말로는 <위정자에게 바치는 헌시>라고 했습니더.

늙은 소리쟁이는 방바닥에 닿은 코끝을 감히 들지 못했다. 화려한 발 너머로 선조의 희끗희끗한 상투가 흔들렸다.

— 계속 부르라.

젊은 소리쟁이는 해금을 내려놓고 소금을 집어 들었다. 늙은 소리쟁이는 다시 노래를 부르기 시작했다.

— 그 노래를 누가 지었더냐?

— 소리쟁이들이 시중에 떠도는 이야기들을 노래로 지어서

부르기도 하는데…… 그중에 한 이야기로는.

방바닥에 코를 박은 늙은 소리쟁이는 떨리는 가슴에 숨이 가빠서 말을 끊었다. 숨을 몇 번 몰아쉰 늙은 소리쟁이가 다시 말했다.

— 남자들 속에 살던 남장 여자가 있었는데 그 여자가 말 위에서 지은 시라고 들었습니더.

— 그 여자는 왜 남장을 했느냐?

— 스스로 원했다고 합니더.

— 누가 시키지도 않는 것을 스스로 하는 연유는 무엇이냐? 무엇을 얻기 위해서 그리했느냐?

— 자초지종을 알 수는 없습니더.

— 그 여자는 지금 어디에 있느냐?

늙은 소리쟁이는 대답 대신 주름진 얼굴을 방바닥으로 더욱 숙였다.

— 말하라.

— …….

— 과인은 알고 싶다. 하지만 네가 몰라서 내가 알 수 없는 것은 너의 죄가 아니다.

선조의 목소리는 은근했다.

— 모릅니더. 이리저리 떠돌아다니면서 주워들은 귀동냥입니더. 지금은 없어진 비밀 시회였는데 거기에 있던 사람들은 더러는 죽기도 했고 더러는 뿔뿔이 흩어졌다 합니더. 그래서

소리쟁이들은 말 위의 여자는 과거 속에 살아 있는 여자라고만 했습니더.

— 너의 말이 청산유수구나. 과거 속에 살아 있는 여자라. 그 여자가 지은 노래가 왜 그리 백성들의 마음을 사로잡더냐.

선조는 소리쟁이에게 물었다.

— 처음을 느끼게 해준다고 했습니더.

— 향수를 말함이더냐?

— 모, 모릅니더.

— 향수……. 과거로 돌아가고 싶다는 뜻이 아니냐?

— 오랑캐 때문에 논밭을 잃은 유랑민들의 말입니더.

— 오랑캐는 옛날부터 있어 왔다. 그 노래에는 새로운 것이 없다. 백성들은 새로운 사실이 아닌 것에 마음이 움직이더냐?

— …….

— 너무나 자유로워서 동물보다 못한 환락에 빠져 스스로 멸망해간 고려를 아직도 기억하는 백성이 있느냐?

소금 소리에 숨죽였던 선조의 목소리가 갑자기 커졌다. 소금 소리가 뚝 끊겼다. 방안에 음악 소리는 사라지고 사람의 숨소리만이 가득 찼다. 심약한 소리쟁이들의 두려움을 본 선조가 웃었다.

— 너의 목청이 좋구나.

— …….

— 심금을 울리는 노래를 듣고도 임금이기에 화를 내야 옳

은 것이냐? 그 노래를 듣고 이름 없는 사내들은 좋아하더냐?

— …….

선조의 물음에 어떤 대답을 해야 될지 모르는 소리쟁이는 귀가 멍해지고 머릿속에 하얗게 비어 버렸다.

— 과인을 두려워 말라. 소리쟁이는 전쟁 노래라도 전쟁 노래답게 불러야 할 일을 다 한 것이다.

소리쟁이 두 사람은 동시에 방바닥에 납작 엎드렸다. 방바닥에 얼굴을 감추고 밖으로 드러난 어깨를 떨었다.

— 소리밖에 모르는 소리쟁이는 과인의 상대가 아니다. 오늘 과인이 너를 불러 세간의 노래를 청했다. 그러니 두려워 말고 계속 하라.

늙은 소리쟁이는 다시 노래를 부르기 시작했다. 목소리가 떨렸다. 노랫말을 알아들을 수 없는 선조는 이맛살을 찌푸렸다.

— 처음에는 뜻을 모르고 불렀더냐? 딴생각은 하지 말고 오직 노래만 불러라.

임금의 말에 정신을 바짝 차리고 노랫말에 집중할수록 발음은 부정확해져 갔다. 노래는 뜻이 불분명해진 채로 소금 소리에 맞춰 일정한 음으로만 지속되고 있었다. 늙은 소리쟁이는 이마에 땀을 흘리며 노랫가락에 집중하려고 힘들게 노력하고 있었다.

— 고려 가요가 섞여 있어.

선조는 남에게 들리지 않는 작은 목소리로 말했다. 선조의 말을 방문가의 소리쟁이들은 미처 듣지 못했다. 선조는 분노보다 비애가 더욱 컸으므로 소리쟁이를 향해 더는 화를 내지 않았다.

소금 가락은 가슴에 절절히 들어와 선조는 술잔만 들이켰다.

봉홧불이 황하에 비치니
병사들이 집을 떠나네.
창을 베개 삼아 흰 눈 위에서 자며
말을 몰아 황사 날리는 사막에 도착했네.
모진 삭풍에 쇠딱따기 소리 들리고
변방에 들어가는 호드기 소리 들리네.
해마다 결속해왔지만
군대를 쫓아다니기 정말 괴로워라.
〈출새곡出塞曲〉 변방으로 떠나는 노래

— 괘씸한 노래로다!

선조는 취기 어린 목소리로 버럭 소리를 질렀다.

— 아이고, 무식한 이놈이 뜻도 모르고 노래를 불렀습니더.

소리쟁이가 죽을 것 같은 두려움에 고개를 숙이고 엉엉 울었다.

— 주, 주, 죽여주읍…….

— 네놈을 죽여서 뭐에 쓰겠느냐? 당장 물러가라!

선조는 눈을 부릅뜨고 소리를 꽥 질렀다. 갑자기 가슴이 답답해져서 숨을 쉴 수가 없었다.

— 내 편이 없구나.

선조는 뜨거운 입김을 후 불었다. 호흡은 코끝에서만 맴돌았다. 겹겹이 각이 진 창살로 공기보다 엷어진 햇살이 위로하듯 흘러들었다.

— 공평하다는 하늘이 짐에게는 왜 그리 무심한 것이냐! 짐에게는 왜 아들이 없느냐!

선조는 벌컥벌컥 술잔을 다 비우고 나서 빈 술잔만 노려보고 있었다. 그림자처럼 조심스럽게 다가가 빈 술잔을 채우는 중전의 손이 떨렸다. 선조는 그때서야 중전을 쳐다보았다. 옆에 앉아서도 있는 듯 없는 듯 조용한 중전이었다.

— 전하가 하늘이옵니다. 또 다른 하늘이 있다 해도 성총이 하늘에 이르니 근심 마르소서.

중전은 술을 따르고 나서 한 발 물러앉으며 소리쟁이보다 더 깊이 허리를 구부렸다. 뒤꽂이도 없는 맨머리였다. 중전은 임신한 적이 없어서 지아비인 임금 앞에서 얼굴을 바로 들지 못했다. 하늘 아래 죄인이었다.

— 궁궐이 시끄러운 것도 아들이 없기 때문이야.

선조는 중전의 늙고 메마른 눈에 비치는 앳된 눈물 자락을 무심히 바라보며 말했다.

— 세자책봉 말씀이오니까?

옆의 지밀상궁은 제 이마를 마룻바닥에 대고는 차마 몸을 일으키지 못했다.

— 미래를 알 수 없는 늙은이는 외롭다.

— 전하, 곁에 아들이 많으니 미래를 모른다, 마옵시고 외롭다 마옵소서.

— 그들은 적자가 아니다.

선조의 목소리는 중전의 말을 칼로 가르듯 분명하게 대꾸했다. 늙은 중전은 아랫도리를 불안하게 웅크렸다. 질금질금 나오던 달거리도 양이 더욱 줄었다. 달거리가 치맛자락을 흥건히 적시던 일은 젊은 날의 일이었다. 외로움과 설움은 아랫도리에 뭉쳐있었다. 하늘이 없다, 그 소리는 중전이 교태전 나인을 향해 자주 쓰던 말이었다.

— 과인은 적자를 원한다.

선조가 손을 내저었다. 훠이. 훠이. 소금 소리가 뚝 그쳤다. 그만하라. 지밀상궁이 눈짓으로 말했다. 두 다리에 쥐가 난 늙은 소리쟁이가 스스로 몸을 일으키지 못했다. 천한 것이 뭘 꾸물대느냐. 지밀상궁이 눈을 흘겼다. 젊은 소리쟁이가 늙은 소리쟁이를 끌고 허리를 구부리며 뒷걸음으로 물러갔다.

— 설워 말라.

선조가 중전을 바라보았다. 중전을 쳐다보는 눈길에는 부부로 살아온 정이 묻어있었다. 지아비의 따뜻한 위로에 중전은 설움이 터져 나왔다.

— 아들이 없는 여자인 것을 설워하나이다. 여자로서 할 수 있는 것을 할 수 없음을 설워 하나이다. 여자의 몸으로 지아비를 기쁘게 모실 수 없음을 설워하나이다.

중전은 비단 옷고름으로 눈자위를 닦으며 참았던 눈물을 보였다. 선조는 아무런 대꾸도 하지 않았다. 낮과 밤처럼 분명한 말에 딱히 대꾸할 말은 없었다.

새로 길들이는 앵무새 날개가 아직 길들지 않아
금롱에 가두고 옥루를 향해 살게 하네.
한가로이 비취색 머리 돌려 주렴 쪽으로 서서
픔은 마음을 농서지방 사투리로 임금께 말하네.
〈궁사宮詞 4〉 궁녀의 노래

— 흥, 농서지방에서 온 앵무새가 나보고 떠들면 뭐, 어쩌라고? 조선에 오면 조선의 법을 따라야지.

선조는 볼멘소리로 중얼거렸다. 어떤 여자가 지었다는 시는 이상하게 머릿속을 떠돌아다녔다.

중전은 풍성한 치맛자락을 들며 힘겹게 일어서고는 어두운 얼굴을 숙였다. 선조는 중전에게 손을 내밀지 않았다. 중전의 외로움보다 임금의 외로움이 더 깊은 날이었다. 중전이 방을 나갔다. 지밀상궁이 조심스럽게 다가와 불을 훅 껐다. 어린 후궁은 들지 않았다. 선조는 어둠 속에 홀로 고독하게 앉아 있었다.

임금이 아들이 없어 외롭다는 한탄은 바로 그날 밤에 궁궐 곳곳으로 퍼져나갔다.

중전은 교태전에 앉아서 서궁을 떠올리고 있었다. 하루 종일 그늘이 지는 서쪽에 세워진 아주 작은 궁궐이었다. 주변에는 꽃나무 대신 이름 없는 가시나무가 자라나는 궁이었다. 뒤를 돌보아줄 아들이 없어 서궁으로 쫓겨나는 미래가 자주 꿈속에 보였다. 교태전의 첩첩 방문가로 달 없는 밤 그늘이 졌다.

— 꼭 내 마음이다.

어떤 여자가 지었다는 시가 머릿속을 떠돌았다.

— 대궐은 밤뿐만이 아니라 초저녁이 길구나. 임금을 모실 소식을 전달받는 때가 초저녁이 아니더냐. 그 초저녁을 읊은 시로다.

대궐 초저녁에 궁인이 다가와서 임금을 모시지 못하게 한다는 시였다. 이미 밤의 소식을 듣고 나서도 공연히 홀로 잠 못 이루고 월 땅의 비단을 잘라 촛불 앞에서 원앙새를 수놓는 모습.

— 내 얘기로다. 뻔히 아는 얘기를 시로 읽으니 가라앉아있던 마음이 다시 일렁인다. 내가 아니라고 부정하고 있던 나의

모습을 시가 흔드는구나. 물속에 티끌처럼 가라앉아있던 상념이 출렁거리는구나.

중전은 후끈 열이 올라 붉어진 미간을 살짝 찌푸렸다.

싸늘한 대자리에서 잠 못 이루고 꿈자리만 뒤숭숭한데
손으로 비단부채 휘두르며 날아다니는 반딧불을 때리네.
장문궁은 밤도 길고 허공에는 달만 밝은데
서궁의 웃음 섞인 대화소리를 바람이 보내오네.
〈궁사宮詞 13〉 궁녀의 노래

— 진황후가 임금의 은총을 입다가 후궁들의 질투를 받아 장문궁에 유폐되어 애타는 조바심과 슬픈 시름으로 지내다가 천하 명문의 사마상여에게 황금 백 근을 주고 임금을 깨우칠 글을 얻어 다시 은총을 입었다는데, 나에게도 그런 사람이 있으면 좋겠구나! 이 시를 지은 여인을 당장 찾아내라!

— 어인 일로 여인이라 하시오니까?

월문 밖의 상궁이 물었다.

— 여인이 여인을 질투하지만, 그것은 여인이 여인의 마음을 알기 때문이니라. 오직 여인만이 여인의 마음을 알리라.

— 마마! 죽여주시옵소서! 중전마마를 제대로 모시지 못한 죄를 내리소서!

월문 밖의 상궁 나인들이 통곡하며 주저앉았다.

중전은 나인들의 통곡에 입술을 깨물었다. 동고동락하는 사람들은 많아도 꼭 한 사람이 없구나. 방안의 허공도 싫었다. 혼자 쓰기에는 너무 큰 방이다. 중전은 눈물을 보이지 않으려고 고개를 돌렸다. 화조병풍의 새가 자신을 쳐다보았다.

선조는 방안에 홀로 앉아있는 날들이 많아졌다.

— 슬하에 아들들은 많으나 눈에 꼭 드는 아들이 없노라.

선조의 눈매는 웃음을 머금었으나 입매는 웃지 않았다. 후궁들이 다과상을 가운데에 두고 내내 머리를 조아렸다.

— 이미 있는 아들들 중에는 없구나.

선조는 다시 한 번 서운함을 표현했다. 직설로 속마음을 표현하는 선조의 얼굴은 간밤의 술이 깨지 않은 표정이었다. 후궁들은 화려한 뒤꽂이를 천장을 향해 들어 올리며 정면으로 난색을 표했다.

— 하늘보다 높고 높으신 분을 여염집 남자와 비교할 수 없나이다. 전하, 슬하에 아들이 이토록 많은데 하나도 없다 하심은 천부당만부당하옵니다.

— 아무리 많아도 결손이고 결핍이다. 사가로 치면 첩들이고 서자들이다. 짐은 적자를 말함이다.

후궁들은 날마다 차례로 번갈아 가며 내전에 들렀다. 모두 하나같이 선조 앞에 허리를 낮추어 읍소했다.

— 전하의 아들들이옵니다. 조선의 아들들이옵니다.

후궁들은 화려한 뒤꽂이를 빼서 방바닥에 내려놓으며 참담

함을 전했다.

— 누가 함부로 조선을 말하느냐! 이 나라 조선에서는 장자가 임금이 된 적이 없었느니라. 보위 싸움은 장자가 아닌 것에서 비롯되었다. 적자의 장자가 임금이 되는 날에 조선은 조선다워질 것이다. 그것이 위대한 조선의 태평성대니라.

선조의 목소리는 겨울날의 얼음처럼 홀로 차갑고 냉랭했다. 후궁들이 낙심한 가슴을 추스르며 뒤로 물러섰다. 후궁들은 각자 궁으로 돌아가서 뒤를 봐주는 몇몇 대신들과 긴히 의논했다.

31

한양 저잣거리 청수교방이었다. ㄷ자형으로 돌아간 교방의 뒤뜰에는 속이 깊은 방이 있었다.

부엌에서 푸짐한 주안상을 차리는 계집종들이 키득거리며 소곤거렸다. 평소에 교방 행수가 그리 모시기를 원했던 인물이었다. 뒷방에 든 사람은 정치 실세인 김첨의 외아들이고 문한으로 이름난 허엽의 사위라고 기녀들이 서로 귀와 입을 맞대고 소곤댔다.

— 숙부, 접에 있기가 갑갑하실 때는 바깥바람을 쐬는 것이 좋습니다.

— 이리 생각해주시니 고맙습니다.

— 과거시험에 몇 번 떨어졌다고 너무 상심하지 마세요. 문과 시험은 계속 있는 것이니 초장에 끝장낼 일도 아니지요.

— 부끄럽습니다. 숙부.

— 자, 자. 오늘은 다 잊고.

벌컥, 벌컥 술 몇 잔을 단숨에 들이켠 김성립의 얼굴에 금세 취기가 올랐다.

김윤은 부지런히 술을 대작하다가 밖에 긴한 일이 있다며 일어섰다. 혼자 남은 김성립은 자작을 하면서 울증을 삭이고 있었다. 김첨은 아들에게 낮은 벼슬자리 하나 공으로 내주지 않았다. 아비의 서슬에 눌리고 부인의 시격에 눌리는 기분을 이중으로 감내해야 했다. 그러나 명문가 사내의 자존심으로 속 끓는 심정을 누구에게도 내비치지는 않았다.

주안상을 든 계집종들을 이끌고 해월이 들어섰다. 뒤이어 가야금과 해금을 든 기생들이 쪼르르 따라 들어왔다. 해월은 손끝을 이마에 대고는 큰절을 했다. 김성립은 눈을 치켜떴다. 해월은 접시꽃이 지듯이 치맛자락을 둥글게 내리며 동시에 얼굴을 숙였다.

— 해월이입니다.

김성립이 술잔을 들었고 해월이 술병을 들었다. 윗목에 앉은 기생이 가야금을 뜯기 시작했다. 해금을 든 기생은 옆에서 음을 맞추었다. 치워라. 김성립이 격한 손짓으로 말했다. 다 귀찮다는 표정이 역력했다. 음악 소리가 뚝 멈췄다.

— 현주사의 도통한 스님과 졸음을 참는 내기를 해서 이겼다 들었습니다.

— 도통은 무슨.

김성립이 쓰린 속마음을 감추며 대꾸했다. 망건을 두른 이마가 불콰해져 있었다. 절망에 취한 김성립이 뜨거운 손으로 이마를 쓸어내렸다.

— 나흘을 못 넘기는 중이었어.

약간은 혀가 꼬부라진 목소리였다. 갑갑한 접에서 나와 산바람이라도 쐬면서 글공부를 하려고 들어갔던 절이었다. 소문은 바람보다 빨랐다.

— 흥. 졸음을 참는 것이 무슨 대수라고.

— 허면 무엇이 대수입니까?

— 문文에 도통해야지.

김성립이 한숨을 쉬며 말했다. 내쉰 한숨도 뜨거웠다.

— 아, 문.

해월이 한숨을 토해내듯 비슷하게 대꾸했다. 그것이 김성립의 눈길을 끌었다. 김성립은 저도 모르게 피식 웃었고 해월이 서로 간에 느끼는 감을 눈치챘다.

— 소문으로 들어 알고 있습니다.

초희 얘기였다.

김성립의 표정이 다시 굳어졌다. 불쾌한 이중감정에 휩싸이는 것은 스스로도 어쩔 수 없는 기분이었다. 세간의 평은 잔혹했다. 아내보다 한 수 아래가 아니라 세 수, 다섯 수 아래였다. 김성립은 바지 속 아랫도리가 오그라드는 것을 느꼈다.

— 내 마누라를 알아?

김성립이 놀란 눈으로 물었다. 해월이 고개를 끄덕였다.

— 알고 있어요. 문한가 출신.

— 그 여자는 항상 내 뒤를 따라다닌다니까! 강아지도 아니고.

김성립은 질린 듯이 고개를 마구 흔들었다.

— 내 마누라가 시인이거든. 흥. 내가 한번은 술에 취해 들어갔더니 아무 말 없이 즉석에서 짓더라고. 서방을 저보다 하수로 보고 비웃는 거지. 차라리 잔소리하는 마누라가 낫지 붓을 드는 마누라는 무서워.

— 어머. 뭐라고 지었는데요?

김성립은 감정에 취한 눈으로 촛불을 바라보며 흥얼흥얼 읊조렸다. 차가운 아내의 눈길이 떠올라 문득 머릿속이 윙윙 어지러웠다.

붉은 난간 옥고리 위로 새벽 태양이 솟아오르는데
정향 천 송이가 봄 시름을 맺으며 피어있네.
새로 화장한 얼굴 거울로 보면서도
꿈이 마음에 남아 누각 아래로 내려갈 의욕이 없네.

누가 새장에 앵무새를 가두고 감시하나.
비단 막을 치고 공후 소리에 의지하네.
아리따운 붉은 꽃 지는 것의 원망과 서러움을 견디다가
은대야에 성급히 화장 얼룩진 눈물을 씻지 마오.
<차손내한북리운次孫內翰北里韻> 손학사의 <북리> 시에 차운하다

— 뭐, 남의 시에 차운했다나 뭐라나. 나를 약 올리는 것도 아니고.

호오! 해월은 청옥 가락지 낀 손으로 입을 가리며 호들갑스럽게 감탄했다. 김성립이 해월을 보며 당장에 코웃음을 쳤다.

— 네년 따위가 뭘 안다고 웃어?

— 어머머? 왜 이러시어요? 문도 알고 남자도 알지요. 사내들은 다른 건 몰라도 계집은 차별하지 않는다 하던데.

해월의 표정이 빠르게 뾰로통해졌다.

— 그건 그렇지. 계집을 차별하는 놈은 몸에 병이 있어서 그럴 거야. 그렇지 않고는 있을 수 없는 일이지.

— 누가 새장에다 앵무새를 키우나. 그 말에 가슴에 와닿아요.

해월은 저고리 가슴에 손을 올리며 얼굴을 붉혔다.

— 누가 앵무새를 가뒀다고 그래? 호강에 겨워서 하는 소리지. 나처럼 장원급제해야 할 걱정이 있나? 돈 벌어야 할 걱정이 있나? 만고에 편한 팔자가 마누라야. 나도 마누라가 되고

싶다고.

— 마누라가 되고 싶어요?

— 되고 싶지. 언제나 그런 시대가 오려나. 주역에서는 음과 양이 서로 돌고 돈다는데. 나 죽고 오는 세상은 싫어. 억울하지.

— 음양 때문은 아닌 듯싶어요. 이년도 돈 벌어야 할 신세인데요. 서방이 있으면 얼마나 좋겠어요! 한참 부러운 팔자죠.

- 그래서 내가 왔잖아.

김성립이 콧소리로 말했다.

— 시가 마음에 들어요. 기녀도 기방이 새장처럼 느껴질 때가 있답니다.

— 맞아. 북리는 기녀들이 모여 살던 곳이지. 기녀 이야기 쓴 거야.

— 어쩜, 내 마음을 그리도 잘 아는지. 기방에서 내 맘대로 할 수도 없고.

— 왜? 뭐가 맘대로 안 돼?

인생이 맘대로 안 되는 것을 서로가 아는 동병상련을 느끼며 은근하게 물었다.

— 하기 싫은 일을 하는 것처럼 괴로운 일은 없으니. 싫은 사람을 상대하는 건 죽기보다 싫어요. 그래서 지조는 고달프답니다. 나리가 오신 이후로 시름이 깊어졌어요.

— 내가 온 이후로?

— 예.

—우느냐?

김성립의 눈꼬리가 제비꼬리처럼 내려갔다.

— 어찌하면 되겠느냐? 어찌하면 해방이 되겠느냐?

— 낙점하시면 되어요.

— 그래? 근데 난 쉬운 건 싫다.

— 쉽다니요? 쉬운 여자가 아닙니다. 사내로부터 만공불락이라는 말을 별칭으로 듣는데요. 해월海月은 바다에 뜨는 달입니다. 부인은 난설헌이라는데 저도 시인 이름이어요. 다른 술집 기생하고는 격이 다릅니다. 이 방에서 내기를 하면 저절로 알게 됩니다. 예서도 한번 내기를 하심이 어떠신지요?

해월이 한발 다가앉으며 나지막이 속삭였다. 김성립은 고개를 흔들며 손을 내저었다.

— 술 내기는 자신 없다. 난 이미 취했어. 이길 수 없어.

— 이년도 흔한 술 내기는 관심 없어요. 참는 내기이니 내기 중의 내기랍니다.

— 호오, 사람이 제일 못 참는 것이 졸음이라고 하던데 졸음도 이겼으니 참는 것은 내 자신 있다. 어디 말해보아라.

— 지난밤 꿈에 뿔이 하나 달린 백마의 꿈을 꾸었사옵니다.

— 외뿔?

— 또렷한 인중 사이였나이다. 위가 두껍고 아래는 가늘었나이다.

— 붓의 형상이냐?

— 그러합니다.

— 붓을 거꾸로 세운 형상이라면…… 직필이다. 강원도 지방에 내려오는 <해동잡서>를 읽은 모양이로구나?

— 아니옵니다. 금시초문이옵니다.

— 뿔은 관冠일 것이다.

— 수말은 아니었어요. 말총이 부드럽고 긴 암말이었어요.

— 그건 시재詩才를 의미하는 꿈이다. 얄궂은 꿈이군. 기녀의 몸이 아니냐?

— 어머머. 왜 이러시어요. 기녀도 아기를 낳습니다.

해월이 억울하다는 표정으로 얼굴을 붉혔다.

— 나는 풍류를 알지만 한량이 아니다.

— 알고 있사옵니다. 그래서 더욱 은혜하는 마음이 생기옵니다.

— 오, 그래.

김성립이 까무룩 잠겨드는 목소리로 대꾸했다. 뭔가 타오르는 불길처럼 가슴이 꽉 차오르는 느낌이었다.

— 이런 말씀 부끄럽지요. 부끄럽지요. 부끄러움을 모른다면 세상에 흔한 잡년일 것이옵니다.

— 허나 그 부끄러움이 네 말에도 네 얼굴에도 보이지 않으니 어찌된 일이냐?

김성립이 해월의 얼굴을 찬찬히 살피며 말했다. 해월의 목소리가 코맹맹이 소리로 바뀌었다.

— 이야기를 들어보시어요. 소리를 공부하다가 알았어요. 명창이 말하기를 폭포수를 거슬러야 음을 얻는다 했습니다.

— 음이 폭포수에 올라탄 것이냐?

— 그럼요. 소리는 물고기랍니다. 물고기는 물살을 타기도 하지만 거스르기도 합니다. 기녀라고 못할 것도 없지요.

해월은 작은 어깨를 내리며 수줍은 얼굴을 더욱 숙였고, 김성립은 문득 아랫도리에 힘이 들어가는 것을 느꼈다. 이상하게도 오줌이 마려웠다. 뒷간이 아닌 방안에서 나비 촛대를 향해 오줌을 함부로 내지르고 싶은 충동에 휩싸였다. 술을 먹은 뱃속이 더욱 뜨거워졌다. 불을 많이 지폈는지 아랫목이 뜨거워서 김성립은 은근슬쩍 자리를 옮겨 앉았다.

— 명기에게는 사내를 알아보는 눈이 있습지요.

— 왜 세간의 잡놈에게는 싫증이 났느냐?

— 당연히 잡놈은 싫지요. 태양은 그림자가 없다 했습니다. 사내 중에도 그런 사내가 있어요.

— 내가 태양이로구나.

예. 해월은 얼굴을 붉히며 목 안의 소리로 간신히 대답했다. 하하하. 김성립은 문文을 향한 묵은 체증이 서서히 내려앉는 것을 느끼며 시원스럽게 웃었다.

— 대화가 이리도 재미가 있으니 글의 진수를 아는 여인이다.

— 부끄럽습니다. 그냥 어깨너머로 들은 소리입니다.

— 머리로 알아들어야 귀동냥이라도 할 것이니 더는 모른다 말아라.

— 세상살이에 싫증이 나면 꿈속을 달리는 법, 믿으신다면 그곳으로 뫼시겠습니다.

— 그런 꿈은 헛된 꿈이 아닐 터이다.

— 나리를 모실 수 있는 기쁨을 주시겠습니까?

— 호오, 나를 모실 수 있는 기쁨?

김성립이 파안했다. 해월이 은근슬쩍 방문을 쳐다보았다.

— 문을 닫으오리까?

— 발아래로 계집을 느끼는 맛이 무엇인지를 내 오늘에야 분명히 알았다. 참으로 고얀 년이니 문을 닫아라!

내기에서 진 김성립이 소리를 내질렀다. 가야금과 해금을 든 두 기생들이 뒷걸음질로 쪼르르 물러갔다. 문간에 앉은 계집종이 얼른 문을 닫았다. 촛불이 꺼졌다.

그 다음 해, 김첨의 집이었다. 계집종이 대청마루를 열심히 닦고 있었다. 열린 솟을대문 사이로 안을 기웃거리는 사람이 있었다. 화려한 방갓을 쓴 해월이었다. 해월은 결심을 한 얼굴로 대문 안으로 들어섰다. 계집종이 내당 문을 열었다.

— 무슨 일이냐?

송씨 부인이 의아한 얼굴로 물었다. 해월은 문간에 앉은 젖어미를 쳐다보았다.

— 이 댁 핏줄입니다.

해월이 허리를 푹 꺾으며 간신히 말했다. 사내를 호릴 만한 몸짓이었다. 송씨 부인은 부아가 치미는 얼굴로 눈살을 찌푸렸다. 마음을 가라앉히려는 듯 왼손에 낀 청옥 가락지를 하릴없이 뱅글뱅글 돌렸다.

— 기생을 해어화라고도 부른다니 말귀를 알아듣는 꽃이 아니냐?

— 누구나 꺾는 천한 꽃이옵니다.

— 그러니 하는 말이야. 우리 집안 핏줄인 것을 어찌 믿겠느냐?

— 거짓이라면 천벌을 받을 것입니다.

해월은 저고리 가슴께를 부여잡고는 더욱 고개를 숙였다. 해월의 머리 뒤꽂이가 파르르 움직였다. 노란 나비 떨잠이었다. 송씨 부인은 화려한 그것을 노려보았다.

— 사내가 바깥에서 시앗 보는 일은 흉이 아니지. 허나 우리 집안은 달라. 고결한 성품을 닦는 어른께 행여 티끌만한 누를 끼치려는 심사는 아니겠지?

— 마님. 이년은 드높은 향기만을 좇았을 뿐이옵니다. 지금에서야 그것도 욕된 일인 줄을 알았습니다.

— 허면 아기를 안고 돌아가.

— 마님.

해월의 눈에 단박에 눈물이 고였다. 송씨 부인의 눈빛이 더욱 차가워졌다.

— 네년의 요량이 궁금하구나. 무슨 목적으로 내게 왔는지?

해월의 안색이 굳어졌다.

— 정히 그러시면.

해월은 잠시 멈칫했다. 몸을 돌려 저고리 품에서 황금노리개를 꺼냈다. 해월이 무릎걸음으로 다가가 서안 위에 올려놓았다.

— 지난 2년 동안 모셨습니다.

이런. 송씨 부인의 입매가 심히 비틀어졌다.

— 됐어!

힘을 준 목청에서 쉬 나오지 않는 새된 목소리였다. 해월이 황급히 고개를 숙였다. 송씨 부인은 옷매무새를 매만지며 자세를 바로 했다.

— 이름 높은 사내가 천한 계집 한둘쯤 거느리는 것은 흉이 아니야. 또한 알고도 눈감아주는 것이 부덕婦德이야.

— 천한 이년이 배움이 없어서 마님께 실례를 범하게 됐습니다.

천정에 들어 올린 분합문으로 실바람이 들어왔다. 고개를 숙여 눈물을 닦으며 쩔쩔매는 해월의 모습을 보고 송씨 부인의 노기가 조금 누그러졌다.

— 흥, 당자를 찾아가지 왜 나를 찾아왔느냐?

— 바깥어른보다 안방마님의 허락을 받는 것이 순서라 생각했습니다.

— 그 요량이 쓸 만은 하구나.

— 당대 문한의 가문을 넘봤으니 이년이 죽일 년이옵니다.

— 사내가 살다 보면 실수를 할 수도 있지. 대감이 그 나이에 자식까지 원하진 않았을 테니까.

— 저, 대감께서 그러신 게 아니고…….

해월이 당황한 표정을 내비쳤다.

— 대감이 아니라니?

송씨 부인과 해월 사이에 어색한 침묵이 돌았다.

— 허면?

송씨 부인이 놀라는 눈으로 다시 물었다. 해월이 말없이 고개를 끄덕였다. 송씨 부인의 얼굴에 은근한 웃음이 퍼졌다.

— 밖에 있는가?

— 예. 큰 마님.

— 후원 별당에 다녀오거라!

송씨 부인이 큰소리로 명령했다.

32

두만강 건너 회령지방에 살던 여진족이 자꾸 국경선을 넘어왔다. 조선의 야산에는 들꽃이 많았다. 풀잎은 땅에 붙어 옆으로 퍼지고 그 위에 작고 볼품없는 꽃이 지천으로 피어났는데 사람들은 그것을 오랑캐꽃이라 불렀다.

구중궁궐에서는 패가 갈렸다. 마음이 맞는 후궁들끼리 자주 만나고 궁녀들은 숨을 곳을 찾아 수다를 떨었다. 민가에서도 말장난이 많아졌다. 밤나무가 조금만 달라도 너도밤나무 나도밤나무 우리밤나무라는 이름을 붙였다. 쑥떡을 아무렇게나 모양 없이 만든다고 개떡이라고 했고 여자들이 속닥거리면서 만든다고 속닥떡이라고 부르기도 했다.

신臣 이율곡 엎드려 전하께 간언합니다. 10년 뒤의 미래를 준비하소서. 일본이 100년째 내전 중인데 내전이 끝나면 조선을 넘볼 것입니다. 조선에는 10만의 군사가 필요합니다.

신 이율곡 엎드려 전하께 간언합니다. 십 년 뒤의 미래를 준비하소서. 일본이 백 년째 내전 중인데 내전이 끝나면 조선을 넘볼 것입니다. 조선에는 십만의 군사가 필요합니다.

신 허엽이 아뢰옵니다. 백 년의 내전으로 혼란한 나라가 남의 나라를 넘볼 꿈이나 꾸겠나이까? 서인의 주장과 같이 십만의 군사가 궁궐을 호위해도 궁궐의 주인이 없다면 무슨 소용이 있겠습니까? 전하, 하루속히 세자를 책봉하소서.

이율곡 : 십 년 안에 십만의 군사를 기르려면 지금 10세 이상 20세 이하의 소년들을 궁궐로 소집해야 합니다. 또, 권문세가들은 사병들을 마땅히 내놓아야 할 것입니다.

허엽 : 아직 소학을 공부하는 어린 남자아이들에게 칼부터 가르칠 것입니까?

이율곡 : 국난에 대한 대비가 필요하니 조선의 여인들이 아들을 많이 낳게 더욱 장려하소서.

허엽 : 서자도 전쟁에 나가야 합니까?

이율곡 : 적자도 서자도 모두 조선의 아들들입니다. 전쟁터에서 적자와 서자의 구별은 없습니다.

허엽 : 적자도 서자도 모두 조선의 아들들이니 우선 적서법을 폐지해야 합니다. 전쟁 시와 평상시가 판이하게 다르다면 백성들이 따르겠습니까?

이율곡 : 국난입니다. 나라가 있어야 백성이 있습니다. 하루가 시급합니다.

선조 : 먼저 일본의 정세를 살펴보아야 할 것이고 세자책봉은 때가 이르다. 과인의 죽음을 미리 거론하지 말라.

허엽 : 천년사직이옵니다. 통촉하시옵소서.

선조 : 중전이 수태할 때를 기다리리라. 과인은 오로지 적자

로서 천년사직을 이으리라.

선조에게는 십만의 대군도 없었고 한 명의 세자도 없었다. 14명의 왕자들 중에서 광해군이 유력한 후계자라는 소문이 떠돌고 있었다.

선조가 허엽을 불렀다. 선조는 허엽이 들어오자 당초 무늬가 양각된 문살로 고개를 돌렸다. 미움이 담긴 눈동자였다. 문살은 직각으로 꺾여있었다.

— 경은 자식 몇을 두었느냐?

— 아들 셋에 딸이 셋이옵니다.

— 다복하구나.

임금의 얼굴에서 외로움을 본 허엽이 고개를 숙였다.

— 짐에게는 아들이 없다.

— 전하.

허엽은 황망한 얼굴로 고개를 숙였다.

— 과인의 아비는 이 나라 조선에서 처음으로 대원군이니라. 대원군은 임금이 아니니 대원군의 아들이라는 말은 임금의 적통이 아니라는 뜻이다. 불명예스럽지.

— 전하.

허엽이 안타까운 얼굴로 고개를 더욱 숙였다.

— 내 아비는 임금의 자식이었지만 어미가 후궁이었으니 첩의 자식이었다. 내 할아비는 어떠냐? 명나라 <대명회전> <태

조실록>에는 태조께서 고려 권신 이인임의 후손으로 기록되어 있다. 함흥지방의 쌍성총관부 천호였던 이자춘인데 말이다. 조선이 세워질 때에 중국으로 도망쳤던 정적들이 한 짓이다. 할아비의 이름이 잘못 기록된 것을 아직도 고치지 못하고 있으니 조선 2백 년의 부끄러움이다.

— 전하. <태조실록>의 이름을 고치는 종계변무의 일은 아직 끝나지 않았나이다. 종계변무는 시간문제일 뿐이오니 성심을 편안히 하소서.

— 신하들이 모두 내 편이 아닌데 어찌 마음이 편하겠는가?

— 동인과 서인은 모두 전하의 신하들이옵니다. 그러니 동인이니 서인이니 하는 구별은 옳지 않습니다. 학문과 정치가 한곳에서 만날 수 있는 정책을 펼치시옵소서.

선조가 의아한 표정을 지었다. 남다르게 속이 깊어 그 속을 알 수 없는 신하였다.

— 정치 세력은 짝패를 이루어야 하지 않겠느냐? 서로 견제하는 세력이 있어야지. 정치 세력이 한곳으로 몰리면 그것이 더 위험한 일이 아닌가?

— 서로의 이익에 따라 두 개가 네 개가 될 것이옵니다. 소신은 그것을 바로잡고자 하나이다.

— 이익이라. 동인과 서인이 서로 다른 정견으로 부딪치고 있으면서 하나로 만들려는 마음은 무엇이냐?

— 전하를 향한 충심이옵니다.

허엽이 머리를 조아렸다. 늙은 임금이 늙은 신하의 희끗희끗한 귀밑머리를 바라보았다.

— 진정 과인의 마음을 모르느냐! 과인은 왕실의 정통성을 살리는 일에 관심이 있다. 허나 아직은 때가 이르니 후계자를 함부로 거론하지 마라.

— 전하. 소신이 왕실의 후계자를 거론하는 이유는…….

— 그만 물러가라!

선조와 독대를 한 이후에도 허엽은 뜻을 굽히지 않았다. 계속 상소를 올렸다. 선조는 진노했고 허엽은 경상도 땅으로 좌천되었다.

33

방안은 여기저기 목화솜이 뒹굴고 있었다. 얼마나 베틀을 잡고 있었는지 오른쪽 손목이 욱신욱신 쑤셔왔다. 햇빛은 적요롭고 베틀의 북과 바디가 철컥대는 소리만 유일했다. 방안은 후덥지근했다. 초희는 저고리를 벗어 겨드랑이 땀을 닦아내고는 치마끈을 느슨하게 풀었다.

그때 방문이 벌컥 열렸다.

서책들을 옆구리에 잔뜩 끼고 들어온 김성립이었다. 여러 밤을 지새운 얼굴은 몹시 피곤해 보였다. 초희는 서둘러 저고리를 입고 치마끈을 조였다. 김성립은 대여섯 권의 서책들을 윗목으로 휙 던졌다. 경서들이다.

— 접으로 돌아가시어요.

초희는 다시 베틀을 잡았다. 김성립은 방바닥에 벌렁 드러누웠다. 높은 대들보 사이로 기녀의 웃음과 몸짓이 지나갔다.

— 접에서 무슨 좋은 일이 있었어요?

— 접에서 기분 좋은 일이 있을 게 뭐야? 공부할 마음이 생겨야 말이지.

김성립이 퉁명스럽게 대꾸했다.

— 공부에 정진하세요. 문장을 배워서 다른 사람들을 위해 쓰세요.

— 문장. 문장. 문장. 그놈의 문장 얘기!

— 나는 여자의 몸이니 문장에 대한 꿈을 접었어요. 내 꿈을 대신 가지라 하지 않았어요?

— 왜 이래? 열 달 만에 들어왔어.

— 문장을 터득해서 세상에 이롭게 쓰세요. 사내는 여자가 나물을 다듬듯이 문장이나 다듬는 일에는 무관심해야 한다고 했어요. 행동하는 문장을 쓰시어요.

— 행동하는 문장이라니?

— 문장을 넘어선 그 너머를 바라보셔야 해요.

— 거짓말하지 마.

— 거짓말이라뇨?

— 그럼 이 시는 뭔데? 벼슬길 오른 낭군은 참으로 정이 없는 사람이라. 비취빛 소매에 눈물 자국만 꼬질꼬질 남기고 돌아왔네?

김성립은 종이를 방바닥에 탁 내려놓았다.

— 본심이 뭐야? 벼슬을 하라는 거야? 말라는 거야?

김성립은 아내의 치맛자락을 끌어당겨서 얼굴에 폭 덮었다. 땀 냄새가 솔솔 났다. 해월이와는 달랐다. 초희는 북과 바디를 잡은 손을 놓고는 몸을 돌려 앉았다. 목덜미와 겨드랑이로 조금씩 땀이 흘렀다. 윗목에 놓인 사발에는 물이 없었다. 초희는 말없이 자리를 조금 옮겨 앉았다.

김성립은 초희를 흘깃 쳐다보다가 종이 하나를 들어 올렸다.

— 이건 또 뭐야? 처녀적 친구들에게?

친구와 놀던 추억의 길에 오두막 짓고
날마다 큰 강물이 흘러가는 모습을 본다.
화장품 상자의 난새는 외려 늙어가고
화원의 꽃과 나비도 이미 가을 신세구나.
차가운 물가에 작은 기러기 내려오고
저녁 빗속에 홀로 배만 돌아오는데
저녁에 비단 창을 닫고 나면
친구와 놀던 추억을 어찌 견디나.

<기녀반奇女伴> 처녀적 친구들에게

— 부인! 본분에 충실하시오. 달, 새장, 앵무새, 비, 안개, 꽃. 이제는 다 외울 지경이야.

김성립은 못마땅한 표정으로 종이를 내던지며 또 다른 시를 뒤적거렸다.

공령 여울목에 비가 걷힐 때
무협에는 운무가 쫙 깔렸네.
깊은 원망에 잠기니 님의 마음도 조수와 같이
아침에 잠깐 나갔다가 저녁에 돌아왔으면.

<죽지사竹枝詞>

— 어허, 부인. 그래서 오늘은 돌아왔잖아. 시는 이렇게 써 놓고 보자마자 접으로 돌아가라 그랬소?

김성립 얼굴에 은근슬쩍 화색이 돌았다.

— 죽지사라. 순임금의 두 부인 아황과 여영처럼 낭군을 그리워하며 쓴 시는 매우 흡족하오. 그렇다고 대나무에 피눈물을 흘리지는 마시오.

김성립은 또 다른 시를 보며, 이건 또 뭐야? 무척 놀란 표정이었다.

— 장안거리에서 서로 만나 꽃밭으로 들어가 밀어를 속삭였

네? 황금 채찍 남겨두고 안장을 돌려 말달렸어요?

김성립은 교태스러운 표정으로 여자 목소리를 흉내 내며 읽었다. 초희는 화난 표정으로 베틀에서 내려왔다. 남편의 손에서 시를 뺏으며 얼굴을 확 붉혔다.

— 부인이 이런 시도 짓는지 몰랐소. 하늘나라 선녀 이야기만 해서 도통 뭔 소린지 지루하고 재미없었는데 이렇게 사람 냄새 풍기는 시를 쓰다니. 정말 감동했소.

— 놀리지 마세요.

— 우리 옛날에 그랬었지. 부인을 만날 때마다 뭐에 홀렸는지 나는 뭘 자꾸 흘리고 다녔어. 이제는 방안에서 저런 시를 쓰지 말고 서방님을 불러.

김성립의 목소리가 까무룩 잦아들었다.

— 어머님께서 서방님이 방으로 찾아오면 내쫓으라고 하셨어요. 집안에 며느리가 잘못 들어와서 아들 출사가 늦는 거라고 자꾸 말씀하시잖아요. 다 내 탓이란 말이어요.

— 뭐, 틀린 말은 아니지만, 그건 어머님 생각이오.

김성립은 외로움에 담뿍 젖어드는 목소리로 말했다. 과거시험에 계속 낙방하면서 더욱 조급해지고 미숙해지는 잠자리였다. 김성립은 아내의 옷고름을 슬그머니 잡아당겼다. 옷고름이 스르르 풀렸다.

— 오늘은 서방님이 들어오니까 좀 급했나? 옷고름을 대충 매는 사람이 아닌데 말이야. 부인은 항상 너무 반듯해서 문제

인데 오늘은 좀 색다르네.

김성립은 초희의 버선발을 쳐다보았다. 여인이 나체에 흰 버선만 신은 모습이 요염하고 귀여웠다. 김성립은 초희의 버선발을 만졌다.

— 나는 버선발이 좋아. 옷을 다 벗는다는 조건에서.

— 왜 이래요.

— 이 시 때문이지.

그네뛰기를 끝내고 수놓은 신발을 신고는
아래로 내려와 말없이 옥계단에 섰어요.
매미 옷이 땀에 축축이 젖어서
사람들한테 떨어진 비녀 주워 달라는 말도 잊었어요.

〈추천사鞦韆詞〉 그네 타는 노래

— 여자의 체취를 풍기는 시, 이렇게 요염한 시는 처음 보오. 비녀가 떨어질 정도로 날아올랐소? 그때 입은 매미 옷이 이거야?

김성립은 초희의 땀 냄새를 맡느라 겨드랑이에 코를 박았다.

— 왜 이래요.

송씨 부인은 안방의 문갑에서 반짇고리를 꺼내며 무슨 소리를 들은 듯이 방문 쪽으로 고개를 돌렸다.

— 그네 뛰던 날을 생각해봐. 매미 같은 적삼이 젖었다면서. 비녀까지 땅에 떨어질 만큼 재미있었어?

김성립은 초희의 저고리 속으로 손을 집어넣었다.

— 부인의 눈을 보면 알아. 어머니는 부인의 눈이 여염집 여자와 다르다고 말씀하셨어. 그것이 며느리를 싫어하는 이유야. 그런데 그건 남편인 내가 좋아하는 이유이기도 하지.

— 조용히 얘기해요. 방문 열어 놓아서 어머님이 들어요.

초희는 베틀로 다시 올라갔다. 김성립이 베틀로 바짝 다가오며 목소리를 죽였다.

— 내가 바라는 건 어머님과 달라. 시를 쓸 줄 아는 계집들은 다 그래. 여염집 여자하고는 달라. 남자는 그런 냄새에 민감하게 반응한다고.

초희는 입술을 깨물며 고개를 흔들었다. 텅 비어있었던 머릿속이 윙윙거리며 뭔가가 연속적으로 꿈틀거렸다. 싸아악, 척, 철컥, 싸아악, 척, 철컥, 베틀소리가 커졌고 빠르게 움직였다. 나는 도대체 누구의 옷감을 짜고 있는 건가.

김성립이 매우 자존심 상한 얼굴로 초희를 노려보았다.

— 추운 밤에 남의 옷감 짜면서 해마다 나는 혼자 잔다고? 도대체 이런 시는 왜 쓰는 거야? 혼자 잠잔다고 투정 부리면서 막상 집으로 들어오면 왜 또 다른 얼굴이야?

김성립은 시들을 주섬주섬 하나로 모아서 손안에서 바싹 구겨버렸다. 동그랗게 종이뭉치를 만들어서 휙 던졌다. 시 뭉치는 대여섯 권의 경서 위로 툭 떨어졌다.

— 시를 쓰지 말고 말로 해. 행동으로 하라고.

— 서방님이 자주 거니는 곳이 있어요.

— 교방 말이야?

— 의심 속이지요.

제기랄. 또 무슨 말이야. 접근하기 어려운 여자를 건드린 사내의 표정이 애매하게 굳어졌다.

— 장원급제를 의심하니까 공부가 안되지요. 믿으세요. 그럼 집중이 잘 될 거예요.

— 접으로 돌아가라는 말을 어렵게도 하는군.

— 하지만 나도.

초희는 베틀을 놀리던 손을 멈추고 한숨을 쉬었다.

— 내가 지금 왜 살아가는지 그 의미를 모르겠어요. 누군가의 손에 이끌려 숲속으로 들어왔는데 방향을 잃어버린 느낌이에요.

— 나무숲? 후원 말이오?

— 나무 이야기가 아니에요.

— 숲이라고 했잖소.

초희는 답답한 표정을 지었다.

— 서방님은 나보다는 분명한 사람이에요. 따라야 할 법도를 아니까.

싸아악, 척, 철컥, 싸아악, 척, 철컥, 초희는 상념을 떨쳐버리려는 듯 다시 베틀을 놀리기 시작했다. 초희는 물 사발을 들고 물을 한 모금 입에 물고는 실에 대고 푸푸푸 뿌렸다.

— 나도 접이 지겨워서 들어왔소. 시험 때문에 어디로 달아나고 싶단 말이오.

김성립은 초희의 입가에 흘러내린 물을 쳐다보았다.

방 밖은 별이 짱짱한 한낮이었다. 송씨 부인은 안방에 혼자 앉아 침침한 눈으로 바느질을 하고 있었다. 두 사람은 좁은 방 안에서 쫓고 쫓기고 있었다.

김성립은 흥분한 얼굴로 초희의 발목을 꽉 붙잡았다. 송씨 부인은 바늘귀에 실을 넣으려고 애를 쓰고 있었다. 바늘귀는 동그랗게 보이다가 곧 흐릿해졌다. 송씨 부인은 가늘게 실눈을 떴다. 김성립은 아내의 가슴에 와락 달려들어 저고리를 깨물었다.

초희는 벌떡 일어섰다. 초희는 문설주에 힘없이 기대어 섰다. 방문은 열려 있지만 갈 데가 없었다. 혼인하기 전과 후의 시간이, 아기를 갖던 시간과 아기를 잃었던 시간이 차례로 떠올랐다. 가슴에 커다란 돌덩이가 들어간 듯 꽉 막혀서 숨을 쉴 수가 없었다. 기와담장을 바라보는 두 눈에 눈물방울이 맺혔다가 똑 떨어졌다.

김성립은 아내의 뒤태를 노려보았다.

34

아들, 딸, 아이들은 모두 한겨울에 태어났다. 겨울은 세상을 추위로 깨끗이 정화해서 눈물을 흘리듯이 눈을 뿌려댔다. 칼바람은 철없는 어린애처럼 깡충깡충 뛰놀 듯이 추위를 따라다녔다. 바람은 윙윙 노래를 부르고, 사람들은 종종걸음을 쳤다.

한지 방문을 사이에 두고 방 바깥쪽 공기가 방 안쪽 공기를 침범할 듯 대결해있고, 방안에도 아랫목 공기와 윗목 공기가 서로 남남처럼 격을 두었다. 윗목의 물은 자주 얼었다.

한겨울에 낳은 아이들 때문에 산후조리는 힘들었다. 초희는 친정에 가지 못하고 시댁에서 몸을 풀었다. 추위를 기억하는 몸 때문인지 계절이 바뀌어도 발은 자주 시렸다.

초희는 한여름에도 발이 추워서 두꺼운 버선을 신고 다녔다. 초희는 산후조리하는 날들을 제외하고는 하루도 빠짐없이 약수터에 가서 물을 떠왔다. 추운 계곡에서 겨울 빨래를 하는 일, 새벽 약수터에서 물을 떠오는 일 때문에 추운 기억은 층층으로 겹쳤다.

계절은 추위와 더위를 반복하며 시간의 층을 쌓아가고 있었다. 시집살이 십 년이 다 되어가도록 송씨 부인은 부엌살림을 완전히 넘겨주지 못하고 처음과 마지막만 관여했다. 나머지 시간에는 안방에서 합죽선으로 부채질을 하며 책비를 불러들였다.

안방마님의 곳간 열쇠는 패권을 의미했다. 아들이 며느리를 일꾼으로 데려와서 시어머니가 되어야 비로소 곳간 열쇠를 가질 수 있었다.

세상은 아들을 낳으려는 사람들이 급속도로 많아졌다. 남자들은 딸을 둘만 낳아도 딸딸이 아버지라는 놀림을 받았다. 아들을 낳는 비방들이 대놓고 거래되었고, 깊은 산속 약초들이 고가에 팔렸다.

주자가례에서 제사는 제일 중요했다. 아들이 없기 때문에 조상을 모시지 못하는 죄보다 더 큰 죄는 세상에 없었다. 아들이 많은 집안은 아들이 없는 친척 집에 아들을 양자로 보냈다.

아들을 낳은 여자는 집 안팎, 동네 안팎, 어디를 가나 칭송받았으며, 아들을 낳은 여자가 드높은 몸값으로 남의 집에 가서 아들을 대신 낳아주는 일들이 생겨났다.

아들을 둘 이상 낳은 여자의 속옷은 금값으로 거래되었다. 아들을 낳은 여자는 시댁에서 패권을 가지게 되니 쫓겨날 일도 없지만, 설혹 이혼하더라도 먹고 사는 데에 전혀 어려움이 없었다.

여자의 얼굴보다 육체가 인기를 끌었다. 여자아이가 열 살만 넘으면 젖꼭지 모양과 색깔, 엉덩이 크기 등을 세밀히 비교하는 등, 아들을 낳는 여자의 육체 연구는 절정에 이르렀다.

꿈도 중요했다. 꿈이 동물이냐 식물이냐, 같은 동물이라도 동물의 종류, 크기, 색깔에 따라 태몽을 해석하는 방법이 유행하고, 임산부의 불룩한 배 모양으로 아들딸을 미리 점치는 점쟁이가 늘어났다.

태몽과 배 모양으로 딸이라는 진단이 내려지면 아기가 세상에 나오기 전에 낙태시키는 비방들, 배를 꽁꽁 동여매고 밥 굶기, 절벽에서 뛰어내려 잠깐 기절하는 방법 등이 퍼졌다.

송씨 부인은 초희가 아침 문안을 갈 때마다 아들을 셋 이상 낳아야 한다는 훈계를 했다. 초희는 난색을 표했다. 몸이 허약해졌는지 달거리도 불규칙해졌다.

시집올 때 15번의 제사가 있다고 했지만, 추석과 설날을 제외한 말이어서, 제사상은 17번 차려야 했다. 제사상은 소소하게 차린다고 했지만, 음식들은 3일 전부터 빛깔 곱게 종류별로 준비해야 했다. 친척들이 모여들어 제사를 지내고 나면 음식들을 품평했다. 음식의 신선도, 모양, 빛깔은 조상에 대한 예의이고, 집안의 품격이며, 후손의 의무였다.

김성립은 과거시험에 계속 낙방했다. 행랑아범이 접에서 빨랫감을 가져왔다. 저고리와 바지 대여섯 벌과 도포 한 벌, 이불까지 빨랫감이 많았다. 접으로 보낼 빨랫감은 송씨 부인이 직접 챙겼다. 초희는 하루 종일 계집종과 함께 우물에서 빨래를 빨아 널었다.

볕이 좋은 날들이었다. 뒷마당 빨랫줄에 널린 옷들 위로 태양은 높이 떴다. 뭔가에 집중할수록 답답한 기분은 조금씩 해갈되었다. 초희는 빨랫줄에서 마른 옷들을 걷어서 하루종일 뜨거운 인두로 다렸다. 이불 홑청에 풀 먹이는 일이 끝나면 쉴 새도 없이 저고리에 새 동정을 달아야 했다.

작은 마님. 초희는 마동이가 방에 들어오는 것도 모르고 바느질에 열중해 있었다. 작은 마님. 마동이가 초희를 다시 불렀다. 응. 응. 초희는 대답을 하는 둥 마는 둥 바느질에 열중했다. 시간이 흘러도 바느질은 몸에 익숙해지지 않았다. 초희의 이마에 땀이 배어났다.

마동이는 초희의 모습을 지켜보다가 말없이 자리에서 일어났다. 초희는 이리저리 뭔가를 찾다가 저고리 옷고름에 꽂힌 바늘을 다시 찾았을 때에야 마동이를 보며 웃었다.

— 왔어?

초희가 오른손에 바늘을 들고는 마동이를 쳐다보았다. 마동이는 잠시 머뭇거리다가 결심한 듯 서찰을 건넸다. 잘 있느냐는 서찰. 까마득히 잊고 있던 왕견이었다.

— 다른 서자들은 고관대작 아비들이 꺼내주었는데 그이만 아비가 없었더란 말이지? 그래서 오라버니께서?

— 목숨을 살려주는 대신에 다시는 한양에 들어오지 말라고 금족령을 내렸다고 합니다요.

— 그걸 알고 있는 사람은 누구야? 균은 알고 있어?

마동은 잘 모르겠다는 표정으로 고개를 가로저었다. 초희는 마동이의 눈을 한참 동안 응시했다. 집안일을 하며 바쁘게 움직였던 모든 것들이 일시에 정지된 느낌이었다. 초희는 문득 생각난 듯 반짇고리에 바늘을 꽂았다. 그 다음에는 무엇을 해야 할지 머릿속은 새하얗게 비었다.

초희의 얼굴이 흐려졌다. 반짇고리에 꽂힌 십여 개의 바늘들을 빼고 꽂고 또 빼고 꽂다가, 마동이가 작은 마님, 부르는 소리에 저도 모르게 바늘을 또 뺐다. 초희는 반짇고리에 수없이 꽂힌 바늘들을 바라보며 가슴에 통증을 느꼈다.

죽은 사람이 살아 있다는 사실은 살아 있는 사람이 죽었다는 사실보다 충격이었다. 젊은 날의 불같은 정열은 사라지고 아픈 감정만 또렷했다. 초희는 보상받아야 할 시간 앞에 홀로 서 있는 것처럼 화가 났다. 배신감도 들었다. 초희는 얼크러진 감정들 속에서 멍한 표정을 지었다.

까마득한 과거로부터 걸어 나와 말을 건넬 것 같은 사람들. 어디 있을까? 언제나 길 끝에서 나타나서 어둠을 갉아먹는 달처럼 불온한 얼굴들.

잘 있을까? 나이 먹은 얼굴이 어떻게 변했을까? 청년 때 모습 그대로일까? 초희는 벽장문을 열었다. 한동안 쓰지 않은 벼루에는 먼지가 묻어있었다. 초희는 봉황이 양각된 틈마다 물수건으로 정성스레 닦았다. 초희는 먹을 갈기 시작했다. 오래도록 생각 단지 속에 숨겨놓았던 비밀이 뚜껑을 열고 나온 듯했다.

깊은 어둠으로부터 낯설지만 익숙한 생각이 뚜벅뚜벅 걸어왔을 때에 초희는 종이를 펴고 붓을 들었다.

멀리서 손님이 찾아왔는데

나에게 전해준다는 잉어 한 쌍을 주었어요.

무엇이 있나 궁금해서 갈라보니

그 속에 긴 편지가 들어있네요.

첫 줄에 늘 그리워한다며

요즘 어떻게 지내는지 물으시네요.

글을 읽어가며 님의 뜻 알고는

눈물이 떨어져서 옷자락을 흠뻑 적셨어요.

〈견흥(遣興) 7〉 감정을 풀다

초희는 뒷머리에 꽂은 금비녀를 뺐다. 금비녀를 시에 돌돌 말아서 마동이의 손에 쥐어 주었다. 마동이가 방문을 열고 급히 나갔다.

초희는 바느질을 계속하다가 바늘에 손가락을 찔렸다. 손가락에 선홍빛 피가 맺히고 피는 가슴으로 맺혀 들어갔다. 골무를 끼웠어도 손가락은 바늘로부터 자유로워지지 않았다. 초희는 깨끗해진 남편의 저고리를 물끄러미 바라보았다. 무엇엔가 속박된 감정들을 처음으로 되돌리고 싶다는 욕망에 휩싸였다. 초희는 계집종을 불러 바느질감을 넘기고는 후원으로 나갔다.

장독대는 정겹고 편안했다. 햇빛이 절반쯤 머물고 바람이 쉬어가는 곳. 초희는 몸이 피곤할 때마다 장독대 항아리 옆에서 햇빛을 쬐곤 했다. 서향으로 기우는 햇빛은 장독대 위로 붉은빛을 뿌렸다. 장독대 밑 수로를 따라 일년초들이 차례로 피고 지고 있었고, 담장 건너 가까운 산에서 바람이 내려왔다. 담장 밖의 길은 외줄기였고 먼 데로 뻗어있었다. 담장 너머로 까치발을 하면 신발이 뒤꿈치에 매달려있다가 벗겨졌다.

어제 일처럼 또렷하구나. 거짓말 같아. 이 세상은 거짓말투성이야. 초희는 장독대 주변에 핀 일년초들을 향해 말했다. 너희들은 어때? 너희들이 바라보는 세상은 어때? 기와담장은 구부러진 길처럼 보였다. 말을 타고 바람을 가르며 무작정 달리던 때가 생각났다. 따가닥 다다다닥. 길가의 꽃과 나무들은 뒤로 급하게 물러나고 새로운 꽃과 나무들이 눈앞으로 휙휙 다가왔다.

초희는 왕견이 말을 타고 지나간 자리를 눈으로 그리며 하늘을 바라보았다. 볕 바른 장독대에서 햇살은 칼등처럼 무디게 빛났다. 장독대 주변을 도는 수로가 강물처럼 넓어지고 일년초 이파리들이 흔들리며 거문고 소리를 내고 있었다.

왕견의 답장을 기다리는 동안 한 계절, 두 계절이 지나갔다. 왕견이 사람을 통해 저잣거리로 서찰을 보내왔고 마동이가 저잣거리로 나가서 서찰을 가져왔다. 마동이는 장독대 담장의 기왓장 밑에 서찰을 몰래 숨겨놓았다. 초희는 담장의 기왓장 속에서 서찰을 꺼냈다. 왕견이 온 것처럼 가슴이 두근거렸다. 초희는 얼른 방으로 들어가 서찰을 읽었다.

백당나무의 열매에서 붉은빛이 작렬하오. 한참을 머물다가 백당나무숲을 벗어나면 온통 억새풀 세상이오. 사람 키를 웃도는 억새들이 바람 따라 흔들리고 있소. 초희. 오늘 밤에는 실한 멧돼지를 잡아 술잔치라도 벌일 참이오. 불붙는 가을 속에서 하루라도 술을 먹지 않으면 한양을 향한 그리움이 삭여지지 않겠지.

왕견이 작년 가을에 쓴 서찰이었다. 초희는 너무 늦게 온 서찰을 보며 긴 한숨을 내쉬었다. 서찰을 기다리는 동안 조급하게 설레던 마음은 가라앉아있었다. 기다림과 설렘은 또 다른 낯섦으로 바뀌었다. 때로는 한 계절 만에, 때로는 두 계절 만에 인편에 따라 늦게 오는 서찰들에 익숙해져야 했다. 초희는 붓을 들고 화답했다.

비단 띠 비단 치마에 남은 눈물 자국은
향기로운 풀을 보며 왕손을 그리워한 한스러움이에요.
옥 아쟁으로 마음을 다해 강남곡을 연주하니
빗줄기에 떨어지는 배꽃이 대낮의 문을 가리네요.
〈규원閨怨〉 규방에서 원망하다

초희가 봄에 쓴 서찰을 왕견은 언제 읽을지 모르는 일이었다. 초희는 저고리 속에서 서찰을 꺼내어 기왓장 속으로 밀어 넣었다. 마동은 초희의 서찰을 들고 저잣거리로 나갔다. 왕견은 한곳에 정착하지 못하고 산속을 끊임없이 돌아다녔다. 왕견은 답장을 보내오는 것이 아니라 드문드문 안부 소식만을 전해왔다. 왕견은 산속 생활에 대한 세세한 소식을 전하고 있었다.

초희, 잠시 격전이 있었소. 오랑캐들이 넘어와서 양민들에게 노략질을 하고 있소. 오랑캐를 쫓아내면 관의 수령이 찾아와 술잔치를 벌여준다오. 백의종군이라고 하더군. 애국자는 될 생각이 없는데 말이오. 한양에서 버림받은 몸이 국경선에서 쓸모 있는 몸이 되어있구려. 누군가 땅에 버린 거름이 이름 모를 풀에게는 힘이 되는 모양이오.

일방적인 대화였다. 초희는 초희의 소식을 전했고 왕견은 왕견의 소식을 전했다.

부엌에 찬 바람 스며들고 밤은 길게 남았는데
텅 빈 정원에는 이슬 내려 옥병풍은 차가워라.
연못의 연꽃은 시들어도 밤새 향기가 나고
우물가 오동나무 잎이 떨어져 가을 그림자가 없구나.
옥 물시계 똑똑 시간 가는 소리 서풍에 들리고

주렴 바깥에는 서리 내려 저녁 벌레가 우네.
베틀 아래 명주를 가위로 잘라내고
옥관에서 꿈을 깨니 비단 장막이 텅 비어있네.
의상을 만들어 먼 길 가는 인편에 부치려니
난초 등불이 고요히 어두운 벽을 밝히네.
눈물을 머금고 편지 한 통을 써놓으니
역인은 날이 밝으면 남쪽 길로 출발한다고 하네.
옷 만들고 편지까지 봉해 놓고 정원을 거니는데
은하수가 반짝이며 새벽 별을 밝히네.
차가운 이불에서 이리저리 뒤척이며 잠 못 이루는데
지는 달이 다정하게 그림 병풍을 엿보네.
〈사시사四時詞, 추秋〉 사계절 노래, 가을

초희는 잃었던 사랑을 되찾은 것이 아니었다. 서로가 자기의 소식을 전하면서 힘든 시간을 견뎌내고 있다는 것을 깨닫는 데에 2년이 걸렸다.

초희, 이곳에는 눈이 내리고 있소. 무릎까지 푹푹 빠지는 길이요. 눈길을 걷는 것은 물속을 걷는 것처럼 힘이 드는군.

— 작은 마님.

마동이의 목소리였다. 초희는 방문을 열고 나왔다. 해월이가 초희를 보며 고개를 까딱 숙였다.

— 술에 많이 취하셔서.

김성립은 혼곤한 얼굴로 뜻 모를 이야기를 중얼거렸다. 초희가 마동이에게 눈짓을 보냈다. 마동이가 김성립을 부축하면서 대청마루로 겨우 올라섰다. 마동이는 아랫목에 이부자리를 깔고 김성립을 눕혔다.

초희는 남편을 쳐다보다가 해월에게로 시선을 돌렸다. 검은 가체는 예전보다 큰 듯했고 붉은 뒤꽂이에다가 비녀는 굵었다. 짧은 저고리 속으로는 겨드랑이가 보였다.

— 그동안 평안하셨습니까?

해월이 웃으며 고개를 숙였다. 초희는 처마에 걸린 하늘을 쳐다보며 생각에 잠겼다가 해월을 바라보며 말했다.

— 들어오게.

초희는 남편 옆에 앉았고 해월이는 윗목에 앉았다.

— 아이를 잃었다니 안 됐네. 상심이 컸겠어.

— 둘이나 잃은 마님의 슬픔에 비하겠습니까?

해월은 눈자위를 붉혔고 초희는 고개를 끄덕였다. 공감의 시선이었다. 두 사람 사이에 잠깐 침묵이 흘렀다.

— 자꾸 기방으로 오시어요.

해월은 어색한 침묵을 깨려는 듯 초희를 흘깃 쳐다보며 말을 돌렸다.

— 자식을 잃으셔서 그런지 마음을 잡지 못하십니다.

두 여자는 동시에 김성립을 쳐다보았다. 김성립은 음, 음, 입맛을 다시고는 이불을 발로 차내며 돌아누웠다. 해월은 빙긋 웃었다. 후훗. 어린애 같아.

— 사내대장부가 공부에 정진하다 보면 때로 마음이 흔들리기도 하겠지만 자네가 이렇게 찾아올 필요까지야 있나?

— 무슨 그런 말씀을요. 남의 일이 아니지요.

해월이 정색을 하며 대꾸했다.

— 어디 한두 번인가?

— 댁으로 돌아가시라고 해도 말씀을 들으셔야지요. 그래 어쩔 수 없이 밤을 새우며 보살폈답니다. 새벽에 잠은 어찌나 험하게 주무시는지요. 이년은 잠을 통 못 잤어요. 호호호.

— 고맙네.

초희는 해월의 얼굴을 뚫어지게 바라보았다.

— 고맙다니요. 응당 제가 해야 할 일인데요.

해월은 여유 있게 웃으며 대답했다.

— 이제 가보게.

— 어머니를 뵙고 가야지요.

— 그래? 참으로 고맙네. 어머님도 적적해하시니 말이야.

초희는 무표정하게 대답했다. 해월은 초희의 비녀를 노려보다가 방문을 열고 나갔다.

김성립은 늦은 오후가 되어서야 잠에서 깨어났다. 잠시 어지러운 표정을 짓더니 윗목으로 기어 올라가서 물 사발을 벌컥벌컥 들이켰다. 여기가 어디야. 잠이 과했는지 텁텁한 목소리였다. 그러다가 아내를 보고는 아, 하고 생각난 듯이 고개를 끄덕였다. 그래. 그래. 그랬었지.

— 행랑아범이 접에 기별을 넣어서 알게 되었소. 어머님을 위로해드렸소?

— 방에 들지도 못하게 하시어요.

— 집안이 이러니 공부에 정진할 수가 없는 거요.

김성립이 초희를 노려보았다. 초희가 조용히 일어섰다. 김성립과 초희는 안방 문 앞에 나란히 섰다.

— 어머니, 소자이옵니다.

송씨 부인의 그림자가 잠깐 움직였다. 송씨 부인 옆에는 다른 여인이 앉아있었다.

— 어머니. 저는 이만 갈게요.

여인의 그림자가 자리에서 주춤거리며 일어섰고 송씨 부인은 서 있는 그림자의 손을 덥석 잡았다.

— 하룻밤 자고 간다고 했으면서 왜 벌써 가려고 하느냐?

— 어머니.

여인의 그림자가 옷고름을 들어 눈물을 찍어냈다. 송씨 부인이 다가가서 그림자의 눈물을 닦아주었다.

— 왜 자꾸 가려고 해.

송씨 부인이 그림자를 쳐다보며 말했다. 그림자는 머뭇거리며 생각하는 듯했고 잠시 후에 다시 앉았다.

흠흠. 김성립이 잠시 헛기침을 하더니 방문 앞에 꿇어앉았다.

— 어머니. 저녁 식사도 물리셨다고 들었습니다.

송씨 부인이 방문을 향해 고개를 돌렸고 여인의 그림자는 옆으로 돌아앉았다.

— 어머니. 저희 내외가 어머니를 모시는데 부족함이 있는 건지요?

— …….

송씨 부인은 묵묵부답이었다. 김성립이 초희의 옆구리를 툭, 쳤다.

— 어머니. 말씀해주세요.

— 말할 힘도 없는 사람에게 왜 자꾸 말을 시키는 것이냐?

송씨 부인은 소리를 버럭 질렀다. 김성립은 고개를 돌려 아내의 얼굴을 노려보았다. 어머니를 향한 부끄러움은 아내를 향해서 미움이 되었다.

— 소자의 잘못입니다.

— 해월이가 낳은 손자도 백일을 못 넘기고 죽었다. 이 집안에 대가 끊기면 그 죄를 어찌 감당한단 말이냐. 남들 보기 부끄러워 살 수가 없구나.

여인의 그림자가 고개를 푹 숙였다.

— 어머니!

초희가 방문을 향해 말했다.

— 집안에 새사람이 잘 들어와야 한다고 했어. 부정한 기운이 아니라면 왜 그리 죽어나가? 네가 첩에게 투기를 한 것이냐? 투기는 칠거지악 중에서도 제일 악한 죄이다. 그걸 안다면 그 다음은 네 스스로 알 것이다.

— 아닙니다. 어머니. 형님께서는 이년에게 정말로 잘해주십니다.

여인의 그림자가 송씨 부인에게 황급히 머리를 조아리며 말했다. 송씨 부인은 여전히 방문을 노려보고 있었다.

— 도대체 친정에서 배운 예법이 무엇이냐? 뭘 배우긴 배운 것이냐? 제사 때에 문중 어른들이 오셔도. 어른 앞에서 네 몸이 뭐길래 그리 뻣뻣해! 쯧쯧. 예를 몰라. 네 얼굴에도 네 말에도 네 몸에도 도무지 정성이 보이질 않는구나. 어른을 모시는 게 무엇인 줄을 알고는 있는 것이냐!

송씨 부인의 목소리가 점점 격해졌다. 초희는 신발을 신고 마당으로 내려섰다.

— 멍석을 가져오게.

초희가 마동이에게 말했다. 마동이는 행랑아범과 함께 멍석을 들고 와서 마당에 깔았다. 초희는 신발을 벗고 멍석에 앉았다.

— 어머니. 소자 들어가옵니다.

김성립은 방문을 열고 들어갔다. 다른 노비들은 행랑채로 들어가고 마동이 만이 초희 뒤에 서 있었다. 안방에는 세 사람이 앉았고 도란도란 말소리가 들렸다.

— 어서 오너라. 해월이가 왔어.

— 듣고 싶구나.

— 어쩌나. 급한 마음에 가야금을 깜빡했어요. 대신 시조창을 부를까요.

— 그건 남자들이 듣는 건데.

— 웬걸요. 어머니. 권문세가 안방마님들은 꼭 듣습니다.

어이어이, 흠흠, 음음음음. 해월은 저고리 고름을 누르며 음을 골랐다. 송씨 부인은 허벅지에 손가락을 얹어놓고 박자를 맞추며 눈을 지그시 감았다. 김성립은 무릎을 꿇고 앉아 송씨 부인의 다리를 주물렀다. 궁궐에서 나온 훈민가예요. 어머니. 어때요. 그래. 좋구나. 바깥 어둠이 짙어갈수록 방문은 더 환해졌다.

어머니. 어머니 말씀에 순명할 수는 없어요. 차라리 밤의 말을 듣고 새벽빛에 순종하겠어요. 초희는 불 켜진 방문을 향해 중얼거렸다.

안방의 촛불이 꺼졌다. 김성립과 해월이 밖으로 나왔다. 두 사람은 초희를 지나치며 집을 나갔다.

달빛이 강한 밤이었다. 초희는 새까매진 방을 쳐다보며 앉아 있었다. 몸이 점점 굳어졌다. 그것마저 못 느낄 즈음에 작고 또렷한 불빛을 보았다. 초희의 얼굴에 생기가 돌았다. 작은 빛은 자유로이 떠다녔다. 그러다가 눈앞에서 사라졌다.

안 돼. 초희는 손을 뻗었다. 그리고는 저도 모르게 익숙한 감정에 휘말렸다. 상실. 초희는 오른손 검지로 멍석에 미친 듯이 금을 그어댔다. 알 수 없는 글자들이었다. 손가락이 지나간 자리에는 보이지 않는 길이 생겨났다. 초희는 멍석에 자꾸만 길을 만들어냈다. 수많은 길들 중에서 산길이 분명하게 떠올랐다. 그것은 한 달 전에 다녀온 산길이었다.

그날은 죽은 아이 생일이었다. 사찰에서 아이들의 향불을 피우고 내려가는 길이었다. 저녁 기운을 알아차린 풀숲의 벌레가 찌르르 울어댔다. 벌레들은 사람의 발걸음을 피해 풀숲으로 달아났다. 초희는 풀숲에 손을 집어넣었다. 어두운 풀숲에서 환한 빛이 일어났다. 작고 환한 빛들은 동시에 날아올랐다. 어스름한 저녁에 날아다니는 반딧불이였다. 어디로 날아가니. 초희는 환한 빛을 향해 손을 내밀었다. 반딧불이를 따라 눈길이 멎은 곳은 저 멀리 어슴푸레한 솔숲이었다.

— 잘 있을까?

— 마님.

초희가 마동이를 향해 몸을 돌렸다.

— 그만 내려가세요.

— 그래. 네 말이 맞구나. 이야기를 할수록 슬퍼질 테니까. 하지만 글이라도 쓰지 않으면 숨이 막혀 죽을 것 같아.

작년에는 사랑하는 여자아기를 잃고
올해는 사랑하는 남자아기를 잃었네.
애통하고 애통한 광릉의 흙이여
그 땅에는 두 무덤이 마주보고 서 있네.
백양나무로 쓸쓸히 바람 불고
소나무 개오동나무에는 도깨비불 번쩍이는데
지전을 불살라 너희 혼을 부르고
너희 무덤에 맑은 찬물로 제사 지낸다.
그래. 알아. 너희들 남매의 혼은
밤마다 서로 따르며 잘 놀고 있겠지.
뱃속에 또 아기가 있지만
어찌 편안하게 잘 자라기를 바랄까.
아들이 또 죽을까 두려워하는 황대사를 부르며
목메는 피눈물을 속으로 삼키며 흐느끼네.
〈곡자哭子〉 아들 죽음에 통곡하다

그때 지은 만시였다. 초희는 들릴 듯 말 듯 작은 목소리로 외우며 앉아있었다. 달빛은 점점 흐려지고 있었고 새벽 기운은 칼날처럼 쓰렸다. 초희의 어깨가 한쪽으로 심하게 기울어졌다.

— 나의 아가들, 밤마다 무서워하지는 않겠지? 도깨비불을 무서워하지는 않겠지? 나의 아기들, 밤마다 다정하게 잘 놀겠지?

— 작은 마님. 제발 이제 그만 들어가세요.

마동이가 옆으로 다가와서 무릎을 꿇었다.

— 한 달 전에 절에 다녀왔었지.

— 예. 작은 마님.

— 그날 백팔 번을 채웠어. 부처가 나를 보고 있었어. 부처가 있다면 부처의 멱살을 잡고 길을 물어보고 싶구나.

초희는 꼼짝 않고 앉아서 중얼거렸다. 시어머니 방문 앞에서 밤을 새우겠다는 고집이었다. 마동이는 초희 옆에서 어쩔 줄을 모르며 앉아있다가 방으로 들어가서 이불을 가져왔다. 마동이가 돌아왔을 때에 초희는 기운을 잃고 모로 쓰러졌다.

36

동쪽 하늘로부터 부옇게 날이 새고 있었다. 허봉은 서안 앞에 꼿꼿하게 앉아서 밤을 새웠다. 그 전날 입고 나갔던 옥색 도포차림 그대로였다. 허봉은 갓도 벗지 않았다. 아버지 허엽이 선조의 부름을 받고 한양으로 올라오다가 실종되었다는 소식 때문이었다. 방문으로 새벽빛이 들어오자 허봉의 얼굴에는 고뇌와 분노의 표정이 분명해졌다. 허봉은 먹을 갈고 붓을 들었다.

조선이 세워진 이래로 지금처럼 황당한 유언비어가 장안을 휩쓸던 때가 없었나이다. 신 허봉은 엎드려 눈물로 간언합니다.

전하, 조정의 말을 다스리소서.

왜란에 대한 유언비어는 참담하게도 조정에서부터 시작되었나이다. 이율곡은 몇 해 전부터 미래를 준비한다는 말로 십만 양병을 주장해왔사옵니다. 이율곡은 궁궐 안팎에서 자칭 천하 도통군자로 행세하고 있사옵니다.

조정에서는 서인이 주장하는 십만 양병의 속뜻을 살펴야 할 것입니다. 왜적의 무리로부터 나라를 지킨다고 하나 속뜻이 의심스럽습니다. 십만 양병의 주장은 작게는 조정 대신들의 사병을 단속하고 크게는 나라의 병권을 장악하려는 음모입니다.

작금의 붕당정치를 살펴보소서. 조광조의 죽음을 밑거름으로 궁궐에 오른 사림이 인사권을 가진 이조전랑의 자리를 놓고 동인과 서인으로 갈린 것은 천하가 다 아는 일이옵니다. 애초에 동인이니 서인이니 하는 구별은 김효원과 심의겸의 세력으로 양분된 것이옵니다. 전하. 누구 한 사람의 학통으로 파벌정치를 이루겠나이까.

신의 마음에 조금이라도 불순함이 있다면 기꺼이 목숨을 내놓을 것이옵니다. 전하, 거듭 엎드려 아뢰옵건대, 유언비어의 속뜻을 밝혀주소서.

이율곡을 탄핵하는 상소였다.

신 이율곡 엎드려 아뢰나이다. 허봉의 글이야말로 사특하기 이를 데가 없나이다. 조정의 패권을 가지려는 역심이 아니고서야 어찌 그런 황당한 생각을 하오리까. 본인의 사병을 보호하려는 움직임이 아니고서야 국란을 함부로 논할 수가 있겠나이까.

순리에 어긋나는 것은 역리라고 했나이다. 이는 허봉 스스로 그 아비 허엽의 죽음을 억울하게 생각해서 만천하에 묻는 속뜻을 가지고 있사옵니다. 개인의 불행을 정치적인 일로 해석하는 것은 역심이옵니다.

십만의 군사를 기르기 위해서 사병을 내놓아야 하는 것은 당연지사이옵니다. 소신은 단 한 명의 사병이라도 나라를 위해 기꺼이 바칠 것이옵니다. 일의 형세에는 변화가 많아 모든 것은 행한 뒤에야 비로소 그 뜻을 알 수 있다 했사옵니다. 십만 양병에 대한 소신의 마음이 이렇듯 조심스러운데 허봉은 어찌 섣불리 뜻을 밝히라 하는지 그 속내가 참으로 의심스럽나이다.

선조가 말했다.

당쟁을 일으키는 허봉은 사약을 받으라.

— 전하, 말 한마디에 죽어야 한다면 그 누가 함부로 간언을 하오리까. 달콤한 말에는 목적이 들어있으니 부디 거친 말을 들으소서!

동인의 이산해가 근정전 바닥에 엎드려 읍소했다.

허봉은 한양 도성을 떠나 사람이 없는 곳에서 홀로 깊이 생각하여라.

동인의 영수 허엽이 실종되자 서인으로 자리를 옮기는 사람들이 생겨나기 시작했다. 내부 균열이 일어나고 있는 동인을 일으켜 세울 인물은 없었다.

김첨의 집이었다. 초희는 깜깜한 방에 한참을 누워있었다. 낮에 베틀에 앉아 꾸벅꾸벅 졸다가 시어머니에게 들킨 이후로는 밤에 불을 켜지 못했다. 계집종이 몰래 등불을 가져다주기도 했지만 초희는 고개를 가로저었다.

남몰래 숨어가며 글을 쓰고 싶지는 않았다. 환한 밤이 몸에 익숙해져서 어둠 속에 적응하는 일은 힘들었다. 이리 뒤척이고 저리 뒤척이며 몸을 돌려 누워도 깜깜한 어둠은 똑같았다. 잠 못 드는 밤에는 어둠 속을 바라볼수록 고통스러웠다. 저놈의 밤새소리. 그러나 밤새소리라도 들리지 않는 밤은 더욱 견딜 수 없었다.

초희는 방문을 열고 눈으로 밤새를 좇다가 장독대 한가운데로 걸어갔다. 밤벌레들이 낮게 날아다녔다. 노란 달은 구름 속을 빠져나와 오동나무 잎을 지나는 중이었다. 어두운 장독대에는 달이 하나 떠 있었다.

초희는 쪽을 진 머리카락을 풀었다. 긴 머리카락을 손바닥 길이만큼 잘라내고는 나뭇가지에 묶어서 붓을 만들었다. 하늘의 눈동자. 달은 초초했다. 초희는 장독대 아래 큼지막한 돌덩이 위에 시를 쓰기 시작했다. 달이 정안수 사발 밖을 빠져나가고 있었다.

어두운 창가 촛불은 낮고
반딧불은 높은 집을 날아다니네요.
근심이 깊어가는 밤은 쌀쌀하고
가을 나뭇잎은 우수수 떨어지네요.
변방 소식을 들을 수 없어서
깊은 근심을 풀 길이 없네요.
저 멀리 아득한 청련궁을 생각하니

텅 빈 산 담쟁이넝쿨에 달빛만 밝네요.

〈기하곡寄荷谷〉 하곡 오라버니께

날이 갈수록 더욱 불안해지는 친정 식구였다. 허봉은 이율곡을 탄핵하는 상소를 올렸다가 갑산으로 귀양을 떠났다. 균은 아버지의 시신을 찾겠다며 조선팔도를 떠돌고 있었다.

초희는 솟을대문 밖으로 몰래 빠져나갔다. 발걸음마다 달이 따라붙었다. 달도 모르고 사람도 모르는 소식을 묻고 다니는 신세가 서러웠다. 초희는 유성룡의 집에 들렀다가 친정으로 갔다.

— 어머니. 초희가 왔어요.

김씨 부인은 딸의 음성을 듣고도 등을 돌리지 않았다. 김씨 부인이 바라보는 것은 달이었다.

— 봤으니 됐다.

— 어머니.

— 시어른께서 걱정하신다.

김씨 부인의 얼굴로 바람이 지나갔다. 시집간 딸에게 보이지 않으려는 눈물이 차가워졌다.

허성은 침울한 표정으로 묵묵부답이었다. 김씨 부인은 남편의 장례를 치르지 않았다. 눈으로 시신을 보기 전에는 믿을 수 없다는 말만 되풀이했다. 김씨 부인은 후원의 장독대에서 잠을 잤다. 믿을 곳은 하늘밖에 없다. 김씨 부인이 말했다. 초희는 기다림만을 붙들며 살고 있는 어머니를 보며 쓸쓸히 웃었다. 아버지가 돌아올 때까지 기다려야 하는 어머니의 등은 더욱더 단단해지고 있었다.

초희는 집으로 돌아와서도 잠을 이룰 수가 없어서 벽장문을 열었다. 누군가에게 서찰이라도 쓰지 않으면 견딜 수 없는 밤이었다. 벽장 속을 뒤져도 새 종이는 없었다. 왕견의 서찰이 눈에 띄었다. 초희는 조각달이라도 찾아서 읽으려고 서찰을 폈다가 도로 접었다.

초희, 비 내리는 숲을 바라보며 서찰을 쓰고 있소. 오늘은 비가 내려서 밖에 나가지 않고 마구간에서 말과 함께 있었지. 말이 내 마음을 알아주는 것 같아 말과 이야기를 나누었는데 다른 사람에게 들켜서 미쳤다는 소리를 들었소. 나는 정말 미쳐가고 있는 걸까. 우리는 젊었고 단지 사랑을 했을 뿐인데.

2년 전에 받은 왕견의 서찰이었다. 여러 번 읽어서 귀퉁이는 찢어졌다. 모든 것을 비 온 뒤의 숲처럼 청명하게 되돌릴 수는 없는 걸까. 주룩주룩 내리는 비를 바라보는 왕견의 얼굴을 떠올렸지만 그 이후로는 알 수 없었다. 왕견의 서찰은 더 이상 오지 않았다. 한쪽을 지탱하고 있던 무엇이 급격히 무너지는 느낌이었다.

다음날 아침이었다.

— 작은 마님. 큰 마님께서 부르셔요.

초희는 계집종이 부르는 소리에 방문을 열고 나갔다. 송씨 부인이 아랫것들을 불러 모아 닦달하고 있었다. 계집종들이 송씨 부인 앞에 고개를 푹 숙이고 있었다. 초희는 송씨 부인 앞으로 걸어갔다.

— 네가 한 짓이냐? 장독대 말이다.

— 예.

— 내가 왜 화를 내는지 몰라서 말대답이냐? 장독대는 신성한 곳이라고 몇 번을 말했느냐? 장독대가 글을 쓰는 곳이냐?

— 어머니. 죄송해요.

— 어머니라는 말이 오늘은 듣기도 싫구나! 네가 나를 어머니로 생각하고는 있는 것이냐?

초희는 장독대에서 밤을 새우는 친정어머니를 생각하며 울컥 올라오는 눈물을 삼켰다. 살 속에 박힌 가시처럼 시어머니 말을 들을 때마다 가시는 살 속을 더 깊이 파고들었다.

— 어머니가 명령만 하는 이름이라면 저는 어머니 이름을 부르지 않겠어요!

— 뭣이라!

송씨 부인은 대거리를 하는 며느리를 보며 기막힌 표정을 지었다.

— 명령을 듣지 않을 테니까 부를 이유가 없지요!

송씨 부인의 얼굴이 분노로 일그러졌다.

— 저, 저런. 고연! 역시 배운 게 없구나. 책비가 우리 집에 발길을 뚝 끊었다. 천한 책비가 내게 왜 그러는지 알고는 있느냐? 친정 가문이 그렇게 쑥대밭이니 우리 집안까지 화가 밀려드는 것이 아니냐? 옛말 틀린 거 하나 없어. 복소여란이라고. 원. 엎어진 둥우리 속에 남은 알이라니.

— 체통을 지키세요! 말씀 가려서 하시구요!

초희는 장독대 앞에 쭈그리고 앉아 넓적한 돌들을 물로 닦아 내렸다. 계집종들이 놀란 얼굴로 수군거리며 두 사람을 쳐다보고 있었다. 송씨 부인은 멍한 표정으로 서 있다가 쓰러질 듯 휘청거렸다.

— 마님!

계집종들이 송씨 부인을 부축해서 안채로 들어갔다.

— 작은 마님. 비키셔요.

마동이가 옆에 다가와 섰다.

— 날 도와주다가는 또 힘들어질 거야.

초희는 고개를 가로저었다. 마동이가 걸레를 빼앗았다.

— 종이가 떨어졌으면 소인에게 말씀하시지 그러셨어요! 어디서 훔쳐서라도 가져왔을 텐데.

마동이는 화를 내며 돌을 박박 닦았다.

— 아버지와 오라버니 때문에 글을 썼어. 장독대에 글을 쓰면 소원이 이루어진다는 말을 들은 기억이 나서.

— 아, 예.

— 지난번에 나 때문에 혼나서 나 많이 원망했지?

— 소인 놈은 걱정 마세요. 다른 건 몰라도 참는 건 잘하는구먼요. 이놈은 밭일을 많이 해서 알아요. 무서리가 내리기 전에 풀들도 그걸 알아요. 그놈들이 며칠 전에 아는 건지 그때 아는 건지 모르겠지만서두……. 풀들도 제 깜냥대로 몸을 수그린다고요.

— 풀들이 그걸 알아?

초희가 웃었다. 마동이도 따라 웃었다. 마동이는 걸레를 들고 우물가로 걸어갔다. 끈이 긴 두레박으로 우물물을 퍼 올리는 소리가 거칠게 울렸다. 마동이는 걸레를 힘 있게 짜고는 다시 장독대로 와서 장독들을 다 닦았다.

37

균, 조각달을 찾는 밤들이 많아지고 있어. 시댁에서는 불을 켤 수가 없어. 글눈은 예전에 트였는데 이제야 천지무명에서 깨어난 듯하구나. 내가 예전에 알던 몸이 아니야. 머리카락 사이로 스멀스멀 이파리가 돋아나고 꽃이 피는 것 같은 느낌이야.

몸에는 여기저기 열꽃이 피어나고 있어. 세상이 달리 보여. 어제까지 보던 세상이 아니야. 나무가, 꽃이, 나비가, 흙덩이가 내게 다가오며 말을 걸고 있어. 어둠 속을 바라보는 눈에는 빛이 환하게 보여.

그런데…… 이 아픔은 무엇인지? 이상하게도 사람은 마음에서 멀어지고 있어. ……이대로는 숨이 차서 살 수가 없어. ……글을 쓰고 싶어 미치겠어. 수천 년을 살아남을 서책이 되고 싶어. 내 몸이 붓이 되고 종이가 되고 싶어. 그곳에 영혼의 풀씨가 자라나면 내 몸은 떠날 거야. ……나는 그들과 어울리지 않아. 그리고 이제는 아무도 더는 원망하지 않아.

— 마동이 놈이 연락지기를 맡은 모양입니다. 그동안에 수차례 서찰이 오갔던 모양입니다.

김성립은 집안의 노비들을 불러 모았다.

— 나라 안팎으로 어지러운 때이다. 왜구가 쳐들어온다고도 하고 귀양을 떠나는 사람도 많아. 공연히 의심 살 일은 하지 않는 게 좋아. 이 집 대문 밖으로 서찰이 나가는 일이 없도록 하고 또한 이 집 대문 안으로 서찰이 들어오는 일도 없어야 할 것이다. 모든 서찰은 나를 통하라.

— 예. 나리.

— 마동이 놈을 당장 데려와.

남자 노비들이 마동이를 데리고 왔다. 대청마루에 앉은 김성립이 마동이를 내려다보며 물었다.

— 네놈이 끄나풀이냐?

— 예?

— 요즘 왜구의 노략질로 나라가 어수선한데 여기저기 첩자들이 숨어드는 모양이다. 네놈이 그런 연락책을 맡았나보구나.

— 천부당만부당입니다요.

— 네놈이 상전인 나를 능멸하는 것이냐. 천부당만부당이면 내가 왜 네놈을 이리로 불러? 이 서찰은 무엇이냐!

김성립이 서찰을 돌돌 말더니 마동이에게 던졌다. 돌돌 말린 서찰이 기단 아래로 굴러떨어졌다.

— 산천유랑을 하시면서 가끔씩 인편에 서찰을 보내셔서.

— 단지 안부 서찰이라는 뜻이냐?

— 그렇습니다요.

김성립은 다시 시를 쓴 종이들을 내던졌다. 종이는 허공에 포물선을 그리며 아주 천천히 땅바닥으로 떨어졌다.

양동과 양서로 봄 물결이 긴데
님이 탄 배는 작년에 구당을 향해 떠났어요.
파강 골짜기에는 원숭이 울음이 괴로워
세 마디 울음도 끝나기 전에 애간장이 끊어져요.

〈죽지사竹枝詞 2〉

— 조선의 법은 출가외인이다. 집안일을 해야 할 사람이 다른 데로 마음을 빼겼으니 문제인 것이다. 네놈은 어느 집 종이

냐.

— …….

— 어느 집 종놈이냐고 물었다.

— 이 댁 종입니다요.

— 이 좋은 날씨에 거짓말을 듣고 있으려니 속이 불편하구나. 너 따위 놈이 사람 구실을 아는 놈이냐? 우리 집 밥을 처먹고 이간질을 하느냐? 저놈에게 멍석을 말아라.

행랑아범과 청지기가 멍석을 들고 왔다. 마당에 멍석을 펴고 마동이를 그 속으로 떠다밀더니 둥글게 돌돌 말았다.

— 상전이 누구인 줄을 모르는 상놈 같으니!

김성립이 장정 노비들을 향해 손짓을 했다. 장정 노비 둘이 몽둥이를 들고 마주 서서 떡을 치듯 번갈아 멍석을 내리쳤다. 몽둥이 소리는 요란한데 사람의 신음소리는 들리지 않았다. 열 번을 내리쳤을 때에야 장정 노비 두 사람의 표정이 점점 어두워졌다. 사람에게 매를 치면서 처음 느껴보는 두려움이었다.

— 그만두어라!

초희는 마당 오른편에 서 있었다. 병색이 짙은 얼굴은 햇살을 받아 더욱 창백해졌다. 뱃속의 아이를 또 잃고 보름간 까무룩 앓다가 나온 몸이었다.

— 부인 얼굴을 참으로 오랜만에 봅니다.

대청마루에 앉아있는 김성립의 얼굴에는 그늘이 졌고 마당에 서 있는 초희의 얼굴에는 햇빛이 비쳤다. 두 사람은 서로를 쳐다보지 않고 말을 나누고 있었다.

— 무슨 연유입니까?

— 내 집에 들어와 살면서 첩자 노릇을 하는데 가만있으라는 말이오?

— 마동이가 첩자라니 무엇을 두고 하시는 말씀입니까?

김성립이 성난 눈빛으로 초희를 노려보았다. 부부의 감정을 넘어선 눈길이었다.

— 부인은 그만 물러가시오. 내 집이니 되고 안 되고는 내가 결정할 것이오.

— 마동이는 내 집 사람이에요.

— 이제야 슬슬 토하는군. 그래서 서찰이 필요했겠지.

김성립이 피식 웃었다. 초희는 웃지 않았다.

— 부인의 마음이 이 집을 떠나있으니 집안이 편안할 리가 없지요. 내당의 어머니께서 늙어가는 것은 부인의 허물이오.

— 마동이에 관한 일이라면 상전인 나를 먼저 통하시지요. 그것이 예입니다.

— 부인 입에서 예라는 말이 나오다니 별일이오.

김성립이 아내에게로 고개를 돌렸다.

— 나는 법도의 예가 아니라 사람의 예를 말하고 있습니다.

— 사람의 예라니. 듣다 듣다 별소리를 다 듣는군.

— 서방님은 노비가 상전을 대하는 예와 사람이 사람을 대하는 예가 어떻게 다른지를 모르십니까.

— 부인. 부인은 언제나 변함없이 여전하시오. 부인의 말은 항상 나는, 이라고 시작하지. 나는 이 나라에서는, 다른 사람들은, 이라고 시작하고. 그것이 우리 두 사람의 차이요.

— 우리 두 사람의 차이가 그것뿐이겠습니까? 나는 사람을 강조하고 서방님은 예를 강조합니다. 예를 따지는 자리에서 사람이 빠지면 반쪽 예랍니다.

— 반쪽 양반은 들어보았어도 반쪽 예는 들어본 적이 없소.

— 허면 지금 들으셨으니 한번 생각해보시어요.

— 허! 이리 생각해라 저리 생각해라. 지금 나에게 그리 말할 처지가 아닐 텐데. 늦었어. 이제는 애원해도 듣지 않아.

— 애원 따위는 하지 않아요.

호오. 김성립은 입으로 휘파람을 불었다. 초희는 두 귀를 막았다.

— 규방에서의 대화보다는 훨씬 재미있군.

김성립은 마당에 떨어진 서찰을 주워들고는 초희가 보는 앞에서 좍 찢어버렸다. 그리고는 휙 돌아서서 사랑방 문을 열고 들어가 버렸다. 남자 노비들은 양쪽 상전의 눈치를 보며 슬금슬금 물러갔다.

초희는 마동을 부축해서 방으로 들어갔다. 밤새도록 두 방에는 불이 환히 켜져 있었다. 후원의 쪽방과 사랑방이었다. 남남처럼 서로 다른 밤이 지나고 있었다.

마동이는 잠을 자면서도 끙끙 앓는 소리를 냈다. 초희는 울고 있었다. 눈물은 칼처럼 쓰렸다. 초희는 벽장 속에서 시를 쓴 종이 한 장을 꺼냈다. 뒷면에다 글을 쓰기 시작했다.

균, 기와 담장으로 바람이 지나가면 또 누군가 지나가겠구나, 너를 생각해. 지금 말을 타고 어디를 가고 있는 거니? 말 궁둥이에 붙은 똥 딱지가 바람에 쓸려 내릴 만큼 세월이 흐르고 있다는 걸 알고는 있니? 세상의 때를 씻으려고 맑은 물에 탁족을 하고 있니? 내친김에 얼굴도 씻고 이도 닦아. 수풀 대신 어느 치맛자락 속에 누워있는 것은 아니니?

새봄이 오면 제비 꼬리에 서찰이라도 묶어 보내렴. 어느 집 처마 밑을 돌다가 내게로 오겠지.

이산해 대감께서 힘을 써주셔서 작은 오라버니가 귀양지에서 풀려나셨어. 그런데 임금께서 한양으로 들어오지 말라고 금족령을 내렸다는구나. 이산해 대감께서 사약을 받지 않은 것만도 천만다행이라고 하셨단다.

천만다행이라는 말에 눈물이 흐르네. 오라버니가 백운산으로 갔다는 소식이 있었고, 강원도 춘천으로 간다는 소식과 금강산 대명암으로 갈 거라는 소식이 있었어. 그런데 금화 생창역에서 술병으로 몸을 앓다가 그만……. 인편으로 오는 비보를 듣고 마동이가 급히 달려가 보니……

이미 1년 전 일이었다는구나. 1년 전. 사람을 붙잡고 멱살잡이를 해도 1년 전이라는 사실만 분명하구나. 나는 과거를 안고 달려온 사람의 말만 믿었구나. 나는 진실을 모르고 소식과 함께 살고 있었구나.

아버지 시신도 찾을 길이 없는데 오라버니마저 그리되니, 인정이 각박한 밤에는 꿈마저 찾아오지 않는다.

듣고 있니?

서찰도 믿을 수 없는 세상이라면 내가 직접 길을 나서겠어. 바람에게 길을 물을까? 별들에게 길을 물을까?

새벽이었다. 초희는 괴로워하는 마동이의 얼굴을 힘없이 쳐다보았다. 서찰을 찢었다.

38

여자는 몸이 둥글어요. 여자의 눈동자도 둥글고 젖가슴도 둥글고 사타구니도 둥글어요. 그곳에서 달이 떠요. 하늘의 시간을 잉태하고 하늘의 시간을 낳지요. 창을 든 남자여, 여자의 몸속에서 말달리지 말아요.

밤은 상심의 나락이었다. 깊은 숨을 내쉴 때마다 슬픔은 몸안으로 들어가 과거를 깨웠다. 숨이 차올랐다. 외로움은 무거움이었고 잠은 그리움의 끈이었다. 꿈은 시간의 칼 위에서 춤추는 무희처럼 농염했고 위험했다. 무희의 발가락 사이에서 흐르는 시간, 그 시간을 한 줌 건져 올렸다. 하나의 시간이 스러지면서 노랫소리가 들렸다.

니나니나나노니나나 노노노노냐냐냐냐 음음음음음 야야야야노니나나

거짓말이야. 초희는 서책을 던져버렸다. 글자들이 허공으로 날아가다가 방바닥으로 떨어졌다. 뜻을 버릴수록 음은 분명해졌다. 붓을 들어 단순한 소리를 쓰려고 했지만 손은 움직여지지 않았다. 초희는 시를 쓰다가 버렸다. 미완성의 시는 땅에 떨어진 낙과처럼 썩어갔다. 사람들의 발길에 밟혔다.

태양은 달의 뒤편으로 숨었다. 까만 밤은 까만 하늘과 구별이 되지 않았다. 하늘이 밤을 품고 있는 것인지 밤이 하늘을 품고 있는 것인지 몰랐다. 밤은 태양이 뿌려놓은 조수였고 별들은 밤의 비늘이었다. 수많은 비늘들이 빛날 때, 하늘은 조용히 몸을 낮추었다.

크크크크윽 겅겅겅 컹컹컹컹 컹컹컹

남자는 창밖의 세계였다. 남편이 방문을 열면 개소리도 함께 들어왔다. 초희는 달 아래 누워서 아랫배를 쓰다듬었다. 달

은 욕망이었다. 달의 각질은 한 달에 한 번씩 벗겨져 나갔다. 달의 각질은 바람을 타고 방안으로 날아 들어왔다. 여자의 뱃속에 밤의 조수가 가득 찼다. 달의 인력으로 물고기들이 새처럼 날아올랐다. 밤하늘은 은성한 나무처럼 수백 수천의 별빛들로 무성했다. 여자의 몸은 거친 밀림이었고 천공의 소리이며 밤의 유희였다. 남자는 여자의 몸속에서 욕망의 근원을 보게 되리라. 남편은 밤의 줄을 잡고 노란 오줌을 누었다. 삭망이었다.

아이야, 달처럼 맑은 아이야.

달에서 날아온 아이들은 달로 돌아갔다. 아이를 잃은 몸에는 성근 가시나무가 울창했다. 뾰족한 가시덤불 속, 덜 자라난 욕망은 죽어있었다. 가시덤불 사이로 피가 뭉텅 흘렀다. 피를 볼 때마다 외로움은 분노를 키우고 분노는 가시를 만들었다. 혼자 새우는 밤은 시간의 나락이었다. 절망의 시간은 몸 안으로 들어가 파동을 쳤다. 혼자 간직한 비밀 같은 아이였다. 긴긴 날들의 기다림을 지켜내던 길동무였다. 달로 날아간 아이들은 의혹의 대상이었다. 여자의 몸이 통째로 물음이었다.

너는 누구냐.

나는 허초희다.

빛이 없는 어둠 속에서 소리가 났다. 너는 누구냐. 타인의 목소리는 반복되었다. 나는 초록이며 풀이다. 나는 빨강이며 꽃이다. 나는 파랑이며 바다다. 나는 어둠이며 산이다. 세상의 존재들이 죄다 떠들어댔다. 너희들은 모두 제각각인데 왜 나를 범하려 드느냐. 초희의 눈에 분노의 감정이 스며들었다. 초희는 창을 든 남자처럼 어둠을 정면으로 노려보았다.

나는 아들을 낳지 않으리라.

초희 안의 초희가 말했다.

달이 떴다. 조수가 밀려들기 시작했다. 물은 격렬하게 몸을 뒤틀었다. 검푸른 물이 빠져나가고 몸의 기운이 빠져버렸다. 초희는 몸에서 손을 뗐다. 천지를 요동치는 말발굽 소리가 들렸다.

어서 오라. 태양의 딸.

초희는 어깨에 시통을 멨다. 마구간에는 말이 없었다. 달빛이 쏟아졌다. 초희가 뒤를 돌아보았다. 붉은 말이 달려오고 있었다. 꿈이었다. 솟을대문 마당에 넘쳐들던 새벽빛이 방안으로 새어 들어왔다.

39

초희는 길과 길을 지나 그중 어느 길을 택하면서 집으로 돌아왔는지 스스로 알지 못했다. 그 집 종부가 어디를 떠돌다 돌아왔는지 동네 사람들은 아무도 몰랐다. 그것이 벌써 세 번째라는 사실을 아는 사람은 없었다.

장옷도 걸치지 않은 초희가 때 묻은 저고리와 찢어진 치마를 입고 대문간을 들어섰을 때에 집안의 노비들은 겁에 질려서 한 걸음씩 물러났다. 초희는 후원의 쪽방으로 들어가 방문을 닫아걸었다.

송씨 부인은 행랑어멈을 불렀다.

— 마동이가 곁을 지키고 서 있더란 말이지?

— 예. 마님.

— 밖으로 나오지도 않고 시만 쓰고 있다는 말이지?

송씨 부인의 음성은 높지 않았다.

— 방 소제를 해드린다고 했더니…… 나도 먼지인데 나마저 쓸어낼 참인가, 먼지가 얼마나 귀한 건데, 그 속에 수많은 생명이 있어, 라고 하셨구먼요. 쇤네는 고만…….

— 듣는 사람이 기함을 하고 넘어질 엉뚱한 대답이 어디 한두 번이더냐?

— 아, 또 있구먼요. 뭐라 혼자 중얼거리는 것 같기도 하고 노랫소리 같기도 하고.

행랑어멈이 송씨 부인의 눈치를 살피며 조심조심 말했다.

— 또 그놈의 선녀 타령이란 말이냐? 그따위가 무슨 시야? 길쌈노래도 아니고, 시부모 모시는 노래도 아니고, 문중 제사 지내는 노래도 아니고.

— 이거요.

행랑어멈이 종이를 내밀었다. 송씨 부인이 오만상을 찌푸렸다.

얼음집에 봄이 돌아오니 계수나무에 꽃 피고
스스로 봉황을 타고 붉은 노을로 나가네.
산 앞에서 안기자[1]를 맞닥뜨렸는데
소매 안에 어찌 오이 같은 대추를 가지고 왔는가.

〈유선사遊仙詞 58〉 신선세계에서 노니는 노래

— 우리 동네에 얼음집이 있냐?

송씨 부인이 물었다. 노비들은 모두 고개를 흔들었다.

— 오이 같은 대추 봤느냐?

— 오이 같은 대추는 꿈에도 들어본 적이 없구먼유.

— 그렇습니다요. 오이면 오이고 대추면 대추지 어떻게 오

---

1) 진나라 사람. 신선 대추를 먹고 천년을 살았다고 한다.

이가 대추가 될 수 있남유?

— 안기자는 또 누구냐?

— 고을 사람 중에 그런 이름을 가진 사람은 없구먼요.

— 아이고, 내 팔자야! 내가 어떻게 키운 아들인데!

송씨 부인은 아들을 생각할수록 가여움에 설움이 복받쳤다.

집안의 노비들은 후원의 쪽방을 지나칠 때 쥐걸음을 걸었다. 유폐된 방이었다. 방문의 격자무늬는 고집스럽고 완고하게 보였다. 지난밤의 어두운 기운이 발처럼 드리워 있는 것만 같았다.

— 말조심해. 큰 마님께서 집 밖으로 소문이 나갈까 봐 노심초사하고 계시니까.

행랑아범이 노비들을 향해 말했다.

— 근데 이상하지 않어요?

나이 어린 계집종이 갸우뚱한 표정으로 말했다.

— 내가 전에 대청마루 걸레질을 하면서 들은 건데요. 하루는 큰 마님께서 작은 마님을 앞에 앉혀 놓고는 막 훈계를 하시더라고요. 큰 마님께서 말씀하실 때에도 멍하니 앉아 있고, 밥을 먹을 때에는 국그릇을 자주 쏟기도 하고 어린애도 아닌데 문지방에 치맛자락이 걸려서 넘어진다고 하더구먼요. 그래 큰 마님께서 요렇게 야단을 치시던데요. 대화를 나눌 때에는 상대방의 눈을 보아야 하고, 밥을 먹을 때에는 밥을 보아야 하고, 방을 나갈 때에는 문지방을 보아야 하는 것이다. 그랬더니 작

은 마님이 대답을 요렇게 하시더구먼요. 대화를 나눌 때에는 어머님의 눈이 보이질 않고, 밥을 먹을 때에는 밥이 보이질 않고, 방을 나설 때에는 문지방이 보이지 않습니다.

— 오메. 콧구멍이 뚫렸으니까 숨을 쉬지. 그래 큰 마님께서 뭐라 하셨어?

— 그 다음은 못 들었어요.

— 어째 네년의 이야기는 제대로 끝나는 법이 없어!

— 정말 해도 해도 너무하네. 시댁 사람들을 허투루 보고 대드는 거래요. 이 댁 정도면 새 사람을 들이시지. 저런 꼴을 그냥 보고 계시다니.

— 그만 좀 떠들고 일들 해. 하여간 계집년들은 주둥이로 일하니까. 큰 마님께서 어떤 분이신데 생각이 있으시겠지. 우리는 우리 일이나 하면 되는 것이여.

— 허씨 집안사람들은 알 수 없는 종자들이여.

마동이와 몸싸움을 한 적이 있는 남자 노비가 멀리 있는 마동이를 향해 침을 뱉었다.

초희는 밖의 소란과는 상관없이 글을 쓰고 있었다. 누가 들어올 리 없는 사방의 벽은 단단했다. 방안에는 아름다운 강산이 있었고 예쁜 누각이 있었다. 알록달록 빛깔이 고운 난조가 날아갔다. 초희는 날개를 접은 파랑새처럼 노래를 불렀다. 초로로 초로롱 초초. 노래를 불렀지만 화답은 없었다. 초희는 지독한 고독 속에 남겨졌을 때에, 늘 그랬듯이, 하얀 종이를 떠올렸다.

바람 타고 가버린 말 여덟 마리는 돌아오지 않으니
계수나무 아래에서 황죽가 부르며 요지를 원망한다.
곤륜산 정원 옥 비파소리가 구름 속에 울리며
꽃을 깔보는 눈썹 그리기를 그만두었다고 말하네.
〈유선사遊仙詞 82〉 신선세계를 노니는 노래

푸른 옥구슬 강이었다. 꽃들이 아니라 홍옥들이었다. 사람들이 보였다. 허엽, 허봉, 그리고 세 아이들이 있었다. 초희의 눈에서 눈물이 떨어졌고 눈물은 흰 꽃이 되어 날렸다. 허엽이 다가와 초희의 볼을 어루만졌다. 초희는 아버지의 손바닥에 얼굴을 대고 눈물을 비볐다. 손이 아니라 바람이었다. 나무와 풀과 꽃과 달이 어우러지고 있었다. 나무가 나비처럼 날아다니고 달이 땅바닥에서 데굴데굴 굴러다녔다. 연못에는 연꽃들이 가득 피어있었다.

누구 없어요.

초희는 생각의 정원을 거닐다가 가끔씩 고개를 들어 방문을 쳐다보았다. 방 밖은 조용했다. 초희는 방문을 열어젖히고 밖을 내다보았다. 잠깐 정적이 있었고 소슬한 바람이 지나갔다. 초희는 마동이를 불렀다. 마동이가 마룻바닥으로 기어 올라와서 웃는 얼굴로 앉았다. 초희의 눈이 허공을 더듬고 있었다.

— 답답하지 않으세요? 산책하실래요? 배고프지 않으세요? 밥상을 들일까요?

초희는 마동이의 얼굴을 쳐다보지 않았다.

— 바다를 찾아 길을 나서면 길을 잃어. 바다는 등 뒤에 있는데 말이야. 그 사실을 잊고 걷기만 했으니 얼마나 우스워.

초희가 마당에 쏟아지는 햇빛을 바라보며 해맑게 웃었다.

— 햇빛이 길을 놓았는데 말이야. 아, 오늘은 하늘이 맑아. 들여다보니 볕이 밝기도 하다. 가을이 좋구나.

— 보, 봄인데요.

마동이가 불안한 마음을 감추지 못하며 황급히 대답했다.

— 어제는 가을이라고 하더니 왜 오늘은 봄이라고 하는 거야?

초희가 정색하며 말했다.

— 소인 놈은 그런 말을 하지 않았습니다요.

— 아니. 가을이라고 분명히 말했어. 내 똑똑히 기억하고 있어.

초희는 분명히, 라며 힘주어 말했다. 그리고 다시 혼잣말로 난 기억을 잃은 적이 없어, 라며 약간은 희미한 표정으로 과거를 더듬듯 말했다.

— 그럼 언제 가을이 되느냐? 내일이면 가을이 되느냐?

— 아직 석 달은 더 기다리셔야 합니다요.

— 석 달? 자네 말은 정확히 틀렸어! 나보고 틀렸다고 하더

니. 달이 뜬 연못에는 벌써 연꽃이 지고 있는데 석 달씩이나 걸린다니!

초희는 화난 얼굴로 방문을 닫았다. 그리고 방 주위는 다시 잠잠해졌다. 햇빛만이 꽉 닫힌 방문 주위를 서성이고 있었다. 방안에서는 또다시 노랫소리가 들렸다. 초초, 초로로, 초로롱. 다시 방문이 열렸다. 초희는 하늘을 바라보다가 마동이가 다가오자 방문을 얼른 닫았다.

— 왜 또 그러시는 거예요? 왜요? 죽은 아기씨들 생각이 나서 그러세요? 석 달을 꼬박 내내 앓으시더니 또 병이 드신 거라고요. 그래도 그 후론 잘 지내셨잖아요. 또 아프셔서 그러시는 거예요? 돌아가신 대감마님이 생각나셔서 그러세요? 서찰을 쓰시겠어요?

초희는 방문을 열지 않았다. 가늘고 날카로운 목소리가 방문 밖으로 새어 나왔다.

— 지금 누가 죽었다는 것이냐?

— 작은 마님…….

마동이는 고개를 푹 숙였다.

— 아무리 세상없는 사람이라도 못 견딥니다요. 알아요. 아는구먼요.

— 명수법이 재미있어. 금년이 27의 수인데 연꽃이 가을 서리를 맞았어.

— 작은 마님. 아직 봄인데 왜 자꾸 가을이라고 하시는 거예

요…….

초희는 방안에서 묵묵부답이었다. 마동이가 다시 말을 하려고 하자 초희는 그만 가보게, 라며 잘라 말했다. 마동이가 마음을 못 정하고 머뭇거리다가 곧 물러갔다.

그날 밤, 초희는 보따리를 들고 툇마루로 내려섰다. 신발도 신지 않고 마당으로 내려가서 비단 보자기를 풀었다. 초희는 종이 뭉치를 꺼내고는 그중 하나를 읽었다.

봄바람에 응하며 백화가 피어나고
계절 따라 만물이 성하니 만감이 일어나네.
깊은 규방에서 생각을 끊으려 해도
그 사람 생각에 심장이 찢어지네.
잠 못 들어 하얗게 지새는 밤
새벽닭 울음소리 들리네.
비단 휘장이 방에 드리우고
옥 계단에는 이끼가 생겼는데
깜빡이던 등불도 사그라져 벽에 기대어 앉으니
고요한 비단이불로 추위가 침범하네.
베틀소리 아래에서 회문금[2]을 짜보지만
글을 완성하지 못하고 애타는 마음만 어지럽구나.

---

2) 어느 방향으로 읽어도 시가 되는 회문시. 비단 짜는 것과 연결한 중국 관습. 남편을 멀리 떠나보낸 아내가 비단에 글자 하나씩 수놓아서 편지 대신 부쳤다.

인생의 타고난 운명이 두텁고 박한 차이가 있어

남들은 기뻐하고 즐거워하지만 내 몸은 적막하구나.

<한정일첩恨情一疊> 한 많은 인생이 서러워

초희의 눈이 한껏 흐려졌다. 종이에 불을 붙였다. 불은 확 일어나면서 종이를 단번에 끌어당겼다. 슬픔과 그리움은 급속도로 타올랐다. 시들은 불새가 되어서 공중으로 날아올랐다. 초희의 눈길이 아득해졌다. 화려한 비상이었다. 불새는 까만 허공 속으로 춤을 추듯 날아갔다.

달 쪽이었다. 초희는 불새의 눈동자를 본 듯했다. 초희는 불새를 따라가려고 벌떡 일어섰다. 불새는 순식간에 어둠 속으로 사라졌다. 초희는 실망한 얼굴로 도로 앉았다. 초희는 시들을 한 장 한 장씩 계속 불태웠다. 하늘로 날아가는 불새들. 초희의 얼굴이 시 따라 환해졌다가 어두워졌다.

초희는 또 하나의 시를 집어 들었다.

태양보다 뜨거운 불길이 솟아올랐다. 초희는 시를 꼭 붙잡고 있다가 불에 손가락이 데는 것도 몰랐다.

후원의 문이 삐걱, 열리고 마동이가 달려왔다.

— 정말 환장하겠네! 왜 이러세요!

마동이는 달려가서 불타는 종이 위로 엎어졌다. 불은 금방 꺼지고 반쯤 타다 남은 종이가 보였다. 마동이는 초희를 밀치면서 종이 뭉치를 빼앗았다. 초희는 뒤로 벌렁 넘어졌다. 마동이는 종이 뭉치를 가슴에 꼭 끌어안았다. 마동이의 눈빛과 초희의 눈빛이 허공에서 부딪쳤다.

이리 줘! 초희가 울먹였다. 안돼요! 마동이의 눈이 매섭게 변했다. 초희가 다가가면 마동이는 냉정하게 등을 돌렸다. 마동이는 이리저리 몸을 돌리며 필사적으로 피하다가 자신의 옷자락을 꽉 붙잡는 초희를 힘껏 밀쳤다.

— 안 돼요! 이건 작은 마님께서 쓴 시들이에요!

마동이는 몸을 잔뜩 웅크렸다. 이건 안돼요. 마동이가 중얼거렸다. 초희는 땅바닥에 주저앉아 인상을 찌푸렸다. 고통스런 얼굴이었다. 아무 소리도 없자 마동이가 고개를 들었다. 그제야 초희가 발목을 다친 것을 깨달았다.

업히세요. 마동이는 종이 뭉치와 비단 보자기를 저고리 속에 얼른 집어넣고는 등을 돌리고 앉았다. 마동이의 저고리는 종이뭉치 때문에 불룩해졌다. 초희는 순하게 업혔다. 이놈을 꼭 잡으셔야 해요. 마동이는 초희를 업고 일어섰다. 초희가 마동이의 목을 꼭 끌어안았다. 초희의 몸이 숨소리가 등으로 느껴졌다.

마동이는 방으로 들어가 이부자리에 초희를 눕혔다. 나 하늘로 올라가는 불새를 봤어. 초희는 까무룩 잦아드는 목소리로 중얼거렸고 마동이는 정확히 알아듣는 듯이 초희를 향해 고개를 끄덕였다.

마동이는 저고리 속에서 비단 보자기와 종이 뭉치를 꺼냈다. 구겨진 종이들을 한 장씩 정성스럽게 펴서 비단 보자기에 차곡차곡 쌌다. 그리고는 아무도 모르게 장롱 속 깊이 숨겼다.

장롱문을 닫고 방바닥에 앉고 나서야 마동이는 가슴이 욱신욱신 아파오는 것을 느꼈다. 불에 덴 가슴이 화끈거려서 이리저리 자리를 옮겨 앉다가 새벽닭이 우는 소리를 듣고는 벽에 기대어 잠이 들었다.

40

나는 가시나무숲에 갇혀있다. 내 감정들은 가시처럼 뾰족해서 혈관을 타고 온몸을 돌고 있다. 붉은 혈맥이 사방에서 나뭇가지처럼 뻗어나서 나를 가두고 있다. 천공도 보이지 않고 새도 보이지 않는 숲. 울창한 가시나무숲은 외부세계로부터 나를 보호하고 있지만 나는 몸을 움직일 수가 없다. 나는 나로 꽉 찬 가시나무숲을 바라보고 있다.

송씨 부인이 내당에서 서둘러 나왔다. 계집종들은 쌀을 씻다가 부엌문 밖으로 몰려나왔다. 후원의 쪽방은 열려 있었다. 송씨 부인이 아랫목으로 다가가서 며느리를 흔들어 깨웠다. 초희는 움직이지 않았다.

의원은 심부름하는 사내아이와 함께 들어왔다. 열 살 정도

되어 보이는 사내아이는 약 꾸러미를 들고 문간에 앉았다.

의원은 초희의 눈꺼풀을 올려 눈동자의 움직임을 보고는 귀 위의 태양혈을 손가락으로 꾹 눌렀다. 그리고는 입을 벌려 혀를 들여다보았고 머리카락을 만져보다가 정수리의 백회혈을 살폈다.

— 허참.

의원은 머리를 갸우뚱했다.

— 허참 소리는 열두 번도 더 했네. 그렇게 오래 진맥을 하고도 잘 모르겠는가?

송씨 부인이 말했다.

— 망진만으로는 어려워서 절진까지 한 건데 이렇게 어려운 환자는 처음입니다. 탈이 난 곳을 쉽게 찾을 수가 없어요. 워낙 복잡한 난맥이라서 말입니다. 손만 대면 흩어지는 해색맥이니 변화가 심합니다.

— 찬찬히 잘 좀 봐 주시게.

— 머리카락이 모시풀처럼 뻣뻣한데 메마르고 갈라졌으니 소양도 안 좋고 기혈도 없고. 음. 정말 어렵습니다.

— 틀렸다는 말인가?

김성립이 겁이 난 얼굴로 물었다.

— 아닙니다. 환자가 어렵다는 뜻이지 치료가 어렵다는 뜻은 아닙니다.

— 그럼 어서 치료를 해주게.

— 며느님의 병은 희귀해서 아무 약이나 쓸 수가 없습니다. 귀한 재료로 만든 약을 써야 하니 값이 좀 비쌉니다. 비싸서 그렇지 효과는 보실 겁니다.

— 약값이 얼마인데 그러는가?

송씨 부인이 말했다.

— 중국에서 들어오는 당약을 쓰면… 게다가 며느님의 병이 여간 까다로워야지요. 기사회생이 아니면 살아나기 어렵습니다. 약 한 첩에 적어도 스무 냥은 주셔야….

— 무슨!

송씨 부인이 질겁했다.

— 약이 비싸서 부담스러우시면 침을 놓아 드릴 수도 있습니다. 반값이면 됩니다.

— 됐네.

시어머니는 의원을 노려보며 시큰둥하니 짧게 말했다. 방문이 열렸고 청지기가 들어왔다.

— 용한 의원이 있는지 은밀히 알아보아라.

지리산으로 약초를 캐러 갔다는 의원은 말죽거리 오일장에서 모습을 드러냈다. 청지기가 장정 노비들을 이끌고 사흘을 돌아다닌 끝에 겨우 찾아서 데리고 들어왔다.

어디를 떠돌다 왔는지 발 냄새가 지독한 의원이었다. 의원은 명성과는 달리 꾀죄죄하고 볼품없는 행색이었다. 송씨 부인이 못 미더운 표정으로 의원의 행색을 아래위로 훑었다. 꼬질

꼬질한 버선발로 앉은 의원은 방안을 휘 둘러보더니 온기가 없군, 이라며 혼자 중얼거렸다. 의원이 초희의 얼굴을 살피고 진맥을 하더니 짧게 말했다.

— 사후약방문이옵니다.

— 그럼 이미 늦었다는 말인가? 어찌 그리 쉽게 말하는가? 좀 더 찬찬히 봐 주시게.

— 글쎄요.

의원은 초희의 얼굴을 물끄러미 쳐다보았다.

— 저리 누운 지 벌써 열흘이 넘었는데 산송장하고 한집에서 같이 살라는 말인가? 나는 불안해서 밤에 잠을 못 잘 지경이네.

— 마님께는 잠 오는 약을 지어드리겠습니다. 며느님은 저리 놔두는 것이 제일 좋은 처방입니다.

— 아니 치료도 해보지 않고 무슨 말이 그런가?

— 스스로 깨어날 수밖에 없다는 뜻입니다.

— 답답하네. 자세히 설명 좀 해보게.

— 저 얼굴을 보세요. 병자의 얼굴이 아닙니다. 사람의 몸은 병에 걸리면 괴로워하게 되어있는데 저 얼굴에는 병색이 없습니다.

송씨 부인은 며느리의 얼굴을 흘끔 쳐다보았다.

— 병색이란 말입니다요. 마님. 맑은 혈색이 죽고 혼탁한 혈색이 되는 겁니다. 보세요. 저 얼굴은 적당한 혈색에다가 맑은

빛까지 돌아요. 어찌 병자의 얼굴이겠습니까? 어젯밤에 늦게 잠이 들어 아직까지 단잠을 자고 있는 표정이질 않습니까?

— 그렇긴 하네.

송씨 부인이 마지못해 대답했다.

— 맥진만으로는 알 수 없지 않겠소?

김성립이 말했다.

— 의원 생활로 잔뼈가 굵었어도 저런 병자의 얼굴을 보는 것은 아주 드문 일입니다. 어떤 의원은 저런 환자를 찾아 산속을 헤매기도 합니다. 서책에서나 볼 수 있는 병자이니까요. 저는 딱 한 번 보았을 뿐입니다. 그것도 어릴 적에 스승님 어깨 너머로 보았지요. 이승에 두고 갈 것이 없는 사람의 얼굴입니다.

— 무슨 말인가?

송씨 부인은 등골에 소름이 끼치는 것을 느끼며 황급히 물었다.

— 이분이 어떤 사람이었습니까?

— 우리 집 종부일세.

— 며느님인 건 알고 있습니다. 어떤 성정을 가진 분이냐는 질문이었습니다.

방안에는 일순 침묵이 돌았다. 의원은 이미 답을 알고 있다는 표정으로 대답을 기다리지 않았다.

— 분명히 한 가지만을 붙들고 사는 외골수입니다. 이유는

몰라도 뭔가를 붙들고 살다가 그걸 놓아버린 것 같습니다.

— 외골수는 맞네. 얼마나 독한지 이길 사람이 없을 정도니까.

— 아닙니다. 마님. 외골수에다 기가 세지만 남하고 싸우는 사람은 저런 병이 생기지 않습니다. 속이 여려서 남을 해치지도 못하고 거짓말로 자신을 변명하지도 못합니다. 그러니 남에게는 관심이 없고 오직 자기 자신과 싸우는 사람입니다.

— 틀렸네. 남과 싸우지를 않는다니……. 며느리로 들어온 날부터 이 집안이 하루도 편할 날이 없었어.

— 들어보세요. 마님. 겉으로 보는 것과는 다릅니다. 며느님은 불이 많은 체질입니다. 평소에도 혈기가 많았을 테고 어느 한 가지를 붙들면 거짓 없이 성심을 다했을 것입니다. 그래서 여러 가지 일은 못 하지요. 그 뭔가를 놓아버리면 기가 다 소진되어서 저리되지요. 불이 쓰일 데가 없으면 제 가슴만 태웁니다. 물은 흘러야 되고 불은 타올라야 되는데 말입니다.

— 그럼 화병이란 말인가? 화병이 날만큼 속을 썩었다는 말인가? 나. 원. 부엌일도 과하게 한 게 없네.

— 이건 좀 원리적인 이야기라서 말입니다. 불이 나무를 만나면 나무를 태워서 더욱 커지게 되고 쇠를 만나면 쇠를 더욱 단단하게 만들 터인데 물을 만나면 어떻게 되겠습니까? 꺼질 것이 아니겠습니까? 죽음이지요.

— 허면 저 사람에게 나무는 무엇이고 쇠는 무엇이 되겠는

가?

김성립이 물었다.

— 글쎄요. 본인이 정성을 다할 수 있는 일이 되겠지요. 자기 자신이 되거나 자신의 분신이 되거나.

— 여자가 정성을 다할 수 있는 일이란 게 시부모를 모시거나 자식을 키우는 일이지 뭐가 되겠나? 내가 정성을 다하라고 그리 일렀건만.

송씨 부인이 말했다.

— 허면 언제면 깨어나겠는가?

김성립이 물었다.

— 자기 안으로 들어가 꼭꼭 숨어버렸습니다. 외부에서 문을 열려고 하면 할수록 더 안간힘을 쓰며 닫으려 할 것입니다. 허면 명을 더 재촉하게 됩니다. 동면하는 개구리를 생각하시면 이해가 되실 겁니다. 개구리가 움직이지 않는다고 해서 죽은 것은 아니지요. 심장과 맥박과 오장육부가 아주 느리지만 분명히 움직이고 있습니다. 한 달 두 달 계속 그런 경우도 있고 바로 숨을 거두는 경우도 있지요. 살아나는 경우라면 움직임이 있을 것이고 죽는 경우라면 화롯불이 꺼지듯 죽을 것입니다.

— 왜? 무엇 때문에 동면을 한다는 것인가?

— 속이 여린 탓이지요.

— 저 사람이 어떤 사람인데 속이 여려?

송씨 부인이 화를 버럭 냈다.

— 보통 사람은 슬픈 일이 생겨도 쉬이 잊거나 거짓말로 위장을 하기도 합니다. 때로는 남에게 느낀 분한 감정을 자기보다 못한 사람에게 화풀이하면서 울증을 풀어내지요. 그런데 그것도 못하는 사람은 저렇게 자기 자신만을 괴롭힙니다. 그래서 하늘이 내린 병이라는 말도 있습니다. 세상살이에 적응하지 못하는 신선의 병증이라고도 합니다.

— 천하의 명의라더니 이상한 말만 늘어놓는군. 의원이 병을 고치지는 않고 장황하게 늘어놓는 사설이라니. 자네가 책비인가? 그런 허황된 이야기로 초상집에 부채질을 하는 것인가?

— 이제 설명은 그만하고 약이라도 만들어주게.

김성립이 말했다.

— 의식이 없으니 약을 먹지는 못합니다.

— 그럼 침이라도 놓아주게.

— 괴맥인데 어찌 침을 놓겠습니까? 침을 놓자마자 황천길로 갈 텐데요. 괴맥 중에서도 새는 물방울처럼 한참을 고여 있다가 떨어지는 옥루맥이라서 더욱 어렵습니다.

— 나. 원.

— 마님. 고칠 수 없는 걸 고치겠다고 할 수는 없지요. 허나 한번 기회를 주시겠습니까? 저런 병자는 흔치 않아서 제게도 도움이 됩니다. 처방을 연구해보지요.

— 경험도 없는데 맡길 수는 없네.

김성립이 말했다.

— 잘 생각해보십시오. 어떤 의원도 며느님의 병을 고치지는 못합니다.

— 예가 어디라고 감히 악담인가!

방문이 열렸고 의원이 나갔다. 송씨 부인과 김성립은 난감한 표정으로 서로의 얼굴을 쳐다보았다.

— 도대체 누구 말을 믿어야 하는 것이냐?

— 저 사람. 친정으로 보내는 게 어떨까요?

— 사람들 입방아에 오르고 싶으냐.? 사돈댁이 그 지경이 됐는데 며느리까지 그러면 사람들이 뭐라 생각하겠느냐? 며느리를 잘못 들였다는 소문이 날까 걱정이구나.

— 소자가 어머니께 자꾸 불효를 합니다.

— 이 불쌍한 사람아. 어째 그리 처복이 없어.

— 어머니…….

— 아버지께서는 명나라로 떠나셨으니 얼마나 다행이냐. 다시 좋아지는 수도 있다니 기다려보자. 내달에 과거시험이 있으니 어서 접으로 들어가거라. 아랫것들 입단속은 내가 해놓을 테니까.

송씨 부인은 내당으로 들어갔고 김성립은 접으로 들어갔다.

매일 새벽에 후원의 쪽방으로 조용히 들어가는 사람이 있었다. 세숫대야와 수건을 들고 들어가서 초희의 얼굴을 씻기고 서안 위의 서책을 한 장씩 넘겨주는 사람은 마동이였다. 서안 옆 방바닥에는 흰 종이를 깔아놓았고 벼루 위에는 먹물을 묻힌 붓이 놓여 있었다.

후원의 마당에는 열락의 봄이 지고 있었다. 꽃을 시샘하던 추위도 물러갔고 한때 붉었다가 메말라진 꽃들이 간단히 떨어지고 있었다. 바람에 꽃잎들이 나풀나풀 날렸다.

늙은 행랑아범이 땅에 떨어진 꽃잎들을 쓸기 위해 낡은 빗자루를 들었다. 행랑아범은 마당을 쓸기 전에 고집스럽게 꽉 닫힌 방문을 한번 쳐다보았다. 행랑아범이 고개를 갸웃하는 동안에 시간이 졌다.

•••

---

1) 만력 병오년(1606) 초여름 4월 20일에 벽제관에서 주지번 씀.
이 작품에서는 허초희가 죽은 1589년으로 설정했음.
萬曆丙午孟夏卄月 朱之蕃書於碧蹄館中 - 蘭雪齋詩集小引, -

2) 屈原曰 擧世皆濁 我獨淸 衆人皆醉 我獨醒 是以見放

3) 허균, <문파관작聞罷官作> 참조.

4) 마지막 행에서 진황眞皇을 손곡蓀谷으로 바꾸었음.

<초희>를 읽는 세 겹의 문

정과리 (연세대 국문과 교수, 문학평론가)

옛날의 인물을 허구의 공간에서 재창조해내는 일은 아주 오래된 한국적 소설쓰기의 한 방식이다. 여기에 한 인물을 더 보태는 게 무슨 의미가 있는가? 이 물음에 대답할 수 없다면 이 장르의 어떤 소설도 이제는 존재 이유를 가질 수 없다. 수없이 많은 소설들이 그에 대한 물음을 고의로 포기한 채로 씌어졌기 때문이다. 그리고 그 자발적 망각의 뒤에는 오늘의 불만을 과거로 보내 안식을 취하고, 허구를 입혀 만족을 얻고자 하는 얄팍한 욕망이 자발없이 소동을 치고 있는 게 자주 보이는 것이다.

<초희>를 재미있게 읽기 위해서 나는 독자에게 주인공의 드라마로부터 눈길을 살짝 비키기를 권하려 한다. 천재를 안고 태어났는데도 불구하고 시대와 불화하여 뜻을 펼치지 못한 사람의 불우한 생애를 우리는 자주 보아온 터이다. 그러나 그 비참한 삶이 그 자체로서 가치가 있지 않다면 우리는

그것을 기억조차 못하리라.

그러니 소설의 마지막 대단원에서 '초희'의 죽음 직전의 얼굴을 두고, 의원이 '병자의 얼굴'이 아니라 "온 마음을 다해 살"아서 "이승에 두고 갈 것이 없는 사람의 얼굴"이라고 말하는 대목은 의미심장하다. 이 말은 비극이 아니라 행동이 소설 읽기의 핵심이 되어야 함을 암시한다. 버림받고 무시되고 음해받는 그 지긋지긋한 생애가 아니라 그 모든 불행에도 불구하고 아름답기만 했던 삶의 사건이 중요하다는 것이다.

이 작품에서 아름다운 '사건'은 무엇인가? 그것은 무엇보다도 '허난설헌' 그녀가 쓴 시문들이다. 그 시문들은 아주 섬세한 언어들로 이루어져 있다. "풀잎을 뜯으면 호랑나비가 날아가고"와 같은 화려한 이미지를 지탱하는 건, 수사적 과장벽이 아니라 "등불 아래에서 손가락을 묶느라 귀고리가 흔들린다"와 같은 섬세한 감수성이다.

이 섬세한 시들은 소설 속의 '초희'의 인생 역정에 대해 독립적이다. 즉 그 자체로서 음미해도 충분히 아름다움을 느낄 수 있다. 그러나 동시에 그것들은 초희의 생의 굴곡에 매우 강력하게 개입하여, 그 시대, 그 세계에서의 삶의 의미와 문학의 존재태에 대한 성찰을 촉구한다. 즉 작품 <초희>의 문학에서 모든 인물들은 이질적인 두 세계를 한 몸 속에서 겪는다. '이달'에서 '김첨'에 이르기까지 누구도 그러한 모순 바깥으로 나가지 않는다.

생각해 보라. 술 취해 함부로 내지르는 이달의 언행과 이달의 시 사이에 놓인 엄청난 간극. 이달마저 그렇다는 것은, 허엽도, 허봉도, 김성립도 모두 그 모순의 늪에 빠져있다는 것을 당연지사로 가리킨다. 다만 또한 모두가 그것을 느끼지 못하거나 아니면 몸 안에서 그 차이를 편의적으로 나누거나, 하는 방식으로 그것을 '외면'하고 있을 뿐. 이 표리부동의 편

재성은, 지극히 근엄한 포즈로 지극히 세속적인 욕망을 향해 아등바등 몸부림쳤던 조선 지식인 사회, 특히 후반기 조선의 자멸 지향적 내분에 반항한다.

이 모순의 보편성에 대해 '초희'만이 저항한다. 초희는 두 이질 세계를 공존시키는 게 아니라 하나로 통합시키려 한다. 허봉의 표현을 빌자면, 초희는 "속을 숨길 줄을 모르는 아이", "세상의 겉이 속인 줄로 아는" 존재이다. 허봉은 바로 그렇기 때문에 그녀를 '바보'라 하지만, 그런 바보만이 세상의 어두컴컴한 이면을 꿰뚫어 보는 것이다.

초희적 세계의 독립성은, 그러니까, 그녀의 시문들에서뿐만 아니라 그녀의 생에서도 되풀이해 인지되는 이 작품의 특이점이다. 바흐찐이 '초성분성transgredience'이라고 불렀던 이러한 독립성은 저 스스로 존재함으로써 그 고유한 세계의 실재성을 감각케 하면서 그것을 느끼는 미적 희열에 대한 기대로 독자를 설레게 한다. 동시에 그 독립성은 세상의 사건과 사고와 사태에 구성적으로 개입함으로써, 인간 삶의 모든 국면과 모든 양태에 반성의 불길을 일렁이게 하여 변화를 추동한다. 그것은 마치 삶의 복잡한 타래를 풀 최초의 실마리와도 같은 것이다. 다만 그 실마리는 결코 완전히 푸는 기능을 갖지 않는다. 오로지 타래의 복잡한 미로도를 드러내는 데 열중할 뿐이다. 사실 그것이 오늘의 예술의 역할인 것이다.

초희

초판 1쇄 인쇄 2020년 12월
초판 1쇄 발행 2020년 12월

지은이 류서재

발행인 류지용
기획・편집 김이후
표지디자인 김린
마케팅 조성우, 이미라

펴낸곳 파소출판사
등 록 2020년 8월 27일 (2020-000026)
주 소 서울시 강북구 솔샘로 233
전 화 02-988-8032
팩 스 0504-403-5834
이메일 pasobooks@naver.com
홈페이지 www.pasobooks.co.kr

ISBN 979-11-971715-0-5 03810
값 15,000원